征馬孤影

架空歴史ロマン

アルスラーン戦記《せんき》⑤⑥

征《せい》馬《ば》孤《こ》影《えい》⚜風《ふう》塵《じん》乱《らん》舞《ぶ》

田《た》中《なか》芳《よし》樹《き》

KOBUNSHA

カッパ・ノベルス

5 征馬孤影

アルスラーン戦記

6 風塵乱舞

目次・扉デザイン　泉沢光雄
口絵・本文イラスト　丹野　忍
図版作成　神北恵太

アルスラーン戦記 5

征馬孤影

主要登場人物

アルスラーン……パルス王国第十八代国王《シャーオ》アンドラゴラス三世の王子
アンドラゴラス三世……パルス国王
タハミーネ……アンドラゴラスの妻でアルスラーンの母
ダリューン……アルスラーンにつかえる万騎長《マルズバーン》。異称「戦士《マルダーン》のなかの戦士《マルダーン》」
ナルサス……アルスラーンにつかえる、もとダイラム領主。未来の宮廷画家
ギーヴ……アルスラーンにつかえる、自称「旅の楽士」
ファランギース……アルスラーンにつかえる女神官《カーヒーナ》
エラム……ナルサスの侍童《レータク》
イノケンティス七世……パルスを侵略したルシタニアの国王
ギスカール……ルシタニアの王弟
ヒルメス……銀仮面《ぎんかめん》の男。パルス第十七代国王オスロエス五世の子。アンドラゴラスの甥《おい》
ザンデ……ヒルメスの部下
暗灰色《あんかいしょく》の衣の魔道士《まどうし》……？
ザッハーク……蛇王《へびおう》

キシュワード……パルスの万騎長。異称「双刀将軍《ターヒール》」
クバード……パルスの万騎長。片目の偉丈夫《いじょうふ》
ジャスワント……アルスラーンにつかえるシンドゥラ人
告死天使《アズライール》……キシュワードの飼っている鷹《シャヒーン》
ラジェンドラ……シンドゥラ国王
アルフリード……ゾット族の族長の娘
メルレイン……アルフリードの兄
イリーナ……マルヤム王国の内親王
エトワール……本名エステル。ルシタニアの騎士見習の少女
トクトミシュ……トゥラーン国王
イルテリシュ……トゥラーン王族の一員。「親王《ジノン》」の称号をもつ
ジムサ……トゥラーンの将軍
グラーゼ……ギランの海上商人
シャガード……ギランに住むナルサスの旧友

征馬孤影

第一章

トゥラーン軍侵攻

I

　こころよい朝であった。初夏の光は気化した水晶のように地上に降りそそぎ、風は透明な涼気の粒を、人々の肌に吹きつけてくる。陽が高くなれば、乾いた熱気が風となって人々をたたきはじめるのだが、それも樹蔭《こかげ》に逃げこめば、避けることができる。パルス王国の四季はそれぞれに美しく、それぞれに多彩である。近ごろではとかく血の色におおわれがちであるが。

　罪は寛大な自然にはなく、愚《おろ》かしい人間どもにあった。平和を口にとなえつつ、けっして戦うことをやめようとはせぬ二本足の生物たちは、こころよい初夏のパルスに、血の臭気をふりまきつつあるのだ。

　パルス暦三二一年五月末、大陸公路の北方より発したトゥラーン王国の軍は、砂塵《さじん》を巻きあげ、人馬の怒濤《どとう》となって南下した。パルス、シンドゥラ、両国との国境地帯を突破して、豊かな大陸公路の周辺諸国を、貪欲《どんよく》な胃袋におさめてしまおうというのだった。

　シンドゥラの国王は、即位を宣言したばかりの、若いラジェンドラ二世であった。前年からこの年にかけて、ラジェンドラは異母兄弟であるガーデーヴィとの間に、王位をめぐって激しい争乱を繰りひろげたのである。隣国パルスの王太子であるアルスラーンの援軍をえて、ラジェンドラは異母兄弟を倒し、王位を手に入れることができた。だが、シンドゥラの国内には、なおラジェンドラに反抗する勢力も多く、新王は即位を宣言はしたものの、正式に戴冠式《たいかんしき》をおこなうゆとりもなく、国内の武力統一に専念しなくてはならなかったのだ。国内だけでもたいへんなところへ、「草原の覇者《はしゃ》」ことトゥラーン軍の来襲である。ラジェンドラとしては、とうてい歓迎する気分になれなかった。

　かつてシンドゥラはトゥラーンと手を組んでパルスに攻めこんだこともあるのだが、いまは情勢が異なる。ラジェンドラと、パルスの王太子アルスラーンとは盟約を結んだ仲であった。

「パルスのアルスラーン王子に知らせてやれ」

知らせろ、ではなく、知らせてやれ、というあたりが、ラジェンドラらしい言種《いいぐさ》である。彼としては、単独でトゥラーンの強兵に対抗することは困難であり、シンドゥラとパルスの両国が同盟を結んでこそ、北方の雄敵《ゆうてき》を撃退することができる。ゆえに、「アルスラーンどの、助けてくれ」と悲鳴をあげて救援を求めるべきところなのだ。だがラジェンドラの考えは、すこしちがった。

「トゥラーン軍が南下して国境地帯を侵犯するとなれば、王都を奪回するために西進しているアルスラーンは、後方が危うくなる。根拠地であるペシャワール城を陥《おと》されでもしたら、アルスラーンは無事ではすまんぞ。一刻も早く知らせてやるがよい」

ラジェンドラの分析は正しいのだが、自分にも弱点があるということを棚にあげて、アルスラーンに恩を着せることばかり考えている。このあたりが、ラジェンドラという青年の奇妙なところだ。それはともかく、ラジェンドラがアルスラーンに急使を送ったことで、トゥラーン軍の侵攻は、パルスの国内にたちまち血なまぐさい熱風を吹きこむことになったのであった。


ラジェンドラの急使が国境をこえてペシャワール城に到着したのは、六月一日の朝が地上に降りたとうとする、その直前のことであった。ペシャワール城をあずかる責任者は、アルスラーンから中書令《サトライプ》に任じられたルーシャン卿である。急使の労をねぎらうと、ルーシャンは、おもだった部将を広間に集め、事情を説明した。

「われらの役目は、武勇を誇って敵と戦うことではない。王太子殿下が後背《こうはい》の憂《うれ》いなくルシタニア軍と戦えるよう、ペシャワール城を守りぬくことにある。いま、われらが城を出て戦っても、王太子殿下のおんためにならぬ」

年長者としての貫禄を見せてそう一同をさとすと、

ルーシャンは、ただちにいくつかの策《て》を打った。ペシャワール城内には一万五千の兵がおり、食糧と武器も充分にそろっている。井戸もあって、水に困ることもない。もともと大軍が駐在していた重要な城塞《じょうさい》であるから、とくにこれから準備をととのえる必要もないくらいであった。ルーシャンは、パラザータという騎士と、とくに駿足の馬とを選び、使者として西へ送り出した。

まさしく間一髪であった。使者パラザータが城を出て西へ向かったその日の午後、ペシャワール城の望楼《ぼうろう》に立った兵士のひとりが、北方の地平線に煙る砂塵を発見したのである。

「トゥラーン軍、来襲！」

その報を受けた中書令《サトライプ》ルーシャンは、ただちに城門を閉ざし、防御をかためるよう指示した。

「けっして城外に打って出てはならぬ。五日から十日ほども守りぬけば、王太子殿下が軍を返して到着なさろう。ひたすらに守って守りぬくのだ」

ルーシャン以外の者がそういえば、「戦おうとせぬ臆病者」とそしられたであろう。重厚な人格者として知られるルーシャンだからこそ、慎重論をとなえることができたのだ。閉ざされた城門の扉の内側には、砂袋が積みかさねられ、パルス軍は敵の攻撃を待ち受けた。

さて、使者となってペシャワール城を出たパラザータは、陽の沈む方向へと馬を飛ばした。大陸公路を西へ、王太子アルスラーンの軍に追いつくまで五十ファルサング（約二百五十キロ）。昨年までは隊商《キャラバン》の列を避けるのがひと苦労であったが、いまはめったに人影もない。

パルス軍とルシタニア軍が戦った場所をいくつか通過し、夜を駆けぬけ、翌日もさらに駆けた。おどろくべき速度と耐久力であったが、生物である以上、限界がある。二日めの夕方、馬が倒れた。選びぬかれた名馬であったが、一昼夜ほとんど休みなしでは、保《も》つはずもない。パラザータは、なす術《すべ》もなく地に立ちつくした。

「起《た》て、おい、起ってくれ」

必死に手綱《たづな》を引いたが、馬は疲労の極にあった。騎手の声に応じて、よろめき起とうとしたが、急に前脚を折って倒れこんでしまった。開いた口から血の泡がこぼれ出し、それがとまったとき、すでに絶息していた。

馬に対する愛情の強いパルス人だが、愛馬の死を悲しんでいる暇はなかった。パラザータは、徒歩で進みはじめた。若く強健な彼も、激しい騎行で疲れきっていて、足がふらついた。騎行の間、一滴の水すら口にしておらず、むろん眠ってもいない。あえぎながら千歩ほども進んだころ、街道上に騎影を見《み》出《いだ》した。

やはり西の方角へ、ゆったりと馬を進めている。のんびりしたその姿を見たとき、パラザータの心にひとつの考えが浮かんだ。彼は声をあげてその旅人を呼びとめ、疲れきった両脚を動かして、その横へ歩み寄った。馬上の男が、たいして興味もなさそうに問いかけてきた。

「呼びとめたのは、何の用あってのことだ」

「くわしく説明している暇はない。馬を貸してもらおう」

「残念だが、現におれがこうして乗っておる。貸してやっては、おれが歩かねばならなくなるな」

男は背が高く、それにふさわしい肩幅と胸の厚みをしていた。左の目が一文字につぶれていて、右の目には力強い、そのくせやや皮肉っぽい光がある。すでに陽が沈みかけていたこともあって、相手の正体を見きわめることが、パラザータにはできなかった。片目の男は、かつての万騎長《マルズバーン》クバードであった。アルスラーンに会いにいく、という点では、パラザータと同様である。ただ異なるのは、急ぎもせず焦りもせず、悠然と旅を楽しんでいるように見える点であった。

「貸してくれれば礼はする」

「そういう台詞《せりふ》は、実際に礼をしてからいうものだ」

軽くあしらわれて、パラザータは激した。この片目の男が、ことさらに彼の任務を妨害しようとしているように思われた。

「やむをえぬ。腕ずくで借り受ける」

身心ともに余裕を失っているから、パラザータが剣を抜いたのもむりはない。ひらめく白刃《はくじん》を見ても、クバードは平然としたようすを変えなかった。

「やめておけ。言っておくが、おれは強いぞ。親や恋人を泣かせたくなければ、生命《いのち》をたいせつにすることだ」

「だまれ、口巧者《くちごうしゃ》な奴めが」

叫ぶと同時に、パラザータは馬上の男めがけて斬《ざん》撃《げき》を放った。強烈な斬撃は、だが、男の身体《からだ》にとどかなかった。むしろめんどうくさそうに、男は鞘《さや》ごと大剣を振《ふ》った。火花が目の奥に散って、パラザータは剣を手にしたまま地に転倒した。倒れると、疲労と空腹で、もはや起きあがることができない。とどめの一撃が加えられることを予期して、彼は残された力のすべてを声にこめた。

「残念だ。これでパルスも終わりか。ものわかりの悪い男が、おれに馬を貸してくれなかったばかりに」

その声を片目の男が聞きとがめた。立ち去ろうとしていた馬の歩みをとめて、広い肩ごしにパラザータをかえりみる。

「このクバードを、ものわかりの悪い男というのか。自分の短気を棚にあげて、ほざいてくれるものだな」

男が口にした人名が、パラザータの身心におどろきの電流を走らせた。

「クバード⁉　万騎長《マルズバーン》として高名なクバードどのか」

「いや、単に同名というだけだ。おれはあれほどりっぱな人物ではない」

これはむろん冗談だが、せっかくの冗談もパラザータの耳にはとどかなかった。彼は疲れきった身体《からだ》をようやく起こすと、剣を鞘におさめた。クバードに一撃された後頭部が疼《うず》くのも忘れ、両手を土について低頭する。

「クバードどのとは知らず、非礼のかずかず、どうかお赦《ゆる》しいただきたい。いや、赦していただけなくて当然だが、故《ゆえ》あってのことなのでござる。パルス

「一国の命運がかかっているのでござれば……」

大げさな、とは思ったが、相手の必死の表情を見て、クバードは耳を貸すことにした。そして結局、馬も貸してやることになったのである。彼自身は徒歩になり、街道すじに植えられた糸杉の樹の下に行ってすわりこんだ。ここで待っていれば、王太子アルスラーンの軍に出会えるであろう。それまでひと眠りすることに、クバードは心さだめたのである。

II

クバードから馬を借りたパラザータは、その深夜、ようやくアルスラーンの軍に追いつくことができた。月光の下、西へと移動をつづける黒々とした人馬の列にむけて、パラザータが馬を走らせていくと、それをさえぎるように一隊の騎影が立ちはだかった。

「パルス人たるの礼節も守ろうとせず、王太子殿下の陣にみだりに近づこうと試みる慮外者《りょがいもの》は何奴じゃ」

問いかけながら、すでに長剣を抜き放っている。さえざえとした白刃が月光をはじきかえすのを見やって、パラザータは意外に思った。誰何《すいか》の声が、ひびきのよい音楽的な女性の声だったからである。それはアルスラーンにつかえる女神官《カーヒーナ》ファランギースであった。

パラザータから短く事情を聞くと、ファランギースはただちに彼をともない、王太子の本営におもむいた。軍師のナルサス、万騎長《マルズバーン》のダリューンとキシュワード、その他の重臣たちが、いそぎ参集され、彼らの中へパラザータの報告は巨大な炸薬《さくやく》を投げこむことになった。

「トゥラーン軍が国境をこえて……!」

王太子アルスラーンをかこむパルス軍の武将たちに、臆病者はひとりもいないはずである。だが、彼らは一度に緊張した。ダリューンやキシュワードでさえ、平静ではいられなかった。「草原の覇者」トゥラーンといえば、パルスにとって歴史的な敵国である。パルス人にしてみると、ルシタニアは憎いだけだが、トゥラーンに対しては、「恐るべき雄敵」

という印象があるのだった。

絹《セリカ》の国に旅だつ前、ダリューンは戦場において、ときのトゥラーンの王弟と一騎打《いっきうち》を演じ、猛将として知られた相手を馬上から斬《き》って落とした。それ以来、ダリューンはトゥラーンの怨敵《おんてき》という立場になり、絹《セリカ》の国への往来に際して生命をねらわれたこともある。だが、トゥラーンの国内にも混乱があり、暗殺や陰謀が横行して、ここ二、三年は、パルスに対する大規模な敵対行為もおこなわれずにきたのである。

そのトゥラーンが南下して国境を侵した。パルス人にとっては大きな衝撃であった。いよいよルシタニア軍の手から王都エクバターナを奪回しようとする、まさにその時機に、横あいから強大な妨害者があらわれたのだ。またそれを知らせてきたのが、隣国シンドゥラの国王《ラージャ》ラジェンドラであるという。

「かの御仁《ごじん》らしい申しようでござるな。救援が必要なのはむしろシンドゥラのほうでござろうに、この期《ご》におよんでなお、われらに恩を売ろうとなさるとは」

キシュワードが苦笑するのも、もっともである。ラジェンドラの奇妙な性格は、アルスラーンの幕僚たちによく知られていたのである。

「ナルサスの意見は？」

ダリューンが友人に問いかけた。

それまでナルサスは一言も発せず、両眼を閉ざして思案にふけっていた。ダリューンに水を向けられて、はじめて若い軍師は目をあけた。アルスラーン以下、いくつもの視線に囲まれて、ナルサスは、はっきりと意見を述べた。

「兵を東へ返すほうがよろしいかと存じます、殿下」

せっかく王都エクバターナ解放への道を進みながら、途中で軍を返す。残念ではあるが、他に方法はない。最悪の場合、前方をルシタニア軍、後方をトゥラーン軍に挟まれて攻め滅ぼされてしまうこともありえる。前後の敵が、協力しようなどという気をおこさぬうちに、迅速に各個撃破してしまうほうがよい。それがナルサスの説明であった。

女神官《カーヒーナ》のファランギースが肩をすくめた。

「国王《ラージャ》ラジェンドラが、うまくいった、と、手をたたいて喜ぶであろうな」

「喜ばせておけばよい。かの御仁の思惑《おもわく》など、アルスラーン殿下のご大業の前には、ささやかなことだ」

明快にナルサスは断定し、ファランギースも、他の人々もうなずいた。これで全軍の方針は決定したが、黒衣の騎士ダリューンが小首をかしげた。

「引き返すのはよいとして、トゥラーン軍が侵攻してきたことをルシタニア軍が知れば、かさにかかって追撃してくるかもしれぬ。この件は、隠しとおさなくてはなるまいな」

「いや、隠す必要はない」

ナルサスの返答は、またしても明快である。ただ隠すばかりではない、それどころかナルサスは、進んでトゥラーン軍侵攻、パルス軍反転の報を、王都のルシタニア軍に知らせてやろうと考えていた。理由はこうである。「トゥラーン軍が侵攻してきたので、パルス軍はあわてて東方国境へ引き返すぞ」という情報が流れれば、当然ながらルシタニア軍は、その情報の真偽をたしかめようとするだろう。その結果、情報を流しているのがパルス軍自身だとわかれば、ルシタニア軍は警戒する。「これは罠《わな》にちがいない。出撃してはならぬ」と思いこみ、パルス軍が去るのを、息を殺して見守り、けっして手出しはしないであろう。

その逆に、ルシタニア軍がかさにかかって王都から出撃してきても、いっこうにかまわぬ。王都エクバターナの堅固《けんご》な城壁に拠《よ》ってこそ、ルシタニア軍はパルス軍に対抗できるのだ。城を出て野戦ということになれば、ルシタニア軍をたたきのめす戦術は、ナルサスの胸中に、三十とおりほども蓄《たくわ》えられている。一戦してたたきのめし、ルシタニア軍を城内に追いもどすだけのことだ。そうすれば、結局、ルシタニア軍はそれ以上、手を出せぬ。

そうナルサスは一同に説明した。じつはナルサスは、さらにすさまじい策略を胸中に秘めていたのだが、このときは口にしなかった。さしあたって方針が決まれば、それ以上の問題をあえて提出することもなかった。

「では、ただちに東へ軍を返す。諸卿は用意を」

アルスラーンの声を受けてナルサスが仲間のひとりに声をかけた。

「ファランギースどの、騎兵のみ五百人をひきいて、全軍に先だち、ペシャワール城へ急行していただきたい。籠城している者たちの士気を高めてほしいのだが、お願いできるだろうか」

「こころえた」

危険な任務であるが、黒絹のような髪を持つ美しい女神官《カーヒーナ》は、あっさりと承諾した。それまで、疲れきった身体《からだ》を軍議の席の片隅にへたりこませていたパラザータが、はじめて身をおこした。両ひざで進み出て、王太子に平伏する。

「では私がファランギースどのをペシャワールまでご案内いたします。馬を二頭お貸しいただきたく存じますが」

アルスラーンは、晴れわたった夜空の色にたとえられる瞳に、気づかう表情を浮かべた。

「おぬしは疲れきっている。ひと晩ゆっくり寝《やす》み、明日歩兵とともに出立《しゅったつ》してはどうだ」

「ありがたいおおせですが、とても休む気になれませぬ。ぜひファランギースどのと同行を」

「わかった。好きにするがよい。それにしても、馬をことさらに二頭というのは、どういう理由があるのか」

「一頭は、馬を借りた相手に返さねばならぬのです。その人物のおかげで、いまこうして殿下の御前にいられるわけでございまして」

クバードに口どめされていたので、パラザータは名を出さなかった。いずれにしても、使者に馬を貸してくれた男は、パルス軍にとって恩人である。アルスラーンは、ファランギースに、その旨を伝え、またパラザータに食事を与えるよう侍者たちに命じた。

パラザータは肉を主体とした料理をことわり、一椀の麦粥《むぎがゆ》、それに卵と蜂蜜をいれた麦酒《フカー》を所望《しょもう》した。疲労で胃が弱っているので、重い食事を避けたのである。なるべく、がつがつとしないように粥を食べた後、パラザータは麦酒《フカー》を飲みほしたが、立ちあがろうとしてよろめき、床にへたりこんだ。やがて大きないびきが彼の口から流れ出してきた。

「起こすのはかわいそうだ。ゆっくり寝《やす》ませてやるとよい。麦酒《フカー》にいれた薬がきれるまで、ゆっくりと」

　パラザータは疲労の極にある。休息もせずにふたたび馬を駆るようなまねをすれば、冗談でなく、死んでしまうかもしれぬ。といって、制止して聞くとも思えなかったので、アルスラーンは、ちょっと小細工を使ったのだった。いびきをかいている騎士に、寝床を与えるよう指示すると、ナルサスにむかってうなずく。ただちに行動にうつるよう、無言の指示である。ナルサスはうなずき返し、侍童《レータク》のエラム少年に手早くいくつかの指示を与えた。エラムが走り去るのを見送り、視線の向きを変えると、王太子に笑いかける。

「ここまで来て、残念だとお思いですか、殿下」

「そうだな、残念にはちがいないけど、何か、これでいいような気もする」

　アルスラーンの本音である。アトロパテネ会戦以後、苦労が多かったので、あまりものごとが順調に行きすぎると、かえって不安になるのだ。妨害や障害があるほうが当然のように思える。これまでトゥラーンが手出しをしてこなかったことのほうが、考えてみれば不思議なほどだ。

　その事情については、ナルサスが推測している。おそらくトゥラーン国内においても、これまで内紛がつづき、他国に攻めこむ余裕がなかったのであろう。ひとまず国内が安定して、他国を見わたせば、いずれも分裂と混乱の危機にある。しめた、と思ったであろう。

　同じ騎馬の民といっても、パルスとトゥラーンでは社会構造が異なる。パルス人は定住して農業や商業を営んでいるが、トゥラーンは遊牧国家である。豊かであるためには、他国を支配して税を徴収するか、掠奪《りゃくだつ》をおこなうか、どちらかである。掠奪はトゥラーンにあっては犯罪ではなく、りっぱな産業なのである。ルシタニアのように、神の名を借りたりしないところが、いっそ、いさぎよいと思えるほどだ。

　ふたりの万騎長《マルズバーン》、「戦士のなかの戦士《マルダーンフ・マルダーン》」ダリューンと、「双刀将軍《ターヒール》」キシュワードが、それぞれの部隊を統率するために王太子の前から退出する。アルスラーンは、侍従武官のジャスワントひとりをともなって、本営に近い馬車の小さな列に足を進めた。それは騎士見習エトワールことエステルにひきいられた、ルシタニアの避難民の一行だった。戦うために引き返すのだから、彼らと同行できなくなる。

「つまり、わたしたちを放り出していくのだな。ここまで同行しながら、無責任ではないか。病人や乳児をかかえたわたしたちに、どうしろというのだ」

　そう責められるのではないか、と、アルスラーンは思った。だが、騎士見習エトワールこと少女エステルは、あやまるアルスラーンを直視して黙りこんでいた。組んでいた腕をほどいて、彼女は、二か月だけ年下の異国の王太子にうなずいてみせた。

「敵に攻撃された部下を救いに行くのは、主君として当然のことだな。すぐに行くがいい。ここまで病人や乳児を守って同行してくれたことに感謝する」

　内心、アルスラーンはおどろいた。エステルが勇敢な少女であることは知っていたが、このものわかりのよさは正直なところ意外であった。感謝につづいて、エステルは問いかけてきた。

「ところで、トゥラーン人という奴らは、どのような神を信じているのだ」

「くわしくは知らないけど、太陽を崇拝しているそうだ。太陽神《ダヤン》という彼らの神の名を聞いたことがある」

「そうか、しょせん異教徒だな。では、がんばって、全滅しないていどにやっつけてこい。生き残ったトゥラーン人には、いずれイアルダボートの神を信仰させるゆえ、全滅されてはこまる」

　冗談かと思って、アルスラーンはエステルの顔を見なおしたが、少女は真剣だった。とにかく、彼の勝利を願ってくれたことはたしかなので、アルスラーンは礼を言い、充分な食糧と医薬品を置いていくことを告げた。少女の返答はこうだった。

「もらうつもりはない。借りておくが、かならず返す。だから生きてもどれ。お前たち異教徒は、死ねば地獄に堕《お》ちるのだから、あの世で返すことはできないのだからな」

III

パルス軍は急速に移動を開始した。

ルシタニア軍は動かなかった。動きたくとも動けないのである。いつもならルシタニア人の中心となって判断を下し、命令を与え、責任をとる王弟殿下ギスカール公爵が、地下牢《ディーマース》を脱出したパルス国王《シャーオ》アンドラゴラス三世のために捕虜となってしまい、彼を救出するだけで、ルシタニア軍は手いっぱいだった。パルス軍の急な動きの背景に何かがある、と思えばこそ、よけい動けなかった。歯ぎしりしつつ、息を殺して見送るしかないのだった。

ナルサスほどの智者でも、全知全能ではありえない。王都エクバターナの城内で何がおこっているか、完全に知ることはできなかった。彼の脳裏《のうり》には、ありうべき何十もの事態が想定されており、そのなかに「アンドラゴラス王が自力で脱出をはたした場合」というものもあった。だが、想定し、対策を考えたとしても、その事態がまさにいま出現しているとまではわからないところが、人知の限界というものであろうか。

いずれにしても、ルシタニア軍が動こうとしないのは、パルス軍にとってはありがたいことである。ナルサスの指示どおり陣を引きはらい、東への移動をはじめた。ダリューンとキシュワードの指揮ぶりはあざやかで、深夜の移動でも混乱は見られなかった。

このときすでに、ファランギースがひきいる騎兵五百は、深夜、月光の下を東へと疾走している。ファランギースの武勇と美貌《びぼう》は、アルスラーン軍にあってはもはや隠れもないもので、五百の騎兵も、女性に指揮されることを恥じるような気分はなかった。それどころか、逆に、天上の女神にでも指揮されたかのように、はりきっている。黙っていれば、たしかにファランギースには女神の品格があった。

二ファルサング（約十キロ）を走りぬけた地点で、一行はひとりの男に出会った。徒歩で街道に出て、悠然と手を振ってみせている。ファランギースは馬首の向きを変え、丈《たけ》高い男のそばに馬を寄せた。

「おぬしは何者じゃ。悪鬼《あっき》にしては角がないようじゃが」

「ペシャワール城からの使者に馬を貸した者だが」

「ほう、おぬしがわれらの恩人であったか。ならば借りを返さねばならぬな」

ファランギースが合図すると、随従する騎士のひとりが、一頭の空馬《からうま》を引いてきた。鞍《くら》もちゃんと置かれている。さらに、重い革袋がクバードに差し出された。それには謝礼の砂金が詰まっているのだ。

「本来であれば、もっと礼をつくすべきであろうが、いそぎペシャワール城までおもむかねばならぬ。金品ですますことを赦してほしい、と、王太子殿下のご伝言じゃ」

「ほう、いきとどいたこと」

クバードは独語したが、彼が感心したのはアルスラーンの配慮以上に、ファランギースの美しさだった。「銀色の月のごとく美しい」という表現が、パルス語やシンドゥラ語にはある。ギーヴとちがって、クバードは詩人たるを自負してはいなかったから、芸術的な賞賛を口にはしなかった。口に出したのは、べつのことであった。

「おれもペシャワール城へ行こう。すこしは役に立つと思うがどうかな」

「武勇に自信があるのか」

「いささか」

とは、この男にしてみれば最大限の謙遜《けんそん》である。だが、すぐに地が出た。

「おれはたぶんパルスで二番めの豪勇だと自負している」

これは先日知りあったメルレインという若者の口調をまねしたのだが、ファランギースには、たいして感銘も与えなかったようである。愛想のない視線で、クバードのたくましい長身をひとなでするると、「勝手にするがよい」と言いすて、ふたたび馬を走らせはじめた。クバードは、にやりと笑って、勝手にすることにした。

トゥラーン軍の勇猛と剽悍《ひょうかん》は、パルス軍に匹敵するであろう。野戦の強さはおどろくほどだが、ただ攻城戦はそれほど得意ではない。中書令《サトライプ》ルーシャン以下、ペシャワールの城塞にたてこもったパルス軍を撃ち破ることは容易ではなかった。

赤い砂岩できずかれた城壁は厚く高く、トゥラーン軍の攻撃を寄せつけぬ。攻城用の兵器も、それほど多くはない。城門を閉ざされ、城壁上から矢を射かけられては、トゥラーン軍もそれ以上、手の出しようがなかった。なまじ近づけば損害を出すだけのことであり、わずか二、三日のことながら、攻防戦は膠着《こうちゃく》状態となっている。

タルハーン、ディザブロス、イルテリシュ、ボイラ、バシュミル、ジムサ、カルルックらトゥラーンの有力な武将たちは、ペシャワールの城塞を南方に見はるかす断崖の上で会議を開いた。トゥラーン人はパルス人をしのぐほどに徹底した騎馬の民である。会議も馬上でおこなわれ、赤い城を遠望しながら、彼らは意見を述べあった。

まずタルハーンが口を開く。顔の下半分を赤黒い剛《こわ》い髯《ひげ》におおわれた巨漢で、胸にも腕にも力強い筋肉が盛りあがっている。年齢は三十五歳、トゥラーン軍にあって猛将といえば、まず彼の名があげられる。発せられた声も、重く大きく、聞く者の肚《はら》にずしりとひびくようだ。

「ペシャワール城の守りは堅い。また、パルス人どもが城を出て戦わぬのは、ひとえに、味方の救援を待っておればこそだ。奴らを城外へ誘い出すのが先決だが、それができぬときは、攻囲をやめることも考えねばなるまい」

つぎにイルテリシュが発言した。

「パルス人どもが城塞に拠って出て来ぬのであれば、

それはそれでかまわぬ。われらがシンドゥラ国を撃ち滅ぼすのに、後背の危険がないということだ。軍を転じてシンドゥラを撃とうではないか」

若いイルテリシュは、トゥラーン王家の一員であり、「親王《ジノン》」という敬称で呼ばれている。中背で、陽に灼《や》けた顔の額と左頬に、白く刀痕《とうこん》が浮き出ている。眼光は鋭く、たけだけしい。彼の父親はトゥラーンの王弟であり、ダリューンという名のパルス人と闘って斬られた。復讐《ふくしゅう》の念に燃えているが、同時に野心もある。パルスを滅ぼす前に、シンドゥラを撃って、勇名をあげたいと思っているのだった。

「親王《ジノン》もご短気な」

苦笑まじりに親王《ジノン》イルテリシュの血気をおさえたのは、カルルックである。トゥラーンにあっては、絹の国《セリカ》へもパルスへも使節としておもむいたことがあり、見聞の広い貴重な人材である。もっとも、それを鼻にかけるところも多少あって、若くて気性の烈《はげ》しいイルテリシュなどは、彼に対する反感を隠そうともしなかった。

「ふん、ではどうしろというのだ。このまま赤い城壁を見あげて、陥《お》ちぬ陥ちぬと泣言《なきごと》を並べるのか」

「親王《ジノン》がそうなさりたいのなら、なさるがよろしい」

「何だと!?」

あしらわれた、と思ったのであろう、イルテリシュの眼光が、白刃めいた危険なきらめきをおびた。カルルックは動じなかった。

「私はただ王都サマンガーンにおわす国王《カガーン》のご意向をおもんばかっただけでござるよ。一義《いちぎ》はまずパルス人めに思い知らせること。シンドゥラの順番はそのつぎでござる」

サマンガーンという地名と、国王《カガーン》の名を耳にして、諸将はやや表情をあらためた。

トゥラーン国の王都をサマンガーンという。王都といっても、パルスの王都エクバターナと異なり、高い城壁や壮麗な市街があるわけではない。トゥラーンは遊牧の国であり、平和な時代には、広大な領土内を通行する隊商から税をとり、銀山や岩塩鉱や交易都市からの収益によって財政をささえている。トゥラーン人に定住の思想はないが、支配のための根拠地は必要である。それがサマンガーンであって、緑したたる谷間に王宮が築かれ、その周囲を大小二万もの天幕がとりかこんでいる。

王宮それ自体も、巨大な大帳幕《パビリオン》である。それを見たパルスの旅商人が記録したところによると、つぎのような情景だったらしい。

「……一辺が百歩ほどもある巨大な四角形で、高さは騎兵が使う長槍《ちょうそう》の三本分もある。大帳幕をささえる支柱は十二本。一本の太さは人間の胴ほどもある。天井部分は円形のドームになっている。大帳幕の壁の部分は、六枚の厚い布をかさねてあり、布の間に空気がたまって、夏の暑さと冬の寒さを遮断《しゃだん》することができる。いちばん内側の布は絹で、トゥラーン国王はこの絹を絹の国《セリカ》から購《あがな》うために、一万頭の羊を代金として支払ったという。絹には七色の絹糸で美女や聖獣や花の刺繍《ししゅう》がほどこされていた。床には毛氈《もうせん》が敷きつめられ、さらに毛皮や低い籐《とう》の椅子が置かれていた……」

遊牧の国は、国王の指導力によって、国威が大きく変動する。この年一月、血なまぐさい権力闘争の末に、国王《カガーン》トクトミシュが即位した。彼は臣下にむかって、「南方の豊かな財貨によって国を富ませる」ことを約束した。四年前、パルス軍に敗北し、ときの王弟を斬られた怨《うら》みもある。さらに、パルスは西方の異国より侵入を受け、国内が混乱しているとの報告もはいった。パルスに侵入することをためらう理由など、どこにもないように思えた。こうして、トゥラーン軍は南下を開始したのだが、それらの事情は、ほぼナルサスが推察したとおりである。トゥラーンにとって掠奪はりっぱな産業であるから、

「富を独占している奴からふんだくって何が悪い」

というところであった。むろん、ふんだくられるほうからみれば、たまったものではない。

トゥラーン軍がペシャワールの城壁を前に、いまひとつ態度を決することができずにいるうち、六月四日の深夜、トゥラーンの陣営に騒乱が生じた。パ

ルス人の一隊が闇にまぎれてペシャワールの城内に潜入しようとしたのである。

　それはファランギースにひきいられた先遣隊であった。

「身のほど知らずのパルス人め、少数の兵であれば闇にまぎれて潜入できると思ったか。軽率であったと思い知らせてくれるぞ」

　一般に、トゥラーン人はパルス人より夜目が効く。過去、パルス軍は夜戦でしばしばトゥラーン軍に痛い目を見させられているのだ。ファランギースはそのことを承知していたが、この場合、夜の闇にまぎれる以外の方法がなかった。いちおう、細工もほどこしてあり、囮《おとり》の役をクバードが引き受けることになっていた。いつもであれば、ファランギースは、より危険な役まわりを他人にさせたりはしないのだが、ギーヴやこの片目の男の場合、危険のほうが尻《しっ》尾《ぽ》を巻いて退散するのではないか、という気がするのである。

　クバードは囮らしく、はでに行動した。与えられた部下に指示して、トゥラーン軍の陣に火矢を放ち、大剣をふるって左右になぎ払う。と、その姿をめがけて、猛然と馬を駆けよせてきたトゥラーンの騎士があった。

「わが名はイルテリシュ。トゥラーン王家の一員にして親王《ジノン》の称号を帯びたる身ぞ。ペシャワールの城壁に達したくば、わが馬前を力ずくで横ぎってみよ！」

　イルテリシュにしてみれば、せっかくパルス語で大見得《おおみえ》をきってみせたのに、相手は小うるさげに聞き流し、馬を進めようとする。

「きさまは武将たる者の名乗りを最後まで聞かんのか。礼を知らぬ蛮人《ばんじん》めが！」

　どなりつけ、たくみに馬を躍らせて、イルテリシュは剣を振りおろした。相手が剣をあげてそれを払う。

　刃鳴りがひびきわたり、弾け飛ぶ火花が夜の一角に小さな昼をつくった。相手の左目がつぶれていることを、イルテリシュは確認したが、たちまち闇がその光景を隠してしまった。相手は、つまりクバードは、まともに闘う気がなかった。イルテリシュの斬撃を払いのけ、馬首をペシャワール城の方角へ向けた。肩ごしに捨て台詞を投げつける。

「今日のところは見逃してやる。さっさと帰って母親の乳でも飲んでいろ」

「おのれ、世迷言《よまいごと》を……！」

イルテリシュは、いきりたった。乗馬をあおって突進し、剣を振りかざし、振りおろした。ふたたび刃鳴りと火花が夜の闇をほころびさせた。火花は甲冑《かっちゅう》に映え、妖《あや》しいほどの光彩を瞬間的にまきちらす。

イルテリシュは剛勇だった。クバードも、片手でかるくあしらうというわけにはいかなくなった。防御から攻撃へ、本気で体勢をきりかえる。強烈な斬撃がイルテリシュに襲いかかり、受けとめた刀身に、しびれるような圧力が伝わってきた。

斬撃の応酬は五、六回くりかえされたが、敵味方がはげしくもみあうなかで、一騎打をつづけるのは困難だった。両者の間に他の人馬が割りこみ、クバードとイルテリシュは引き離されてしまった。ふたりの姿をのみこんで、混戦の渦《うず》は拡大をつづけた。

その混乱を横目に、ファランギースは、トゥラーン軍の陣中に馬を乗り入れていた。目的はトゥラーン兵を斬ることではなく、ペシャワールの城門にたどりつくことである。クバードが、はでな闘いぶりでトゥラーン軍の注意を引きつけている間に、ファランギースは一歩でも城に近づかなくてはならなかった。だが、やはり見つかってしまった。

「パルス人……！」

叫びかけたトゥラーン兵は、ファランギースにむかって剣を振りかざした瞬間、短い絶鳴を放って馬上から一転した。ファランギースが、至近から矢を射こんだのである。わっと喚声があがり、白刃をかざしたトゥラーン兵が、小癪《こしゃく》なパルス人めがけて左右から襲いかかった。たてつづけに弦音《つるおと》がひびき、悲鳴と落馬の音がそれに呼応した。ファランギースの弓術と馬術は、神技の域に達しているようであった。夜目の効くトゥラーン兵も、彼女の変幻自在な行動をとらえかねている。

「ほほう、パルス一の弓の名手とは、かの女性《にょしょう》かもしれぬな。あのメルレインという奴が見たら、技倆《ぎりょう》を競いたくなるだろう」

乱軍のなかで大剣をふるうクバードには、ファランギースの弓の神技を観察する余裕すらあった。イルテリシュと名乗った敵の勇者が、混戦のなかでクバードを探し求める声がする。むろんクバードは無視した。多勢に無勢だし、目的もある。雄敵を相手に、剣技を競っているような場合ではなかった。

ファランギースは、数十名の部下とともに城門の前に達していた。襲いかかるトゥラーン兵をなぎ払い、追いのけながら、城壁上へ呼びかける。

「開門！　開門を願いたい。わたしは王太子殿下の使者ファランギースじゃ」

ひびきのよい音楽的な声は、ペシャワール城の将兵には記憶にあるものだった。城壁上で防御の指揮をとっていたルーシャンが、いそいで合図する。砂袋のいくつかが移動され、城門が狭い幅であけられると、そこからファランギースが馬ごと飛びこんできた。飛びこみざま、馬首をめぐらし、抜き放った剣を振る。彼女の後を追って飛びこんできたトゥラーン兵が、頸《くび》すじに一撃を受けて石畳にたたきつけられた。つづいてクバードが駆けこむ。結局、入城に成功したパルス兵は百騎にみたず、他の兵は、当初の打ちあわせどおり、闇にまぎれて逃げ去った。彼らは東へ向かい、アルスラーンの本軍に合流することになっている。

「三日間じゃ、三日だけ保ちこたえてほしい。そうすればパルスの全軍が救いに駆けつける。王太子殿下は、けっして味方を見捨てなさらぬ方じゃ」

ファランギースの声に、どっと歓声があがった。

「ファランギースどのだけでなく、万騎長《マルズバーン》クバード卿まで駆けつけてきてくれた。勇あって智なきトゥラーン軍など恐れるにたりぬぞ」

ルーシャンが力強く宣言すると、ふたたび歓声があがった。ファランギースは横を見た。全身に返り血をあびた片目の偉丈夫《いじょうふ》が、悠然《ゆうぜん》として兵士たちの歓呼に応え、たくましい右腕をかるくあげている。

「おぬし、万騎長であったのか」

「いちおうな」

「なるほど、万騎長にもさまざまなお人がいるものじゃ」

賞賛しているとは思えぬ、ファランギースの感想であった。

IV

パルス軍のほうは、さしあたり「めでたしめでたし」という結果になったが、トゥラーン軍のほうは、怒りと失望を禁じえなかった。まんまとパルス軍の入城を許してしまい、城内の士気は目に見えて高まっているようだ。

親王《ジノン》イルテリシュは、いたけだかに、同僚の将軍たちをののしった。

「たかが女ひとりに追い散らされ、陣を解いて逃げもどるとは、おぬしらそれでもトゥラーンの武人か。自らの名と、祖先の功業に対して恥じるがいい！」

イルテリシュに叱責《しっせき》されて、タルハーン以下の武将たちは憮然《ぶぜん》とした。たしかに不手際であったが、イルテリシュにも責任がないわけではない。

「よいか、この上は名誉を回復するため、かならずペシャワール城を陥し、入城したあの女をとらえて思い知らせてやらねばならぬぞ」

イルテリシュの主張に、タルハーンが反論した。

「本末を転倒してはなるまい。われらの目的はパルスを討滅し、積年の対立に結着をつけることだ。一女性をとらえて快を叫ぶなど、小さなことではないか。いずれパルスが滅びれば、それによってかの女性も思い知ることになろう」

正論である。イルテリシュが口を開きかけたとき、カルルックがそれに先んじた。

「たしかにおぬしのいうとおりだ。だが、パルス国内に侵入を果たしてより、戦況はまるではかばかしくない。国王《カガーン》もご不快であろう。何か打開策はないものか」

「考えがないわけでもない。こういう方法はどうであろう」

タルハーンの提案は、ペシャワール城を放棄して、大陸公路を西進することであった。ペシャワール城を救うべく、西方からパルスの大軍が反転してくることは、いささかの疑いもない。ペシャワール城への攻撃をつづけて、日数と兵力をついやすより、城を見すてて西進し、パルス軍を待ち受けるべきではないか。パルスの本軍をたたきつぶせば、ペシャワール城は根を失った樹木も同様、手を下さずして枯れるであろう。

「つまり、正面からパルス軍と野戦する。まさか負けるという者はあるまいな」

タルハーンが笑うと、イルテリシュが半ばいきりたつように口をはさんだ。

「余の者は知らず、おれは負けぬ。だが問題はそんなところにあるのではない。国王《カガーン》トクトミシュ陛下の御心《みこころ》を思え。そのようなやりかたを国王が望まれるかどうか」

吐きすてると、ひとり馬首をめぐらし、会談の場から立ち去ってしまった。とり残された諸将は、いささか苦々しげに声を低めた。

「親王《ジノン》も功に逸《はや》っておられるな」

「むりもない。国王《カガーン》が親征なさるまでに、せめてペシャワール城くらいは陥しておかねば、親王の面目がたたぬ」

「親王だけのことか。われらとて国王《カガーン》にどう申し開きしてよいやらわからぬ。厳格な方だからの」

武将たちは沈黙し、やがてタルハーンがつぶやいた。

「親王のすて台詞、一理ある。パルス本軍の撃滅は国王《カガーン》のために残しておかねば、われらは不興をこうむることになろう」

「ほどほどに、ということだな」

自嘲《じちょう》ぎみに、カルルックが同意した。

翌朝から、トゥラーン軍の攻撃は激烈をきわめるようになった。いったん攻城と決すれば全力をつくす、というわけである。トゥラーン軍の兵力は六万、すべて騎兵であった。このうち三万がパルス軍の来襲にそなえて西方に配置され、残る三万がペシャワール城を包囲して、矢をあびせ、城門の扉に丸太をぶつけ、楔《くさび》を撃ちこんで城壁によじのぼろうとする。パルス軍は応戦に追いまくられた。クバードが兵士たちをはげました。

「心配するな。ほらふきクバードがついておる。美女の群ならともかく、草原の羊飼どもに城は渡さん」

この男は、「ほらふき」というあだ名を、「戦士《マルダーン》のなかの《フ・》戦士《マルダーン》」や「双刀将軍《ターヒール》」という名誉ある異名に匹敵するものと思っているようであった。兵士たちは思わず笑い、笑うことによって疲労や不安を忘れ、士気を高めて、トゥラーン軍の猛攻に立ちむかった。クバードという男は、キシュワードやダリューンとちがった独自のやりかたで、兵士を困難に立ちむかわせることができるのだ。

トゥラーン軍は投石器を持ち出してきた。これまで占領してきた土地の技術者に兵器をつくらせるのが、トゥラーンのやりかたである。材料も手近なところでまにあわせる。

投石器の性能は、上できとはいえなかった。人間の頭ほどの大きさを持つ石を、五十個ほどペシャワールの城内に撃ちこんだが、その反動に耐えきれず、投石器自体が、ばらばらにこわれてしまったのである。二台めの投石器が引き出されてきたが、ファランギースが、投石器をあやつる兵士を遠矢で射倒してしまった。それでもあらたな兵士が投石器を動かそうとしたので、ファランギースは、今度は投石器を組みたてている木製のねじをねらって火矢を射た。ねじはこわれ、投石器は分解した上に燃えあがってしまった。

ファランギースの神技には、敵も味方も驚歎《きょうたん》したが、投石器を断念したトゥラーン軍は、今度は地面を掘りはじめた。地下道を掘って城内への侵入路をつくろうというのである。工事現場には盾を並べて矢をふせぎ、一万人の兵士が猛然と土を掘りにかかった。これには、さしあたって対抗策の立てようがなかった。こちらからも地下道を掘り、そこへ水を流しこもうか、とファランギースが考えていると、三日めの払暁《ふつぎょう》のことである。

「パルス軍だ！」

驚愕《きょうがく》の叫びが、トゥラーン将兵の耳を打った。トゥラーンの将軍たちは、寝床からはね起きて馬に飛びのった。

パルス軍は西方から来るものと信じ、その方面に軍の主力を配置して、待ちかまえていたのである。だが、軍師ナルサスの計画にしたがい、パルス軍は大陸公路の南方を大きく迂回《うかい》して、いったんシンドゥラ王国の領土内にはいり、夜のうちに東からペシャワール城のすぐ近くに忍び寄っていたのだった。

払暁、こうしてペシャワール城の東方一帯で、パルス軍とトゥラーン軍は衝突したのである。トゥラーン軍にしてみれば、城内のパルス軍と城外のパルス軍とに挟撃《きょうげき》されたようなものであった。広大な平原であれば、パルス軍と五分に戦えるトゥラーン軍も、このときは機先を制され、自分たちの布陣するなかにパルス軍の突入を許してしまった。パルスの将軍が陣頭に馬を躍らせて挑んでくる。

「他国の不幸につけこんで無名の師《いくさ》をおこす無頼漢め。草原の覇者が聞いてあきれる。今後トゥラーンは草原の腐肉《ふにく》あさりとでも自称するがよいぞ」

そう敵軍を一喝したのは、「双刀将軍《ターヒール》」キシュワードであった。左右の手に二本の剣をきらめかせ、両脚だけで乗馬をあやつりながら、早くもトゥラーン兵の血に刃《やいば》を曇らせている。その雄姿を見て、馬を駆けよせたのは勇将ボイラであった。キシュワードがさらに毒舌をあびせかける。

「身のほどを知らぬ野心は、自分ばかりか祖国も滅ぼすことになるぞ。自ら求めて、亡国の民となり、愚者の名を歴史にとどめたいか」

「きさまらこそ……」

そこで絶句してしまうのは、パルス人なみにパルス語をあやつれぬ異国人の悲しさである。大陸公路で国際公用語と認められているのはパルス語と絹《セリ》の国《カ》語だけであるから、たがいに意思を通じさせようと思えば、トゥラーン人でもパルス語を使わなくてはならない。ボイラは、口で対抗できぬことをさとった。

「やかましい！　これをくらえ！」

どなるが早いか、矛《ほこ》をふるって突きかかった。勢いといい速さといい、尋常でない一撃であったが、キシュワードは左の剣であざやかにそれを受け流し、右手の剣を短く鋭く水平に払った。白刃は、がらあきになったボイラの咽喉《のど》を斬り裂くはずであったが、トゥラーンの勇将は、たくみに矛の柄《え》をあやつって、その斬撃をはじき返した。馬が躍り、両者の位置がいれかわる。

キシュワードがボイラと激闘をまじえている間に、黒衣の騎士ダリューンはトゥラーンの軍中に駆けこんでいた。左右の部下に指示を下し、たくみにトゥラーン軍を追い散らしつつ、ペシャワールの城門に近づく。さえぎる者はことごとくダリューンの長剣にかかって、空と地に自らの血を振りまいた。だが、なお恐れる色もなく彼に駆けむかってきたトゥラーン騎士がいる。

「おう、その黒衣。ダリューンとはきさまだな」

トゥラーン騎士の両眼が雷光のような危険なかがやきを発した。親王《ジノン》の称号を持つイルテリシュであった。

「亡父の仇《かたき》、千余日の間、きさまへの怨みを忘れた日はなかったぞ。いまこそ、きさまの罪をつぐなうがいい！」

自分が何十人の復讐者にねらわれているか、ダリューンは算《かぞ》える気にもなれぬ。人として、人の生命を奪うのは罪悪であるにちがいないが、いずれも堂々たる闘いの結果であり、自分自身に恥じるようなことは、ダリューンはしていないつもりであった。とはいえ、先方がダリューンを憎むのも、人の情としては自然なことである。

「おぬしが何者か知らぬが、おぬしにだけ殺されては、他の者に義理がたたぬのでな。ここで殺されてやるわけにはいかぬ」

「安心しろ。そいつらには、おれのほうからわびてやる！」

豪語すると同時に、イルテリシュは突進してきた。すさまじい一騎打が開始されようとした寸前、彼らの周囲で矢の羽音がいくつか生じ、流れ矢の一本がイルテリシュの乗馬の頸をつらぬいた。馬はよろめいて悲鳴をあげ、騎手は呪いと怒りの叫びをあげて、もろともに砂塵のなかへ倒れこんでしまう。

「後日、再戦しよう」

言いすてて、ダリューンは、本来の目的であるペシャワールの城門へと黒馬を駆った。といつしか、彼の眼前で城門が開き、城内から突出した騎士が大剣をふるう姿が見えた。

「おお、クバード卿ではないのか」

ダリューンは目をみはった。

「アトロパテネ以来、姿をお見かけしなかったが、無事であったとは重畳《ちょうじょう》。王太子殿下に味方していただけるのか」

「このようすを見ると、さしあたりはそのつもりらしいな」

人を喰った返答をする間にも、クバードの大剣は、重い金属音をたててトゥラーン兵の冑《かぶと》をたたき割り、首と胴を斬り離し、砂上に血のモザイク模様を描き出している。ダリューンも、クバードらしい返答に笑いをかえすと、自らの長剣を縦横にふるった。

ダリューンとクバードが馬を並べて剣をふるい、人血の虹を宙にかけるありさまは、パルス兵にとって、この上なくたのもしい光景であった。むろん、トゥラーン兵にとってはこのふたりは人間の形をした災厄そのものである。たじろぎ、恐れ、死の旋律《せんりつ》をかなでる二本の白刃から遠ざかりはじめた。

後退の角笛《つのぶえ》が、トゥラーンの陣中からひびきわたった。形勢不利と見て、カルルックが、角笛を持つ兵士にそれを命じたのだ。トゥラーン軍の秩序は、乱戦のなかでもよく保たれていた。後退がはじまる。キシュワードを相手に、二十合以上も闘いつづけていたボイラも、結着をつけることができぬまま、矛をひき、馬を返したのであった。

ここまで無人境を往《ゆ》くがごとく進撃をつづけてきたトゥラーン軍も、ペシャワール城攻略の失敗をきっかけとして、砂嵐のような進撃を停止させられてしまった。

左肩に鷹《シャヒーン》の「告死天使《アズライール》」をとまらせて、王太子アルスラーンが入城をはたすと、ペシャワール城は熱狂的な歓呼につつまれ、王太子を迎えた中書令《サトライプ》ルーシャンは、感涙を浮かべた。パルス軍入城を知ったシンドゥラ国王《ラージャ》ラジェンドラからは、さっそく、一万の騎兵と二万の歩兵、さらに戦象《せんぞう》部隊をひきいて会盟《かいめい》におもむく、との連絡がとどけられた。情勢は一挙に好転したようであった。

「やれやれ、あの御仁、あいかわらず自分のつごうだけで事を運ぶつもりのようだ」

キシュワードが苦笑すると、他の者たちも、同じ表情で顔を見あわせた。シンドゥラ国王《ラージャ》ラジェンドラが、トゥラーン軍とパルス軍との戦闘を、計算だかく見物していたことは、疑いようがなかった。両軍が共倒れになることを、シンドゥラの神々に祈っていたにちがいない、とは、ダリューンの意見であった。反対する者は誰もいなかった。

一方、トゥラーン軍は、ペシャワール城の西方一ファルサング（約五キロ）の地に再集結し、六月八日、陣形をととのえて城の前面に押し出してきた。パルス軍がそれを迎撃しようとしたとき、地震がおこった。

かなり強い、長い地震であった。それが終わると、パルス軍もトゥラーン軍も、やや気勢をそがれ、戦わずして刀槍《とうそう》を引き、陣にもどった。両国の将兵たちは、これまでめったに経験したことのない地震の巨大さについて、たがいに語りあった。ことにパルス人たちは、ただその巨大さにおどろいただけでなく、背筋に何やらえたいの知れぬ不気味さを感じて、声をひそめたものである。悪いことがおこらねばよいが、と。そして何となく首をすくめ、周囲を見わたすのであった。

「精霊《ジン》どもが、まことに騒々しい。西北の方角に何やら兇々《まがまが》しい風が吹いておるような……」

女神官ファランギースは美しい眉をひそめ、憂《ゆう》色《しょく》をこめて、城壁上から西北の方角をながめやった。かさなりあう薄紫色の山々の彼方《かなた》にひときわ高く険しく、奇怪な山容と不吉な伝説を持つ山があるはずであった。その名をデマヴァントという。

第二章

魔の山

5

I

王太子アルスラーンがペシャワールに再入城を果たしたことは、じつは積極的なめでたさを持ったものではない。一か月前にペシャワールを進発し、大陸公路ぞいにルシタニア軍の城塞ふたつを陥《おと》し、ようやく王都エクバターナへの道半ばに達しようかという時機になって——すべてはペシャワールからやりなおし、ということになってしまったのである。

「すべてはむだ骨か、ばかばかしい」

そう吐きすて、徒労感に襲われてもよいところだが、アルスラーンはそうはならなかった。

「ペシャワールが陥ちなくてよかった。死者もすくなかったし、よくみんな耐えてくれた。シンドゥラのラジェンドラどのと協力することもできるし、とにかくよかった」

物事のよい面をとりあげて、そう言われると、みな何となく気分が昂揚《こうよう》し、直面している事態が、それほど困難だとは思えなくなってくる。じつのところ、大陸公路上にはトゥラーンの大軍がいすわり、彼らを排除せぬことには、王都エクバターナへ再進撃することもできぬという状態なのだが。

軍師ナルサスが、入城以後どことなく考えこんでいるようすなので、万騎長《マルズバーン》ダリューンが、理由を問うた。未来の宮廷画家は、ペシャワールの城壁上で声を低くして答えた。

「じつは王都エクバターナのようすが、いささか気になる」

「というと？」

「ルシタニア軍の反応が奇妙に鈍いように思われるのだ。わが軍の後退に、まるで手を出してこなかった」

「おいおい、何をいまさら」

ダリューンは苦笑して友人を見やった。ルシタニア軍がパルス軍の後退に対して何もしかけてこなかったのは、策があるのを警戒したからであろう。ルシタニアにしてみれば、エクバターナの城壁にこもっているかぎり、そう簡単にパルス軍に負けるわけもない。そう思い、手をつかねてパルス軍を見送ったとすれば、ナルサスの策は的中したわけではないか。ダリューンはそう思うが、じつはちがうのだろうか。ルシタニア軍が王都から動けなかった重大な理由が、他にあるというのだろうか。ダリューンの表情を見て、ナルサスが口を開いた。

「そう、城壁の外にいる敵は、ルシタニア人にとってそう恐るべきではあるまい」

「つまり、おぬし、王都のなかで何か異常な事態がおこったかもしれぬというのか」

ダリューンの問いにナルサスがうなずき、ついでにかるく上半身を動かした。鈍い音がして、城壁上に一本の矢がはねた。城外のトゥラーン軍から遠矢が射かけられたのである。

「命中していたら歴史が変わったぞ」

平然とつぶやいて、ナルサスは、地上の敵にことさら手を振ってみせた。怒気《どき》をおびたトゥラーン語の叫びを無視し、城壁上の胸壁に身を寄せる。さらに思案をかさねるようすだ。

ルシタニア軍は一国をすでに征服し、もう一国も半分以上を征服しているのだ。無理もあろうし、矛盾も破綻も出てくるだろう。たしかに、内訌《ないこう》のひとつふたつ出てきても不思議ではない。ダリューンもそう思うが、ナルサスが考えていることは、さらに深いものであるようだった。

あえてダリューンは、それ以上のことを尋《き》かなかった。友人の思案をさまたげてはならぬ、ということを知っている。どうせ数日のうちにナルサスは結論をみちびき出し、眼前の敵であるトゥラーン軍との間に結着《かた》をつけるであろう。そう思っていると、ナルサスが、べつのことを口にした。

「トゥラーン軍は、追いつめられれば、ルシタニア軍と手を組むかもしれぬ」

「トゥラーン人はルシタニア人にとっては異教徒だが、それでも手を組むだろうか」

「いま、われわれはシンドゥラと手を組む形になっている。ラジェンドラ王は、パルスの神々を信じてはおらんぞ」

「なるほど、たしかに」

「それはそれでかまわぬ。三、四年前もそうだったが、中途半端な同盟ほど、つけこみやすいものはない。こちらにも頼もしい味方がひとり増えたことだしな」

クバードのことである。名にし負う豪雄であり、ダリューン、ナルサス、キシュワードらとも旧知の男であった。アルスラーンはむろん喜んで彼を陣営に迎えたが、入城後、クバードは酒を飲んで寝てばかりである。周囲に味方が増えると、緊張を解《と》いてしまう男であった。もっとも、この男なりに、出しゃばりを避ける配慮をしているのかもしれない。

「しかし軍師どのも何かと苦労が絶えぬな」

「うむ、やはり芸術家は俗世のことにかかわるべきではないな。さっさと俗事をかたづけて、絵画の美しい世界にもどりたいものだ」

「絵画のほうで何というやら」

ダリューンの声は低かったので、ナルサスの耳には達しなかった。城壁の外からは、攻囲をつづけるトゥラーン軍の喊声《かんせい》が、風に乗って流れこんでくる。彼らはペシャワールの堅固な城壁を攻めあぐねているが、とにかく攻囲はつづけられており、国境に達したシンドゥラ軍は、出血を避け、トゥラーン軍の陣営を見守っているだけだ。まことにラジェンドラ王らしい計算だかいやりかたで、彼を信頼しているアルスラーン王子の人のよさが、ダリューンは心配になる。その心情を察したように、ナルサスはアルスラーン王子を評した。

「上に立つ者は、殿下のようにあるべきだ。悲観的なことは、おぬしやおれが考えればよい。闇のなかに光を見出すような人物でなければ、あたらしい時代をきずくことなどできぬさ」

そう評して、友人をうれしそうにうなずかせた後、ナルサスは、この場にいない仲間のことを想いだした。

「このところ、楽士どのからの連絡もない。のたれ死するような男でもないが、いずこをうろついておるのやら」

　さて、ペシャワール城の西北方、かさなりあう山々の一角では、いまひとりの芸術家が孤独な旅をつづけていた。騎馬の民であるパルス人にとっても、けわしい山岳地帯を騎行するのは容易ではない。だが紺色の瞳に陽気な表情をたたえたその優男《やさおとこ》は、おどろくほど巧妙な騎手だった。断崖ぞいの細い道も、石だらけの尾根も、橋のない川も、あぶなげなく乗馬をあやつって進んでいく。魔の山と恐れられるデマヴァント山の奥へ奥へと、馬を進めていくのである。馬の鞍《くら》に、竪琴《バルバド》がかけられているのが見えた。

「旅の楽士」と自称するギーヴである。

　アルスラーン一行といったん別れた彼は、生来の冒険心と好奇心に駆られて、またそれ以外の奇妙な誘惑にさそわれて、デマヴァント山へと乗馬の脚を踏みいれたのであった。デマヴァント山は、善良なパルス人にとっては、恐怖と嫌悪の対象でしかない。その禁断の地へ、あえてギーヴは進んでいった。アルスラーンたちが急報を受けてペシャワール城へと軍を返している間に、彼は、べつの危険な道を歩んでいたのである。

　後世、国王《シャーオ》アルスラーンの伝記を書こうとしたパルスの歴史家たちは、三二一年六月のできごとを記すために、さまざまな工夫と苦労をかさねることになったものである。とにかく、パルス暦三二一年六月という月は、いくつもの重大なできごとが、同時に並行しておこり、それをひとつひとつ把握するのが容易ではなかった。

　その責任の一部は、ギーヴにもある。この不羈《ふき》な男が、デマヴァント山に登ろうなどというよけいな気をおこさなければ、事件の数がすこしはへったにちがいない。

　むろん、ギーヴは、後世の人々の困惑など知ったことではなかった。

　馬を進めるにしたがって、視界は色彩を失っていく。たれこめた雲が陽光をさえぎり、樹木は減少して灰褐色《はいかっしょく》の断崖やむきだしの岩場が多くなる。鳴きかわす鳥の声も、美しいさえずりから、怪異な叫びに変わってくる。岩の間からは毒煙があがり、沼には瘴気《しょうき》がたちこめる。パルスの山野は豊かな生命の美にあふれているのに、デマヴァントの山域に踏みこむと、それらはすべて消えてしまい、荒涼とした圧迫感がせまってくるのだ。

その圧迫感をおぼえているのかどうか、ギーヴは品さだめするような視線を周囲に放ち、うんざりしたように肩をすくめた。

「まったく困ったものだ。もう三日ほども、女の顔を見ておらん。うっかり山中で醜女《しこめ》に出会って、美女と錯覚でもしたら、ご先祖に申しわけない」

ひとりになっても、へらず口をたたく男である。広い意味で、デマヴァントの山域は、七ファルサング（約三十五キロ）四方にもおよぶが、そこへはいりこむ前に、ギーヴは、近くの町で酒と食糧を買いこんだ。防寒用に羊の皮でつくられたマントも買う。夏とはいえ、内陸の山岳地帯は、夜になると急激に冷えこむのだ。

こうしてデマヴァント山域にはいりこんだギーヴは、二日めの夜も迫るころ、山道に奇妙なものを発見した。まあたらしい馬蹄《ばてい》の跡である。しかもひとつではない。おそらく数十騎に上る騎馬の隊列が、いずこの地点からか、ギーヴに先行しているのだ。

「はてな、デマヴァント山に善良な人間が近づくはずはない。おれを除いてはな。とすると、あれは、野盗か山賊か、いずれにせよ、ろくな奴らではあるまい」

勝手な推測を下して、ギーヴは剣の柄《つか》をかるく左手でおさえた。彼は不敵だが無謀ではなかったので、多数の騎馬隊と出会う愚をおかす気になれなかった。用心しつつ、さらに半ファルサング（約二・五キロ）ほど山道を進んで、ギーヴは馬をとめ、岩蔭で一夜をすごすことにした。濃くなりまさる夕闇のなかで、前方に、夜営の火を発見したからである。これ以上、近づくのは、どんな意味からも危険だった。

II

朝の最初の光に瞼《まぶた》をなでまわされて、ギーヴは目をさました。昨夜、火を消したので、身体を内部からあたためるために、葡萄酒《ナビード》を飲んだが、その効果も夜明けには消えてしまい、身ぶるいするほど肌寒い。小川で顔を洗い、口をすすぐと、朝の一杯で、身体をあたためなおした。掌《てのひら》に赤砂糖をのせ、乗馬に嘗《な》めさせてやっていると、頬に水滴を感じた。視線をあげる間もなく、草の上に小さな雨音がたちはじめる。

「今度は雨か。どうもこの山に嫌われているようだな。つまりはおれが心正しいからだ」

不安定な天候から、つごうのいい結論をみちびき出しておいて、ギーヴは乗馬に鞍をおいた。

「デマヴァント山に降る雨は、蛇王《へびおう》ザッハークの涙だというが、後悔の涙じゃあるまい。怒りの涙だろうな」

蛇王ザッハークの名を知らぬパルス人は、乳児だけであろう。その名は暗黒の翼をはばたかせ、人の心に戦慄《せんりつ》の寒風を送りこむ。偉大なる聖賢王《せいけんおう》ジャムシードを殺害し、千年にわたって暗黒の治世を布いた魔王なのだ。両肩からは二匹の蛇がはえ、その蛇は人間の脳を餌《えさ》として不死の生命を保ちつづけた。

「あんまり聞きわけがないと、夜、蛇王がやってきて、お前をさらっていくよ！」

パルス人は、幼いころ、母親からそう叱られて育った。大の男でさえ、蛇王ザッハークの名を聞くと、思わず首をすくめるのである。ギーヴでさえ例外ではなかった。「蛇王！」と聞くと、つい身がまえてしまう。三歳児《みつご》の魂というやつであろう。

その蛇王ザッハークを打倒して、現在につづくパルス王国を樹立した英雄王カイ・ホスローは、パルス人にとっては、文字どおりの英雄なのであった。パルス人は、子供が生まれると、「ジャムシードの智仁《ちじん》とカイ・ホスローの義勇がさずかるよう」祈るのである。

カイ・ホスローは、即位後は、息子との対立があったりして、かならずしも幸福ではなかったが、死後は、旧《ふる》くからのパルスの神々をしのぐほどに崇拝され、パルスの最大の守護者とされている。

「……デマヴァント山の地下深くに閉じこめられた蛇王ザッハークは、世の終りにふたたび地上にあらわれ、世界を闇に返そうとする。だがそのとき英雄王カイ・ホスローも再臨し、今度こそ永久に蛇王を冥界《めいかい》へと追放するのだ……」

それがパルスの民に伝えられた説話であった。だが、その点、ギーヴは、一般的なパルス人と考えが異なっている。

「ふん、死者が再臨するものか。地上の悪と災厄は、地上に生きる人間の手で解決するしかないのさ。自分では何もせず、神だのみなんぞやっているから、ルシタニア軍も追いはらえない、奴隷《ゴラーム》制度もなくならない。当然のことだな」

だからこそギーヴは、王太子アルスラーンの裡《うち》に、「地上の災厄を一掃する力」を認めたのである。柄《がら》にもなく、王族などという身分の相手に協力する気になり、いまもその心情は変わらない。

ギーヴは用心をおこたっていたわけではない。だが、同時に、透視力を持つ魔道士でもなかったから、先行する騎馬隊が道を見失って引き返してくることなど知りようもなかった。ギーヴと銀仮面の男ヒルメスとは、山道の角で正面から顔を見あわせたのである。

ヒルメスとギーヴと、どちらがより驚いたかは、わからない。どちらも旧交を温めるという気分になれなかったことは確かであった。

シンドゥラ遠征の直前、ふたりはペシャワール城の城壁の上で、きわめて非友好的な出会いをした。それが二度めの対面で、このたびめでたく、ほぼ半年ぶりに、三度めの対面が実現したわけである。

しばらく両者はにらみあっていたが、やがてギーヴのほうが口を開いた。

「これはこれは、銀ぴかの色男どの。どうやらペシャワール城の濠《ほり》で魚に食われずにすんだようだな。

泥くささがもうとれたとすれば重畳《ちょうじょう》なことだ」

　彼の毒舌は、銀仮面の表面にぶつかってはね返った。重苦しくわだかまった沈黙は、銀仮面ことヒルメスの、うめくような声によって破られた。

「ここへ何にしに来た、道化者」

　自分で問い、すぐに自分で答える。

「そうか、きさまはアンドラゴラスの小せがれに命じられて、おれたちを探りに来たのだな。あくまでおれに敵対する所存か」

「味方でない者は敵、と、すぐに決めつける。王者としては、いささか襟度《きんど》に欠けるのではございませんかな、殿下」

　ギーヴが口にしたことは正論だが、むろんギーヴには、いやがらせの意思がある。たちまちヒルメスは怒気をみなぎらせ、長剣の柄《つか》に手をかけた。両眼の位置にあいた、ふたつの細い穴から、強烈な敵意が放射されてきた。

　ギーヴも身がまえた。銀仮面の部下たちが、せまい山道で可能なかぎり左右に散り、半円状にギーヴを包囲する。横目に彼らのようすを見ながら、旅の楽士は、皮肉っぽくつぶやいた。

「やれやれ、ペシャワール城のときと、逆になったな」

　語尾に、長剣のひらめきがつづいた。


　ルシタニアの騎士オラベリアは、仲間の騎士三人と、それぞれの従者ふたりずつをともなって、ヒルメス一行を追跡している。合計十二騎のルシタニア人は、王弟ギスカール殿下の命令を受け、銀仮面の行動を探っているのだが、命令を下した当人がエクバターナで「手も足も出ぬ」状態にあることを、彼らは知る由《よし》もなかった。

　先行するヒルメスらに気づかれぬよう用心しながら、オラベリアたちは追跡をつづけていたが、仲間の騎士のひとりが、馬上でオラベリアに問いかけた。

「あのパルス人ども、いったい何を考えておるのだ」

「知るものか。どうせ異教徒の考えることだ、よからぬ企《たくら》みに決まっておる」

偏狭なイアルダボート教徒らしく、そう決めつけてから、騎士オラベリアは、仲間をはげました。

「だが、いずれにしても、われらには神のご加護がある。パルスの邪神や邪教徒どもを恐れることはないぞ。それに、何よりも、王弟殿下のご命令をいただいておるのだ」

　オラベリアは、まず自分自身を激励しているのだった。

「王弟殿下の御意にかなえば、われらの将来も明るいというものだ。パルスの征服に成功してから、どうもいまひとつ、功績をたてる機会がなかったが、この機会に、他の騎士どもをうらやませてやろう」

　ひとたびしゃべりはじめると、オラベリアの口数は多くなった。仲間といっしょにいても不安を消すことができないのである。一歩すすむごとに、周囲の風景は暗く陰気になり、風は冷たさと硬さを増し、霧とも雲ともつかぬ水気が渦を巻き、ときおり怪鳥の叫びが、耳と心をおびやかす。毒煙の臭気は不快に鼻[illegible]馬も不安そうに歩みを遅くするのだ。

「聖職者から聞いたことのある、地獄とやらの光景にそっくりだな」

「やめろ、不吉なことを口にするのは」

　低声《こごえ》の会話が、とげとげしさを増した。彼らルシタニア人は、パルス人のように、生まれついての恐怖と嫌悪を、デマヴァント山に対していだいてはいない。だが、それにもかかわらず、彼らは、えたいの知れない不気味さを感じていた。彼らも騎士であるから、剣をとって戦うことを恐れはしない。だが、この不気味さは何ごとであろう。空も大地も、暗い悪意を、しめった空気とともに、ルシタニア人に吹きつけてくる。首すじが寒くてたまらなかった。

「妙だな、パルス人どうし、にらみあっているように見えるぞ」

　先頭に立つオラベリアが仲間に報告したのは、むろん、銀仮面とギーヴが対峙《たいじ》するありさまだった。深い谷間をはさみ、岩蔭からのぞいたのだ。風下でもあり、ギーヴもヒルメスも、ルシタニア人に気づかなかった。ギーヴのように慧敏《けいびん》な男でも、銀仮面の一行にのみ気をとられていたのである。

「何と、多勢に無勢ではないか。騎士道にもとること、はなはだしい。助勢せずともよいのか」

そう問いかけてきたのは、仲間の騎士のひとりで、ドン・リカルドという者であった。オラベリアはあきれ、口ひげをゆらして叱りつけた。

「ばかなことをいうな。真の神を信じぬ邪教徒どうし、勝手に殺しあわせておけばよいではないか。誰が死のうと、われわれにとって痛くもかゆくもない」

「うむ、それはそうだが、しかし、異教徒には異教徒の礼儀というか、そういうものがあるだろうに」

口うるさい見物人たちが、馬の口を手でおさえながら論評しているとも知らず、パルス人たちは、対峙から闘争へと移りかけていた。

「何のために、われわれをつけてきた?」

ヒルメスの誤解は、むりもないことだった。ギーヴという男がまた、ことさら誤解をとこうとはしない性格である。

「銀仮面どのの胸に尋《き》いてみたらどうかな。おれはただの楽士にすぎぬ」

「ふん、口のへらぬ奴。それにしてもへぼ画家に、へぼ楽士か。パルスに咲き誇った芸術の華も、どうやら凋《しぼ》む運命にあるらしいな」

銀仮面が微妙な音をたてたのは、嘲笑《ちょうしょう》が、仮面の内部にこもったからである。軍師の絵と同列にあつかわれてはたまらぬ、と、ギーヴは思ったが、口には出さなかった。ヒルメスは、抜き放った白刃で山間の冷気を斬り払った。

「どうせ運命なら、ここでかたづけてくれよう」

「そいつはこまる。殺されたら、生きていけないではないか」

「何を世迷言《よまいごと》を!」

怒号と斬撃《ざんげき》が同時だった。強烈きわまる斬撃。まともにくらえば、ギーヴは肩から腰まで一刀に斬り裂かれていたにちがいない。だが、ギーヴは、土でつくられた人形ではなかった。おどろくべき柔軟な身ごなしで、彼は乗馬ごと斬撃から身をかわした。斬撃は空をきり、ヒルメスの体勢がわずかにくずれる。

すかさずギーヴの剣が宙を走った。ギーヴの斬撃も鋭かったが、ヒルメスの反応も尋常ではなかった。くずれた体勢から、一瞬で上半身と手首をひねると、ギーヴの剣を鍔元《つばもと》で受けて、はね返したのである。馬がいななき、せまい山道で八個の蹄《ひづめ》が交叉《こうさ》した。

「アンドラゴラスの小せがれには、幾人も部下がいるが、そろって逃げ上手だな。ナルサスめもそうであった」

「そいつはちがうな」

「何?」

「おれのほうがずっと上手さ。軍師どのはまだまだ修業がたりんよ」

思いきり手綱《たづな》をひく。ギーヴの乗馬が高々と前肢《まえあし》をあげた。ヒルメスは自分の馬を後退させたが、あざける色を隠しきれなかった。ギーヴが馬首をめぐらし、遁走《とんそう》するものと思ったのである。すかさず背中に一刀をあびせかけるつもりだった。

だが、ギーヴはたしかに「名人」だった。

馬が前肢をおろすや、ギーヴは突進した。正面へ、である。はっとして剣をあげかけるヒルメスの脇を、風の塊のように駆けすぎると、そのまま谷間へ馬を躍らせた。絹の国《セリカ》の衝立《ついたて》のようにそそりたつ急斜面を、馬をあやつって駆けおりる。最後の数歩は宙に飛んで、高い波をたてながら河中に飛びこんだ。わざとらしいうやうやしさで、崖の上へ手を振ってみせる。ヒルメスの部下たちは弓に矢をつがえたが、死角となって、憎たらしい楽士を射ることはできなかった。笑声を風に乗せて、ギーヴは、下流へと遠ざかっていった。

III

英雄王カイ・ホスローの陵墓《りょうぼ》は、デマヴァント山域の北辺にある。南に蛇王ザッハークを封じこめ、北に積年の敵国トゥラーンをにらんで、地上の脅威と地下の恐怖からパルスを守っているのだといわれている。

「死後、何百年も働かされて、迷惑な話さ。英雄なんぞになるもんじゃない」

と、ギーヴなら言うことだろう。だが、カイ・ホスローは、ギーヴよりはるかに責任感の強い人物であったようだ。幽霊になって不平を鳴らすでもなく、三百年にわたって、陵墓のなかからパルスの国土と歴史を見守りつづけてきた。彼の子孫には、名君もおれば暗君《あんくん》もおり、同じ血をひく者どうしで玉座をめぐって殺しあいやだましあいもおこった。他国に攻めこまれたこともあれば、他国に攻めこんだこともある。かならずしも、パルスの歴史は、平和と豊かさとだけのうちに移ろったわけではなかった。いや、パルスは豊かな大国として三百年を経てはきたが、奴隷《ゴラーム》制度のような社会的な矛盾をかかえこみ、玉座は野心の標的となって、英雄王の遺徳も薄くなりつつある。いま、その陵墓に、銀仮面の一行が到着していた。

「わが祖先、偉大なる宗祖たるカイ・ホスローよ。御身《おんみ》の義勇を、子孫たる我に貸したまわんことを」

ひざまずいてヒルメスは祈った。

陵墓は広大だが、英雄王の柩《ひつぎ》が埋められた場所には、大理石の墓碑が立てられ、神々の像が配されている。半年に一度、国王《シャーオ》が勅使《ちょくし》を派遣して祭礼をおこなうのだが、アトロパテネの敗戦があってより、それどころではなくなっていた。もともと荒涼たる山中であって、寂寥《せきりょう》の気配が濃い。

「御身の国土と王統とともに、御身の剣をも受けつぎたく存じます。形としては非礼のきわみなれど、正統の王位が回復されたあかつきには、盛大に祭礼をいとなみますれば、一時のことはお赦《ゆる》しあれ」

一礼してヒルメスは立ちあがった。

騎士たちの表情に、脅《おび》えがある。敵兵と戦うときには勇敢な彼らだが、英雄王カイ・ホスローの陵墓を暴《あば》こうというのだ。神を畏《おそ》れぬ所業とは、まさにこのことであった。陵墓を暴く前に、彼らはまず自分たちの心を掘り返さなくてはならなかった。彼らの心を、ヒルメスも承知している。頭ごなしにどなりつけることはしなかった。

「われわれは墓荒らしの盗賊ではないぞ。すべてはパルスの正しい王統を守るためだ。宝剣ルクナバードこそ、正しい王統の証《あかし》。これを入手してこそ、おれは簒奪者《さんだつしゃ》アンドラゴラスとその小せがれに対して、王統の正しさを形として見せつけてやることができるのだ」

「ではございますが、殿下、宝剣ルクナバードは霊力をもって蛇王ザッハークを地下に封印していると聞きおよびます。もし宝剣を取り出すことによって、蛇王が再臨するようなことにでもなりましたら……」

そう意見を述べたのはザンデである。亡父カーラーン以来、ヒルメスの忠臣をもって自ら任じている若者だ。そのザンデが異論をとなえたことに、ヒルメスはおどろいた。不快でもあったが、なお彼は、忍耐づよく部下どもを説得した。

「蛇王ザッハークを封印しておるのは、偉大なるカイ・ホスローの霊であって、宝剣ルクナバードはその付属物であるにすぎぬ。また仮にルクナバードそれ自体に霊力があるとすれば、蛇王がよみがえったところで、おれが宝剣の霊力によってふたたび蛇王を封印してくれよう。つまり、何も恐れる必要などないのだ。さあ、納得できたら、おぬしらの手を貸せ」

ヒルメスの説得には一理あった。騎士たちは、なおためらっていたが、これ以上ためらうと、地下の蛇王より先に、目の前にいる銀仮面の怒りが爆発することは明らかだった。誰からともなく鋤《すき》や鍬《くわ》を手にとり、ヒルメスの指示どおり、土を掘りはじめる。いやな作業は早く終わらせたいとばかり、彼らは黙々として土を掘りつづけた。

「柩を暴くのではない。宝剣ルクナバードさえ取り出せば、柩には手をつけず、ふたたび土に埋める。けっして英雄王の遺体を冒瀆《ぼうとく》することにはならぬ」

作業を見守りながら、ヒルメスがさらにいうと、ザンデはやや重苦しくうなずき、空へむけて視線を放った。

「雷雨が来そうでございますな」

声に不安がこもった。夜明けの霧雨《きりさめ》はとうにあがっていたが、雲の色はかえって濃く暗くなり、ヒルメスの銀仮面や騎士たちの甲冑《かっちゅう》のかがやきをくすませた。暗灰色《あんかいしょく》に渦まく雲のあちらこちらに、小さなひらめきが走るのは、雷神の牙《きば》であろう。「急げ」と、ヒルメスの返答は短い。

やがて騎士のひとりが声をあげ、仲間がそれに和した。掘りかえされた土の奥に、石棺《せっかん》の一部があらわれたのだ。騎士たちは道具をすて、手で土を払いはじめた。ふたたび声があがった。湿気でぼろぼろになった筒形《つつがた》の絹の包みがあらわれたのだ。ヒルメスは大股《おおまた》にその場に歩み寄った。手にした包みは、ヒルメスの手にずしりとした重みを伝えてくる。その長さは彼の身長の半分をこえた。

「これが宝剣ルクナバードか……」

ヒルメスの声が揺れた。感動と興奮が、銀仮面の内側から外界へ沁《し》み出たようであった。絹布《けんぷ》をすて、黄金の鞘《さや》から刃《やいば》を引き出す。

三百年にわたって土中にあった剣とは思えなかった。刃のきらめきは、百万の水晶にもまさった。「太陽のかけらをきたえたるなり」とは、まことに至言であった。見つめるほどに、刃はかがやきを増し、柄をにぎるヒルメスの掌に、律動的な波が伝わってくる。全身に力が満ちてくるようであった。巨象をすら一刀で斬り殺せるような自信が体内にみなぎってくる。息を吐き出し、あらためて歎声《たんせい》を発しようとしたとき、皮肉っぽい声が彼の陶酔を破った。

「ふん、銀仮面どのの目的は墓あらしか。人間、おちぶれたくないものだ」

数十の視線がいっせいに動いた。陵墓の入口に騎影がたたずんでいる。いわずと知れたギーヴであった。感動をさまされて、ヒルメスが怒気をみなぎらせた。

「へぼ楽士、呼びもせぬのに押しかけて、自分自身を葬《とむら》う曲を奏《かな》でるつもりか。できれば陵墓を汚したくない。さっさと尻尾を巻いて立ち去れ」

「そうはいくか。宝剣ルクナバードを地上の者が手に入れるとしたら、それはアルスラーン殿下だ。あの方こそ、宝剣の所有者としてふさわしい」

自信満々でギーヴは言い放ったが、以前からそのような信念をいだいていたわけではなく、現在の状況がそういわせたのである。すくなくとも、彼は銀仮面の男が、ルクナバードの正しい持主だとは思えなかった。また、何かとよくない因縁のある銀仮面に対して、いやがらせをしてやろうという気分もあった。

むろん、銀仮面を相手どってのことであれば、いやがらせにしても生命《いのち》がけである。ギーヴは剣士としての銀仮面を、けっして過小評価はしていなかった。さらには、ギーヴがひとりであるのに対して、銀仮面には屈強の部下がついている。だからこそ、いったんは彼らの剣先から逃亡したのだ。

「しかし、それでもなおかつ、宝剣を、ふさわしくない者の手にゆだねるわけにはいかぬ。うむ、われながら見あげた心がけだなあ」

「何をひとりで、へたな詩を独唱しておる」

銀仮面の手は、宝剣ルクナバードの柄をにぎりなおしていた。長大な剣は、単なる鋼《はがね》の工作ではなく、光の塊であるかのように、ギーヴの目には見えた。ヒルメスは、ふいに笑った。

「きさまはふざけた男ではあるが、異数の剣士であるには相違ない。正統の国王《シャーオ》の敵手として、ルクナバードに斬られるという名誉をさずけてくれよう。ふふふ、むろん抵抗してもかまわぬぞ」

認めるのは不愉快だったが、ギーヴは思わず唾《つば》をのみこんでいた。ルクナバードには、たしかにそれ自体の威があって、それがギーヴのように不逞《ふてい》な男をすら圧倒したのだ。だが圧倒されつつも、ギーヴは自らの帯剣を抜きかけた。そのときであった。どこか遠くで何かがきしむ気配がした。馬が不安げに鼻を鳴らした。その足もとで小石が踊り出し、地ひびきが湧きおこって急激に高まった。

「……地震！」

鳴動が足もとを揺るがしたと思うと、半瞬の間を置いて、どおんという衝撃が突きあげてきた。馬がはね、鞍上《あんじょう》で人体が躍った。大地が波うち、鞭うつような音をたてて亀裂を生じさせた。小石がはねあがり、湿った土が舞いあがった。

「どうっ、どうっ」

いななき狂う馬を、必死に馭《ぎょ》する。剣を抜く前だったので、両手を使えたのが、ギーヴには幸いであった。すでにルクナバードを抜き放っていたヒルメスは、宝剣を取り落とすわけにいかず、むろん手綱も離せず、落馬をまぬがれるのに精いっぱいであった。すばやく、巧妙に乗馬をあやつって、ギーヴは、宝剣ルクナバードの長大な刃のとどく範囲から逃がれた。ルクナバードの刀身は、いまや虹色の光芒《こうぼう》を発し、恐怖におののく人間どもの顔を照らし出していた。

「英雄王のお怒りだ！」

「蛇王が復活する！　世が闇に帰る」

相反する二種類の叫びが、騎士たちの口からほとばしりでた。善であれ悪であれ、人知をこえた存在が活動をはじめたことは、疑う余地がなかった。騎士たちは迷信的な恐怖に駆られ、なかには頭をかかえて地に伏せ、英雄王の霊に赦《ゆる》しをこう者もいる。

「銀仮面の兄さんよ、あんたが蛇王の封印を破ったらしいな」

「何……⁉」

ギーヴの声を、混乱のなかで聞きわけて、ヒルメスは相手をにらみつけた。

「その宝剣ルクナバードだ。英雄王カイ・ホスローが蛇王を地下に封印するために、この地に埋めたこと、三歳の幼児ですら知っている。正統の国王《シャーオ》とか称する身で、それを知らぬはずもない」

ギーヴは決めつけた。ヒルメスは旅の楽士をにらみつけたようだが、反論する余裕もない。大地の亀裂はさらに拡大し、崖からは大小の石が転がり落ち、それらの音が交叉して世界じゅうが不気味な音響に満ちているように思われた。と、それらのすべてを圧して、落雷の音がとどろき、断崖の岩が直撃を受けてはじけとんだ。人頭大の石が、ギーヴのすぐそばに落ちてきた。黒雲がますます低くなってギーヴの頭上に落ちかかり、気流が渦をまいて砂礫《されき》を吹きつけてくる。

「なるほど、銀仮面さまは国土より王権のほうがお大事か。蛇王ザッハークが復活して、民を害し国を滅ぼそうとも、自分ひとりのための玉座がだいじなわけだ。まったく、ごりっぱな国王《シャーオ》さまだぜ！」

「あきもせず、へらず口を！」

ヒルメスは怒号し、激震のなかでなおも馬をあやつって、無礼な楽士に必殺の斬撃をあびせようと近づいてきた。

IV

強烈な力が地軸を揺るがしつづけている。空は暗黒におおわれ、ときおり青白く雷光の剣がひらめいた。天と地が、上と下から人間どもをはさみうちにしようとしている。

「助けてくれ、助けて……！」

割れた岩場に足をはさまれて、騎士のひとりが絶叫している。騎士たちの馬はすでに何頭か逃げ出していた。ザンデが大声で「静まれ、しずまれ」とどなっているが、その声もうわずっているので、さして効果はなかった。

「殿下、とにかく安全な場所へ」

ザンデはそうも叫んだが、ヒルメスは聞いてはいなかった。ルクナバードの威力をわが手にし、それをギーヴの身において試すことに、注意力のほとんどを奪われていた。

馬の足もとで、何かが咆哮《ほうこう》した。

大地が裂けた。まるでルクナバードの刀勢に耐えかねたようであった。すさまじいきしみをたてて、暗い傷口が地に走り、縦に伸び横にひろがった。

ギーヴは躊躇《ちゅうちょ》なく馬腹を蹴った。絶妙の手練であった。馬は巨大な割れ目を躍りこえ、まだ揺れ動く大地に降り立った。ヒルメスもまた非凡な騎手だった。片手に宝剣ルクナバードをかざしたまま割れ目を飛びこえる。馬の後肢が割れ目の縁を蹴りくずして、一瞬ぎくりとしたが、わずかによろめいただけで体勢をととのえると、そのままギーヴめがけて突進してきた。

ルクナバードが大気を斬り裂いた。受ければ剣が折れることを直感し、ギーヴは頭を低くして致命的な一撃をさけた。青白い閃光《せんこう》がギーヴの頭上をかすめ去ったとき、ギーヴは自分の判断が正しかったことを知った。

「ルクナバードを大地にもどせ！」

ギーヴはどなった。優美な芸術家、典雅《てんが》な詩人であるはずの彼も、他人をどなりつけることがあるのだ。

「正統だろうが不当だろうが、おぬしの器量では、ルクナバードの霊力を御《ぎょ》することはできんのだよ。それがまだわからんのか。それともわからないふりをしているのか」

「だまれ！　さかしら口を！」

どなり返すヒルメスの右手にあらためて白刃がきらめいた。それはルクナバードではなく、彼がもともと持っていた剣であった。ルクナバードを鞘におさめ、ザンデにむかって放ると、自分の剣を抜いたのだ。ルクナバードに対するこだわりを、一時的に絶ったようであった。

こいつはもしかしたら、わずかながらおれより強いかもしれん。正直なところ、ギーヴはそう思ったが、相手の剣がルクナバードでない以上、恐れはしなかった。刀身が激突し、飛散する火花が地上の雷光を出現させた。大地が揺れ、馬体が揺れ、鞍上で躍りあがりながら、傑出したふたりの剣士は、十合あまりを撃ちあった。

それが突然、中断したのは、闘いの間に、両者がある光景をほとんど同時に目にしたからである。ギーヴも動きをとめ、ヒルメスは雄敵を放り出して馬首をめぐらした。宝剣ルクナバードを主君の手からあずかったザンデが、かなりためらったあげくであったが、大地にできた裂け目へ、いきなり宝剣を投じたのである。駆けつけたヒルメスが見たものは、暗黒の地底へと落ちていく宝剣の、最後のきらめきであった。

「ザンデ！　何をする！」

「ごらんのとおりでござる、殿下」

「おぬし、自分がしたことの意味がわかっているのか。覚悟あってのことか！」

ヒルメスの剣が宙にうなった。剣の平で、したたか顔面を殴りつけられ、ザンデの鼻から血が噴き出す。馬からとびおり、なお揺れ動く大地にひざまずいて、ザンデは怒り狂う主君を見あげた。

「いくらでも私をお殴り下さい。斬られてもお怨《うら》みはいたしませぬ。ただ、この不遜《ふそん》な楽士めが申したことは、残念ながら事実でござる。ルクナバードは蛇王を封印するに欠けてはならぬ神器。いずれ殿下が正統の王位を回復なさった後、神官に命じて儀式をとりおこない堂々と佩剣《はいけん》となさればよろしゅうございましょう。殿下がいま地上の敵をお討ちあるに、宝剣の力など借りる必要はござらぬ」

大地が揺れ動くつど、ザンデの声は乱れたが、とにかく長々と主君への忠言をいいおえたとき、周囲はかなり静かになっていた。

「どうやら寸前で封印の力が回復したらしいな」

ギーヴが肩の力をぬいた。たしかに、鳴動も雷もおさまりつつあった。宝剣の不思議な力が、大地のそれと共鳴していることは、疑いようがなかった。ヒルメスも、いつか肩の力をぬいていた。銀仮面が微妙にふるえ、押しころした声が流れ出した。

「ザンデよ、お前の父カーラーンは、正統の国王《シャーオ》に忠誠を誓い、非命に倒れた。その功績に免じて、今回、お前の罪は赦《ゆる》してやる。だが一度かぎりだ。このつぎ、おれの意に反するようなまねをしたら、よいか、亡父の遺徳も、お前を救えぬものと思え」

かろうじて、ヒルメスは、自分を制したのであった。血まみれの顔を地面に押しつけてザンデは、おそれいった。ヒルメスはひとつ頭を振ると、生き残った部下たちに騎乗するよう命じた。

「ふん、あの男、でかい身体だけが自慢の粗暴かと思ったが、存外そうでもないじゃないか。ヒルメス王子にも、まったく、部下がいないというわけではなさそうだ……」

言い終えぬうちに、ギーヴは右手の剣をふるった。鋭い金属音がして、おそいかかってきた斬撃がはね返されていた。それまで地に平伏していたザンデが、にわかに躍りあがって、ギーヴに斬りつけたのだ。

「こら、何をするか、乱暴な！」

「何をするもあるか。きさまは銀仮面卿にさからう不逞の輩《やから》だ。ルクナバードの件にかかわりなく、きさまを殺す！」

ザンデの主張は、もっともである。宝剣ルクナバードの処分について、たまたま意見が一致したからといって、銀仮面卿ことヒルメスたちと、ギーヴとが、以後仲よくせねばならぬ理由は、どこにもない。

ましで、ザンデにしてみれば、忠誠の結果とはいえ、主君であるヒルメスの意にそむき、怒りを買ってしまった。ここはせめて、ギーヴぐらいは斬りすてて、ヒルメスの役に立たねばならなかった。

「おぬしの立場は、よくわかる。だが、おれにもおれの立場があって、殺されてやるわけにはいかんね。ましてや、何でおれより実力の劣る奴に殺されてやらなきゃならんのだ？」

「やかましい！」

「あばよ、つきあっていられるか」


またしてもギーヴは、ヒルメス一党の怒りの刃から逃げ出すことになった。ヒルメスの部下は、半数以上が地割れにのみこまれてしまっていたが、それでも一団となってギーヴを追った。このときは、ザンデがやたらとはりきり、ヒルメスは何となく気勢をそがれて追跡には熱心ではなかった。それでも二ファルサング（約十キロ）ほど追いつ追われつを演じて、デマヴァント山の東方へ到ったとき、見はるかす平原を埋めて南下する甲冑の列を発見したのである。騎兵ばかり数万、しかも、林立する軍旗が、パルス人たちをおどろかせた。

「おい、どうやら、おれを追いまわしている暇はないようだぞ。さっさと王都にもどってルシタニア軍に報告するんだな」

どこまでも、ギーヴは抜け目がない。彼自身のおどろきを、ザンデらを脅かす材料に使った。ギーヴにせまって大剣を振りかざしたザンデも、とっさに声が出ない。

三角形を縦に並列させたような軍旗に、図案化された太陽の象《しるし》。それは「草原の覇者」トゥラーンの軍旗であった。これは国王トクトミシュがひきいるトゥラーンの本軍であって、一路ペシャワール城をめざしていたのだ。そしてこの日、デマヴァント山をゆるがした奇怪な地震は、ペシャワール城でパルス軍とトゥラーン軍をおどろかせた、あの地震であった。

あわてるザンデらをすておいて、ギーヴはトゥラーン軍をさけつつ、さらに馬を走らせはじめた。

「事が多いのは歓迎だが、こう一度にたくさん起こっては、いささか手に余るな。おれの目がとどかないところで、どんな楽しいことがおこっているか、知れたものじゃない」

それにしても、王太子アルスラーンは、よほど平穏無事な人生とは縁がない少年であるらしい。シンドゥラ王国にまで出かけて危険と苦労をかさねたあげく、ようやく王都奪回の大軍をおこした十四歳の少年。だが、この時機になって、歴史的な敵国であるトゥラーンの侵入があろうとは。

一度アルスラーンのもとへ帰るべきだろうと、ギーヴは判断した。王太子のもとには、ダリューン、ナルサス、キシュワード、それに何よりもファランギースがしたがっている。彼女らにまかせておけばよいのだが、魔の山で生じた事件を、王太子に報告しておきたい。ファランギースの顔も見たい。そして、何よりも、退屈したくない！

すべての条件がそろったので、ギーヴは、王太子とその軍隊を探して馬を飛ばしはじめたのである。

いっぽう、銀仮面ことヒルメスと、その一党も、あわただしく馬首を西へめぐらした。

「何と事の多いことよな」

ヒルメスでさえ歎息《たんそく》せずにいられなかった。少年のころ、顔に火傷《やけど》を負いつつ猛火から脱出し、生命と王統を守るために祖国を逃がれた。それ以来、ヒルメスの人生は、つねに多難で危険に満ちていた。それでもようやく、簒奪者アンドラゴラスを牢獄にたたきこみ、復讐を果たし、正統の王位に近づきつつあったのだ。それはパルスとルシタニア、二か国の関係にもとづいて、であった。ところが、そこへトゥラーンが加わった。ヒルメスにとっては計算外のことであった。自分自身の巨大な構想を実行にうつした者は、しばしば、自分と無関係なところで他者も何かを考えているのだ、ということを忘れがちになるのだ。

さて、無関係といえば、ヒルメスやギーヴの思惑とは無関係に、デマヴァント山でひどい目にあった者たちがいる。銀仮面の行動をさぐるために追跡してきた、ルシタニア騎士の一団であった。

生命《いのち》からがらとは、まさにこのことであろう。デマヴァント山に侵入したルシタニア人のうち、王都に生還しえた者は二名だけであった。騎士がひとりと従者がひとり。他の者は不幸にも、敵兵ではなく、人知を超えたものの手にかかって、永遠に祖国へ帰ることができなくなってしまった。

かろうじて生命をひろったオラベリアはほうほうの態《てい》でデマヴァント山を逃げ出している。彼はギーヴとザンデらの追いかけっこにつきあうことができなかったので、トゥラーン軍来襲の事実を知ることもなかったのである。

さて、オラベリアはギスカールから密命を受けていたのであり、その内容を知る生者はオラベリアだけであった。むろんギスカールも生きており、自分が与えた命令を知ってはいたが、オラベリアの報告を受けることができるような立場にはなかった。なにしろ、地下牢を脱出したアンドラゴラス王のために、捕われの身となっていたのであるから。

こうして不運なオラベリアは、せっかく経験した奇怪な事実を語る相手もなく、むなしく王都で日をすごすことになる。それはオラベリアにとっても、またルシタニアにとっても不運なことであった。だが、それらの事情は、まだ未来の支配下に属するできごとである。

V

自分の仲間の騎士が、すべて地震で死んでしまったものとオラベリアは思いこんでいた。ところが、馬もろとも地底にのみこまれて、生きていた者がいたのである。

　騎士の名はドン・リカルド。ヒルメス一党と単独でむかいあうギーヴを見て、「多勢に無勢ではないか」といった男である。カイ・ホスローの陵墓一帯に巨大な割れ目が生じたとき、それを避けることができず、地中へ落ちこんでしまったのだ。

　馬は頸《くび》の骨を折って死んでしまったが、その身体が転落の衝撃を吸収し、ドン・リカルドは打ち身をいくつかつくっただけで、落命をまぬがれた。それでも、降りそそぐ土や小石の雨の下で、しばらく気絶していたようだ。意識をとりもどしたとき、すでに地震はおさまっていた。土や砂を払い落として上方をながめると、弱々しい日光が地底にまで差しこんでいる。地表へよじ登ることを考えたが、たっぷり五階建の建物ぐらいは高さがあった。

「神さまも中途半端なことをなさる。どうせ助けてくださったのなら、最後まで助けてくだされればよいものを」

　ついぐちが出てしまったが、信心ぶかいルシタニア騎士は、あわてて両手をあわせ、神に赦しを乞うた。地底に落ちた身ではあるが、地獄に堕《お》ちるのは、ごめんこうむりたい。生きていれば地上へ出る機会はあるはずだ。だが、不信心の罪で地獄へ堕ちれば、魂は永遠に救われない。死後のほうが、ずっと長いのだ。

「イアルダボートの神よ、心よわき者の罪をお赦しください。この地底の牢獄を脱出することができましたら、かならず神の栄光のために微力をつくさせていただきます」

　うやうやしく誓ったとき、ドン・リカルドは、首すじに風を感じた。上からではなく、横から吹きつけてきたのだ。はっとして、騎士は暗闇をすかし見た。横から水平に風が吹きこんでくるということは、この地底の割れ目が、どこかに通じていることではないか。

　ドン・リカルドは、割れ目のなかを手でまさぐった。指先や掌に、土や石の感触があった。風を追って動いた手が、土や石のかさなりあうなかに、小さな隙間を発見した。喜びの声をあげて、ルシタニアの騎士は、短剣を鞘ごと抜いて、土を掘りはじめた。どれくらいの時間が経過したかわからない。掘っていた土と石の壁がにわかにくずれ、人ひとり通れるほどの穴があいた。

穴の奥には巨大な空洞が暗黒の広間を形づくっていた。神の加護を短く祈ると、ドン・リカルドは底知れぬ穴のなかに踏みこんだ。

パルス人なら誰でも知っている蛇王ザッハークの伝説を、ドン・リカルドは知らなかった。彼だけでなく、オラベリアも知らなかったし、ルシタニア人のほとんどが知らなかった。逃亡した大司教ボダンがいっていたように、異教徒の文化など、地上に残しておく価値がないものだった。

自分たちと異なる文化の存在を認めないことこそ、野蛮人の証であろう。ことに、ルシタニアの場合、他の宗教や文化を滅ぼすことが、侵略や征服の大義名分となっていた。ルシタニア人が他国を征服するのは、領土や財宝がほしいからではない。ひとえに、イアルダボート神の御名《みな》をたたえ、正しい信仰を全世界にひろめるためである。他国の文化を滅亡させ、その土地の神々を、唯一絶対の神にさからう悪魔にしたて、イアルダボート教の信仰を強制するのだ。

王弟ギスカール公爵ともなれば、大義名分と事実の差は充分に心えている。征服を長期化させ、完全に成功させるためには、他国の文化や社会風習を大目に見る必要があることもわかっている。だからこそ、大司教ボダンとの間に、いさかいが絶えなかったのだ。ボダンが風をくらってパルスから逃げ出し、完全にギスカールの天下が来た。来たはずであったが、その直後にギスカールは、パルス国王アンドラゴラス三世と捕虜の立場をとりかえることになってしまった。地底をうろつくドン・リカルドと、どちらが不幸かわからない。

そのような地上の事情はさておき、ドン・リカルドは、地底の奇怪な空洞を、奥へ奥へと進んでいった。ドン・リカルドは勇敢な騎士であるにはちがいなかったが、この場合、無知が幸いした。彼と同じくらい勇敢な騎士であっても、パルス人であったら、蛇王ザッハークの伝説を想いおこし、恐怖で動けなくなっていたであろう。

蛇王ザッハークの名を知らぬルシタニア騎士は、どんどん地底を進んでいく。とはいえ、どことなく薄気味悪い場所にたったひとりでいることは事実であったから、自分を勇気づけるために、声をはりあげてルシタニア語の歌をうたったりした。ドン・リカルドはりっぱな騎士であったが、歌い手としては、声の大きさだけがとりえであった。

もともとたいして多くの歌を知っていたわけでもないので、すぐに地下空洞は静けさをとりもどした。ふいにドン・リカルドは周囲の闇を見わたし、剣の柄に手をかけた。何かがいるという気がしたのだ。闇の奥に、何物かがわだかまっている。

「誰だ？　誰かそこにいるのか」

何度かくりかえした後、あることに気づいてドン・リカルドは舌打ちした。ルシタニア語で話しかけても、このような異国では通じない。記憶をたどり、へたくそなパルス語を思いだして、彼はまた大声で呼びかけた。

谺《こだま》が消え去ると、はてしない沈黙が返ってきた。それは無色の沈黙では、すでになかった。背筋がぞくりとするような暗黒の意思が感じられた。

この空洞は、もしかすると地獄に直結しているのかもしれない。ドン・リカルドはそう思った。それはイアルダボート教徒の偏見であったが、ほとんど事実だった。もっと正確にいうと、パルス人の地獄にルシタニア人が侵入したということになるだろう。いずれにせよ、ドン・リカルドは生きたまま地獄ないしその別荘にはいりこんでしまったのだ。

「か、神の御名は讃《たた》うべきかな。悪は畏《おそ》るるにたらず、神の栄光をもって退《しりぞ》くることを得《う》ればなり。畏るるべきは悪を退けえざる弱さなれば……ええと……」

教典の小むずかしい文章を想い出すことができず、

ドン・リカルドは口ごもった。これほど深い地下であるのに空気が動き、なまあたたかい風が、見えない触手で騎士の身体をなでまわす。やがてドン・リカルドの足に何かが触れた。かたいなめらかなもので、岩のようでもあるが、そのなめらかさや直線的なところは人工物のようでもある。

それは巨大な岩板だった。厚さが、ドン・リカルドのひざの高さほどもある。縦の長さや横幅ときたら、ひとつの部屋ほどもあった。

何か巨大な部屋に巨大なものを閉じこめていたのだろうか。その何物かは、岩板を押し倒してどこかへ去ってしまったのだろうか。それともまだ近くに潜んで、獲物が地下の迷宮にはいりこんでくるのを待ちかまえているのだろうか。騎士の肌は冷たい汗にぬれた。

しゅるしゅる。しゅるしゅる。音がひびいてくる。巻きついた布を勢いよくほどくような音であった。だが、べつの音にも似ていた。故国ルシタニアの荒野で、ドン・リカルドは毒蛇の舌音を聴いたことがあった。騎士は心臓と舌が凍るのを感じた。この地底には、毒蛇の巣があるのだろうか。

引き返すべきだ。と思いながら、ドン・リカルドの足は、前進をやめなかった。勇気からではなく、べつの衝動からであった。左手を剣の柄にかけ、甲冑を鳴らさぬよう用心しながら、ドン・リカルドは、体内で心臓の鼓動が銅鑼《どら》のように鳴りひびくのを自覚した。自分はこれまでどんなルシタニア人も経験したことのない事態を見ようとしている、そう思った。と、べつの音が聴こえてきた。じゃらじゃらと太い鎖を鳴らすような音である。

闇の一部が明るんでいた。黒く塗られた壁の一部に黄白色の染料を上塗りしたような、不自然な明るさであった。鎖を鳴らす音はその付近から湧きおこっていたが、そこに近づくのに、ドン・リカルドが払った苦労はたいへんなものだった。ようやく岩蔭にたどりついたとき、黄白色のものは岩盤であり、何かの光源によって、そこに影が映し出されているのがわかった。

それは巨人の影であった。黄白色の岩盤に映った、巨大な人の影。頭部の輪郭は、おそらくターバンを巻いているのであろう、奇妙に四角い。だが、ドン・リカルドの注意をひいたのは、べつのものであった。いったい、あれは何であろう。

首の左右のつけ根から、何か太く長いものが生えて、それがゆらゆらと揺れていた。いや、揺れているのではない。自分の意思で動いているのだ。植物の茎にも似たそれは、動物であった。肢のない、おぞましい動物。イアルダボート教においては悪魔の象徴とされる、いまわしい動物。蛇であった。人間の両肩に生きた蛇がはえているのだ。このような奇怪な存在は、イアルダボート教の教典にものっていなかった。ドン・リカルドがよろめき、岩のひとつにもたれかかったとき、足もとで小石が鳴った。蛇が動きをとめた。永遠とも思える一瞬の後に、蛇を両肩にはやした巨人の影が起《た》ちあがった。すさまじい瘴気《しょうき》が吹きつけてきた。

ドン・リカルドの理性と勇気がはじけ飛んだ。彼は絶叫を放ったが、それを知覚することすらできなかった。彼は巨人に背を向け、こけつまろびつ、無限とも思われる闇のなかを逃げ出した。

空白になった意識が回復したとき、ドン・リカルドは地上にいた。断崖の下、渓流に面した小石の原に倒れていたのだ。手の甲にすり傷ができ、服は何か所も破れ、手指の爪がはがれて血が流れていた。剣もなく、逃げるために甲冑もどこかにぬぎすててしまったようであった。どうやって地底の牢獄から脱出できたのか、考える気力もなかった。疲労と恐怖、そして激しい咽喉《のど》のかわきだけがあった。

ドン・リカルドは、よろめく足を踏みしめて、小川に歩み寄った。岸辺にすわりこみ、水を飲むために流れに顔を近づけた。月の光が降りかかり、川の水を鏡として、ルシタニア騎士の顔を映し出した。ドン・リカルドは呆然《ぼうぜん》として自分の顔をながめ、ひげをなで、うめき声をあげて頭髪をかきむしった。彼はまだ三十歳になったばかりなのに、髪もひげも真っ白になっていたのであった。

征馬孤影

第三章

ふたつの脱出

5

I

麗《うる》わしのエクバターナ
大陸の香《かぐ》わしき華《はな》よ
汝《なんじ》の微笑《ほほえ》みに現世《うつしよ》の苦しみを忘れ
人々は群れ集《つど》う、蜜蜂《みつばち》のごとくに

（四行詩《ルバイヤート》大全一〇二九　作者不詳）

パルスだけでなく、多くの国の詩人たちが王都エクバターナの栄華をたたえてやまなかった。「エクバターナ酔い」ということばがあるように、旅の半ばで行程を放棄し、この城市《まち》に住みついていて老い朽ちていく人々も多かった。大陸の東と西から、さまざまな文化とさまざまな物資が流れこみ、茶、酒、紙、羊毛、絹、真珠、黄金、綿、麻など、四十か国の商品が四十か国の商人によって売買された。商売が終われば、人々は飲み、歌い、踊り、恋し、昼となく夜となく人生の実りを楽しんだのである。

パルスという国自体には、いくつも矛盾や欠点があった。だが全体の豊かさや美しさは、欠点をおおいかくした。宮廷内の権力闘争や陰謀も、奴隷《ゴラーム》制度も、パルスにだけあるものではなく、どこの国も同じだった。自由民《アーザート》たちは、何のかのと不平をならべながらも、それなりの豊かさと自由を楽しんでいた。

パルス暦三二〇年秋まで、エクバターナはこうして豊かで美しい城市《まち》でありえた。だが、アトロパテネの野で、無敵のはずのパルス騎兵隊が潰滅《かいめつ》して以来、エクバターナは不毛の冬にとざされた。乱入してきたルシタニア軍は、家を焼き、財貨や食糧を強奪し、男を殺し、女を掠《かす》めとった。ルシタニア人は、衛生や都市計画というものを理解せず、王宮の廊下や家の床に放尿し、酔っぱらってはへどをはき、街を汚しまわった。

だがルシタニア人の驕《おご》りも、わずか半年あまりで挫折を強いられることになった。

　アトロパテネの敗戦以来、捕虜として地下牢《ディーマース》に閉じ込められ、拷問を受けていたパルスの国王《シャーオ》アンドラゴラス三世が、牢を脱出したのだ。それだけならまだよい。アンドラゴラスは人質をかかえこんだのだ。余人ならず、ルシタニアの王弟ギスカールが人質とされてしまった。ギスカールはルシタニアの国柱ともいうべき人物であり、無為無能の兄王イノケンティス七世をしのぐ実力と人望があった。ギスカールを失って、ルシタニア人たちは蒼白になった。

　アンドラゴラスの豪勇が諸人に冠絶《かんぜつ》するものであるとしても、彼はほとんどただひとりでルシタニア軍に拮抗《きっこう》せねばならぬ。彼の一剣をもってルシタニア軍全員を殺しつくすことはできぬのだから、ギスカールはアンドラゴラスにとって必要不可欠な人質であるはずだ。かるがるしく殺すような所業《まね》はしないであろう。

　それがルシタニア人たちにとって、せめてもの希望であった。

　ルシタニアを出て、遠き道を歩み、流血の遠い道をくぐりぬけて、マルヤムとパルスの二大国を支配下に置いた。他国にとってはどれほど迷惑であろうとも、ルシタニア人にとっては苦難から出発した栄光の道である。いまさら立ちどまることも、引き返すこともできなかった。パルスという豊かな国を喰らいつくさねば、いつか自分たちのほうこそ喰われてしまう。そうならぬためには、ギスカールをぜひとも救い出さなくてはならない。

　ギスカールは、イノケンティス七世個人にとっても、どんな難題でもかたづけてくれる、たいせつな弟である。子供のころから、「こまったこまった」といえば、弟がかたづけてくれた。舌打ちしたり、ため息をついたり、あるいはいやみを言いながらではあったが、とにかく、兄にできないことをやってくれたのである。

　ギスカールの指導力と処理能力がなければ、ルシタニアはいつまでも大陸西北辺境の貧乏国でしかなかったろう。有力な廷臣や武将はそのことを知っており、ギスカールを見殺しにして自分が権勢をにぎろうとたくらむ者はいなかった。いないはずであった。

ふたりの将軍、モンフェラートとボードワンは、王弟から兵権を貸し与えられ、パルス王太子アルスラーンの軍と戦うため準備をととのえているとき、この困難事にぶつかった。彼らは、城外の敵と戦うより、まず、城内の敵をかたづけなくてはならない。

「かならず王弟殿下をお救い申しあげる。でなければルシタニアは異郷で泥の家のように溶け去ってしまう。まず、われら自身の命運を賭けて、殿下の身をアンドラゴラスからとり返さなくてはならぬ」

モンフェラートが決意を語り、ボードワンもうなずいた。彼らは、王宮の一室にたてこもった国王アンドラゴラスと王妃タハミーネを、大軍によって包囲したが、さて、それから先が、じつは容易ではない。

もし城内にアンドラゴラス王をかかえこんだまま、城外からパルス軍の攻撃を受けることになったら。そう考えると、モンフェラートもボードワンも慄然《りつぜん》とするのだった。ルシタニア全軍は、祖国を遠く離れた異郷の地でみじめに滅亡してしまうであろう。これまで積みかさねてきた労苦も栄光も、泥の家さながらにくずれ落ちてしまう。モンフェラートが語ったたとえ話は、まったく誇張ではなかったのだ。

つまるところ、選択はふたつである。人質となっている王弟殿下ギスカール公を見すてるか、あくまで救出するか。

前者を選べば、話は簡単である。くりかえすが、アンドラゴラスがいかに豪勇であろうとも、ただひとりでルシタニア軍三十万人を殺しつくすことはできぬ。だが、その途《みち》を選べるはずもない。かくして事態は膠着《こうちゃく》し、ルシタニア人たちの思案は、どうどうめぐりの迷路にはまりこんでしまうのであった。

このようなとき、毅然《きぜん》として弟を救出する作戦を指揮するのは、兄王イノケンティス七世であるべきだ。だが、神がかりの国王は、自室にこもって神に祈るばかりで、何も具体的な対策をたてようとはせぬ。モンフェラートもボードワンも、とうに国王を見離していたから、国王の自室へ影のようにすべりこんでいった暗灰色《あんかいしょく》の衣の男のことなど気がつかなかった。いらだったボードワンは、モンフェラートにむかってうめいた。

「神は何をしておられる。イアルダボート神は信仰篤《あつ》いルシタニア人の危難をお見すごしあるのか」

ルシタニア人にとって、これは禁じられた疑問であった。だが、ギスカールの苦難と、自分たちの無力を思うと、不可侵なる神に対して、ぐちのひとつもこぼしたくなろうというものであった。


捕えられてもう幾日になるのか。ギスカールには時間の観念が失われつつあった。堂々たる壮年の貴族として、宮廷の貴婦人にも町娘にも騒がれた身が、鎖につながれ、床に転がされているのだ。

王宮全体はルシタニア軍の支配下にあるが、中庭に面し回廊をめぐらせたこの一室は、アンドラゴラスによって支配されていた。皮肉ないいかたをすれば、この一室は、ルシタニア人の海に浮かぶパルスの小さな王室だった。

身心の苦痛と疲労は耐えがたかったが、ギスカールは自らを鞭うって思案をめぐらせた。このままアンドラゴラスの手にかかって死ぬような結果になれば、ギスカールは末代まで恥をさらすことになるであろう。パルスとマルヤム、ふたつの大国を征服し、ルシタニア史上最大の偉業をなしとげたことは忘れられ、悪い評判ばかりが死後に残ることになる。そんなことはギスカールには耐えられなかった。

モンフェラートやボードワンが、王弟を救出する手段を考えているにちがいないが、彼らに自分の生死をまかせてのんびりしてはいられない。

アンドラゴラスに隙はないものであろうか。ギスカールは自分をとらえた男を観察したが、自由を回復したパルスの国王《シャーオ》は、花崗岩《かこうがん》の塔のように強力で隙がないように見えた。それでも、あきらめてしまうこともあるまい。いろいろと試してみよう。

「教えてくれ、今日は幾日だ？」

「知ったところで詮《せん》なかろう、ルシタニアの王弟よ」

アンドラゴラスの返答は、短く、無情である。できるだけギスカールと口をきかぬよう努めているかに見える。大切な人質に死なれてはこまるから、食事や水は与えてくれるが、鎖に縛られたままのギスカールは、犬のように、直接それらを口で食べたりすすったりしなくてはならなかった。屈辱のかぎりである。だが、食べねば体力がつかず、逃げ出す機会もへる。いまに見ておれ、と思いつつ、ギスカールは食べ、飲み、かつ考えた。

それにしても、あれはどういう意味であったのか。ギスカールは考えずにいられなかった。身体の自由を奪われ、生命をおびやかされながら、それでもなおかつ、彼が気になっていたのは、王妃タハミーネが、夫であるアンドラゴラスに投げつけた声であった。

「わたしの子供を返して！」

王妃タハミーネの子といえば、王太子アルスラーンであるはずだ。それを返せとはどういう事情であろう。アルスラーンの他にも国王夫妻には子供がおり、その子が父王の命令でどこかへつれ去られた、とでもいうことだろうか。ギスカールには判断がつかなかった。それでもなお執拗《しつよう》に考えつづけたのは、考えることが人間としての証であるように思われたからである。

ふと、べつのことをギスカールは思い出した。それは銀仮面の男がギスカールに告白した、彼の正体であった。それについて地下牢で語りあううち、アンドラゴラスは鎖を切って自らの身を解放したのである。ギスカールは目を光らせ口調をととのえて、パルス国王に声をかけた。

「ヒルメスという名に聞きおぼえがあるだろう、アンドラゴラス王」

ギスカールの声が耳にとどいたとき、甲冑《かっちゅう》につつまれたアンドラゴラス王の身体が、わずかに揺れたように思われた。ギスカールは王妃タハミーネの反応を確認しようとしたが、彼の視線はアンドラゴラスのたくましい甲冑姿にさえぎられて、王妃にはとどかなかった。

　珍しいことだが、アンドラゴラスは、椅子に腰をおろしたまま、まともにギスカールを見すえた。床に転がされたまま、ギスカールは、かろうじてその視線に対抗した。

「ヒルメスは、わが甥だ。予が兄王を殺し、王位を簒奪《さんだつ》したと信じていた。だがすでに彼は死んだ。そう答えたはずだ」

「事実なのか」

「何が？」

　ことさらに、アンドラゴラス王は問い返した。質問の意味を理解しながら、傲然《ごうぜん》とうそぶいている。

「おぬしが兄王を殺したということがだ」

　せいいっぱい、さりげなくよそおったつもりだが、わずかに声がうわずった。アンドラゴラスの目は、遠くを見ていた。

「生者は知る必要のないことだ」

　そっけなく答えるまで、間があった。そのとき、彫像のようにすわっていた王妃タハミーネが、ヴェールごしに夫を見やったようである。だが、口に出しては何もいわない。

「ヒルメスにはそれがわからなんだ。あやつには事実よりも、自分が心に描いた想像図のほうがたいせつだったのだ。もっとも、それはおぬしらの国王でも似たようなものだろう」

　もののみごとに正鵠《せいこく》を射られたので、ギスカールは返答できなかった。アンドラゴラスが、はぐらかしたことは確かであり、対等な立場であったら、ギスカールはさらに鋭く追及したであろう。だが、追及をギスカールは断念した。これ以上、追及したところで、アンドラゴラスを不快にさせるだけである。

　たいせつな人質であることは、とらえた者もとらえられた者も承知している。殺すわけにはいかない。だが、

「片耳を失ったところで、人質としての価値は変わらぬ。それとも手指がよいか」

　低く笑って、アンドラゴラスがギスカールの片耳

に大剣の刃《やいば》をあててみせたのは、事態が膠着《こうちゃく》してしばらくたったときであった。実行はされず、脅しであったが、ギスカールには充分こたえた。それ以来、ギスカールは、自分の立場を楽観的に見ないようにしたのである。

II

今度はアンドラゴラスのほうが口を開いた。

「ところで、こちらにも尋《き》きたいことがあるのだがな、ルシタニアの王弟よ」

「……何を尋きたい？」

「予のたのもしい味方のことだ」

「パルス軍のことか」

「そうだ。パルスにはまだ十万をこす将兵が無傷で残っておるはず。彼らの動静を知りたい」

「それは……」

「口ごもるところを見ると、あるいは王都の城壁の外まで迫っておるのかな」

アンドラゴラスの視線が、部下たちの方向へ動いた。つい先日まで、地下牢《ディーマース》の拷問吏として、アンドラゴラスを痛めつけていたはずの男どもである。だが、ひとたびアンドラゴラスが自由を回復すれば、人間の格がちがう。いまや彼らはアンドラゴラスの命令のままに黙々と動く肉人形と化していた。

何しろ、もともと戦士ではなく拷問吏どもである。鎖に縛られて身動きもろくにできぬギスカールとしては、彼らの視線が不気味でしかたなかった。男ざかりで健康なギスカールの身体は、拷問吏にとって、さぞ責め甲斐があることだろう。

ギスカールの心中を知ってか知らずか、

「イアルダボートの神とやらは、けっこう偉大な存在かもしれぬな。あのような国王をして、パルスを征服せしめるとは」

そうつぶやいたアンドラゴラスは、やや表情を変えてギスカールを見すえた。腰の大剣が、寒けのする音をたてた。

「で、パルス軍はどうした。まだ答えを聞いておらぬぞ、ルシタニアの王弟よ」

「ペシャワール城を進発し、大陸公路を西へ進んでおる」

ギスカールは答えた。隠してもしかたのないことであった。ルシタニアがわの二城が陥《おと》されたことも告げた。告げるうちに、ひとつの計算がギスカールの体内で急成長を開始した。それはイアルダボート神のお告げだ、と、兄王ならいったであろう。アンドラゴラスの微妙な反応から、彼が王太子アルスラーンの武勲《ぶくん》をすなおに喜んでいない、と、ギスカールは見てとったのである。これは利用すべきだ、とギスカールは確信したのであった。

一方、ルシタニア軍のほうでは、苦境を打開するためボードワンが一策を案じていた。

「アンドラゴラスはいつ眠るのだ。奴が眠っている間に襲撃すれば、王弟殿下を救出することもかなうのではないか」

もっともな提案であった。ルシタニア軍としては、おそろしいのはアンドラゴラスの豪勇だけで、他の者は語るにたりない。アンドラゴラスの寝こみをおそえば、事は一挙にかたづくのではないか。

「乱入してアンドラゴラスを斬る。ことのついでに、タハミーネとやらいうえたいの知れぬ妖女めも、よってたかって殺してしまえ。国王陛下はお怒りになるだろうが、誰が殺したのかわからねば、罰することもできまい」

ボードワンが武断派らしくそう言い放ち、モンフェラートの慎重論を押しきった。モンフェラートとしても、さしあたり代案がなく、ボードワンの意見に最後は同意した。くれぐれもむりなことはせぬように、アンドラゴラスを討つよりギスカール公を救出するほうが重要だ、と条件をつけて。もとよりボードワンもそのつもりである。

時刻は夜明け直後を選んだ。深夜ではなくこの時刻が選ばれたのには、充分な理由がある。深夜には夜襲があることを、アンドラゴラスは予測しているであろう。ひと晩じゅう不眠で緊張を強いられ、夜が明ければ気もゆるむにちがいない。

こうして、選抜された完全武装の騎士たちが、朝の最初の光とともに、アンドラゴラスがこもる部屋に躍りこんだのだ。

「覚悟せよ、邪教徒の王!」

先頭に立った騎士は、剣をかざして突入した。

アンドラゴラスの返答は、声でもなければ、ねぼけ顔でもなかった。剣光が水平に走った。

ルシタニア騎士の首は、鮮血をはじかせて石畳に転がった。首を失った胴は、切断部を人血の泉と化せしめて、そのまま立ちつくしていたが、二瞬の後、鈍い音をたてて床に倒れた。

それがきっかけとなって、苛烈《かれつ》な斬りあいがはじまった。

本来なら、一方的な殺戮《さつりく》になるはずであった。抜《ばっ》剣《けん》して部屋に躍りこんだルシタニア騎士は、四十名を算《かぞ》えたのだ。他方、受けてたったパルスがわは、十人に満たぬ。いや、厳密にはただひとりであった。乱刃《らんじん》に包囲され、寄ってたかって斬りきざまれ、血の泥濘《でいねい》に沈みこむにちがいない。


そうはならなかった。アトロパテネ以来、はじめて甲冑に巨体をつつんだアンドラゴラス王は、アトロパテネで発揮しそこねた武勇を、王宮で思う存分、発揮したのだ。

ふたりめの騎士は、風を裂いて振りおろされたパルス国王の剣を、かろうじて受けとめた。

刃鳴りにつづいて、死のうめきがおこった。アンドラゴラスの剛剣は、ルシタニア騎士の剣をたたき折り、そのまま速度と勢いを落とさず、相手の頸《くび》すじにたたきこまれていたのだ。

その騎士が血の驟《しゅう》雨《う》をばらまいて床に倒れたとき、すでにつぎの犠牲者がアンドラゴラスの大剣にかかり、首と胴とを反対の方向へ投げ出していた。

膂力《りょりょく》といい、剣技といい、迫力といい、強烈をきわめるものであった。人血が舞いあがり、首が飛び、骨がくだかれ、肉が斬り裂かれ、けっして弱くはないはずのルシタニア騎士たちが、草でも刈るように撃ちたおされていくのだ。アンドラゴラスは、単に国王《シャーオ》としてパルス軍に君臨していたのではなく、まさに実力によってパルス軍を統率していたのだ。そのことが、ルシタニア人たちには、はっきりとわかった。血臭《けつしゅう》が室内にあふれ、扉から廊下へとなだれ出るに至って、ルシタニア軍は企《くわだ》てを断念した。

「失敗したか……！」

天をあおいで、ボードワンは歎息《たんそく》した。多くの犠牲者を出して、アンドラゴラスを討ちとることも、ギスカールを救出することも、できなかったのである。

生存者だけが扉から逃れ出てきたが、無傷の者はひとりもいなかった。不運な騎士たちの傷口からは、血とともに敗北感と屈辱感が流れ出しており、それを知ったボードワンもモンフェラートも、すぐに再攻撃をかける気になれなかった。もはや何度めのことか、ふたりの将軍は憮然《ぶぜん》たる顔を見あわせた。

「何という強剛《きょうごう》だ。人間とも思えぬ」

負け惜しみをいう気力もなく、ボードワンは手の甲で額の冷汗をぬぐった。

「よくまあ、あのような奴らにアトロパテネで勝てたものよ。すべては夢であったという気すらするぞ」

「かもしれぬ」

モンフェラートの返答は深刻だった。じっさい、すべては夢であるような気がする。マルヤムを滅ぼし、パルスを征服したのも。人血の匂いと財宝のかがやきとを手に入れたことも。王弟ギスカールがとらえられたことも。すべて一夜の夢であって、目がさめれば自分たちはルシタニアの貧弱で暗い王宮の一室に寝ているのではないか。

かなり陰気な考えにモンフェラートがとりつかれていると、小走りの足音が近づいてきた。騎士のはく軍靴の音ではなく、やわらかい布靴の音である。ふりむいたモンフェラートとボードワンの目に、国王《シャーオ》イノケンティス七世の侍従をつとめる小男の姿が映った。

「国王陛下が……」

主語だけを聞いたとき、モンフェラートはルシタニアの廷臣としてあるまじき想像をした。およそ役たたずの国王イノケンティス七世が、卒倒するか頓《とん》死《し》するかしてくれたのだろうか、と。だが、主語につづいた侍従のことばは、予想をこえるものであった。

「甲冑を持ってくるようにとおおせになられました」

「……誰が着るのだ、甲冑など」

「国王陛下がお召しになるのでござる」

その声は、モンフェラートの耳にとどいたが、心にはすぐにとどかなかった。この世ならぬ声を聴いたように、モンフェラートは侍従を見かえした。

「甲冑など着て、陛下は何をなさるおつもりか」

そう問いかける自分の声も、この世ならぬものに思えた。返事はさらに現実感から遠かった。

「陛下には、あのけしからぬ傍若無人なアンドラゴラスめと、一騎打をなさるご所存でござる。して、その旨をアンドラゴラスに告げるようにとのおおせでござる」

「一騎打……？」

モンフェラートは、めまいにおそわれた。

イノケンティス七世は、体格はよいが、体力は貧弱であって、甲冑など着こんで闘うようなまねができるわけはない。それどころか一歩も動けないであろう。剣技を形だけは学んだが、実戦を経験したこともない。アンドラゴラスの豪勇に対抗できるはずもなかった。パルス国王が片手をひょいと動かしただけでルシタニア国王の首は胴体に別れをつげるであろう。勝負になるはずもない。おろかしい国王のおろかしい企てを阻止しなくてはならなかった。

モンフェラートは、国王の居室へと駆けつけた。パルス風の草花の紋様を彫りつけた大きな両開きの扉の前で、侍従たちが困惑の視線をかわしあっていた。室内から、やたらとはでな金属のきしみがひびいてきた。あわただしく入室したモンフェラートの目に映ったのは、侍従たちの手で銀灰色の甲冑を着せられているイノケンティス王の姿だった。

「おう、モンフェラートか。案ずるな、ギスカールがおらずとも予がおる。ルシタニアは安泰じゃ」

「陛下……」

モンフェラートはうめいた。ギスカール公がいなくてご自分で国を統治できるとお思いか。そう言ってやりたかったが、さすがに口にできぬ。

ふと、心の一部がうごめいた。勝手にしろ、と思ったのだ。いくらとめてもきかぬのなら、好きにさせるしかない。アンドラゴラスに斬られて死ぬのが望みなら、そうさせてやればよいではないか。そうなったところで、ルシタニア人の誰もこまりはせぬ。

低い笑声がした。モンフェラートを直視して、イノケンティス王が唇をゆがめた。

「わかっておるのだぞ。そなたらが、予よりギスカールを重んじておるということ」

氷のかけらが、モンフェラートの背筋をすべりおりた。彼は高まる鼓動をおしかくして国王を見なおした。血色の悪いイノケンティス七世の顔に、奇妙なふたつの光点がある。両眼が血走って、ぎらぎらとかがやいているのだった。モンフェラートは声を失った。これほど世俗的な、権勢欲の脂にまみれた国王の目を、モンフェラートは、はじめて見た。

「だが、国王は予だ。神から地上の支配権をさずかったのは予だ。ギスカールは弟とはいえ臣下にすぎぬ。これは神と人間と、双方が知る事実であるのに、それを忘れておる輩《やから》が多いのは、悲しむべきことだな、モンフェラートよ」

モンフェラートに、返すことばはなかった。

考えてみれば、今回の王の反応は、世に珍しいことではなかった。

ギスカールほど有能で強力な弟を持てば、兄王としては、ふつう嫉妬《しっと》と猜疑《さいぎ》に駆られるであろう。弟が功績をたてればねたましいし、宮廷内で勢力を伸ばせば不快になる。「こいつ、兄であるおれを逐《お》って、自分が王位につくのではないか」と思う。そして、いっそそうなる前に、こちらが先手を打って、弟を殺してやろうと考える。

王族どうしの人間関係とは、ふつう、そのようなものである。肉親の情愛など、権力欲の前には、春の氷より薄くてもろい。

　これまでルシタニアの宮廷で、王と王弟との関係がそのようにならなかったのは、なぜであろうか。ギスカールが賢明だったこともあるが、それ以上に、イノケンティス王が、ふつうではなかったからである。弟の忠誠を疑いもせず、国事の実権をゆだね、神に祈るばかりの毎日であった。

　それが何ひとつ前兆もしめさず、いきなりふつうになってしまった。これまでギスカールのことを、ほめたことはあっても、罵《ののし》ったことは、イノケンティス七世はない。せいぜい「ギスカールも毎日きちんと礼拝するようにせねば」というくらいである。弟の実力者ぶりに対して嫉妬するなどということはなかった。それだけは廷臣たちも認めており、「まあ他のことはともかく、嫉妬なさらないのはよいことさ。これでうまくいっているのだから、かまうまい」などといっていたものである。

　ところが、いまイノケンティス七世は何といっているか。甲冑を着こみ、武装しながら王の口をついて出るのは、弟に対する憎しみのことばである。

「ギスカールは弟でありながら、兄である予をないがしろにしておった。臣下でありながら国王である予を軽んじておった。王あっての王弟じゃのに、それを忘れて、政事《まつりごと》でも戦いでも、自分ひとりの力でできると思いあがっておったのじゃ。それがいまは、見よ、ぶざまなことではないか」

　国王が武器を運びこませ、剣や槍《やり》や鎚矛《メイス》などを品さだめしている間に、モンフェラートはボードワンにささやいた。

「いったい何者が、陛下を、ふつうにしてしまったのであろう」

「あれがふつうか？　いや、あれは今までと反対方向に変になっただけではないか」

　ボードワンは、にがにがしげに論評した。彼は同僚のモンフェラートよりさらに国王を突き放して見ていたから、国王が弟をどう思おうと、そんなものは賢弟に対する愚兄のそねみでしかない、と考えている。このさいアンドラゴラスがこのうんざりする国王をかたづけてくれるよう、祈りたい気分ですらあった。

III

王宮の内外で、ルシタニア軍が困惑の渦に巻きこまれていたとき、奇怪な事件がその一隅《いちぐう》でおこっていた。

王宮の廊下を巡回していた兵士の一団が、奇妙な人影を見つけたのである。その人影はさしこむ朝の陽をさけて、壁ぎわからアンドラゴラスがいる部屋の窓をうかがうようすだった。黒に近い暗灰色の衣に全身をつつみ、影の一部に溶けこんだようであったが、朝の光が、身体の輪郭をわずかに浮きあがらせたのである。

「あやしい奴め、何者だ」

ありふれた誰何《すいか》の声を投げつけて、五人の兵士が駆けよると、その人物は、衣の奥から目を光らせ、わずらわしげに身動きした。

暗灰色の衣が騎士たちの前でひるがえった。その衣が幕となって情景を隠した。二瞬ほどの後に衣がとりのけられると、五人のルシタニア兵は、おりかさなって床に倒れていた。数百年の刻《とき》が彼らの上を通過したようであった。息たえた彼らの身体は、かさかさにひからび、保存の悪い羊皮紙を巻きつけたように見えたのである。

「ふん、たわいもない……」

低く男はあざ笑った。

男の名はガズダハム。王都エクバターナの地下深くに棲息《せいそく》する魔道士団の一員であり、蛇王ザッハークの再臨を待ち望む者のひとりであった。と、空気の一部が動き、姿を見せぬ何者かが彼にささやきかけた。

「見られたのか。ガズダハムともあろう者が、不《ぶ》調法《ちょうほう》なことではないか」

「グルガーンか。面目ない。これから先どうなるか、ついつい興味をそそられてな」

姿を見せぬ者との会話は、唇をわずかに動かすだけでおこなわれた。ガズダハムは、青白い顔に青白い笑いを浮かべている。

「うまくいったのだろう？」

「さて、尊師のおおせのとおりにしてはみたが、惰《だ》弱《じゃく》にして無能なルシタニア国王が、よき人形ぶりをしめしてくれるであろうか。ちと心もとない気がするぞ」

「われらがとやかくいうにはおよばぬ。尊師のおおせにしたがっておればよいのだ。さあ、帰ろうぞ、ガズダハム」

声がかすれて消えると、やや未練げにガズダハムは、中庭をめぐる回廊を見わたし、壁の蔭に身をひそめた。

いまや王者としての責任にめざめた——と自分では思っているらしいイノケンティス七世は、武装をととのえつつ、こう命じていた。

「アンドラゴラスに見える場所で、パルス人どもを殺せ。奴が剣をすてぬかぎり、何千人でも殺すといってやれ。そういえば、決闘に応じざるをえまい。奴がパルスの国王《シャーオ》を自負しておるからにはな」

すさまじい命令であった。大司教ボダンがその場にいれば、さぞ喜んだことであろう。だが、ルシタニアの廷臣や将軍たちとしては、王命だからといって、すぐさま実行するわけにはいかなかった。たしかに、エクバターナに入城した直後には、多くのパルス男女を殺戮し、掠奪やら暴行やら、やりたいほうだいをやってのけた。異教徒には当然の報いだと思っていた。だが、いまは事情がちがう。王都を占領してより半年、ルシタニアの手でそれなりに治安も回復し、万事が落ちついてきたところなのに、ここでまた虐殺などおこなえば、人心が動揺する。万が一、決死の覚悟で暴動でもおこされたら、それが城外のパルス軍の動きと連動して、どんな事態がおこるやら知れなかった。

要するに、ギスカールはルシタニアの柱であり、ルシタニア人の自信の源でもあったわけで、ルシタニア人はいま万事に自信喪失ぎみであった。とにかく、ギスカール公が無事に解放されるまでは、決定的なことをしたくない。モンフェラートもボードワンも、「はい、さっそく」と口でいいながら、時間をかせぐことに懸命になった。その一方で、

「一騎打だ！　国王陛下がアンドラゴラスめと一騎打なさるぞ！」

　その噂は、爆発的に広まって、ルシタニアの将兵は、耳をうたがった。どうやら事実らしいということがわかると、上は将軍から下は一兵士まで、アンドラゴラス王のいる宮廷の一画へと押し寄せてきた。世にもまれなできごとを見物してやろうというのである。

「魔に憑《つ》かれたとしか思えぬ。いったい陛下に何があったのだ」

「ひょっとして、あれが国王陛下のご正体で、これまで愚鈍《ぐどん》をよそおっておられたのであろうか」

「愚鈍とはいいすぎだぞ。せめて、そうだな、ぐずとでもいっておけ」

「何をえらそうに。似たようなものではないか」

　さざめきあいながら、なるべくよい見物席を確保しようと押しあいするありさまだ。

　何とも奇妙なことになった。とらわれのギスカールと、彼を救出しようとする者たちにとって、これほど深刻な事態はない。それなのに、イノケンティス七世が「一騎打だ」と叫んだとたんに、すべてが喜劇の様相をおびてきたのだ。

　アンドラゴラスのほうは、一騎打の申しこみを正式に受けたわけではない。室外の騒ぎに対し、じろりと威圧的な眼光を向けたまま、たいせつな人質のそばを離れようとしなかった。むろんギスカールは事態を知る由もなく、不安を押しかくすのに精いっぱいだった。

　国王《シャーオ》どうしの一騎打ということになれば、これほど厳粛で儀式的な場面はないはずであった。だが、現実にはじまろうとするそれは、どう美化しようとしても、ルシタニアの農村で上演される旅芝居ていどの安っぽい喜劇にしかならない。モンフェラートにしてみれば、悪夢のきわめつけといいたくなる。

　イアルダボート教徒にとっては腹だたしいかぎり

だが、どう見ても、異教徒の王のほうが、戦士としての力量も風格も、はるかに上であった。ようやく完全武装をととのえて、イノケンティス王が廊下に姿をあらわしたとき、ルシタニアの将軍たちは、必死で笑いをこらえねばならなかった。兵士たちはこらえきれず、忍び笑いをもらした。

まったく、イノケンティス七世ほど甲冑が似あわぬ男もめずらしかった。

イノケンティス王の体格と、高価な甲冑の美々しさとで、形だけはりっぱな騎士像ができあがるはずだった。ところが、だめなのである。イノケンティス王の甲冑姿には、どこかまったく、着用する者とされるものとの間に、反発しあうものが存在するとしか思われなかった。

とにかく甲冑を着こみ、長大な剣をひっさげて、イノケンティス王は廊下を歩きだした。うわっというどよめきが、ルシタニア軍将兵の間からおこった。むろん感歎《かんたん》の声ではなくて、ほとんど、やけっぱちとしか表現しようがなかった。そのどよめきが、モンフェラートをぞっとさせた。かつてルシタニア人は、貧しいながら、それなりに素朴な民だった。だが、神の名を利用して、他国の土地を侵し、富を奪い、民を虐《しいた》げることをおぼえた。勝利によって心を豊かにすることなく、かえって荒廃させた。その心の荒廃が、将兵の荒々しい、病的などよめきに、はっきりとあらわれているように思われたのである。

イノケンティス王が、ぎくしゃくした動きで剣をかざしてみせる。と、ふたたびどよめきがおこった。道化者に対する歓声であった。

「見てはおれん」

ボードワンがつぶやきすてた。

「勝者であり征服者である我々が、遠い異国でなぜこのような屈辱を目のあたりにせねばならんのだ。国王のために臣下が恥をかくなど、あるべきことか」

「パルス人の観客がほとんどいないのは、せめてもの慰めだな」

「慰めになるか！」

ボードワンはうなり、ほんものの憎悪をこめて自分たちの国王をにらんだ。イノケンティス王の背中に目があったとしても、マントと甲冑に隠れていたので、ボードワンににらまれたことを、王は知らなかった。

弟がとらわれている部屋の前に来ると、イノケンティス王は扉を見すえた。パルス風に、前脚をあげた獅子《シール》が図案化してある。獅子の両眼にはめこまれた紅玉《ラアル》が、深紅のかがやきで侵略者の王をにらみ返したようであった。

「パルス国王《シャーオ》アンドラゴラスに、ルシタニア国王イノケンティスがもの申す。扉をあけて応対せよ！」

堂々たる宣言であったが、室内のアンドラゴラスには通じなかった。イノケンティス王がルシタニア語で話しかけたのに対し、アンドラゴラスはパルス語しか理解できなかったからである。当然、アンドラゴラスは返答をしなかったし、ルシタニアの騎士たちも、わざわざ通訳する気になれなかった。

室内から谺《こだま》すら返ってこないのを知って、イノケンティス王は乱暴に剣を打ち振り、声を高めた。

「国王が国王に決闘を申しこむのだ。ただ斬りあうだけとはいわぬ。呪われた異教徒の王よ、そなたがもし予に勝ったら、わがルシタニア軍は、奪った財宝のすべてを返し、パルスを出ていくぞ。このこと、唯一絶対の神にかけて誓約するぞ！」

「な、何ということを……！」

ルシタニアの廷臣たちは仰天した。

一騎打でイノケンティス王がアンドラゴラスに勝てるはずはない。その結果、ルシタニア軍はすべての財宝を返してパルスからひきあげねばならぬ。むろん、異教徒との約束など守る必要はないが、国王どうしの決闘に敗れることと、いったん口にした誓約を破ることと、二重の恥をかかねばならぬ。ギスカール公もとりかえせないままになってしまう。

「国王陛下はご病気である。ただちに寝所へおつれ申しあげよ」

ボードワンがどなった。とっさの決断である。これ以上、国王の酔狂につきあってはいられなかった。一瞬、騎士たちは顔を見あわせたが、国王が病気ということなら、力ずくで引きもどす理由ができる。目くばせをかわしあうと、五、六人が同時にイノケンティス王にとびかかり、はがいじめにした。

「国王に対して何をするか、不忠者ども！」

叫びと同時に、剣がひらめいた。自分を抑えつける騎士たちにむかって、イノケンティス王が剣を振りあげ、振りおろしたのである。

国王の動作は緩慢だった。騎士たちも甲冑をまとっていた。国王の斬撃は、一騎士の甲冑の表面を音高くすべって、手の甲にかすり傷を負わせただけであった。すぐさま、べつの騎士が国王の手から剣をもぎとり、床に放り出した。鈍い音をひびかせて、剣は石畳の上にころがった。

「早くおつれせよ。侍医の処方を受けて、ゆっくりとお寝《やす》みになっていただけ」

ボードワンが命じた。薬を飲ませて眠らせろ、というのである。もがきまわる国王《シャーオ》が、騎士たちに半ばかかえこまれ、つれ去られようとしたとき、異様な物音がひびいた。

いましがた手の甲にかすり傷を負った騎士が、石畳にくずれ落ちたのであった。胃の底を氷結させるような不気味なうめきが、鉛色と化した騎士の唇から洩れた。うめきがとだえると、黒い血の滝が口から流れ出した。甲冑につつまれた四肢が硬くつっぱったと思うと、全身が波うち、騎士は動きをとめた。

皆が凝然と立ちすくむなかで、モンフェラートが騎士に歩みよった。絶息したのをたしかめると、イノケンティス王の手からもぎとられた剣をひろいあげる。刃に顔を近づけたとき、刺激的な臭気が鼻を刺した。硫黄性の毒物が刃に塗られていたのである。

「これが陛下の自信の源か。だが決闘に毒刃をもちいるとは……」

相手が異教徒であるとしても、騎士道にもとるのではないか。ルシタニア軍でもっとも高潔な騎士といわれるモンフェラートは、反感をおぼえた。立ちつくす彼のそばで、ボードワンが吐きすてた。

「だいたいパルスなどに長居すべきではなかったのだ。殺すだけ殺した。奪うだけ奪った。王都に火を放って、さっさと引きあげればよかったのだ。あとはパルス人と魔物にまかせておけばよい。無用の長居などしたばかりにこのざまだ！」

ボードワンの声を聴きながら、モンフェラートは、こめかみに鈍い痛みをおぼえた。パルス軍との決戦を待たずして、ルシタニア軍は崩壊しつつあるように思えた。両脚が泥でつくられた巨人の人形のように。

IV

パルスの東方国境にトゥラーン軍が侵攻し、アルスラーン軍が反転急行してペシャワール城にはいり、デマヴァンド山でヒルメスとギーヴが剣尖と舌端に火を散らしている。戦略的にも政略的にも、きわめて重要な時機であった。その重要な時機に、ルシタニア軍は動くことができない。それどころか、動くか動かないかを決めることさえできなかった。べつにイノケンティス王だけではない。ルシタニア全軍がギスカールなしでは、何もできなかったのである。

だが、膠着状態にも限度があった。ついにアンドラゴラスのほうが交渉を申しいれてきたのは、イノケンティス七世が廷臣たちに寄ってたかって眠り薬を飲まされ、豪華な寝台に押しこめられた直後のことである。

「替え馬もふくめて馬を十頭、それに四頭立ての馬車を用意せよ。さらに、自分たちが王都の城門を出るまで絶対に手出しをせぬと確約せよ」

そう告げられたモンフェラートは、内心、やや意外であった。国王乱心という醜態《しゅうたい》までさらしたルシタニア軍としては、アンドラゴラスにどのような条件を出されてもしかたないところであった。王弟ギスカールと引きかえに、ルシタニア全軍が王都を出る。それくらいの条件はつきつけられるかもしれぬ。そこから長い交渉がはじまると覚悟していたのだが、いっぺんに終着点に来たような気がした。

「自分から王都を出ていくというのか」

「それがおぬしらルシタニア軍の望みではないのか」

アンドラゴラスは、開かれた扉のむこうから、皮肉な笑声を返した。表情をあらためると、床の上で大剣をとんと突く。

「予が王都から出ていくのは、堂々たる大軍をもって王都を奪回するためだ。つぎにおぬしらと会うときは、馬上で正面から覇を決しようではないか」

正面から戦って勝つ自信がないのか。そう口には出さぬ。声にはならぬ。だが、モンフェラートは、敵王の言外の意を理解した。

「よろしい、承知した。馬と馬車は、ただちに用意しよう。また。将兵に手出しもさせぬ。だが、王弟殿下の御身は、いつ返してくれる？　それについて確約をえたい」

モンフェラートの要求に、パルス国王は、酷薄な微笑で答えた。

「そうだな、予を信用してもらうしかないが、心もとないというのであれば、半分だけ返してやってもよいぞ」

「半分とは……？」

パルス語を理解しそこねたかと思って、モンフェラートは首をかしげた。

「王弟の身体を腰斬《ようざん》して、下半身だけ返してやろうというのだ。どうだ、受けとるか」

「ば、ばかなことを！」

絶句したモンフェラートに、アンドラゴラスは、落雷のような一喝をあびせかけた。

「おぬしらルシタニア人のやりくちで事を判断するな！　パルスの武人は信義をもって立つのだ。わが妃《きさき》の安全を保障するためにも、ギスカール公は王都の外まで同行させる。だが、遠からず解放し、おぬしらのもとへ帰す。いずれ、公の首も国王の首も、エクバターナの城頭にさらしてくれるが、それは堂々たる布陣によって、おぬしらの軍を撃ち滅ぼしてからのことだ。忘れるなよ、王弟の身命は、わが手中にあるということをな！」

　モンフェラートは凍りついた。

　たけだけしいほどの王者の威に打たれて、モンフェラートは絶句した。たとえイノケンティス王が毒刃をふるったところで、アンドラゴラス王を傷つけることなどできなかったであろう。そのことを、モンフェラートはつくづく思い知らされた。それにしても征服者が被征服者に対して、こうも敗北感をいだかねばならぬとは。勝負はいつどのような形でつくか、あらかじめ測ることなどできないもののようであった。

「あのような国王を持って、ルシタニアの廷臣たちも苦労が絶えぬことよな。同情にたえぬわ」

　アンドラゴラスの一言がモンフェラートの胸を刺した。祖国を出て、長い戦いの旅に出て以来、これほどの屈辱感を異国人から味わわされたことはなかった。モンフェラートの手が、思わず長剣の柄にかかったが、それを見やりながらアンドラゴラスは平然としていた。

「王たる者は一国を背負わねばならぬ。病弱や弱気は、それ自体が罪だ。王が弱ければ国が滅びる。いや、弱い王が国を滅ぼすのだ。だが、そのようなことを語る時機でもないな」

　モンフェラートは柄にかけた手を離した。その後で、自分がアンドラゴラスに一刀で斬り倒される情景を心にうかべ、あらたな汗が背中ににじむのを感じた。こうしてとにかく、講和が成立したのである。

V

　アンドラゴラス王とタハミーネ王妃、それに六人の部下は、馬と馬車に分乗した。かつて拷問吏であった部下のひとりが馭者台《ぎょしゃだい》に乗り、馬車のなかにはタハミーネと、縛られたままのギスカールが乗りこんだ。正確には、ギスカールは放りこまれたのである。屈強な男どもの手で、広くもない馬車内の床に投げ出されたとき、ギスカールは一瞬、息がつまった。

　十日分の食糧や飲料水の革袋がつみこまれ、ヴェールで顔をおおったタハミーネが乗りこみ、クッションをかさねた席に着くと、すぐに馬車は走りはじめた。

　王宮から王都の城門へと、夕闇の街路を、奇怪な一行は無言のうちに通過していく。その距離は一ファルサング（約五キロ）にもおよぶ。沿道は、ルシタニア軍の兵士五万人によって警備され、甲冑と槍が灯火に反射して、異様にきらめく壁を道の両側につくっていた。

　エクバターナの市民たちは、不審と興味のまなざしを、無言の小さな行列に向けていたが、ルシタニア軍の列と夕闇とにさえぎられ、正体をたしかめることはできなかった。もともと、彼らの国王《シャーオ》がこのような形で王都を出ていくなど、民衆の想像を絶している。

　ルシタニア軍は、目に見えない緊張の糸に縛られ、冑《かぶと》の下で顔をひきつらせていた。アンドラゴラスが大声で正体を明らかにし、民衆に蜂起を呼びかけたらどうなるか。百万の民衆がいっせいに暴動をおこしたら、ルシタニア軍は総指揮官が不在のままに、混乱におちいるかもしれない。

　だが、その心配は無用だった。アンドラゴラスにとって、民衆は統治するものであって、協力を呼びかける対象ではなかったのだ。

「待っておれ、エクバターナよ。そなたの真の支配者が、大軍をひきいてそなたを奪いかえしにくる日をな」

　城門をくぐって王都の外に出たとき、アンドラゴラス王は、大きくはないが聴く者の肚《はら》にひびくような声で、そう宣告した。その声は、馬車のなかにいるふたりの男女にもとどいた。パルスの王妃タハミーネと、ルシタニアの王弟ギスカールは、たがいにー言も口をきかなかった。タハミーネはヴェールとかたくなな沈黙で武装しており、ギスカールはすべての気力を失ったように身動きもしない。

　アンドラゴラスの宣告を除いて、沈黙のうちに半ファルサング（約二・五キロ）ほどを進んだとき、街道の左右にこんもりした針葉樹の森があらわれ、黒々とした影を一行の上に投げかけてきた。

アンドラゴラスが先頭に立って、森のなかを進みはじめたとき、一陣の風が吹きわたってきた。アンドラゴラスが急に手綱《たづな》をひいた。すさまじい兵気を感じとったのは、歴戦の豪雄なればこそであった。

ルシタニア語の喊声《かんせい》が噴きあがり、左右からルシタニア兵が群らがりたった。剣と槍が白々と星明かりに反射し、一行めがけて低い位置から突きあげられてくる。アンドラゴラスの剛剣が、いくつかの刃鳴りと絶鳴をうみ、路上に人血を振りまいた。激しい混乱のなかで馬車の扉がひらく。ヴェールと暗さで表情を隠したまま、タハミーネはギスカールの身体をひきおこし、無言のまま馬車の外へ突きおとした。ルシタニアの王弟は、背中から地に落ち、身体を打って呼吸をつまらせた。ようやくうめき声を発して、咽喉《のど》をふさぐ無形のかたまりを吐き出し、必死に叫んだ。

「助けよ、忠実なルシタニアの騎士たち、そなたらの王弟がここにいるぞ」

馬車は疾走を開始し、一行は混乱の渦《うず》を突破した。ルシタニア軍は、馬車から突きおとされたギスカールを助けるために、パルス人たちを追うのをひかえた。何といっても、伏兵の目的は、ギスカールを救出することであった。モンフェラートが王弟のもとに、夜の暗さのなかを可能なかぎりの速さで近づき、鎖をほどきにかかった。

「王弟殿下、ご無事で！」

信頼する部下の声に、ギスカールはひきつった笑いで答えた。身を縛る鎖が、音をたてながらほどかれていく。ギスカールにとって、それは自由を回復する天使の歌声であった。

「殺せ、アンドラゴラスを殺せ。生かしてパルス軍に合流させるな」

ボードワンが叫んだ。その命令を実行しようと、馬蹄のとどろきが湧きおこりかかる。すると、疲れはてたようなギスカールが、全身から声を出した。

「いかん、アンドラゴラスを殺してはならぬ。逃《の》がしてパルス軍に合流させせよ」

「は、ですが殿下、彼奴《きゃつ》めの豪勇といい油断なさといい、ここで殺しておかねば、後日の災厄となりましょうぞ」

「いや、考えあってのことだ、おれのいうとおりにせよ。殺してはならんぞ」

かさねて命じられ、しかたなくボードワンは追撃を中止させた。矢の雨もやんだ。アンドラゴラス夫妻はついにルシタニア軍の手を逃がれ、夜の深く厚い衣のなかへ逃げこんでしまった。

ようやく身体の自由を回復して、ギスカールは、モンフェラートから受けとった一杯の葡萄酒《ナビード》を飲みほした。もどってきたボードワンが、王弟を見守りながら意見をのべた。

「王都の守りをかためねばなりませぬ。アンドラゴラスめ、まんまと逃げおおせたからには、大軍をひきいて攻めのぼってまいりましょう」

「それはそれでよい」

うなずいたギスカールは、急速に身心の活力を回復させていた。パルスの葡萄酒《ナビード》が王弟の全身に活力をそそぎこんだようであった。太い息をついてギスカールは告げた。

「だが、他にもやっておくべきことがある。よいか、これからいうこと、すべて遺漏なく手配しておけよ」

ギスカールが指示したのは、つぎのようなことである。第一に、王都エクバターナの城内にある武器、食糧、それに財宝を整理し、その数量を正確に調べ、いつでも運び出せるようにしておくこと。

「エクバターナに固執する必要はない。いざとなれば、パルスの財宝ことごとくを奪ってマルヤムへ退去してもよいのだ、よいな、モンフェラート」

「かしこまりました」

「では、それにともない、城内にいつでも火を放てるように致しましょうか」

そう提案したのは、ボードワンである。だが、ギスカールは頭を横に振った。エクバターナに火を放つことは、彼も考えた。だが、むしろエクバターナを無傷に残しておくほうが、パルス軍の目標を拡散することになる、と、考えなおしたのだ。場合によっては、パルス軍に対する取引材料ともなるだろう。焼いてしまってはおしまいである。

「それに、おれが見るところ、国王アンドラゴラスと王太子アルスラーンとの仲は、いたって疎遠といってよい。アンドラゴラスが逃げおおせて、パルス軍の指揮権を求めたとき、どうなると思う？」

ギスカールの表情は辛辣《しんらつ》である。モンフェラートとボードワンは、目をみはった。ギスカールは、わざとアンドラゴラスを逃がし、パルス軍の内部に主導権あらそいをおこさせるつもりなのだ。屈辱的な虜囚《りょしゅう》の身で、知略だけは自由にめぐらせていたのである。

「アンドラゴラスを逃がしたこと、おぬしらの敗北ではない。奴を生かしておけばこそ、パルス軍の分裂ぶりを促進させることができるのだ」

ギスカールは顔をしかめた。全身の打撲傷がうずいたのだ。痛みに対する感覚も解き放たれたようであった。


「いまはアンドラゴラスに勝ち誇らせておけ。それも永遠のものではない。じっさいに大軍をにぎっておる王太子とあらそって、親子で殺しあいをすればよいのだ」

にくにくしげに言いすてると、ギスカールは自分の身を助けおこさせた。騎士たちに合図し、左右の腕を騎士たちの肩にあずけながら、さらに命じる。

「誰《たれ》ぞパルス語に長じた、外交の経験ある者を選んでおけ。あるいはアルスラーン王太子のもとへ使者を送ることになるかもしれぬ」

「王太子のもとへ、でございますか」

「アンドラゴラスと倶《とも》に天は戴《いただ》けぬが、王太子となら交渉の余地があるかもしれぬ。いや、ひそかに使者を送ることで、王太子がわれわれと通じていると、アンドラゴラスめに疑わせることもできよう」

王弟のことばに、重臣たちは舌を巻いた。

「おおせのとおりいたします。それにしても、さすがは王弟殿下。あのような苦境にあって、これほどに巧妙な政略をお考えになっていたとは」

「考える時間だけはたっぷりあったのでな」

にがい笑《え》みをたたえて、ギスカールは、右手を騎士の肩からはずし、伸び放題のひげをなでた。最低限、必要な指示のいくつかを与えると、疲労が急激に体内でふくれあがるのを感じた。王都エクバターナにもどって傷の治療をすませたら、まず寝台で手足を伸ばして眠るとしよう。目がさめたら、沐浴《もくよく》し、ひげをととのえ、そして……。

「もうたくさんだ。完全に形式を事実にしたがわせてやるぞ」

ギスカールが決意したのと、ほとんど同じ時刻に、エクバターナの王宮では、ルシタニア人の形式的な支配者が豪華な寝台で目ざめていた。太陽が空にある間、ずっと眠っていたのだ。寝台のそばに甲冑がばらばらに脱ぎすてられているのを不思議そうにながめ、イノケンティス王は侍従たちを呼んだ。

「予は今まで何をしておったのじゃ？　このような場所で眠ってしまったおぼえはないのじゃが……」

寝台に運ばれるまでの、異様な粗暴さは消え失せてしまい、いつもながらの惰弱でとりとめのないイノケンティス王がそこにいた。侍従たちは顔を見あわせ、国王の粗暴さがよみがえらぬのを確認した上で、とらわれのパルス国王が王宮から脱出したことを告げた。

「なに、アンドラゴラスが逃げたと⁉」

イノケンティス七世は呆然としたようだが、すぐ声をせきこませて尋ねた。

「そ、それではタハミーネはいかがいたしたのじゃ」

唖然《あぜん》とし、また腹をたてて、侍従はわざとべつのことを答えた。

「御弟君《おんおとうとぎみ》のギスカール公は、ご無事とうけたまわります。王室のため、まことに重畳《ちょうじょう》に存じます」

「ああ、そうか、それはよかった。それで、タハミーネはどうしたと尋《き》いておるのじゃ」

「王妃は国王とともに逃げ去りました」

侍従がそう答えたあと、ひとさわぎがおきた。色を喪《うしな》ったルシタニア国王は、寝台から飛び出し、自分が脱ぎすてた甲冑につまずいて転倒した。侍従たちはおりかさなって国王をおさえつけようとしたが、失意の国王は半狂乱で暴れまわり、不幸な侍従たちはかき傷だらけになってしまった。ようやく疲れはてて、国王《シャーオ》は寝台に横たわったが、なお悶々《もんもん》として眠れぬ刻《とき》をすごすうち、王弟の生還が告げられた。着がえもせず兄王に面談して、ギスカールは、うやうやしく一礼してみせた。

「神と兄者《あにじゃ》のおかげをもちまして、どうにか助かりました」

もちろん皮肉である。だが、イノケンティス王には通じなかった。パルス王妃タハミーネの行方《ゆくえ》を問い、アンドラゴラスとともに東へ走り去ったという答えをえると、落胆しきって蒲団《ふとん》を頭からかぶってしまった。弟として、臣下としての礼儀をつくしたので、ギスカールは退出した。つきそってきたボードワンが、声を低めてささやきかけた。

「王弟殿下こそ、まことにルシタニアの国柱たる御《お》方《かた》、そのことが将兵一同、骨身にしみましてございます」

ギスカールは返答しなかった。返答する必要もなかった。もはや、王を王としてみなしている者は、イノケンティス七世だけであった。無言のまま二十歩ほどを進んだところで、ギスカールは口を開いた。

「おれも骨身にしみた。いろいろとな」

何気ない一言に巨大な意味がこめられていた。ボードワンは鋭く両眼を光らせ、笑う形に口を開きかけたが、それをおさえると、王弟殿下を寝所へと送っていった。

長い薄暗い廊下は無人になった。壁面の灯火がわずかにゆらいだ。風のそよぎよりも低い声が、壁の一隅で泡のようにはじけた。

「……あの惰弱なルシタニア国王に、一時の狂熱を吹きこんだことに、どういう意味があったのだ。結局、毒刃が、国王の部下をひとり殺しただけではないか」

「そう悲観したものでもあるまい」

「ふむ、グルガーンは、それではどう思うのだ」

「ルシタニアの人心は、完全に国王から離れた。王弟ギスカールが簒奪しても、誰も異はとなえまい。そう、マルヤムに逃亡した大司教ボダンを除いてはな」

「ギスカールめは兄王を弑《しい》するであろうか」

「そこまではするまい。一室に幽閉し、自らは摂《せっ》政《しょう》を称するのではないか。さしあたってのところはな」

「パルス陣営では国王と王太子とが兵権をめぐって対立し、ルシタニアでは国王と王弟とが争うか。王族とは無惨なものよな」

「その無惨さこそが、蛇王ザッハークさま再臨の糧《かて》となるのだ。銀仮面めを煽《あお》って、いま一歩のところまでいったが、ふふ、残念がることもない。地上の人間ども、自らの徳を高めようともせず、欲望のままに、蛇王さまの再臨につづく扉を自分たちの手で押しひらこうとしておるわ……」

悪意にみちた笑声が夜風にまじって灯火をゆらし、それがおさまると、沈黙が埃《ほこり》のように王宮の廊下に降りつもっていった。

第四章

王者対覇者

I

第十四代トゥラーン国王《カガーン》トクトミシュが、騎兵のみ十万の軍をひきいてパルス領内に侵攻してきたのは、六月十日のことであった。この大軍がデマヴァント山の東方を南下していったとき、その軍列を、ヒルメスやギーヴに発見されたのである。

トクトミシュは四十歳、身長は中背よりやや高いていどだが、肩幅が広く、胸が厚く、細い両眼からは針のような眼光が放たれている。味方からはたのもしく思われ、敵からは警戒されるであろう。

もともとトクトミシュは、すんなり国王《カガーン》になれるような環境で育ったわけではない。王族とはいっても、父親も彼自身も妾腹《しょうふく》の身で、王位継承の順位は低かったのだ。彼が成人したとき、彼と王位の間には二十人もの人物が立ちはだかっていた。

だが、トクトミシュは、自分に押しつけられた境遇を、おとなしく甘受《かんじゅ》するような男ではなかった。現状に不満があるなら、自分が満足できるよう、事態を改善すればよいのである。必要とあらば力ずくで。

トクトミシュはまず武人としての実績をあげた。多くの戦いで勇名をはせ、手に入れた名声をもとに王宮内で味方を増やした。掠奪《りゃくだつ》した財宝も、友人や部下に気前よく分配し、戦死した部下の遺族にも羊を与えた。計算ずくで人心を収攬《しゅうらん》したのだが、二十年にわたる努力と、いくらかの幸運とがつみかさねられた結果、彼は草原の王座を手に入れたのだ。

イルテリシュらの先遣隊から、将軍ジムサが百騎ほどをしたがえて国王《カガーン》のもとへ戦況の報告にあらわれた。割のよい役目ではなかった。侍衛の士に、国王のもとへ案内されると、彼は下馬し、戦況の不利を報告したのである。

「役たたずどもめ。月が満ちて欠けるまでにパルス全土を劫掠《ごうりゃく》し、王都サマンガーンへ帰るという大《たい》言《げん》はどうしたか。エクバターナであればともかく、ペシャワールごとき辺境の小城ひとつ陥《おと》せぬとは、トゥラーン武人の誉《ほま》れが泥にまみれるわ」

　トクトミシュ王の声にも表情にも容赦がない。パルス侵入の第一夜は、ペシャワール城の露台《バルコニー》のついた寝室で、と考えていたのである。

「おそれいります。親王《ジノン》イルテリシュ殿下をはじめ、諸将おこたりなく戦いに努めたのでございますが」

　使者のジムサは恐縮しきっていた。

「おこたりなく努めたあげくが一城も陥せぬか」

「一言もございませぬ」

「パルス軍はそれほど強いか」

「いえ、けっして強いとは思いませぬ」

　眉をあげて、ジムサは反論した。これは負け惜しみではなく、トゥラーン軍は、パルス軍を恐れてはいない。正面から戦えばかならず勝つと信じている。ただ、ペシャワールの堅固な城壁をもてあましていることは事実であった。

「城外では掠奪はおこなったか」

「それが近在の者どもは多くはペシャワールの城内に逃げこみ、掠奪するものもあまり多くはございませぬ。城を陥さずして、兵士どもに分配することもできませぬ」

　トクトミシュ王としては、莫大《ばくだい》な財宝を掠奪し、臣下に分配して、人望をえなくてはならない。気前のいい主君、という評判は、彼にとって貴重な財産であった。

　その点、トゥラーン人の忠誠心の基準は、はっきりしている。臣民を富ませてくれる王こそ、よき君主なのである。どれほど口でりっぱなことをいっても、君主の権威をふりかざしても、だめである。無能な君主は、さっさと見離されてしまうのだ。

　そのような事情があるとはいえ、現に王位にある者はやはり強い。ことにトクトミシュは、無能な臣下に対して、いささかも容赦しなかった。

　トクトミシュの即位に反対した者は、すでに根こそぎ討ち滅ぼされている。積極的な反対派でなくても、国王の役にたたぬとみなされた者は、追放されたり幽閉されたりして、有力な味方だけが残った。

トゥラーンの領域は、大陸の北方にある。草原の北は、広漠たる原生林をへて、永久凍土の無人地につながる。風土気候はきびしく、何年かに一度、寒波がおそいかかれば、草は枯れ、羊は死ぬ。無能な王と無能な臣下とが、仲よく酒を飲んでいられるような甘い環境ではないのだった。

……さて、トゥラーンの南進は、パルスだけでなくシンドゥラ王国にとってても迷惑きわまることであった。シンドゥラ国王ラジェンドラ二世は、悲鳴をあげて盟友アルスラーンに救援を求めたはずだが、アルスラーンがペシャワールに入城して以後、国境の東で布陣したまま積極的に動こうとしなかった。パルス軍の迂回《うかい》を認めただけで、守りをかためているだけだ。シンドゥラの老臣のひとりが国王に問いかけた。

「陛下、いかがなさいます。ペシャワールに進撃してパルス軍と合流なさいますか」

「思慮のあさいことをいうな」

あっさりと、ラジェンドラは、廷臣の問いを蹴とばした。サトウキビの酒で咽喉《のど》をうるおしながら、ぬけぬけと説明する。

「何といってもまず第一に、これはパルス人の問題だ。異国人であるわれわれが、あまり出しゃばったまねをしては、パルス人の誇りが傷つこう。あくまでも、われわれはパルス軍を蔭ながら助けてやる、ということにしておかねばな。くれぐれも、出しゃばってはならんぞ」

自分の利益にならぬことには、たいそう控えめになるラジェンドラであった。

そのようなシンドゥラ国王の性格を、パルス軍のほうではとっくに承知しているから、その救援など、まったく期待していない。ペシャワールの城内では、ダリューンが友人にむかって、隣国の王を品さだめしていた。

「ラジェンドラ王など、あてにできるものか。いまさらのことではないが、自分の利益にならぬとあれば、髪の毛一本も動かさぬ御仁だからな」

「まあ、だからこそ、かえって御しやすい面もある」

ナルサスの笑いは、人が悪い。ラジェンドラという人物は、やることなすこと節度がないように見えるが、じつは彼の行動は、きわめて原則に忠実なのである。つまり、その時点における最大の利益を確保しておけば、ラジェンドラを味方としてつなぎとめておくことができるのだ。

じっさい、ナルサスにとって、自由にあつかえる手駒は、きわめてすくない。せいぜい有効に使わなくてはならなかった。

パルス国内に侵攻してから後、事はうまく運ばず、トゥラーン軍はあせっている。

だからといって、パルス軍にしても、時間があまっているわけではない。国土の解放は、早いにこしたことはなかった。また、エクバターナを占拠しているルシタニア軍に、よけいな時間を与えるわけにもいかない。ルシタニア軍の最高責任者である王弟ギスカール公は、なかなか有能な人物である。何をたくらんでいるか、充分な注意が必要であった。

ギスカールはパルス国王アンドラゴラスの虜囚となって、ほぼ十日間にわたり、さんざん辛酸をなめた。むろんパルス軍に対して謀略をしかけるゆとりもなかったのだが、そのような事情を、パルス軍は知る由もない。ナルサスは、ルシタニア軍の動きが鈍いこと、城内に何か異変が生じたらしいことを見ぬいてはいたが、いかに智謀の人とはいっても、全知の神ならぬ身である。エクバターナ城内のようすを、すべて知りつくせるはずもなかった。

トゥラーン国王が直属の軍をひきいてペシャワール城の門前まで押し寄せたのは、その日、落日が赤い城壁をさらに紅く染めあげたころあいであった。

「トゥラーンの王旗が見えます！」

城壁の最上部で見はっていたエラムが、声に緊張をみなぎらせて報告した。城壁上に駆けあがって、アルスラーンは確認した。夕風にひるがえる太陽《ダヤン》の旗。アルスラーンはそれをはじめて見た。むろん数かぎりなく噂を聞いてはいたが、視界全体が血に染めあげられたような光景のなかで、その旗は兇《きょう》兆《ちょう》そのもののように見えた。アルスラーンの左肩で、鷹《シャヒーン》の告死天使《アズライール》が非友好的な声をあげた。

落日にかがやきわたる甲冑《かっちゅう》の波を割って、とくに豪華な軍装をした一騎が城壁のすぐ近くに馬を進めてきた。傲然《ごうぜん》たるその姿に、ファランギースが弓に矢をつがえかけたが、アルスラーンがそれを制した。その一騎がトゥラーン国王であることは明らかであり、いちおうそのことばを聞いてみようと思ったのである。

「予はトゥラーン国王トクトミシュである。多くを語る必要を認めぬ。汝らがおとなしく降伏開城せねば、全軍をこぞって攻撃するのみだ。満城を流血の湖と化せしめてくれるぞ。こころよい返答を待つが、トゥラーン人は気が短いことを心えよ」

トクトミシュは咆《ほ》えたてたが、アルスラーンは途中で城内に引っこんで、相手にならなかった。

「異国人どもの下品なパルス語をお耳になさっては、殿下の感受性に傷がつく」

というのが、アルスラーンをさがらせたナルサスの言分《いいぶん》であった。

「咆えるのにあきたら、トゥラーン軍も動き出す。どう動くか、だいたい予測はついている」

トゥラーン軍としては、たしかに、いつまでも咆えたてているわけにはいかなかった。夕方から夜へ、紅《あか》から黒へ、一瞬ごとに変色していく世界の奥で、トゥラーンの軍列は、ひしひしとした圧迫感をペシャワールの城壁に押しつけてくる。

「奴らの目的は、けっきょく掠奪なのだ。そして国王は掠奪品を公平に分配する役目だ」

ナルサスはダリューンに説明した。

「まあ遊牧の民とは、そのような考えをするものらしい。トクトミシュ王としては期待にそむくことはできんさ」

「はっきりしているな、しかし」

「健全でけっこうなことさ。主君が主君としての責任と義務を果たさぬとき、臣下が忠誠をつくさねばならない理由など、地上のどこにもない」

「君、君たらずとも臣、臣たれ。たしかそういうことばが絹《セリカ》の国にあったが」

ダリューンがいうと、ナルサスは皮肉たっぷりな微笑を目もとと口もとにたたえた。

「絹《セリカ》の国人やパルス人は文明国の民だからな。すぐ体裁をつくろう。その点、トゥラーン人は正直だ。正直ならよいというものでもないが」

トゥラーン軍は数も多く、勇猛でもあるが、持久戦は苦手である。対抗手段としては、まず堅固な城壁によって、持久戦の構えを見せる。パルス軍としては、構えを見せることが、まず武略の第一歩だ。トゥラーン軍のあせりを誘い、こちらの策に乗せねばならぬ。勝算なし、あるいは利益なしとみきわめれば、トゥラーン軍はいつまでも侵入をつづけてはいない。自分たちの領域に引きさがって、つぎの機会を待つ。彼らが退却するとき、サマンガーンまで追撃することはできず、撃滅が不可能だという点で、やっかいな敵だ。だが、一度たたきのめした後、パルスの中央政府がきちんと国内を統治し、国境をかためておけば、彼らは侵攻してはこない。いわばパルスにとってトゥラーンは、国の健全さをはかる尺度のようなものであった。

「それにつけても、早いところ俗事はかたづけて、芸術の正しい道にたち帰りたいものだ」

「おやおや、まだそんなことをいっているのか」

「芸術がおれを呼んでいる。甘やかな呼び声が、おれには聴こえるのだ」

「空耳だろう」

と、黒衣の騎士は、友人の妄想を一言でかたづけた。パルスきっての智将は、不服そうに、パルス随一の雄将をながめやったが、口に出しては何もいわなかった。

II

翌日朝、トゥラーン軍は移動を開始した。はっきりと、ペシャワール城内のパルス軍から見えるように動いていく。パルス軍に誘いをかけていることは明らかであった。

　ごく初歩の陽動でしかなく、パルス軍としては「どうぞご勝手に」というところである。ところが、軍師ナルサスは、諸将に指示して、いつでも城外に出撃できるよう用意をととのえさせた。黒衣の騎士ダリューンが、いささか不思議そうな目つきをした。

「トゥラーン軍がいかに挑発しても、当分は出戦せぬというのが、おぬしの考えだと思ったがな」

「そのつもりだったが、ちと考えが変わった。ひとつには、トゥラーンの有力な武将をひとりとらえてほしいからだ。もうひとつは、もしかして王太子殿下が出戦を主張なさるかもしれぬ。ないにこしたことはないが……その理由に思いあたってな。つまりこうだ」

　ナルサスが説明すると、ダリューンはうなずいた。

「国王が民衆を政略の道具とするようでは、その国はおしまいだ。王太子殿下はそれはなさらぬ。わかった。出戦の用意をしておこう」

　こうして、パルス軍の半数が出戦の準備をととのえたところへ、

「トゥラーン軍の陣頭に、誰やら引き出されています」

　と、エラムの報告であった。

　いずれパルスの東方国境には、解放されて自由民《アーザート》となった奴隷《ゴラーム》たちの入植が開始されることになっていた。将来は武器を持たせ、武装農民とする予定であったが、まだこの時期には、そこまで計画が進んでいない。トゥラーン侵攻に際して、大部分の農民はペシャワール城内に逃げこんだが、山地や近くの村に逃げこんだ人々もいる。トゥラーン軍は、人狩りをおこなって、十人ばかりをとらえ、縛りあげて陣頭に並べた。籠城《ろうじょう》する軍に対して、攻城する軍が、しばしば使う手段である。王都エクバターナを包囲したとき、ルシタニア軍もこの策《て》を使った。味方の見ている前で処刑をおこない、挑発や脅迫をおこなうのだ。アルスラーンがとめる間もなく、男女十人をつぎつぎと斬首《ざんしゅ》してみせると、トクトミシュ王は、城壁上にむけて嘲弄《ちょうろう》まじりの大声を飛ば

した。

「パルス軍よ、城外に出てこい。出てて戦え！　出ぬとあれば、近隣の村を焼き、村人どもを皆殺しにするぞ。ただの脅しでないこと、すでにわかったであろう」

「よくわかった」

「ほう、わかったか」

「話してわかる相手ではないことがわかった。待っていろ、おぬしをすぐに先代のトゥラーン国王にしてやるからな」

その気になれば、アルスラーンも、かなり辛辣《しんらつ》な毒舌をふるうことができるのである。そして、このときは、完全にその気になっていた。城壁を駆け下り、乗馬にとび乗って、出撃を命じたのだ。城門が開かれた。ナルサスが思いあたったというのは、すなわちこれであった。目の前で罪なき者が殺されて、だまって見ていられる性格の王太子ではなかった。

「これはもうしかたがない。殿下のお気にすむようにしていただくしかない。だが、ダリューン、退く時機だけは誤ってくれるなよ」

あらゆる戦闘が計算どおり進むものではないことを、ナルサスはわきまえていた。ときとして、計算ではなく感情を満足させねばならない場合もあるのだ。

一方、トゥラーン軍のほうは計算ずくで待ち受けていた。衝突は無秩序に見えたが、トゥラーンの陣は、あっという間に変形し、うごめいて、巧妙にアルスラーンを味方から切り離してしまったのだ。混戦の血なまぐさいもやのなかで、アルスラーンはひとりのトゥラーン騎士に挑戦された。

「嘴《くちばし》の黄色い雛鳥《ひなどり》よ、きさまの名は何という。人語をしゃべれるなら、ひとつさえずってみろ」

最初からアルスラーンを侮辱してかかっている。

「パルスの王太子アルスラーンという者だ。だがべつにおぼえてもらう必要はない」

「なに、王太子だと」

トゥラーン騎士は目をむいた。おどろきが去ると、残忍な喜びの表情が両眼にみなぎった。

「そうか、西方の蛮族とやらに都をうばわれ、帰るに家なきパルスの孤児とは、きさまのことであったか」

アルスラーンは返答せず、剣をかまえなおした。トゥラーン騎士は、たけだけしく嘲笑した。

「家だになき流浪の孤児とは、聞くも哀れ。サマンガーンにつれ帰り、檻《おり》にいれて飼ってやろう。一生、餌には不自由させんぞ。おとなしく馬をおり、そこにはいつくばれ。剣をすて、冑《かぶと》をぬいでだぞ」

「礼節も仁慈《じんじ》も知らぬ敵に降伏する気はない」

鋭い怒りをこめて、アルスラーンは、相手の罵声《ばせい》をはじき返した。入植者たちを処刑したことといい、アルスラーンはトゥラーン人に対して本気で腹をたてていた。

「生意気な！」

馬腹を蹴って、トゥラーン騎士は突進してきた。アルスラーンは迎えうった。相手の突進に速度をあわせ、わずかに馬首の角度を変えて、敵のすぐ横を風のように駆けぬけた。駆けぬけつつ、剣を左下から右上へ、激しくはねあげた。

意図はすぐれていたが、アルスラーンは複数の敵にねらわれていたのだ。剣尖が相手の胴を斬りさく寸前、別方向から突き出された刀身が、アルスラーンのそれにからまった。厚く重いトゥラーンの刀身が、パルスの細刃をへし折った。鋭い金属音がひびき、あっという間にアルスラーンは武器を失って、両手を空にしてしまった。トゥラーンの二本の剣が同時に王太子の頭上に落ちようとする。だが、絶鳴はトゥラーン語で発せられた。最初のトゥラーン騎士が、仲間を一刀であの世に送りこんだパルス騎士の姿を見て、愕然《がくぜん》とした。

「きさま、何奴か⁉」

その問いに答えたのは、当人ではなく、パルスの王太子であった。晴れわたった夜空の色の瞳が、喜色にきらめいた。

「ギーヴ！　ギーヴではないか。よくもどってきてくれた」

「恐縮です、殿下、そろそろ帰参の時機かと思い、かくは出しゃばってまいりました」

流浪の楽士は、血刀を手にしたまま、馬上でうやうやしく一礼した。そのありさまを見て、トゥラーン騎士はうなり声をあげた。

「なるほど、きさまの名はギーヴというのだな」

「ただのギーヴではないぞ。上にちゃんと、『正義と平和の使徒』とつくのだ」

「たわごとを！」

「気に入らんか。それなら、『美女には愛を、醜男《ぶおとこ》には死を』としておいてもよいが、これなら異存あるまい？」

舌戦は一方的に中断された。トゥラーン騎士は、両眼と刃《やいば》に殺気をかがやかせて、口数の多い闖《ちん》入者《にゅうしゃ》に斬ってかかった。強烈な刀勢であったが、ギーヴの敵ではなかった。未来の宮廷楽士が、たくみに手首をひるがえすと、トゥラーン騎士の斬撃はギーヴの剣の上を流れ、逆に、がらあきになった右腕の下に致命傷をこうむってしまった。鋭く短い叫び声を発して、トゥラーン騎士は永遠に落馬した。


王太子アルスラーンを護衛して、ギーヴがペシャワール城にはいってくると、いささか複雑な色あいの歓声が彼を迎えた。ギーヴに対する多くの者の感情はべつとして、彼が王太子を救ったことは事実であった。

戦場でアルスラーンと切り離されたダリューンも、兵をまとめて、やれやれという表情で城にもどってきた。「野戦のトゥラーン軍は、やはりあなどれぬ。あやうく、無為どころか有害な戦いをするところだった」とナルサスに告げた後、やや声を低めた。

「ギーヴのおかげで大過なくすんだが、ギーヴの奴、もっとも効果的な出番を計っていたにちがいないな」

ダリューンの感想に、ナルサスもまったく同感であった。アルスラーンの危機に駆けつけ、その生命を救うとは、ギーヴらしい再登場ぶりである。またいずれ再退場ということもあるだろうが、この気ままな男は、ひとまず王太子のそばで翼を休めるつもりらしい。

ギーヴは、軍師ナルサスに、魔の山デマヴァントで経験したことを語るつもりであった。だが、美しい女神官《カーヒーナ》が広間にたたずむ姿を発見して、あっさり私情を優先させた。ファランギースにむかって歩きかけたとき、女神官のそばにひとりの男がたたずんでいるのに気づいた。銀灰色の甲冑を着こんでおり、なれなれしく彼女に話しかけているようすである。

当然のこと、そのありさまをギーヴは見とがめた。たまたま、そばに千騎長のバルハイがいたので、声を低くして問いかけた。バルハイは珍しくギーヴに敵意を持たぬ男である。

「あの男は誰だ、ファランギースどののそばにずうずうしくくっついている片目の大男は」

「クバード卿でござるよ。かつて万騎長《マルズバーン》としてダリューン卿やキシュワード卿と並び称された御仁でござる」

答えるバルハイが、どことなく人の悪い笑いかたをしたのは、恋のさやあてを予測したからであろう。ギーヴはといえば、男の笑顔など無視する性質《たち》だから、クバードという名を知ると、いったんとめた足を、ふたたびファランギースのほうに向けた。ことさらにクバードを無視し、蜜のように甘い笑みをつくって、一別以来のあいさつをする。

「ファランギースどの、いかにおれの不在があなたの心を空虚にしたとはいえ、いたずらにふざけた男をおそばに近づけては、あなたの尊厳にかかわりますぞ」

「おぬしが不在だからといって、何でわたしの心が空虚になるのじゃ」

つめたい返答に、流浪の楽士は、なげかわしいといいたげな身ぶりをしてみせた。

「ファランギースどのは完璧に近い女性だが、たったひとつ欠点がある。おのれの心に素直でないことだ。だが、その欠点にすら魅力があるのだから、まことに罪なお女《ひと》だな」

「罪なのは、おぬしの口だろう。あまりの巧言令《こうげんれい》色《しょく》、女神官《カーヒーナ》どののほうこそ歯が浮いておるぞ」

そういってのけたのはクバードで、つぎの瞬間、ファランギースの頭ごしに、みっつの目が敵愾心《てきがいしん》の虹をかけた。

その光景を、ナルサスと同じ卓から見ていたアルフリードが、若い軍師にささやきかけた。

「ねえ、ナルサス、あの三人、妙な雰囲気だね」

「花が一本、蜜蜂が二匹。珍しい光景でもないさ。花も蜜蜂も、この場合、平凡にほど遠いがな」

「ふうん、その点、ナルサスは面倒がなくていいよねえ。あたしひとりだもの」

言い終えないうちに、はでな音をたてて、エラムが卓上にスープの深皿を置いた。スープの飛沫《しぶき》を顔に受けてアルフリードが憤然と叫ぶ。

「ちょっと、何するのよ！」

「ナルサスさまのおじゃまをするんじゃない、この瘋癲《ふうてん》娘！」

「誰が瘋癲だって!?　半人前のくせに口だけは三人前なんだから。口より腕にみがきをかけたらどうなのさ」

「お前に言われる筋合はないや、お前こそ……」

「また年上の相手をお前よばわりして！　何とかいってよ、ナルサス」

若い軍師は、傍観しているわけにいかなくなった。

「うむ、まあその何だな、パルス人どうし、仲よくしてもらいたいものだ。平和は友愛より生まれるというしな」

ナルサスらしくもない非独創的なお説教は、たちまち少女と少年の反撃を受けてしまった。

「平和は年長者に対するまっとうな礼儀から生まれる、と、あたしは思うわ、ナルサス」

「ナルサスさま、平和というものは、押しつけられるものではないと思います。だいいち心の静けさのない平和なんて……」

「何さ！」

「何だよ！」

ふたりがにらみあい、視線の火花の下で若い軍師がため息をついたとき、広間の扉があけ放たれて、黒衣の騎士が長身をあらわした。王太子に一礼し、まっすぐナルサスのもとへ歩みよる。

「おい、天才画家、どうやらトゥラーン軍はわれわれより勤勉らしいぞ。夜だというのに軍をこぞって城門に押し寄せてきた」

「そうか、そいつは一大事、このような場所でのんびりしてはいられぬな」

いやにはりきってナルサスは食卓から立ちあがった。ダリューンと肩を並べさっさと部屋を出ていく軍師を見て、エラムとアルフリードは顔を見あわせ、不本意ながら休戦して彼の後を追いかけた。

III

トゥラーン軍としては、先刻の戦闘でアルスラーンを捕殺しそこねたのは、大いなる悔いであった。だが同時に、野戦なら負けぬという自信もあらたにした。この上は間断ない波状攻撃をつらねて、パルス軍を疲れさせようというたくらみであった。


出撃したダリューンは、矢を避けて馬上に身を伏せ、ここぞと測った瞬間に、長槍《ちょうそう》をなめ上へと突きあげた。銀色の穂先は、突進してくる敵兵のあごの真下をつらぬいた。短い絶鳴と長い流血の尾をひいて、敵兵は、疾走する馬の背から転落する。

それが最初であった。すばやく槍身をたぐりこむと、ダリューンは、横あいから撃ちこまれてきた剣をはねあげ、間髪《かんはつ》いれず刺突《しとつ》をくり出す。騎手を失ったトゥラーンの馬が、狂ったように走り去る。ダリューンの駆けるところ、トゥラーン兵の絶鳴が夜気を引き裂き、彼らの甲冑や馬具は、ことごとく彼ら自身の血にまみれた。

「トゥラーンの有力な将軍をとらえてくれ、と、ナルサスはいったが、どうも雑兵《ぞうひょう》ばかりだな」

ただの兵士たちを相手に驍勇《ぎょうゆう》をふるってても必要以上の殺戮《さつりく》をおこなっているようで、ダリューンは心はずまない。先日の親王《ジノン》イルテリシュに匹敵する雄敵を求めたが、この夜、黒衣の騎士は、そのような相手にはめぐまれなかった。ダリューンはやがて城門の前にとって返し、血ぞめの長槍を鞍上《あんじょう》に横たえて、帰城する味方の道を確保する役を自らに課した。

　トゥラーン軍のおもだった将軍たちのなかで、ジムサは、親王《ジノン》イルテリシュとならんでもっとも若い。やや小柄で童顔なので、二十歳に達してないのではないか、と見られることすらある。だが、トゥラーン軍でもっとも勇敢で機敏な武将のひとりであり、たいそう危険な武器の名人でもあった。

　吹矢である。毒をぬった吹矢で、ジムサは、空を飛ぶ鳥すらうち落とすといわれていた。剣や槍も、むろん使える。乗馬を両脚だけであやつり、右手に剣を、左手に吹矢の筒を持って、ジムサが敵中を突破すると、あとには二種類の死体が残されるといわれていた。

　この夜、パルス軍はその噂《うわさ》を自分たちの生命とひきかえに実証することになった。ジムサにむかって突きかかるパルス兵が、つづけざまに空を蹴って落馬していく。

「奇怪な技を使う奴！」

　左右から同時にふたりのパルス騎士がジムサに斬りかかった。だが、これまた同時に馬上でのけぞり、血と悲鳴を噴きあげて転落する。ひとりは吹矢で片目をつらぬかれ、いまひとりは剣で咽喉を斬り裂かれていた。パルス軍の間からおどろきの叫びがあがる。

　なみの騎士では相手にならぬと知って、パルス軍のザラーヴァントが突進してきた。三、四合、たてつづけに刃をまじえると、ジムサは馬首をめぐらして逃げ出した。ザラーヴァントが猛然と追いかけ、強烈な斬撃をあびせると、ジムサは馬上に身を伏せて刃に空を斬らせ、振りむきざま吹矢を飛ばした。ザラーヴァントの右目をねらったのだが、ザラーヴァントはとっさに右腕で吹矢を受けた。瞬間、激痛が右腕をしびれさせ、彼は剣をとりおとした。

　意外な武器で負傷させられたザラーヴァントは、

かろうじて城門まで帰りついたものの、そこで力つきて落馬してしまった。吹矢の毒が体内にまわって高熱を発したのである。ダリューンが追撃の兵を長槍でなぎ払わなかったら、ザラーヴァントはトゥラーン兵に斬りきざまれたことであろう。

ザラーヴァント重傷の報がパルス全軍に伝わると、パルス軍は一方で戦慄《せんりつ》し、一方で敵意に燃えあがった。

ジムサのほうは、パルスの有力な将軍を傷つけたとあって、勝ち誇った。自分自身の武勲のため、またこれまで旗色が悪かったトゥラーン軍の名誉を回復するため、わずかな休息をとった後、ふたたび兵をひきいてペシャワールの城壁に攻めかかってきた。すでに城外に出ていたパルス軍と衝突し、激しくもみあう。

戦場を疾駆するうちに、ジムサは、ひとりのパルスの武将と往きあった。左目が一文字につぶれた精《せい》悍《かん》そうな大男で、ジムサの姿を見ると、無言のまま連銭葦毛《れんせんあしげ》の悍馬《かんば》をあおって突進してきた。その大剣は、すでに鍔元《つばもと》まで人血に塗られている。雄敵とみてとったジムサは、まず形どおり剣をもって迎えうった。ほんの二、三合撃ちあうと、馬首をめぐらして逃げだそうとする。

その瞬間に、すばやく伸びたクバードの左手が、ジムサの甲《よろい》の革帯をつかんでいた。おどろくべき早業であり、おどろくべき膂力《りょりょく》であった。「何をする」と叫びかけたとき、革帯をつかまれたジムサの身体は、思いきり宙に放り出されていた。

弧をえがいて、ジムサの身体は地上へ舞い落ちていった。草の上でひとはねし、さらに二、三度ころがって、ようやくジムサは起きあがる。そのとき馬を駆って馳せ寄ったイスファーンが、剣を振りおろした。火花が散り、冑の上から強打をくらったジムサは、つんのめって顔から地面に落ちた。

乗馬から、体重のない者のように飛びおりたイスファーンが、とどめの一刀を突きおろそうとしたとき、クバードがそれを制した。

ジムサはペシャワールに入城した。勝者としてで

はなく、捕虜としてである。革紐でしばりあげられた彼は、戦闘が一段落すると、広間に引きずり出され、降伏するよう、アルスラーンからすすめられた。

だが、ジムサは降伏を承知しなかった。恐怖するようすも見せず、昂然《こうぜん》と胸をそらしてうそぶいた。

「トゥラーン人はトゥラーン国王以外の者に、けっしてひざを屈することはないのだ。まして自分よりまさる勇者でもあればまだしも、未熟な孺子《こぞう》などに降伏してたまるか」

この放言は、トゥラーン語でおこなわれ、ナルサスが苦笑まじりに通訳した。

未熟な孺子とののしられたアルスラーンは、まばたきの後、ナルサスをみならうように苦笑した。じっさい自分は孺子だと自覚しているから、腹はたたない。

「そこに立っているパルスの孺子も、遠からずトゥラーン軍の手にとらえられ、われらが国王の御前《ごぜん》に引きずり出されるであろう。そうなったとき、きさまらは、旧敵の怨《うら》みを忘れてトゥラーン国王につかえるよう忠告でもするつもりか」

「おのれ、言わせておけば雑言《ぞうごん》のかぎりを!」

「狼に育てられた者《ファルハーディン》」という異名を持つイスファーンが、長剣の鞘《さや》を払った。群将の列から駆け出し、無礼きわまる捕虜の口を、永遠に封じてしまおうと、剣を振りかざす。それを制したのは、ナルサスの声であった。

「殿下の御意だ、殺すな」

「ですが軍師どの、こやつもこれほど恐れげなく雑言を吐くからには、降伏する気などござるまい。生かしておけば後日の災い。斬りすててりっぱな墓に葬ってやるのが、こやつ自身のためでもござろう」

「あわてるな、殺すのはいつでもできる。殿下、よろしゅうございますか」

ナルサスがアルスラーンを見やると、軍師を信頼する王太子は、微笑してうなずいた。これにはイスファーンも剣をひかざるをえなかった。さいわいにして、重傷のザラーヴァントも、瀉血《しゃけつ》と投薬の結果、一命をとりとめた、ということもあった。

　こうして、トゥラーンの勇将ジムサは、ペシャワール城の地下牢に放りこまれた。いちおう革紐で縛られてはいたが、このていどなら解ける、とジムサは思い、脱走の決心をかためた。

　じつはジムサが脱走してくれねばこまる人物がいる。パルスの軍師ナルサスである。

「まず、細工のほどをご覧いただこうか」

　危機感のない、のんびりした口調で、若い軍師はそれだけいった。ダリューンもキシュワードも、軍師に対する信頼を、にやりという笑いであらわした。これまでパルス軍はトゥラーン軍の攻勢を受けとめる形で、事態を推移させてきたが、そろそろこちらからしかける時機になったわけである。そしてジムサは、どうしてもそれに必要な人間であった。

　ペシャワール城は陥《お》ちず、ジムサはとらえられ、さすが強気のトクトミシュ王も、いささか気分が重くなっていた。ペシャワール城への攻勢もゆるみ、つぎの出方をさだめかねている。ところが一昼夜たったとき、捕虜となったジムサが泥まみれの姿で陣に帰ってきたのである。

「地下牢に放りこまれ、近日のうちに殺されるところでござったが、隙を見て馬を奪い、脱走してまいりました」

　引見するトクトミシュ王に、ジムサはそう報告した。彼はパルス軍の機密をつかんできたのである。パルス人たちは、ジムサをパルス語を解さぬ蛮族とあなどり、降伏をすすめたのもトゥラーン語によってであった。ジムサもトゥラーン語しか使わなかったので、安心しきったパルス人たちは、パルス語で軍の機密を話しあったのである。じつはジムサは、パルス語をしゃべることも、聞いて理解することもできたのだ。

「まずご報告申しあげます。ペシャワール城内のパルス軍は、来《きた》る新月の夜を期して、城外にいる十万の味方と合流しようとしております」

「なに、パルス軍には、まだそれだけのあらたな兵力がおったのか」

「さようでございます。これまで王太子に加担することをためらっていた南部地方の諸侯、土豪どもが、ついに意を決し、王太子のもとへ馳せ参じようとしているのでござる」

トクトミシュ王はうなった。

「その土豪どもは、なぜこれまで王太子に加担するのをためらっておったのだ？」

「王太子の今後の政事《まつりごと》に不安と不満をいだいていたからでございます」

ジムサは説明する。王太子アルスラーンは、三百年にわたってつづいてきたパルスの社会制度を大きく変えようとしている。奴隷《ゴラーム》制度廃止令を出し、人身売買を禁止し、国民《くにたみ》のすべてを自由民《アーザート》にしようとしているのだ。それは現に奴隷を所有している諸侯たちにとって、大きな不利になる。そのため、諸侯たちは、王太子に加担して国土を回復しても、いずれ奴隷を解放させられるのでは、結局は大損である。それで王太子に味方するのをためらっていたのだが、どうやら国王《シャーオ》アンドラゴラス三世も助かる望みがない。また王太子も、自分に味方した諸侯には奴隷の所有をみとめると伝えた。そこで諸侯もついに決心し、ありったけの兵力をかき集めて、王太子のもとへ集結しようとしているのだ……。

「その数は十万、すでにしてペシャワールの南西二十ファルサング（約百キロ）の距離に来ていると、パルス人どもは得々としてしゃべっておりました。一刻も早くご対策をおたてになりますよう」

あらためて平伏するジムサに、トクトミシュ王は質《ただ》した。

「よくわかった。ところで、王太子アルスラーンはまだ十四、五歳というが、その年齢で一国の諸侯、土豪をほとんど統《す》べるとは、大きい器の持主とみてよいか」

「いや、おことばながら、それは買いかぶりでございましょう。アルスラーンなる少年、見るからに惰《だ》弱《じゃく》無能で、側近どもに意のままにあやつられているようす。とうてい一国を統治する器《うつわ》とも思えませぬ」

「ふむ、すると、アンドラゴラス王なきあと、パルスは国としての存在もあやうくなるかもしれぬな」

「御意にございます」

ジムサとしては、アルスラーンの真価を知るだけの機会を与えられなかった。表面だけ見れば、たしかにアルスラーンは目だつ存在ではなく、飾りものとしか見えぬであろう。

ともかく、ジムサの報告は、トゥラーン国王トクトミシュを喜ばせた。

「でかしたぞ、ジムサ、おぬしが生命がけで知らせてくれねば、わが軍は、ペシャワールの城内と城外から挟撃され、苦境におちいるところであった。ようやってくれた」

そうほめたたえて、トクトミシュは報賞を与えた。トゥラーンらしく即物的な、そして実質的なほうびであった。従者に牛の革を張った大きな箱を運ばせ、それに満たされていた金貨を、ジムサにつかみどりさせたのである。

トゥラーンは自分たちの国で貨幣を鋳造《ちゅうぞう》することはない。箱いっぱいの金貨も、パルス、絹《セリカ》の国、マルヤムなどの国々から掠奪したり交易の代金として受けとったりしたものである。数か国の金貨をジムサに与えた上、トクトミシュ王はさらに気前よく告げた。

「戦いに勝った後、わが軍はトゥラーン本土にもどるが、ペシャワール城は占拠したままにしておくつもりだ。大陸公路の要所であり、パルスとシンドゥラの両国をにらみ、わが国の最南端を鎮護する。その城守は、ジムサよ、おぬしにゆだねてもよいぞ。ますます忠勤をはげんでくれよ」

ジムサは感激し、諸侯は彼の果報をうらやんだ。ペシャワールの城守ともなれば、大陸公路を往来する隊商から通行税をとりあげ、その一部を自分のふところにいれる役得が公認される。ジムサはたいへんな富貴を与えられることになるのだ。むろんのこと、まずペシャワール城を陥さなければ、どれほどありがたい恩寵も空中楼閣でしかないが。

大いそぎで軍議がひらかれた。トゥラーン全軍を二手に分け、諸侯軍を前後から挟撃して潰滅させる。ついで、闇に乗じて諸侯軍をよそおい、ペシャワールの城門を開かせ、なだれこんで一挙に全城を葬り去る。その策が採用された。

「もし戦機に遅れるようなことがあれば、陛下のお怒りを買うぞ。いそげ。パルス軍を撃ち滅ぼす栄誉は、われらのものだ」

親王《ジノン》イルテリシュ、猛将タルハーンら、先遣部隊の将軍たちは、とくにはりきって軍を動かしはじめた。

「ジムサひとりに栄誉と富貴を独占させてなるものか。ペシャワール城守の地位は、おれがもらうぞ」

大げさにいえば、トゥラーン全軍が功名欲に目の色を変えた。パルスの里程で一ファルサングほど動くと、騎馬隊の馬蹄の跡や、まあたらしい宿営の跡らしきものが発見され、どうやらパルスの大部隊が移動していることは確実だった。

トゥラーン軍は、パルスの軍師ナルサスの掌の上で踊りつづけることになった。もっともらしく宿営の跡などをでっちあげたのは、トゥースのひきいる一隊だった。彼はあらかじめナルサスの指示を受け、ペシャワールに再入城せず、せっせとこの夜のために、トゥラーン軍をおとしいれる罠をつくりつづけていたのである。

こうして、新月の夜、東と西から架空のパルス軍めがけて殺到したトゥラーン軍は、闇のなかで正面から激突した。

敵愾心《てきがいしん》にもえる剛勇の軍隊どうしが、予期した戦場でぶつかりあったのである。トゥラーン人が夜目がきくといっても限度があるし、相手は憎むべきパルス軍と信じこんでいる。かくして、大陸公路諸国の歴史上、もっとも凄惨《せいさん》な同士討《どうしうち》が展開されたのであった。

IV

剣と剣が撃ちかわされ、人と人、馬と馬が激しくぶつかりあった。たがいに敵だと思っている。功名欲と敵愾心がトゥラーン人を煮えたぎらせていた。そしてひとたび血が流れれば、それは魔酒のように人間を酔わせる。酔いにまかせて、トゥラーン人は熱狂的に殺しあった。剣で斬り、槍で突き刺し、戦斧《せんぷ》でたたき割り、馬の蹄に踏みにじって戦いつづける。

「はてな、どうもおかしい」

親王《ジノン》イルテリシュが首をかしげた。彼の剣も甲冑も、おびただしい人血に染まっている。勇をふるって、イルテリシュは幾人もの敵を斬りすてたのだが、斬りかかってくる敵が、トゥラーン語をしゃべっているようなのである。戦いつつ疑惑が深くなっていき、ついにイルテリシュは剣をひいてどなった。

「いぶかしいぞ、者ども、静まれ」

ほとんど同時である。

「やめろ、戦うのをやめろ！　同士討だ。パルス人の奸計《かんけい》にかかったのだ」

「剣をひけ、静まれ、相手は味方だぞ」

闇と血に塗りかためられた戦場のあちこちで、部下を制する声がおこった。その声が、狂ったように武器をふるう兵士たちを、しだいに流血の酔いから醒めさせていき、刀槍《とうそう》のひびきが静まっていき、たがいに名乗りあって、味方どうしの所在を確認する。呆然自失が去ると、憤激がとってかわった。

「おのれ、パルス人め、悪辣《あくらつ》な！」

身慄いして怒《いか》っても、これは計略にかかった自分たち自身を嘲笑《ちょうしょう》するようなものである。ナルサスの策に踊らされたトゥラーン軍は、一夜にして五千の死者と一万二千の負傷者を出した。しかも、むろんのこと、パルス軍には一兵の損失もない。

「いったい誰がこのような策を考えだしたのだ。パルス軍には、とんでもない狐がおるぞ！」

「おそらくナルサスとか申す人物でござろう」

国王の怒号《どごう》に、カルルックが答えた。トゥラーン王国の武将たちのなかで、もっとも他国の事情に通じた男である。頬から血を流しているのは、混戦のなかで同僚の将軍ディザブロスの剣に傷つけられたのであった。ディザブロスのほうも、カルルックの槍で左腕に負傷している。ふたりとも、やり場のない怒りで目を血走らせていた。カルルックは、ナルサスという策士が油断ならぬ人物であることを王に告げた。四年前、パルスの東方国境からなだれこんだ三か国連合軍を分裂させ、追いはらったのもナルサスである、と。

二日ほど早く、そのことに気づいていれば、今夜の惨状もなかったのだが、カルルックにして功名にはやり、罠の危険に気づきそこねたのである。

「よし、そのナルサスとやらいう策士めは、いずれアルスラーンめとともに、生きながら焼き殺してくれよう。だが、その前に成敗すべき奸物《かんぶつ》がおる」

歯ぎしりをおさめると、トクトミシュは身をふるわせて怒号した。

「ジムサを呼べ！　あのそらぞらしい裏切者めを。奴の甘言《かんげん》に乗って、みすみす部下どもを死なせた予の愚かさがくやまれるわ。ジムサめ、ナルサスとやらに籠絡《ろうらく》されて、国と王を裏切りおったに相違ない！」

ナルサスは知っていることだった。ジムサが無実だということを。ジムサはナルサスの策略にかかって、奏《かな》でられる曲のままに踊ったにすぎない。だが、むろんナルサスはジムサを弁護するためにトゥラーン軍の陣営にのこのこやって来たりはしなかった。ジムサの無実を信じる者は、ジムサ自身だけである。

本陣に呼びつけられたジムサは、すでに自分が「はめられた」ことをさとっていたが、それを述べたところで、怒り狂う国王や諸将をなだめることはできなかった。とにかく、彼がもたらした偽りの情報によって、トゥラーン軍が大きな損害をこうむったことは事実なのである。国王や諸将にしてみれば、目の前にいるジムサ以外、怒りをぶつけるべき相手がいないのだ。

もはや弁解の余地がないことを、ジムサはさとった。このままでは、パルスと通じた裏切者として、処断されてしまう。死ぬのは恐れないが、汚名を着せられたまま誅戮《ちゅうりく》されるのには耐えられなかった。

いきなりジムサは身をひるがえした。この場はとにかく逃れ、後日、身の潔白を証明するしかないと思ったのだ。

「正体をあらわしおったわ、痴《し》れ者が！」

刃風《はかぜ》が襲いかかってきた。親王《ジノン》イルテリシュのすさまじい斬撃であった。かろうじてそれをかわし、第二撃をはじき返すと、ジムサは馬に飛び乗った。トゥラーン軍でも屈指の名騎手である。たちまち夜の強風のように、国王の本陣から遠ざかっていく。

「逃すな！　射落とせ！」

カルルックが弓箭《きゅうせん》兵に命じ、それに応じて数百の弓弦《ゆづる》が鳴りひびいた。矢は奔流となって夜の厚い画布を引き裂いたが、逃亡者を倒すことができたかどうかわからなかった。

不意に、ぎょっとして、トゥラーン人たちは顔を見あわせた。

夜の底から、何かが湧きおこり、トゥラーンの陣営めがけて、ひたひたと寄せてくるのを感じとったのだ。晴れた空に雷雲がむらがりおこるような不気味さであった。歴戦の諸将は、皮膚がざわざわと鳥肌だつのをおぼえた。まちがいようのない感覚であった。

「……パルス軍だあ！」

あがった声は、悲鳴そのものだった。四方の闇が一瞬にして、すべて敵となった。「突撃《ヤシャスイーン》！」のパルス語とともに、音をたてて矢の雨が降りそそいでくる。

「悪辣な！」

ふたたびトクトミシュはうなった。負け惜しみの一言にはちがいないが、深刻きわまる負け惜しみであった。

パルス軍の、つまりナルサスの作戦は、辛辣《しんらつ》をきわめた。まずトゥラーン軍を同士討に追いこんで、たがいに殺しあわせる。それと気づいて、トゥラーン軍は呆然とする。強烈な敵愾心がしぼみ、気力が欠けて、その夜のうちに、もう一度、死を決して戦おうという意志は失《う》せてしまう。緊張の糸が切れた、まさにその一瞬をねらって、無傷のパルス軍が殺到してきたのだ。

「ナルサスとやらいう奴は悪魔か」

トクトミシュ王のうめきを、若々しい怒声が圧倒した。親王《ジノン》イルテリシュが、抜き持ったままの剣で夜気を斬り裂いてみせたのだ。

「たとえ人だろうと悪魔だろうと、罠に落ちて手をこまねいていては、殺されるだけのこと。罠を喰い破るしか生きる途はないのだ。諸将、剣をとって死戦せよ！」

その強烈な叱咤《しった》で、呆然としていたトゥラーンの将軍たちは、はっとして気をとりなおした。国王の面前で、親王《ジノン》イルテリシュは、越権行為をやってのけたのだが、誰もそれをとがめようとはしなかった。

たちまち、いつわりの戦場は真の戦場となった。パルス語とトゥラーン語が乱れとび、血の匂いが濃《のう》霧《む》となってたちこめる。重囲を突破すべく、部隊の先頭に立って、将軍ボイラは剣をふるったが、パルスの「双刀将軍《ターヒール》」キシュワードと正面からぶつかることになった。

「おう、きさまとは先日、刃をまじえて勝負がつかなかった。今夜こそ、そのしゃらくさい双刀をたたき折ってくれるぞ」

怒号をあげて、ボイラは斬ってかかった。撃ちこみ、はね返し、刃をかみあわせること十数合。ついに勝負はついた。ボイラの望まぬ形で。

トゥラーン軍屈指の勇者も、キシュワードの剣技にはおよばなかったのだ。双刀の一閃《いっせん》を左頸部《さけいぶ》に受け、ボイラは鮮血を噴きあげて鞍上から舞い落ちていった。

主将を失って、ボイラの部隊は乱れたった。キシュワードは兵をさしまねき、自ら先陣を切って突入した。

敵陣にあっても、キシュワードの突進する速度は、いささかも落ちぬ。両手の剣が、地上の半月のようにひらめき、左右にトゥラーン兵を斬り倒す。落馬する死者の手ににぎられた剣の光は、流星の光がこぼれ落ちていくかに見えた。

血の臭気はすさまじいが、夜の闇が幕となって、地上の地獄をおおいかくした。トゥラーン軍は斬りたてられ、突きくずされ、いつもの勇気も士気も投げすてて、夜の野を逃げまどうのだった。

「このままですむか。せめて王太子アルスラーンめの首ぐらい奪《と》ってやらねば、煮えたぎった肚《はら》を冷ますことはできぬわ」

親王《ジノン》イルテリシュは両眼に殺気をたたえた。これほどやられっぱなしで終わる戦いは、彼の戦歴でははじめてのことであった。彼は、退路をひらくというより、もっと積極的に、圧倒的な敵とわたりあったのだ。

「アルスラーン！　出会え、どこにいる⁉」

怒号し、斬りおろし、突き刺し、はねあげる。パルスの強兵も、若い親王《ジノン》の猛進をはばむことはできなかった。血と悲鳴の渦を駆けぬけ、イルテリシュはアルスラーンの姿をさがし求める。だが、戦いのただなかで出会ったディザブロス将軍に、逃げて再起をはかるよう忠告され、歯ぎしりしつつ戦場を離脱していった。

トゥラーン兵のうちには、刀槍でなく弓矢で死傷した者も多かった。いまひとつ雄敵にめぐりあえずにいたクバードは、水色の布を頭に巻いた少女が、夜の暗さをものともせず、遠矢でつぎつぎとトゥラーン兵を馬上から射落とすのを見た。その少女、つまりアルフリードは、馬をうたせて近づく大男を見て小さく笑った。ファランギースをめぐってギーヴと角つきあわせていた男だと気づいたのだ。

「なかなかよく弓を使うな」

率直な賛辞に、すなおな自慢が返ってきた。

「あたりまえさ。あたしはゾット族の女だよ。料理より弓が得意なくらいさ。自慢にはならないけど」

「ゾット族？」

クバードは小首をかしげ、さっさと馬首をめぐらそうとする少女を呼びとめた。

「おい、ちょっと待て。おぬし、ゾット族の者だというなら、旧《さき》の族長の息子でメルレインという若いやつを知っているのではないか」

アルフリードは乗馬の歩みをとめた。星の光が、とまどいとおどろきの表情を、充分には照らしだせずにいる。

「何で兄貴の名前を知ってるんだい。どこかで会ったのかい」

「ほう、兄妹か。そういえば面影が似ている」

これは、かなりいいかげんな感想であった。それはともかく、多くを語る余裕はなかった。まだ戦いはたけなわである。馬の頸《くび》をひとつ、クバードは左手でかるくたたいた。

「メルレインは愛《いと》しい妹を探していたぞ。族長の座を、おぬしのために空けてあるそうだ」

「族長⁉　いやだよ、あたし、族長なんかになりたくないね」

アルフリードがなりたいものは、べつのものだった。だがそれを少女は口に出さなかった。片目の男と少女は、何となく馬を並べて、夜の戦場を走りぬけていった。

さて、トゥラーン国王トクトミシュは、パルス軍の鉄環《てっかん》のごとき包囲を突破できず、四方から突き出される刀槍の林の中にいた。衛兵の数も十数名まで撃ちへらされてしまった。そこへ包囲の一角を突きくずして、タルハーンが駆けつけた。

「国王陛下、お逃げくだされ。ここはこのタルハーンがふせぎますれば」

そうどなった猛将の全身は、赤い雨をあびたようだ。大剣の刃もこぼれ、鍔元まで赤黒く血がかたまっている。国王《カガーン》は、あえぐように「すまぬ」とだけ口にした。血まみれの顔で笑うと、タルハーンは、もはや武器として役だたぬ自分の大剣をすてた。手を伸ばし、国王の鞘から剣を抜きとる。

「剣だけはお借りしますぞ」

その剣の平で、国王の乗馬の臀《しり》をたたきつける。躍りあがった馬が走り出すのを一瞬だけ見送ると、敵に向きなおった。

「わが名はタルハーン。トゥラーン王国随一の豪の者と自負したるなり。技倆《うで》に覚えある者は、討ちとって功名をたてよ」

咆えるように名乗ると、タルハーンは馬腹を蹴って、むらがる敵中に突っこんだ。ばっと異様な音を発して、パルス兵が馬上から吹き飛ぶ。人血をまじえた風が草をたたく。死を決したタルハーンの猛勇はすさまじかった。さしも勇敢なパルス兵もたじろぎ、一閃ごとに死をまきちらすトゥラーン人の大剣から逃れようとする。

突如タルハーンの眼前に、夜より黒い一個の騎影が躍りたった。夜風にひるがえるマントが、タルハーンにおとらぬ血の匂いを吹きつけてくる。

「トゥラーン王国のタルハーン卿か」

「そうだ、おぬしは」

「パルスのダリューンが推参つかまつる。お相手ねがおう」

タルハーンは目をみはった。

「おう、四年前に、親王《ジノン》イルテリシュの父上を斃《たお》した黒衣の騎士か」

「おぼえていただいたとは光栄」

「こちらこそ光栄だ。まいるぞ！」

パルス語での応酬が終わるや、両雄は同時に馬をあおり、剣をひらめかせた。これほど傑出したふたりの戦士が堂々とわたりあうのに、最善の舞台とはいえなかった。暗すぎたし、周囲にいるのは見物人ではなく、彼ら以上に必死な戦闘者と逃亡者の群であった。

火花と刃鳴りが連続する。タルハーンの冑が宙にはね飛んだ。ダリューンの胸甲に亀裂が走った。暗さゆえに、敵手の斬撃を完全にかわすことは困難であった。何十合を渡りあった後であろうか、乗馬が躍ってぶつかりあい、鞍が衝突した。タルハーンが至近距離から突きこんだ剣が、ダリューンの左肩をかすめる。両者の身体が勢いよくぶつかり、均衡を失った彼らは、暗い馬上から暗い地上へと転落した。

落ちてなお、闘いはつづいた。たがいの右手首を左手でつかみ、草や小石の上を二転三転する。激しい息づかいが、自分のものであるか他人のものであるか判断しがたい。だが、渾身の力をこめてダリューンは右手を振りはらい、剣を相手の頸部に突きとおした。低いうめき声とともに、温かい血がダリューンの顔にかかり、タルハーンの巨体から力が失われた。

トゥラーン最大の猛将も、ついに斃れた。

呼吸のしずまらぬまま、ダリューンはようやく立ちあがり、染血の剣を垂直にかかげて、失われた雄敵に敬意を表した。その周囲で、激しい攻防のひびきが静まりつつあった。イルテリシュやタルハーンなど、わずかな例外を除いて、トゥラーン軍は一方的に撃砕《げきさい》され、血と夜のなかを潰走《かいそう》していた。

タルハーンが堂々たる武人の生涯を終えたのとほぼ同時刻、王太子アルスラーンや軍師ナルサスとともに陣にいたエラムが、草の上に横たわる負傷者を発見した。

それはトゥラーンの将軍ジムサであった。背中に二本の矢が突き刺さっている。彼にとって味方にあたるトゥラーンの矢であった。

V

ペシャワール城は大勝利の歓喜に湧きたった。トゥラーン軍の攻囲は解けた。しかも、一方的に彼らをたたきのめし、タルハーンをはじめとして名だたる敵将を幾人もあの世へ追放した。ふたたび王都エクバターナを奪還する戦いにのぞむことができるのだ。それにしても、武勲簿の第一にあげられるべき人物は誰であろうか。

「今夜の功績は、まずトゥースだ」

アルスラーンは明言した。トゥースは、アルスラーンのペシャワール再入城以来、ペシャワールの城内にもはいらず、トゥラーン軍を陥しこむための罠を張りめぐらせていたのだ。大軍が行進した形跡をつくり、野営の跡をでっちあげ、噂を流し、あたかも十万の大軍が近づいているように見せかけたのだ。むろん正体を敵につかませてはいけない。トゥースと、二千人の部下の苦労は、なみたいていのものではなかった。むろん、トゥースは、名だたる敵将の首をあげるような武勲をたてる機会を与えられなかった。その機会を与えられなかったことが、トゥースの名誉であった。王太子から賞されるトゥースの姿を、広間につづく回廊からながめながら、トゥース本人よりうれしそうに、ダリューンがナルサスに語りかけた。

「殿下のなされようは、まことにおみごとだ。トゥースのように地味に働いた者を高く賞してこそ、兵士にもはげみが出る。王者の器量というものだな」

「ダリューン、おぬしは殿下のこととなると、何でも感心する材料にするのだな」

「おかしいか？」

「いや、おかしくはない」

嘘である。内心、ナルサスはおかしい。アルスラーン王子のやりようは、たしかにみごとだが、たとえばダリューンが強いばかりで心術《しんじゅつ》の劣る者であったら、どう反応するであろうか。「猛将タルハーンを討ちとった自分こそ、最大の功績をあげたのでござる。トゥースの下に置かれるのは納得できませぬ」と強硬に言いたてることであろう。

「ダリューンは、もうすこし自分を高く評価してよいのだが、まあ、そこがこの男のよいところか」

友人の美点が、単なる豪勇などにあるのではないことを、ナルサスは知っていた。彼は一歩踏み出しながら友人の顔を見やった。

「ところで、おれはこれから頑迷《がんめい》なトゥラーン人に会いにいくが、おぬしはどうする」

「いや、遠慮しよう。おれのように武骨な者が同席しても、おぬしのじゃまになるだけだ」

かるく片手をあげて、ダリューンは、友人を見送った。一陣《いちじん》の夜風が、「戦士のなかの戦士《マルダーンフ・マルダーン》」のマントをそよがせた。どこからかただよってきた花の香が、彼に、遠い絹の国《セリカ》の都を想い出させた。満月の下、香《かぐ》わしい牡丹《ぼたん》の園で失われた恋のかけらが、音もなく、黒衣の騎士の胸をころがり落ちていった。ダリューンの唇が動き、半ば声にならぬ声を洩らした。

「忘却は神々の慈悲というが……当分は慈悲にあずかれそうもないな。殺戮《さつりく》をかさねる身の罪深さだ。ぜひもない……」

ダリューンと別れたナルサスは、中庭をへだてた一室に、負傷したトゥラーン人を訪ねた。寝台に、ジムサはうつ伏せになっている。背中の包帯は、エラムとアルフリードがふたりがかりで巻いたものである。寝台の両がわに、看護人というより見張りの態《てい》でつきそっていたエラムとアルフリードが元気よく立ちあがった。ジムサがいまいましそうにうなった。もはや、パルス語がわからぬふりをしようとはしなかった。

「パルスの軍師どのか。このふたりをさがらせてくれ。いつしめ殺されるやら気になって、これではなおる傷もなおらぬわ」

「何さ、この恩知らず。手当して生命を助けてやったのは、あたしたちなんだよ」

アルフリードが両手を腰にあててトゥラーン人を糾弾すると、

「そうだ、そうだ」

と、めずらしくエラムが同意した。ナルサスは苦笑した。

「ま、それはおぬしの気が休まるようにしよう。ところでどうだ、例の件については考えがさだまったかな、ジムサ卿」

「……おれにはわからぬ」

ジムサは、ふたたびいまいましそうに叫び、矢傷の痛みに顔をしかめた。

「あのアルスラーンという王子は、どう見ても、お人よしの惰弱者というだけではないか。武勇はダリューン卿やキシュワード卿の足もとにもおよばず、智略はナルサス卿に頼りきり。あの少年に何の取柄《とりえ》があるというのだ」

アルスラーンにつかえるよう、再三ナルサスはジムサにすすめた。それに対する返答がそれであった。トゥラーンでは、アルスラーンのように、有能な臣下の前で影が薄れるような人物が王になることなどありえぬ。見るからに勇猛で力強い印象を与える人物でなければ、トゥラーン人に君臨することなどできないのだ。

ナルサスは、相手の疑問に対して、直接的には答えなかった。

「アルスラーン殿下の肩に鷹《たか》がとまっているのを見たろう」

「見た。それがどうした」

「空を飛ぶ鳥も、永遠に飛びつづけることはできぬ。かならず巣にもどらねばならぬと思うが、どうだ」

「王太子は、有能な臣下にとって、よき止り木だというのか」

疑わしげに、ジムサがナルサスのたとえ話を確認してみせた。パルスの若い軍師は、くすりと笑うと、エラムとアルフリードに、身がまえを解くよう合図した。このふたりは、ジムサがナルサスにつかみかかるようなことでもあれば、たたきのめして、もういちど包帯を巻きなおしてやろう、と、顔に明記しているのである。

「ジムサ卿、主君にも、さまざまなありようがある。表面的に強いだけが、その資格ではあるまい。トクトミシュ王が、おぬしをどう遇したか、ゆっくり考えてみることだ」

「……………」

「エラム、アルフリード、もう見張っている必要はないぞ。勝利の宴《うたげ》が開かれる。食べるだけ食べたらゆっくり寝《やす》んでくれ」

ナルサスがきびすを返すと、エラムとアルフリードがその左右にしたがった。三人が去ると、負傷したトゥラーン人はひとり取り残された。ジムサは自分でもよくわからぬ理由で舌打ちし、枕に顔をうずめて考えこんだ。どのみちこの傷では逃げ出すわけにもいかぬ。ルシタニア王弟とはやや事情がことなるが、考える時間はジムサにもたっぷりあるはずだった。

血の匂いに満ちた一夜が明け、トゥラーン軍はようやく敗軍をまとめて、パルス東北国境に集結していた。疲れきったようすのトクトミシュ王は、生き残った武将たちにむけて、帰国を口にした。どうやら勝算がないようだから本国へ帰ろうというのである。すると諸将の間から、猛然と反対の声があがった。

「それでは何のためにここまでやってきたのだ。侵入しただけで何ひとつ得なかったではないか。一万をこす死体を、異国の野に遺しただけで、手ぶらで帰るのか」

若い親王《ジノン》イルテリシュが、いきりたった。トクトミシュは無言である。つい先夜までなら、そのような反論を許すトクトミシュではなかったが、どことなく、芯が抜けてしまったような印象があった。

「いっそルシタニア人どもと誼《よし》みを通じ、東西からパルス軍を挟撃してはどうでありましょう」

そう提案したのはカルルック将軍である。トゥラーン軍に勇者は多いが、外交や大規模な国家戦略という点では、カルルックが第一人者であった。

親王《ジノン》イルテリシュが、じろりと彼を見た。

「ルシタニアだと⁉」

「さよう。彼らとわれわれには、パルスという共通の敵がござる」

イルテリシュは眉をしかめてみせた。

「奴らを同盟者として信用できるのか。おれはおぬしほど異国の事情に通じてはおらんが、異教徒との約束を守る必要はない、と、そう公言している奴らだというではないか」

「親王《ジノン》のおっしゃるとおりでござるが、奴らもパルス軍と戦うために有利な状況を求めているはずでござる。交渉の余地はありましょう。だめでもともと」

「やってみるがよい、カルルック」

国王がひさしぶりに口を開いた。不本意そうにイルテリシュは沈黙し、カルルックはうやうやしく一礼した。

こうして、西と北からパルス国内に侵入したふたつの国は、それぞれの事情をかかえこみながら、いささか奇怪な同盟関係を結ぶことになるかに見えた。

第五章

征馬孤影

5

Ⅰ

　パルス軍がトゥラーンからの招かれざる客人を追いはらってから半日後のことである。べつの客人が国境の河をわたってペシャワール城を訪れた。名をラジェンドラといい、この名を持つシンドゥラ国王《ラージャ》としては二代めである。アルスラーンの幕僚たちにとっては、非常に「親しい」人物であった。アルスラーンは城門の外まで客人を出迎えた。

「やあ、アルスラーンどの、いろいろ苦労なさったようだな」

「おかげさまで大過なくすみました。わざわざおいでいただいて恐縮です」

　あまりにアルスラーンの腰が低いので、彼の左右にひかえる諸将は、内心やきもきする。あんなお調子者に、ていねいになさる必要はないのに、と思うのである。当のラジェンドラは、悪びれたようすもなく、陽気に手を振ってみせた。

「いやいや、おぬしの安否を気づかうのは、友として当然のことだ。お気づかいなさるな」

　友が聞いてあきれる、悪友の極致ではないか。謹厳そのもののキシュワードが、たまりかねたようにそうつぶやいた。その声が聴こえたわけでもなかろうが、ラジェンドラは、しれっとした表情で、パルスの将軍たちをながめやった。

「ま、心配する必要もなかったな。おぬしの忠実な部下たちは、いずれも万夫不当《ばんぷふとう》の勇者ゆえ、トゥラーン軍にむざと敗れるはずもない。とすれば、へたにおれが手を出して、勝利を偸《ぬす》むようなことになっても不本意。とにかく、めでたしめでたしだな。わはははは」

　アルスラーンに案内されて、ラジェンドラが客間へと立ち去ると、パルスの諸将は、床を蹴って悪口を並べたてた。

「何がわははははだ。めでたしめでたしだと？　おめでたいのは、あやつの頭蓋骨のなかみではないか」

「友だというなら友らしいことをしてみろ。まったく迷惑をかけてばかりのくせに」

「もしもわが軍が敗れていれば、あやつめ、トゥラーン軍にむかって揉手《もみで》するにちがいないぞ。恥とか外聞とか、そういった上等なものを母親の胎内に残して、この世に生まれてきた男だからな」

さんざんである。だが、不思議なことに、「いっそあやつを殺してしまえ」とは誰もいわぬのである。実際にラジェンドラがこの世からいなくなれば、彼らは、さぞさびしい気分を味わうことであろう。ダリューンなども、かつては本気でラジェンドラを斬る意欲に駆られたが、いまではそのような気も失せてしまったようである。

客間に通されて、ラジェンドラは歓待されたが、やや失望したようであった。うるわしのファランギースが、姿を見せなかったからである。美しい女神官《カーヒーナ》は、ギーヴとクバードに加え、ラジェンドラにまで寄ってこられては、わずらわしくてならぬと思ったのか、エラムやアルフリードとともに城外へ狩に出ていたのであった。色気がなければ食気《くいけ》、とばかりに、ラジェンドラは、いそがしく口と手の間にごちそうの橋を架け、アルスラーンの分まで酒杯をかたむけた。食うだけ食い、飲むだけ飲んでしまうと、ラジェンドラはお礼のつもりか、十歳年少の友人に、重々しく忠告などしてみせた。

「ところでな、おれが心配していることがひとつある。気をつけたがよいぞ、アルスラーンどの。パルスを敵とする、という共通点によって、ルシタニアとトゥラーンとが悪役どうし手を結ぶこともありえる」

王太子の傍にひかえたナルサスは、おどろきの表情を押しかくして、ラジェンドラの横顔をながめやった。この若い国王《ラージャ》は、ずうずうしい上に軽薄な男だが、けっしてばかではない。他人のこととなると、きわめて正確に把握できる。ただ、自分の利害がからむと、とたんに判断が狂うのは、たぶん邪気が多すぎるからであろう。

「まあ、いずれにしても、苦労は絶えんことだろうが、がんばってくれ。おれはおぬしのことを、いつも応援しているし、協力を惜しまんぞ、アルスラーンどの。何せわれらは親友であり、心の兄弟なのだからな」

温かい友情を振りまいて、ラジェンドラはさっさと帰っていった。長居して、協力とやらを具体的に約束させられては困る、というところであろう。

さて、ギーヴとクバードは、アルスラーンの陣営にとって、貴重な情報源であった。ここ一、二か月の間にパルス国内で生じたさまざまな事件を、アルスラーンやナルサス、ダリューンらが知ることができたのは、彼ら両名のおかげである。魔の山デマヴァントでの奇怪なできごとを聞かされたとき、ナルサスもダリューンも、さすがにおどろかされたのであった。

「ヒルメス王子が宝剣ルクナバードを英雄王の墓から掘り出そうとしたとはな」

「どう思う、ナルサス」

「ダリューンよ、思うにヒルメス王子はあせっておいでなのだ。事がご自分の考えどおりに、なかなか運ばぬ。ルシタニア軍もこのところ精彩がないゆえ、ついに宝剣の威を借りる気になったのであろう。もっとも……」

あごを片手の指先でつまんで、ナルサスは呟《つぶや》いた。

「誰ぞヒルメス王子をそそのかした奴がいるのかもしれんな。覇気のあるお人ゆえ、最初から宝剣に頼るとも思えぬが……」

それ以上は口にしなかった。ヒルメス王子、ルシタニア軍、トゥラーン軍、それにパルス国内の旧勢力。アルスラーン王子ほど、その性格に反して敵が多い人物も、世にめずらしい。一方で、ダリューンのような人材に、献身的な忠誠をつくさせる素質も、また世にまれなものではあるが。

だが、多くの敵のなかで、最大の存在は、おそらくアンドラゴラス王ではないのか。王太子がルシタニア軍を撃って国土を解放する、という立場にあるときは、まだよい。だが、アンドラゴラス王が玉座を回復したとき、アルスラーンの地位と理想はどうあつかわれるか。父王を救い出すことによって、アルスラーンは、自分の国内改革の理想をはばまれることになるかもしれぬ。大いなる矛盾である。単純に正義の戦いというだけではすまない。

　戦って勝つほどに、アルスラーンは、より大きく深刻な障害に近づくことになる。そのやりきれない事実を、アルスラーン王子はわきまえているはずだった。十四歳の少年が、そのような重荷をせおっているることを思うと、ナルサスは、繊弱《せんじやく》に見えるアルスラーンの内部に、きわめて強靭《きようじん》なものが根を張っていると信じざるをえないのであった。


　剽盗《ひようとう》として知られるゾット族の族長ヘイルターシュは、先年、ヒルメスに斬られて死んだ。その息子であるメルレインは、妹をさがす旅の途中で、亡国となったマルヤムの内親王イリーナ姫と行をともにしていた。メルレインひとりが馬に乗る。内親王は輿《こし》。他の者はすべて徒歩であった。

　先日の大きな地震は、盲目のイリーナ内親王をおどろかせた。

「マルヤムにも地震はございました。でもこれほど大きなものは、はじめてです」

「おれもはじめてだ」

　メルレインの返答はそっけないが、べつに相手に含むところがあるわけではない。無愛想は彼の属性である。

「つかれておいでではないか、内親王殿下は」

　ぶっきらぼうにそう問うのが、彼としては、気づかう心の表明なのである。大丈夫です、と、イリーナ内親王はひっそりした微笑とともに答えた。盲目の内親王にかわって一行をとりしきる女官長ジョヴァンナが、やや不平がましく、ゾット族の若者に問いかける。

「ところで、いったい、いつエクバターナに着くことができるのでしょうね」

「それはあんたたちの足しだいだな」

　馬がないからしかたないのだが、マルヤムの宮廷人たちの歩みが遅いこと、亀にも嘲笑されそうなほどである。ヒルメスとやらいう人物に再会するまでに、秋どころか冬が来てしまうかもしれない。そうメルレインは思ったほどだが、その予感は、あっさりはずれた。

後方、つまり東から、四十騎ほどのパルス騎士が騎行してきたのである。マルヤム人たちは路傍に寄って彼らをやりすごすことにした。

騎馬の一行は、のろのろと進む徒歩の隊列を無視した。砂塵《さじん》を巻きあげて、無言のうちに通過していく。口をきく間も惜しいという風情だが、メルレインのほうは、黙っているわけにいかなかった。四十騎ほどの甲冑《かっちゅう》姿のなかに、銀色の仮面をかぶった男がいるのを、鳥のようにするどい視力で確認したからである。

「おい、待ってくれ、ちょっと待ってくれないか」

メルレインの開いた口に、騎馬隊が巻きあげる砂塵が舞いこんできた。メルレインはせきこみ、不快げに唾を吐くと、まさに走り去ろうとする騎馬隊を、負けん気むきだしでにらみつけた。無言で矢筒から黒羽の矢を抜きとると、弓につがえた。すばやく角度をたしかめ、天空へむかって矢を放つ。弓弦《ゆづる》のひびきは夏空の下で波に似た音となった。

騎馬隊はおどろいたであろう、天空から落下してきた一本の矢が、騎士のひとりの冑《かぶと》に高々と音をたてて、はねかえったのだ。距離と弓勢《ゆんぜい》を完璧に計算して、メルレインは、騎馬隊の前進をとめたのである。

十騎ほどがいそいで、他はそれに遅れて、マルヤム人一行のところへ馳せもどってきた。怒気と敵意にみちた声が、メルレインの非礼をとがめだてしたが、ゾット族の若者は平然とうそぶいた。

「礼儀を守って呼びとめるのを無視したのは、おぬしらではないか」

「なにをぬけぬけと。きさまなどに呼びとめられるいわれはないわ」

「ま、そんなことはどうでもいい。おぬしらの先頭に立つ御方は、ヒルメス王子とかいう人か」

その名が騎馬隊の面々にあたえた緊張は、おどろくべきものだった。殺気に近い、とげとげしい微粒子が空中に満ちた。

「きさまは何者だ。なぜそのような名を口にする？」

咆《ほ》えるように質《ただ》したのは、メルレインよりひとまわり大きな身体の若者である。万騎長《マルズバーン》カーラーンの子ザンデであったが、彼の存在を、メルレインが知るはずもない。相手の過剰な反応を無視して、銀仮面の男がゆっくり近づいてくるのに注目した。

「こちらはマルヤムの皇女、イリーナ内親王という女《ひと》の一行だ。ヒルメスというお方をさがしている。心あたりはないか」

一瞬の沈黙に、ひややかな銀仮面の返答がつづいた。

「知らぬな」

「イリーナ姫と、いちど顔をあわせてみればわかる。返事はそれからのことにしてくれ」

「知らぬといっておる。どこの下民か知らぬが、指図がましい口をきくな」

尊大きわまる口調が、メルレインの反骨を刺激した。ぐっと唇を引き結び、銀仮面をにらみつけると、ザンデをはじめとする騎士たちが、抜剣《ばっけん》のかまえを見せた。メルレインは、実質以上に危険そうな表情の持主だが、このときは実質的に危険だった。国王もおそれぬ誇り高いゾット族の若者を、この銀仮面は下民よばわりしたのだ。罰せられるべき非礼であった。

「ヒルメスさまではございませんか」

そよぐような声が、危険きわまるふたりの男の間に割りこんだ。いつのまにか輿がおろされ、女官長に手をとられて、イリーナ内親王が、あぶなっかしく、ゆっくり歩みよってくる。ザンデをはじめとする騎士たちは、とまどったように、内親王をながめやった。盲目の姫君がわずかに声を高くした。息がはずんだようでもある。

「ヒルメスさまですね、そうでしょう？」

「何のことかわからぬな」

ヒルメスの答えは短く、乾いていたが、ほんとうにわずかな動揺を、完全に隠しきれなかった。

……ひとつの風景がある。十年以上前に、マルヤム国王の離宮のひとつで、イリーナは眼病の身を養っていた。その離宮は、どちらかというと、やっかい者を隔離しておくための場所であったようだ。もはや不治の眼病とわかって、イリーナは絶望したが、とざされた瞼《まぶた》の外で光が淡く濃くうつろうのは判断できた。一夕《いっせき》、花園でひとり花を摘もうとしていたイリーナは、誰かが傍《かたわら》に立っているのに気づいた。とまどったような声は少年のものだった。

「……目が見えないのか、そなたは。なのになぜ花をつむ？」

「見えなくても、花の香りはわかりますから」

半面に火傷《やけど》をおった少年は、どうしたらよいかわからぬように、少女と花を見くらべる。やがてできるだけやさしく少女の手をとって花の茎を持たせた。不器用な口調で、少女に説明してやる。

「この花は、たしかゼリアというのだ。花びらが五枚あって、縁《ふち》が青紫色で、中心へむかってだんだんと白くなる。花びらの形は……いってもわからぬな、ほら、さわってみるといい」

少年の、どこか怒ったような口調は、その後もずっと変わらなかったが、イリーナに花のこと、樹木のこと、鳥や空をゆく雲のことを、くわしく教えてくれた。彼が隣国を追われ、ひそかに再起をはかる身であることも。それはイリーナがせがんで、少年の重い口を開かせたのであるが。

その少年は、やがて離宮から姿を消した。マルヤム国王が、滞在させるのを拒んだのだ。

「隣国の厄介事《やっかいごと》に巻きこまれてはかなわぬ」という父のことばを、イリーナは思い出す。もう彼に会えぬことを知って、悄然《しょうぜん》として自分の部屋にもどったイリーナは、扉をあけると、あふれるような花の香りにつつまれた。少年が別れの挨拶に、離宮の庭の花を大量に投げこんでいったのだ。花の香りにつつまれたまま、少年の情愛を思い、イリーナは見えない目から涙を流しつづけた……。

「おぼえていらっしゃいませんか、ヒルメスさま」

「知らぬと言っておろう」

銀仮面は、ことさらに声を強めた。

「そのように気のやさしい男、この荒廃した乱世に生きていけるはずがない。どこかでのたれ死んでおろう。いずれにせよ、おれにかかわりないことだ」

銀仮面が、かたむいた夏の陽を受けて、にぶい光とするどい光を、交互にきらめかせた。メルレインは愛想のない視線を銀仮面に向けていたが、むろんその表情をたしかめることはできなかった。かつて出会ったクバードという男のことばを思いだす。ヒルメスはひどい火傷の痕《あと》を顔に残している、と。それだけではない、この男は表情を他人に見られるのがいやなのだな、と、メルレインは思った。

かかわりない、という一言をたたきつけると、ヒルメスは馬首をめぐらした。ためらいがちに、ザンデが問いかける。

「殿下、よろしいのですか、その……」

「出すぎたことをいうな」

銀仮面からもれる声は、高飛車《たかびしゃ》であったが、それは内心の動揺を、わずかに伝えていた。しだいに早まる馬蹄《ばてい》の音が、語尾にかさなる。

「いまだに王位を回復することもできず、どの面《つら》をさげてイリーナどのに会えるか……」

その思いは声にはならぬ。ことさらに馬の脚を早めながら、口に出したのは、べつのことであった。

「今後、何かと足手まといになってもめんどうだ。あの者たちにいってやれ。王都エクバターナはルシタニア軍の占領下にある。生命が惜しければ近づかぬことだ、とな」

「は、かしこまりました」

ザンデが一礼し、自ら馬首をめぐらして、マルヤム人の一行へ駆けむかっていった。もはやそれをヒルメスは見ていない。銀色の仮面を、夕陽の光彩に洗わせながら、西へと馬の脚を早めていく。四十騎がそれにしたがい、徒歩のマルヤム人一行を置き去りにして騎行をつづけていった。

ザンデの広い背中も、銀仮面たちを追って遠ざかっていく。それをながめやりながら、メルレインは、さてこれからどうするか、と、思いなやまずにいられなかった。いつまでも銀仮面一行から視線を離さなかったのは、イリーナ内親王にどういう表情をしてみせたらよいのか、判断ができなかったからである。

ヒルメスがこの道をとおったことで、ひとつの出会いが生まれ、もうひとつの出会いが生まれることなくして消えた。

その出会いがかなえば、さぞ血なまぐさく、救いがたいほどの憎悪と怨恨をともなったものとなったであろう。エクバターナとペシャワールをつなぐ道のひとつが、地震による落石でふさがれたために、ヒルメスとアンドラゴラス、パルス王室系図によれば甥と叔父であるふたりの男は、顔をあわせる機会を失ったのである。

II

「列国の王にとって、まことに災厄の年であった」とは、パルス暦三二一年という年について記述した年代記の一節である。

惨敗し、意気あがらぬトゥラーン軍は、ペシャワール城塞から十ファルサング（約五十キロ）をへだてた北方の荒野にいた。すでに糧食もとぼしい。もともとあまり補給を重視しないのが、トゥラーン軍の伝統である。短期決戦と掠奪《りゃくだつ》とが、トゥラーン軍の戦いを特徴づけるものであった。

カルルック将軍はルシタニア軍との交渉に出かける準備をすすめていたが、「手ぶらで行ってもルシタニア軍に足もとを見られるだけだ」という意見も出て、まだ進発していなかった。その意見は、親王《ジノン》イルテリシュから出たものであった。

六月十五日夕刻、宿営地の草が緋色《ひいろ》に染まるころ、王のもとへ親王《ジノン》イルテリシュがやってきて、談判におよんだ。

「国王陛下、ぜひとも聞いていただきたい儀がござれば、この場をお貸し下され」

不機嫌そうに、トクトミシュ王は親王《ジノン》をにらんだ。ここ数日、イルテリシュの強気な態度が、王にとっては不快だった。

「何がいいたいというのだ、おぬしは」

「おわかりでござろう、陛下、このままではトゥラーン軍は覇気も精彩も失い、ぶざまに解体してしまいます。王としての責任を、いかがなさるおつもりでござるか」

イルテリシュは両眼に夕陽を映している。瞳全体が血の色に燃えあがっているように見えた。それに押されたように、国王は視線をそらし、虚勢の語を吐きだした。

「何を大仰な。そんなことをわざわざ……」

言い終えぬうちに、国王の視界の隅で白い光がひらめいた。それが紅く弾けると、激痛が太い棒となってトクトミシュの腹腔《ふっこう》をつらぬいた。トクトミシュは、かっと両眼を見開き、わが身に突き立った剣と、その持主をにらみつけた。

「イルテリシュ、きさま、何をするか……!?」

「あなたの模倣《まね》をしているのだ。王にわずかでも王たるの資格を欠くところがあれば、玉座は力によって奪われるべし」

親王《ジノン》は唇をゆがめてみせた。

「王位に即《つ》く前、あなたはそうおっしゃった。ご自分の発言に、責任をとっていただこうではござらぬか、先王陛下」

嘲弄《ちょうろう》とともに、イルテリシュは、王の腹に突きたてた剣を回転させた。すさまじい苦痛の叫びを無視し、刃《やいば》を引きぬく。血が噴き出るさまは、葡萄酒の袋がはじけ裂けるようであった。よろめいたトクトミシュは、数瞬の間、目に見えぬ何者かの手でささえられるように立っていたが、身をよじると、自らつくった血の泥濘《でいねい》に倒れこんだ。

凍結していた諸将が、このときはじめて口々に叫び声を放ち、剣の柄に手をかけた。彼らの姿をにらみわたして、イルテリシュは声をはりあげた。

「諸卿に異議があれば聞こう。だが、その前に言っておく。いまおれが殺した男は、王にふさわしい男であったか」

苛烈なまでの気迫が、抜剣しかけた諸将を圧倒した。血ぬれた剣を地に突き刺して、イルテリシュはさらに声をはりあげる。

「つぎつぎと王族を殺して王位に即《つ》いたまではよかった。だが、ここ数日のざまはどうか。ただ一度の敗戦で骨をぬかれ、ろくに決断を下すことさえできぬ。なるほど、敗れたのはおれとて無念。だが、戦ってことごとく勝つというわけにいかぬ以上、敗戦に耐えて報復を計るだけの強さがなくてどうするか！　ここに倒れているこの男は……」

ついにイルテリシュは、弑逆《しいぎゃく》した相手を呼びすてにした。

「この男は、強さを持っていたとしても、王位を得た時点で、それを費《つか》いはたしてしまったのだ。脱殻《ぬけがら》だ。トゥラーンの歴史上、脱殻が玉座を守った例はない」

落日と人血が、親王《ジノン》イルテリシュの全身を緋色に染めあげていた。気をのまれて沈黙していた諸将のなかから、ディザブロス将軍が、うめくように質《ただ》した。トクトミシュに国王たる資格がないとすれば、それははたして親王《ジノン》イルテリシュにはあるのか、と。

イルテリシュは胸を張って答えた。

「おれは先々王の甥にあたる。血の濃いこと、トクトミシュをしのぐ」

「血の濃さは、われらも承知。それ以外に、弑逆を正しとする理由はござるか」

「トクトミシュが約束して果たせなかったことを、おれは実現しよう。パルス、シンドゥラ、両国の財宝物資を、王都サマンガーンへ持ち帰り、待ちわびる女どもに分け与える。トゥラーンの名を、大陸公路の諸国にとって、荒らぶる神々にひとしいものとしようではないか」

弑逆に用いた剣を、イルテリシュは大地から引きぬいた。その威に圧倒された諸将を、あらためてにらみわたす。

「異議ある者は名乗り出よ！　先王の威は、剣によって打破された。このイルテリシュを否定するに、やはり剣もてこころみようとする者はおるか？」

誰も名乗り出ぬ。親王《ジノン》の視線が諸将の顔を一巡した。すると、あたかも声に出して命令されたように、諸将はつぎつぎとひざを折り、無言のうちにイルテリシュの権威を認めたのであった。

こうして、トゥラーン人たちはあらたな王を推戴《すいたい》したのである。パルスにとっては、さらに危険な隣国の王が出現したのであった。


トゥラーン国王トクトミシュが、染血の退場をとげたころ、ルシタニア国王イノケンティス七世の身には何がおこっていたであろうか。

騎士見習エトワールという異名を持つ少女エステルは、六月十五日、ようやくパルスの王都エクバターナに入城を果した。アルスラーンからわけてもらった食糧も医薬品も残りすくなくなっていた。それでも、十五歳未満の少女が、傷病者を保護して、ようやく目的地にたどりついたのである。安堵《あんど》のあまり、エステルは地面にすわりこみそうになった。だが、まだ彼女の責任は残っていた。ひと息いれると、エステルは牛車の一行を城内の広場に待たせ、役人たちとの交渉に出かけた。

「わたくしはバルカシオン伯爵さまのお世話になった者で、エトワールと申します。聖《サン》マヌエル城から傷病者や幼児をともなってまいりました。彼らに安住の場所を与えていただきたい」

訴えてまわったが、誰も相手にしてくれなかった。それどころではなかったのだ。ルシタニア全軍が、存亡の危機にあった。みな血相を変えて駆けずりまわっており、足手まといの傷病者たちにかまっていられなかった。

高潔な騎士といわれるモンフェラート将軍が、暇をもてあます身であったら、エステルたちのために何かととりはからってくれたかもしれない。だが、モンフェラートは、この時期、おそらく世界一いそがしいルシタニア人であった。ギスカールが、まだ完全に身体が回復せず、政治と軍事に関する指示を、病床から出している。現場を駆けまわって直接指揮をおこなうのは、モンフェラートとボードワンの任務であった。パルス軍の来襲が近くにせまっているのである。

エステルは途方にくれた。せっかく王都に到着したというのに、誰を頼ればよいのであろう。パルス軍と同行していたときには、ファランギースという異教の女神官《カーヒーナ》や、アルフリードという盗賊の娘が何かと世話をしてくれた。食糧にも医薬品にも不自由はしなかった。それがどうであろう、味方のもとにたどりついたとたん、救いの手はどこかへ消え去ってしまった。

聖職者たちに頼る、という方法もあったが、ボダン大司教の逃亡以来、王都にとりのこされた聖職者たちは小さくなって、社会の表面に出なくなった。エステルは、一本の藁《わら》もつかむことができない。

パルス王宮でも門前ばらいをくわされて、エステルは、あてもないまま王宮の裏手にまわってみた。ルシタニア軍の侵攻以来、修復もされず荒廃したままの一帯である。無秩序に草木がおいしげり、不快な羽音が飛びかうのは、どうやら蚊が小さな王宮をつくっているらしい。引き返そうとして、エステルは足をとめた。

昔、寺院で習ったイアルダボート神への賛歌が、調子はずれの声で歌われるのを耳にしたのだ。歌声は、上方から流れてきていた。視線をあげたエステルは、手入れもされぬ建物の二階の窓がひらいて、どことなくしまりがない印象の中年男が、彼女を見おろしているのに気づいた。狂人か、と思ったが、その顔がエステルの記憶を刺激した。かつて、ただ一度、その顔を遠くからながめたことがあった。エステルは息をのみ、質問の声を投げあげた。

「もしかして国王さまでいらっしゃいますか!?」

「うむ、うむ、そなたらの国王じゃとも。神の地上における代理人でもある」

もったいぶった自己紹介に、エステルはあわてて窓の下にひざまずいた。これは絶好の機会だ。国王さまに直接、事情を説明することができる。エステルは窓から青白くふくれた顔を見せるイノケンティス七世に、いそいで、自分の名と身分を語り、これまでの事情を訴えた。国王は熱心に聞き入った。

「そうか、そうか、悪鬼のごとき異教徒どもから、わが同胞を守ってくれたのか。ようやってくれた。そなたはまだ幼いようじゃが、心ばえはすでに一人前の騎士じゃ」

「おそれいります」

悪鬼のごとき異教徒、という表現には、エステルはやや抵抗があった。これは自分でも不思議な感情だった。不思議でもいい、と、エステルは思う。異教徒に対しても、なるべく公正でありたい。彼らは傷病者や幼児に親切にしてくれたのだから。

「明日にもそなたを正式に騎士に叙任してやろうぞ。何なら近侍にとりたててやってもよい。そなたにはそれだけの価値がある」

「かたじけのうございます。ですが、国王さま、わたくし一身のことなど、とるにたりませぬ。寄るべき家もない病人や孤児たちの行末を、どうかお願いいたしまする」

エステルは頭をさげた。国王さまはよい方だ、と思った。エクバターナに来て以来、ルシタニア語でやさしい声でいたわられたのは、これがはじめてだった。

だが、感動の余韻を味わっているわけにはいかなかった。背後で物音がしたのだ。甲冑と軍靴のひびきであった。あらあらしい怒声がそれにつづいた。

「おい、このような場所で何をいたしておる」

立ちあがったエステルの視界に映ったのは、完全武装した三人の屈強な騎士であった。

「ここはお前などの来るような場所ではない。まだ子供ゆえ、深くはとがめぬが、さっさと立ち去れ」

「なぜです、臣下たる身が国王さまにお目どおりしてはならないのですか」

「国王陛下はご病気なのだ。ゆえに病室にこもっておられる。お前などが陛下のご静穏をさまたげてよいと思うか」

いまは国政のすべてを、王弟殿下ギスカール公が執っておられる、国王陛下にはゆっくりと静養していただくのだ。騎士たちはそういった。

「では王弟殿下に会わせていただけませんか」

「何をあつかましいことをいうか。王弟殿下にはお暇などないのだ。身のほどをわきまえるのだな、慮《りょ》外者《がいもの》が」

アンドラゴラス脱走事件の前後において、国王イノケンティス七世は完全に士心を失った。国王に対する騎士たちの怒りと侮蔑が、この場合、エステルにまで、悪い影響をおよぼしたのである。

「二度とこのあたりに近づくな。せっかく拾った生命を、今度は永久に落とすことになるぞ」

脅迫されてひるんだわけではないが、エステルは引きさがらざるをえなかった。完全武装した屈強な騎士三人に、対抗できるものではない。エステルの身に何かあれば、聖マヌエル城からつれてきた傷病者や孤児たちを護《まも》ってやる者がいなくなってしまう。ここは穏便にふるまうしかなかった。気性の激しいエステルも、気性のままにふるまうわけにはいかなかったのである。

「お騒がせいたしました。おことばどおり、もうこのあたりには近づきませぬ」

口惜しさをこらえて頭をさげ、踵《きびす》を返した。数歩すすむと、イノケンティス七世が投げつけた叫び声が、エステルの後頭部にぶつかった。

「少年よ、かならずそなたを騎士にしてやるからの、いつまでもそなたの尊い心根を忘れるでないぞ」

少年と思われていたことには、がっかりしたが、ありがたいおおせにはちがいない。振りむこうとしたエステルは、背後から肩をつかまれ、突き飛ばされた。騎士見習の少女は、門の外へ転がり出た。地面に倒れ、起きあがって振りむいたエステルの鼻先で、厚い扉が音高く閉ざされた。

宮廷革命だ！　王弟殿下が国王さまを幽閉して完全に権力をにぎったのだ。そのことを、エステルはさとった。同時に、勇敢な少女は、勇敢すぎる計画を胸にきざんだ。お気の毒な国王さまを救い出してさしあげよう、と。

エステルには、現実的な計算もある。国王さまをお救いすれば、エステルがつれてきた傷病者たちをたいせつにあつかってくださるのではないか。ついでにエステルも騎士に叙せられれば、名誉なことだ。

それにしても、異教徒であるパルス人たちが、病《や》んだり傷ついたりしたルシタニア人を助けてくれたのに、おなじ神を信じる同胞の冷たさを、どう表現すればよいのか。エステルは考えこんでしまうのだった。

だが、いつまでも考えこんではいられない。国王さまをお救いする前に、エステルは、自分の同行者たちを護らなくてはならなかった。

足を早める。パルス人とルシタニア兵で埋まった街角をまがりながら、ふと想いだしたことがあった。アルスラーン、あの晴れわたった夜空の色の瞳をした異国の王子は、別れしなに、エステルにむかって告げたのだ。

「ほんとうに困ったことがあったら、牛車の右前の車輪の軸をはずしてごらん。すこしは役に立つと思うよ」

と。いつかエステルは完全な駆け足になっていた。牛車では、彼女だけを頼りにする病人や幼児たちが、不安そうに待っていた。彼らにむけて笑顔をつくり、何も心配いらないと告げてから、エステルは、牛車の右前の車輪にかがみこんだ。車軸の留金《とめがね》をはずしてみると、細長い空洞のなかに羊皮の袋がつめてあった。引き出してみると、ずしりと重い。

掌に転げでたパルスの金貨と銀貨を、エステルは凝《じっ》と見つめた。何もいわなかった。いえば泣きだしてしまうことが、エステルにはわかっていたのである。

III

六月十六日、太陽が雲の間から地上へ最初の一閃《いっせん》を投げかけた。ペシャワールの城頭では、つつがなく夜の見張りを終えた兵士たちが、大きなあくびを残して、仲間と役目を交替しようとしていた。と、ひとりが声をあげて、西方の野を指さした。馬車をまじえた、ささやかな騎馬の一団が、ペシャワールへの道を近づいてくるのである。攻城の敵軍とも思われず、不審さに目をこらした兵士たちのなかで、最年長の男が驚愕《きょうがく》の叫びを放った。

「あれは国王《シャーオ》だ。アンドラゴラス陛下のおなりだぞ……！」

パルスの国王《シャーオ》アンドラゴラス三世の姿は、こうしてペシャワールにあらわれたのである。

「父上……」

中庭の石畳にひざまずき、国王夫妻の一行を迎えて、アルスラーンは口ごもった。昨年秋、アトロパテネの戦場で別れて以来、ほぼ八か月ぶりの再会であった。どういったらよいのか、混乱し、判断もつかぬまま、とにかくひざまずいてアルスラーンはあいさつした。

「ご無事でようございました。アトロパテネでお別れ致してより、ずっと御身を案じておりました。母上にも……」

馬車からおりぬままの王妃タハミーネに、遠く視線を向けたが、反応はない。

「王妃は疲れておる。予もさすがに疲れた。寝所《しんじょ》を用意せよ。委細は午後のこととしよう」

用件だけを言いつけると、アンドラゴラスは下馬した。ことばとは裏腹に、長い脱出行の疲労はほとんど見せておらぬ。とにかくアルスラーンは、中書令《サトライプ》のルーシャンに、父母の一行を応対してもらうことにした。それにしても意外な事態の発生であり、アルスラーンの部下たちもとまどいを隠しきれなかった。

国王夫妻がルーシャンの案内で宮殿へ去ると、アルスラーンの部下たちは、一室に集まって語りあった。ギーヴが今後のことについて問いを発した。

「……するとどういうことになるのだ。国王《シャーオ》と王太子とで二頭政治ということになるのか、ダリューン卿」

「いや、そうはなるまい。同格の王子がふたり、というならともかく、国王《シャーオ》が他者と権勢を分けあうことはありえぬ」

「ふん、地上に国王《シャーオ》はただひとり、か」

ギーヴが口にした台詞《せりふ》は、「カイ・ホスロー武勲詩抄」の有名な一節であった。

「すると兵権も、アルスラーン殿下は、父王に返上せねばならんということになるのかな」

「当然そうなるな」

「当然といって……現にこれまで軍をひきいて戦ってきたのは、アルスラーン殿下だろうが。いきなり国王《シャーオ》があらわれて、自分に軍隊をよこせといったところで」

狩の獲物を横どりするようなものではないか。遠慮のなさすぎる意見を、ギーヴは口にした。もともと不遜《ふそん》な性格の上に、廷臣としての礼儀にもしばられない男である。

ダリューンがつぶやいた。

「おそらく多くの者が板ばさみになるだろうな。最悪の場合、パルスは分裂する」

そうなれば、ルシタニアやトゥラーンと戦うどころではない。パルスは国として存続することができるだろうか。

ナルサスは無言のまま考えこんでいる。

それにしても、事の意外におどろかされる。予測のなかでも、もっとも可能性が低いとみていた予測が、現実化してしまった。アンドラゴラス王の底力を、どうやら過小評価していたらしい。まずいのは、アンドラゴラス王を救出することによってアルスラーンの発言力をいちじるしく増大させるという予定であったのに、そうならなかったことだ。きわめてまずい。「おれは自力で脱出したのだ。王太子の意見などきく必要はない」といわれても、返すことばがない。

ファランギース、エラム、ジャスワントらが、ひとり回廊にたたずむアルスラーンの後姿を、気づかわしげにながめやった。王太子の左肩には鷹《シャヒーン》の告死天使《アズライール》がとまっている。

先刻から、アルスラーンは沈黙しつづけている。部下たちの心配にこたえて、何か言わねばならなかった。だが、何と言えばよいのかわからなかった。いつかこういう事態に直面するだろう、とは思っていた。だが、その時期が早すぎた。アルスラーンには、まだ心がまえができていなかった。王都エクバターナを陥落させるほうが先だと思っていた。

エクバターナが陥《お》ちるまでに、心がまえができているという保証など、どこにもないが、やはり時間がほしかった。これからふたたび兵をととのえ、王都を奪回する征旅《せいりょ》にたとうとしたとき、父王のほうが遠い脱出路をへて、ペシャワールまでやってきてしまったのだ。

「ところで、ファランギースどの、あなたのお考えをうかがえるだろうか」

意味ありげなギーヴの表情を、ファランギースは冷淡に見返した。

「おぬしが他人の考えを気に病むような男とは知らなんだな」

そう皮肉った上で、自分の考えを明らかにした。

「わたしはアルスラーン殿下におつかえしたのじゃ。ここで殿下のもとを去っては、先代の女神官長《カーヒーナ》に祟《たた》られてしまう。国王《シャーオ》の怒りより死者の祟りのほうが、わたしには恐ろしい」

しおらしげなことを口にするが、ファランギースの発言を裏返せば、国王の怒りなど恐れない、ということである。

「さすが、おれのファランギースどのは、正しいだけでなく味のあることをいってくださる」

「おぬしのファランギースとやらが何を考えておるのか、わたしの知ったことではない。わたしはただ自分の心にしたがうだけだ。おぬしこそどうするのだ」

美しい女神官《カーヒーナ》のことばの前半部は、自分につごうよく無視して、ギーヴは、自分自身の立場を明確に口にした。

「おれはアンドラゴラス王とやらに何の義理もない」

　そう断言して、そこでやめておけばよいのに、よけいな一言をつけくわえてしまうのが、ギーヴの悪癖であろう。

「もし王太子が国王と決裂して兵を動かすということにでもなれば、おれは一議なく王太子の旗の下に馳せ参じるぞ」

　それを聞いたエラムが、あわててアルスラーンの後姿をもう一度ながめやった。だが、沈思しているアルスラーンは、このとき、ギーヴの声を知覚せず、身動きだにしなかった。

　女神官が、不とどきな発言者を見すえた。

「おぬし、自分の意見を表明するというより、国王陛下と王太子殿下との決裂を望んでいるのではないか」

「おや、そう聴こえたか」

「そうとしか聴こえぬ」

　ファランギースは決めつけたが、ギーヴのいうことがけしからぬ、大逆のことばではないか、とはいわなかった。

　ジャスワントが、はじめて口を開いた。

「私が祖国シンドゥラを離れて、こんな異国にやってまいったのは、アルスラーン殿下に三つの借りがあるからでござる。それをお返しもせず、殿下のおそばを離れるわけにはまいりませぬ」

「そうかそうか、まあ、しっかりやってくれ」

　あっさりとギーヴはかたづけた。不意に形のいい眉をしかめ、心につぶやく。

「……しかし、どう考えてもあれは子を見る母親の目じゃなかったぜ」

　王妃タハミーネと皮肉な形で再会した、そのときの印象をギーヴは想いおこしたのだが、さすがに口には出せなかった。

　わずか十四歳余の少年が決断を迫られているのである。子として父にしたがい、兵権を返上すべきか。そうすればパルス国内の分裂は回避できるだろう。

だが、アンドラゴラス王が、アルスラーンのように奴隷《ゴラーム》を解放し、伝統的なパルスの社会構造を変革するはずがない。つまり、アルスラーンにとって、理想を実現させる道の途中に、アンドラゴラスが立ちはだかっているのだ。

おまけに、アルスラーンには、ひけ目ができてしまった。結局、彼の力で父王を救出することができなかったのだ。そして母も。国王夫妻は自力で虜囚の身から解放されたのである。王太子としての責任も、子としてのつとめも果たせなかった。ダリューン、ナルサス、その他おおぜいの人々の助力をえて、精いっぱいがんばったつもりだが、「がんばってそのていどか」と決めつけられてもしかたない。英雄王カイ・ホスローの子孫にしては、腑甲斐《ふがい》ないことであった。

告死天使《アズライール》が低く鳴いて、翼を持たない友人の顔をのぞきこんだ。心配しているのである。アルスラーンは笑顔をつくって、友人の羽毛をなでた。

「心配かけてすまぬ、告死天使《アズライール》。お前のご主人にも迷惑をかけるな」

胸が痛い。自分は悪意で行動しているわけではないのに、どうしてこうも、自分にかかわる人々を、こまらせてしまうのだろう。

他人だけのことではない。父母にようやく再会できたというのに、心にはずむものがないのだ。奇妙な困惑が翼をひろげて、それを折りたたもうとしない。自分は子として、人間として、どこか欠けているのだろうか。

やはり自分が両親の実の子ではないからか。そう禁忌《きんき》の思いに触れると、アルスラーンは、深く暗い井戸に沈む自分の姿を自覚してしまうのだった。

IV

アルスラーンとちがって、父王のほうは困惑してなどいなかった。その行動は精力的で積極的であった。アトロパテネの敗戦以来、八か月にわたる権威と権力の空白を埋めるためであったろうか。みじかい睡眠をとると、アンドラゴラスは、まず中書令《サトライプ》ルーシャンを呼びだし、政務全般にわたって報告させた上で、つぎに万騎長《マルズバーン》キシュワードを呼びだした。

　参上した「双刀将軍《ターヒール》」が、双刀におとらず有名な鷹《シャヒーン》を肩にとまらせていないのを見ると、アンドラゴラスは頭ごなしにいった。

「キシュワード、おぬしはアルスラーンの私臣か、パルスの国臣か」

　そう決めつけられて、キシュワードは鼻白んだ。度量ある王者の問いとも思えぬ。とはいえ、問われて答えぬわけにはいかなかった。

「むろんのこと、私めは代々、パルスの国臣であり、国王《シャーオ》の廷臣でございます。おのれの立場を忘れたことはございませぬ」

「では膝をつけ！　汝が膝をつくべき唯一の相手がここにおるのだ。わが名はアンドラゴラス。英雄王カイ・ホスローの末裔《まつえい》にして、パルスを統治する唯一の国王《シャーオ》なるぞ」

　雷に打たれたようであった。「双刀将軍《ターヒール》」キシュワードは片ひざを折った。うやうやしく、王者への礼をほどこす。キシュワードは臆病とか卑屈とかいう性格にほどとおい男であったが、歴代の武門の出身であるだけに、国王《シャーオ》に対する服従の儀礼を身心にたたきこまれていた。まして、ダリューンやナルサスのように、アンドラゴラス王の不興を買ったり、政治上の意見を対立させたりしたわけではない。

　形として、王太子はあくまで国王の代理人であるにすぎぬ。アンドラゴラス王が玉座に復活すれば、そもそもアルスラーン王子の存在など、問題にならぬ。それなのに、キシュワードが困惑を感じつづけていたのは、王太子個人に対する忠誠心が、この半年の間に、キシュワードの裡《うち》に育《はぐく》まれていたからであった。さらには、鷹《シャヒーン》の告死天使《アズライール》と告命天使《スルーシ》を介して、心の交流があったからでもある。

　だが、いま、キシュワードは、私心を排し、歴代の廷臣としての立場に自らを置くしかなかったのであった。

　陽が西にかたむきかけた刻限、国王《シャーオ》アンドラゴラスは、閲兵の場に文武の廷臣を集めた。百騎長以上の身分の者が、すべて呼集され、石畳にひざまずく。王太子アルスラーンが呼ばれた。黄金の冑をぬいで左腕にかかえ、最前列でうやうやしく頭をさげる。

「パルスにおいては、兵権はひとり国王《シャーオ》に帰す。余人が国王の兵権を侵すは、すなわち大逆である」

冷厳な声が、アルスラーンの罪を鳴らすようである。冑をぬいだ王太子は、むき出しの髪に父王の声を受け、頭をさげつづけていた。

「そのこと承知しておるな、アルスラーンよ」

「はい、陛下……」

「お言葉ではございますが、陛下……！」

アルスラーンの右後方で、黒い甲冑を鳴らして、ダリューンが身動きした。両眼に憤激の光がある。波風をたててはまずいことをわきまえてはいるが、公式の場で誰ひとり王太子を弁護しないとあれば、アルスラーンの立つ瀬がないではないか。ダリューンは国王《シャーオ》を直視し、ひざまずいた姿勢に激発の気配をこめた。

「殿下を王太子としてお立てになったのは、陛下ご自身であらせられます。王太子が王権を代行するは、制度上、当然の理《ことわり》。王太子に何の罪がございましょうか」

じろりと彼をにらんだだけで、アンドラゴラスは沈黙している。

「ダリューン卿！　国王陛下に対したてまつり、無礼であろう。ひかえよ」

アルスラーンが、押しころした声で叱咤《しった》した。この場合、内心でダリューンに感謝していても、アルスラーンとしては叱咤せざるをえぬ。でないと、国王自身がダリューンに怒声をあびせることになり、双方の対立が、火を発することになりかねない。そのの事情は、ダリューンにも、むろんわかる。不本意ながら、恐縮した態《てい》で沈黙した。

そういったアルスラーンたちの複雑な心理的葛藤《かっとう》など、アンドラゴラスは意に介さなかった。あるいは、それをよそおっていたのか。いずれにせよ、ダリューンの抗議を完全に無視して、国王《シャーオ》は太子の姿

をながめおろした。

「汝に命じる」

ずしりと肚《はら》にひびく声である。アルスラーンには、とうてい模倣ができぬ。胸が苦しくなるほどの威圧感だ。他にどのような欠点があるにせよ、アンドラゴラスの迫力と威厳は、ほんものであった。

「汝に命じる。南方の海岸地帯におもむき、国土を回復するための兵を集めよ。その数、五万に達するまで、国王《シャーオ》のもとへ帰参するにおよばず」

廷臣たちがざわめいた。強風を受けた葦《あし》の原のようであった。事実上の追放ではないか、と、明確なことばにはならぬが、廷臣たちの表情が同じ思いを語りあっていた。

集められるだけのパルス兵は、すでにこの地に集められている。さらに五万もの大兵を、どのように集めろというのであろう。もし集めることができなければ帰ってくるな、と父王は言っているのだ。アルスラーンは心の奥に氷塊《ひょうかい》を感じた。全身が硬ばり、咽喉《のど》に何かがふさがって声が出ぬ。

と、彼の左後方から、ダイラムの旧領主がささやきかけた。

「お受けあそばせ、殿下」

ナルサスの声は低く短い。受けよという、その理由も説明せぬ。だが、アルスラーンの耳には、はっきりと伝わった。王子は信頼する軍師の顔を一瞬だけ見やって、心をさだめた。

「勅命、つつしんでお受けいたします」

ものの見かたを変えよう、と、アルスラーンは思った。追放された、とは考えまい。行動の自由を与えられた、と思おう。そう思えば、父を怨《うら》まずにすむ。父は、繊弱な息子に、試練を与えてくれているのかもしれぬ。

そう思いたかった。あるいは、これは現実から逃避するだけのことかもしれぬ。だが、現実とは何だろう。父王の態度には温かみがなく、冷厳そのものである。自分は子として父に愛されていない。母にも。そのことは、三年近く前、王宮にはいったときから感じていた。感じさせられていた。

「あなたはパルスの王子なのです。王子らしいふるまいをなさい。それ以外に望むことは何もありません」

　美しい母后はそうアルスラーンに告げたのだった。アルスラーンを育ててくれた乳母《うば》夫婦からは温かさ、優しさ、素朴さを感じとることができたのに、王妃タハミーネのことばは、寛大をよそおって、じつは冷淡をきわめた。壮麗で洗練された王宮も、アルスラーンにとっては、よそよそしい他人の家としか感じられなかった。

　これらのことは、すべてひとつの根から発した芽であり、幹であるのだろうか。

　自分が、アルスラーンという少年が、国王アンドラゴラスと王妃タハミーネの子ではないということから……？

「何をしておる。勅命はすでに下った。旅装をととのえて、すぐに出立《しゅったつ》するがよいぞ」

「ひとつだけお願いがございます」

「何か、申してみよ」

「出立の前に、ひと目、母上に会わせていただけませんか。お話がしたいのです」

　アルスラーンの背後で、ひざまずいた姿勢のまま、ダリューンとナルサスが視線をかわしあった。国王の返答には、とりつくしまがなかった。

「王妃は連日の疲労と心労で床についておる。それをむりに起こして対話を強いるより、勅命にしたがって功をたて、凱旋《がいせん》するほうが、はるかに子として人の道にかなうであろう。会うにはおよばぬ」

「……ダリューン！」

　ナルサスが、低く、だがするどく友人を制した。アンドラゴラスのあまりの酷薄さに義憤を発したダリューンが、ふたたび立ちあがりかけたのである。黒衣の騎士は、かろうじて自制し、ひざまずく姿勢にもどった。かわってナルサスが、鄭重《ていちょう》な一礼とともに言上した。

「王太子殿下が勅命にしたがうは、パルス人として当然。殿下におつかえするわれらも、不肖ながら殿下を補佐させていただき、勅命が果たされるに微力をつくしたく存じます。殿下への随従、勅許《ちょっきょ》をいただけましょうか」

ところが、ナルサスの思惑は、みごとにはずれたようであった。ダイラムの若い旧領主に、冷然たる視線を向けると、アンドラゴラスは言い放った。

「ダリューンとナルサスの両名は、わが陣営に残れ。アルスラーンに同行することは認めぬ。両名の才幹は、わが王宮に欠かせぬものである」

息をのむ気配が、陣営全体に満ちた。ダリューンとナルサスとが、王太子アルスラーンにとって左右の翼にもひとしい存在であることを、誰もが承知している。雄将として、智将として、パルス全土に冠絶する彼らふたりである。彼らの才幹を重用すると見せて、じつは彼らをアルスラーンから引き離そうとするのが、アンドラゴラス王の本心であることを、誰しも想像せずにいられなかった。

「……何という父親だ」

舌打ちの音をたてたのは、未来の宮廷楽士を自認するギーヴである。彼は形式上、アルスラーンの知人であるというだけで無位無官の身であるから、アンドラゴラス王の御前にひざまずく必要もなかった。閲兵の場を見おろす近くの窓に寄って、情景を見物していたのである。王家内部の対立など、ギーヴとしては「ざまあみろ」と言ってやりたいところなのだが、アルスラーンの姿を見ていると、気の毒でもあり、ダリューンの義憤に心から同感した。まったく、柄《がら》にないことであって、自分でてれくさくなったほどである。

「まあいい。ありがたいことに、おれは誰につかえようが他から異議の出ない立場だ。ダリューン卿やナルサス卿が鳥籠《とりかご》から出られないなら、その分おれが羽をひろげてやるさ」

それにつけても、官位を持つ人間とは不自由なものだ。人と生まれて主君を選ぶ権利すら与えられぬとは。つい数日前、デマヴァント山で経験した、奇怪すぎるできごとを、ギーヴは想い出した。銀仮面の男、ヒルメス王子は、宝剣ルクナバードを、まだ使いこなすことはできなかった。逆にいえば、宝剣のほうは使い手を選ぶだろうか。

「アルスラーン王子こそ宝剣ルクナバードにふさわしい」

そうギーヴはヒルメスにむかってけんかを売ったが、さてそれは単なるよたかか、それとも神々が楽士の口を借りてそう言わせたのか、なかなかに興味ぶかいものがあった。ただ、ギーヴは直観している。おそらくあのとき、宝剣ルクナバードの力は、完全に発揮されてはいなかった。ルクナバードはもっと偉大で巨大な力を秘めているにちがいないであろう、と。

さて、不自由な宮廷人である万騎長《マルズバーン》のキシュワードは、ご自慢の鷹《シャヒーン》が肩にとまっていない理由を、アンドラゴラス王に問われた。告死天使《アズライール》を王太子の手にあずけたキシュワードは、淡々として答えた。

「鷹《シャヒーン》もしょせん畜生でございます。飼主の恩を忘れたのでございましょう。なさけなきことなれど、ぜひもございませぬ」

そう答えるキシュワードの顔を、アンドラゴラス王は、冷たい皮肉をこめてながめやったが、口に出しては何もいわなかった。

中書令《サトライプ》ルーシャンをはじめ、イスファーン、トゥース、その他、王太子アルスラーンのもとに馳せつけた面々は、困惑しきっている。ルーシャンはおだやかに、イスファーンはいらいらと、トゥースはむっつりと、それぞれの決断を胸にかかえているようであった。

ごく最近、勝利をかさねるパルス軍の威風をたよって集まってきた者たちは、べつに悩みもせず、国《シャ》王《ー》《オ》アンドラゴラスに乗りかえている。これはこれで当然のことである。さらに今後は、アンドラゴラス王のもとにこそ、喜んで駆けつける者も出てくるだろう。何といっても、「奴隷制度廃止令」に対する潜在的な不安や反発は、たしかに存在したからである。それだけに、あらたに兵を集めるというアルスラーンの任務は、さらに困難になるであろう。

夕刻、アルスラーンはひとりペシャワールの城を立ち去っていった。ただ一羽の鷹《シャヒーン》と、一頭の馬だけをともない、夕陽を受けた孤影《こえい》を南西へと進めていったのである。

　ダリューンとナルサスは、王太子を見送ることも許されず、城の奥の一室にいた。武装を許されたのが、せめてものことであったが、室外には兵士もおり、ほとんど軟禁されたようなものであった。

　ナルサスは卓を前にして、ずっと何か考えこんでいる。室内を歩きまわっていたダリューンが、沈黙にたえかねたように、ナルサスの前にすわった。

「ナルサス、おぬし何を考えている？」

　ダリューンの声は、ささやくようだ。智略の豊かさと思慮の深さを併せ持つ友人が、アンドラゴラス王の胸中を読みそこなったとは、ダリューンには思えなかった。おそらく何か魂胆があって、してやられたふりをしてみせたのではないか、と、ダリューンは推測したのである。

　友人の問いかけに、ナルサスは、声をたてずに笑ってみせた。ふたりともに、大声をはばかったのは、アンドラゴラス王の諜者《ちょうじゃ》が近くに潜んでいる可能性をおもんばかったからである。笑いをおさめると、ナルサスは、声を高めて答えた。

「おぬしも心配性だな。アルスラーン殿下はべつに敵国におもむかれるわけではないのだ。おれたちが随従《おとも》しなくとも、それほど心配するにはおよぶまい」

　そう言いながら、ナルサスの指が卓の上で動いた。指文字を書いている。ダリューンの視線が、すばやくそれを読みとった。ナルサスが指文字で告げたのは、つぎのようなことである。

　……ダリューンとナルサスとを、アルスラーン王太子から強引に引き離したのは、アンドラゴラス王が愚かだからではない。むしろその逆である。アンドラゴラス王が狙っているのは、ダリューンとナルサスとが国王《シャーオ》の命令に背いて、陣を離脱することである。そうすれば、叛逆者《はんぎゃくしゃ》としてダリューンとナルサスとを討ちとることができるからだ。ダリューンとナルサスとが、国王《シャーオ》より王太子に忠誠をつくそうとしていることを、アンドラゴラス王は知っている。とすれば、彼らふたりをみすみすアルスラーンにしたがわせるより、いっそ抹殺してしまったほうがよい。

ダリューンは慄然《りつぜん》とした。そこまで国王に忌《い》まれているとは思っていなかったのだ。だが、考えてみれば、それこそ甘いというべきだろう。アンドラゴラス王がアルスラーンにとって潜在的な敵であるなら、その逆も同じことである。敵の力を削ぐのは当然のことだ。

ナルサスの指文字はさらにつづいた。

「心配ない。すでにエラムとアルフリードに事情を説明してある。あの子らは聡《さと》い。自分のやるべきことはわかっているはずだ。それでも最悪の場合、味方であるパルス軍の陣を斬り破らねばならぬかもしれぬ」

ダリューンも指文字で答えた。

「それはまかせてくれ。どのような重囲であろうと、斬り破ってみせる。ただ、おれたちが力ずくで国王陛下の陣から離脱すれば、王太子殿下と父王との間が気まずいことになるかもしれぬぞ」

無言の真剣な会話は、大声の意味もない会話によって隠されてしまった。扉の外に忍びよった国王《シャーオ》の諜者は、何も聴き出すことができなかった。

「すでに充分、気まずくなっているさ。いくら引きのばしたところで、もはや破局は避けられぬ。とすれば、手をつかねて運命の罠を待つだけというのも、ばかばかしいではないか」

「たしかにな、いまさら憂えてもはじまらぬ。ところで、ファランギースどのやギーヴはどうする？　彼らと連絡をとって、ともに行動する必要はないか」

その必要はない、と、ナルサスは答えた。ファランギースやギーヴが、アンドラゴラス王に与《くみ》するはずはない。アルスラーン王子に味方するか、さもなくば誰にも味方しないかだ。彼らは彼ら自身の意思と才覚によって行動するだろう。いま彼らに連絡すれば、アンドラゴラス王の猜疑《さいぎ》をまねき、かえって彼らの安全を危うくするかもしれぬ。ここはそ知らぬ顔でいたほうがよい。たぶん、アルスラーン王子の身辺で再会できるだろう。

「つまり、ファランギースどのやギーヴを、おぬしはけっこう高く評価しているわけだな、ナルサス」

「そんなところだ。彼らとは奇妙な縁だが、その縁をたいせつにするだけの価値はある」

うなずいて、ダリューンは卓から立ちあがり、石畳の奥庭に面した窓から外をのぞいた。見張りの兵士たちが、はじかれたように槍《やり》をかまえなおす。見張りの対象が「戦士のなかの戦士《マルダーンフ・マルダーン》」であるだけに緊張を隠しきれない。

「やれやれ、ご苦労なことだ。ま、あやつらも命令ゆえ、いたしかたないというところだな」

ダリューンが卓にもどると、ナルサスが口に出してつぶやいた。

「大きな船が自由に動きまわるには、広い海が必要だ。アルスラーン殿下は、まだ湖だが、海になれる可能性が多い。充分に期待する価値がある」

海と船のたとえ話を、トゥラーンのジムサ将軍には、ナルサスはしなかった。海を見たことのないジムサには通じないたとえであったから。そのジムサは、彼が負傷させたザラーヴァントとともに病床にある。まだ動けぬ身だから脱出行に同行させることもできぬ。あの男に、運と、何よりも生きて戦う気力があれば、生命がけで脱出するだろう。すでに二度、彼は死すべきところを救われている。それ以上のことをしてやる余裕は、ナルサスたちにはなかった。

V

深夜、ペシャワール城内の一角から火の手があがった。軍馬の飼料を積んである場所であった。火より煙の勢いのほうが盛んで、それが厩舎《きゅうしゃ》へ流れこんだため、馬たちが騒ぎだし、城内は混乱におちいった。兵士たちが水桶をかついで走りまわり、火と煙に追われた馬がいななき狂って各処で暴走する。

「すこしはですぎるようだな」

黒い甲冑をよろい、長剣を佩《は》いたダリューンは、苦笑しつつ、混乱する人々のなかを駆けた。騒ぎをおこしたのが、エラムとアルフリードであることは明らかだった。ダリューンやナルサスらが騒ぎに乗じて脱出できるよう、手をつくしているのだ。それに応えられぬとあっては、おとなのほうが力量を問われるであろう。

　煙のなかを厩舎へと駆けこみ、漆黒の愛馬を救い出してそれにうちまたがる。城門を守る兵士たちを追い散らし、重い門扉《もんぴ》をあけて城外へ駆け出したとき、

「どこへ行く、ダリューン卿」

　馬ごと彼の前に立ちはだかったのは、キシュワードであった。すでに両手は、双刀を抜きはなっている。彼の背後には、黒々と兵士たちの群がわだかまっていた。ダリューンらの脱走を予期し、城外に布陣していたのである。

「キシュワード卿、おぬしとまじえる刃は、おれは持たぬ。剣を引いてくれ」

　ダリューンは叫んだ。

「甘いな、ダリューン卿」

　かぎりなく、キシュワードの声はにがかった。両手の刃が、松明《たいまつ》の火影《ほかげ》を映して、落日の色にかがやいた。

「パルス武人にとって、王命は絶対であるはず。おぬしも陛下より万騎長《マルズバーン》に任じられた身であるのに、一万の部下をすてて自分ひとり理想を追うつもりか」

「おぬしの正言は耳に痛いが、おれとしては王太子殿下をお守りする以外に道がないのだ」

「伯父であるヴァフリーズ老の遺言を守るためか」

「それもある。だが、いまでは、おれ自身がそうしたいのだ」

　ダリューンは断言した。キシュワードはうなずいた。溜息をついたようであった。

「なるほど、よくわかった」

「ではここを通してくれるか」

「いや、やはり、国王《シャーオ》の臣として、おぬしを通すわけにはいかぬ。双刀将軍《ターヒール》の陣を突破したくば、わが双刀を二本とも折っていけ！」

キシュワードの乗馬が、高々といなないて前肢《まえあし》をあげた。双刀がきらめきわたるのを見て、ダリューンも覚悟した。かつてない雄敵を、先刻までの味方のうちに見出すことになったのだ。ダリューンの手が、長剣の柄に走った。

その瞬間、弦音がひびきわたり、それに馬の悲鳴がかさなった。キシュワードの乗馬は、頸《くび》に矢を受け、身をねじるように横転した。長剣の柄にかけた手をはずして、ダリューンは視線を動かした。弓を手にした女神官《カーヒーナ》の姿が、彼の目に映った。

「おう、ファランギースどの、よけいな手間をおかけした」

「まこと、宮廷人とは哀れなものじゃ。形式的な忠誠心や義理のために、人間本来の情をすてねばならぬとはな」

美しい女神官《カーヒーナ》は、ギーヴと似たような感想を口にした。

「さて、どうする、落馬した双刀将軍《ターヒール》にとどめを刺すのか、ダリューン卿。いや、それができるお人ではなかったな」

「見すかされるのは残念だが、そのとおりだ。笑ってくれてかまわぬ」

「あとでゆっくり笑わせてもらうとしよう。いまは逃げるのが先決じゃ。ギーヴやジャスワントも、もう脱出したはず。遅れては笑われようぞ」

黒衣黒馬の騎士と、緑の瞳をした女神官は、馬首をならべ、夜の奥へと疾走をはじめた。

その間に、落馬したキシュワードは立ちあがっていた。双刀将軍の身を案じた百騎長のひとりが、馬を駆け寄せてきた。声をかけようとする相手に、キシュワードは命じた。

「何をしている、私の身など案じるより、早く逃亡者たちを追え」

「本気で追ってよろしいのですか、万騎長《マルズバーン》」

「当然だ、陛下の御意であるぞ！」

きびしくいわれ、あわてて百騎長は同僚たちとともにダリューンらを追いはじめる。夜の野に立ちつくしたキシュワードは、苦笑して双刀を背中の鞘《さや》におさめ、胸中につぶやいた。

「本気で追ったところで、お前らの手におえる連中ではないが……これで捕殺されるようなら、所詮、王太子殿下のお役にはたつまい」

　ダリューンとファランギースが、キシュワードの陣を突破しつつあったころ、軍師として高名なダイラムの旧領主は、草の上に身を投げ出していた。友人の場合とは逆に、ナルサスは、国王《シャーオ》の手の者から乗馬を射倒されてしまったのだ。一転してはね起きたところへ、兵士たちが飛びかかってくる。ひとりを蹴たおし、もうひとりを鞘ごと抜いた剣でなぐりつけて走り出した。殺すな、とらえて国王の御前につれていけ。そのような声を背に受けて、五十歩ほども走ったころである。

「ナルサス、ナルサス、こっちだよ！」

　元気のいい少女の声がして、ナルサスのすぐそばに黒い騎影が出現した。ダイラムの旧領主は、草の上を数歩走って、鞍《くら》の後輪《しずわ》に手をかけ、すばやく馬に飛び乗った。アルフリードの身体ごしに手綱《たづな》をとる。昨年、アルフリードに最初に出会ったときと、反対の位置関係になった。棍棒《こんぼう》をふるって突っかけてくる一騎を、またしても剣の鞘で馬上からたたき落とす。と、すぐそばで一騎の影が、はずんだ声を投げかけてきた。

「ナルサスさま、ご無事で！」

「エラムか、駆けるぞ、ついてこられるか」

「むろんです、地の涯《はて》までも」

「や、それは頼もしい」

　ナルサスは笑った。鞍の前輪《まえわ》に乗ったアルフリードも笑う。一瞬、エラムは複雑そうな表情をしたが、口論してる間はない。ナルサスのために、騎手を失った一頭の馬の手綱をつかんで、ともに走りはじめた。三頭の馬は三人を乗せて、包囲の環《わ》を引きずるように走っていく。

　城の内外で湧きおこる混乱と騒動を、窓ごしにながめおろす男がいた。脱出する万騎長《マルズバーン》がおり、それをさまたげようとする万騎長がおり、さらにそれを見物する万騎長がいる。この男、クバードである。

「やれやれ、せっかく落ちついたと思ったが、やはりおれもパルスも安定にはほど遠いか」

大きく伸びをすると、片目の偉丈夫は、月にむかってうそぶいた。

「まあいい、出ていくのはいつでもできるからな。キシュワードひとりに苦労させるのも気の毒だ。いずれ同じ場所にたどりつくとしても、道は何本もあってよいはずさ」

クバードは窓ごしに城内外の騒ぎをながめながら、悠然と、ひとり葡萄酒《ナビード》の瑠璃杯《グラス》をあおるのだった。


六月十七日である。暁《あかつき》の冷気が硬い手でアルスラーンの頬をなであげた。身ぶるいして目をさますと、アルスラーンは樹蔭《こかげ》で起きあがった。ただひとり、というより一羽の家来が、朝のあいさつの鳴声をあげた。

「ああ、おはよう、告死天使《アズライール》」

アルスラーンはあいさつを返し、かわいた咽喉を湿すために、水牛の革でつくられた水筒を手にした。ふと、野の彼方に視線を送る。いくつかの騎影が彼にむけて近づいてくるのが見えた。アルスラーンは全身に緊張を走らせ、剣を抜く姿勢をとった。だが、ほどなくその姿勢をとき、伸びあがって叫んだ。

「ダリューン！　ナルサス！」

声がかがやくとすれば、このときのアルスラーンがそうだった。

「ああ、それに、ファランギース、ギーヴ、エラム、アルフリード、ジャスワント……」

アルスラーンが名を呼んだ七人は、つぎつぎに馬をおり、王太子の前にひざまずいた。一同を代表して、ダリューンが、王太子の機先を制した。

「おとがめになっても無益でございます、殿下。われら、殿下のお叱りも国王陛下のお怒りも覚悟の上で、自分たちの生きかたをさだめたのでございますれば、どうぞ随従《おとも》させていただきたく存じます」

他の六人は、それぞれの笑顔でうなずいた。彼らの顔をながめまわして、アルスラーンも笑った。

「もともと私が兵をあげたとき、いてくれたのはおぬしたちだけだった」

　昨年の秋、ペシャワールへむかう旅のことを想いおこして、アルスラーンはいった。すると、彼の左肩で、鷹《シャヒーン》が抗議するように、小さく羽ばたきした。

「いや、二人と一羽増えた、かな」

　アルスラーンが、告死天使《アズライール》、アルフリード、ジャスワントをながめて訂正した。告死天使が機嫌をなおしたように低く鳴いた。彼は、万騎長《マルズバーン》キシュワードの代理でもあるのだ。ちゃんと算《かぞ》えてもらわねば、彼を旅だたせてくれた主人に申しわけがたたぬというものである。

「おぬしたちをとがめたりするものか。そんな不遜なことをしては、それこそ神々が罰を下されよう。よく来てくれた。ほんとうによく来てくれた……」

　ひとりひとりの手をとって、アルスラーンは彼らを立たせた。

　彼らを受けいれることは、父王の不興を買うだろう。だが、アルスラーンが彼らを帰したら、彼らはアンドラゴラスのために厳罰に処されるにちがいない。アルスラーンのために、彼らは王のもとを去ってきたのだ。彼らを受けいれ、彼らとともに功績をたて、そしていずれ父王に対して申しひらきをする。それ以外に、アルスラーンに道はなかった。それにしても、何と、アルスラーンにとって身に余る部下、いや友人たちであることか。

　もはや征馬《せいば》は孤影ならず。非情な勅命を果たすには、あと四万九千九百九十三人の兵士を集めなくてはならないが、そのていどのことは困難と呼ぶに値しないように思われた。

　やがて、完全に明けはなたれたパルスの野を、八個の騎影と一羽の鳥影が南下していった。目的地はギラン。南方の有名な港市である。

　パルス暦三二一年六月。炎熱の季節が、人々の上におとずれようとしている。その炎熱は、半分が自然から、半分が人の心から、地上にもたらされたものであった。

風塵乱舞

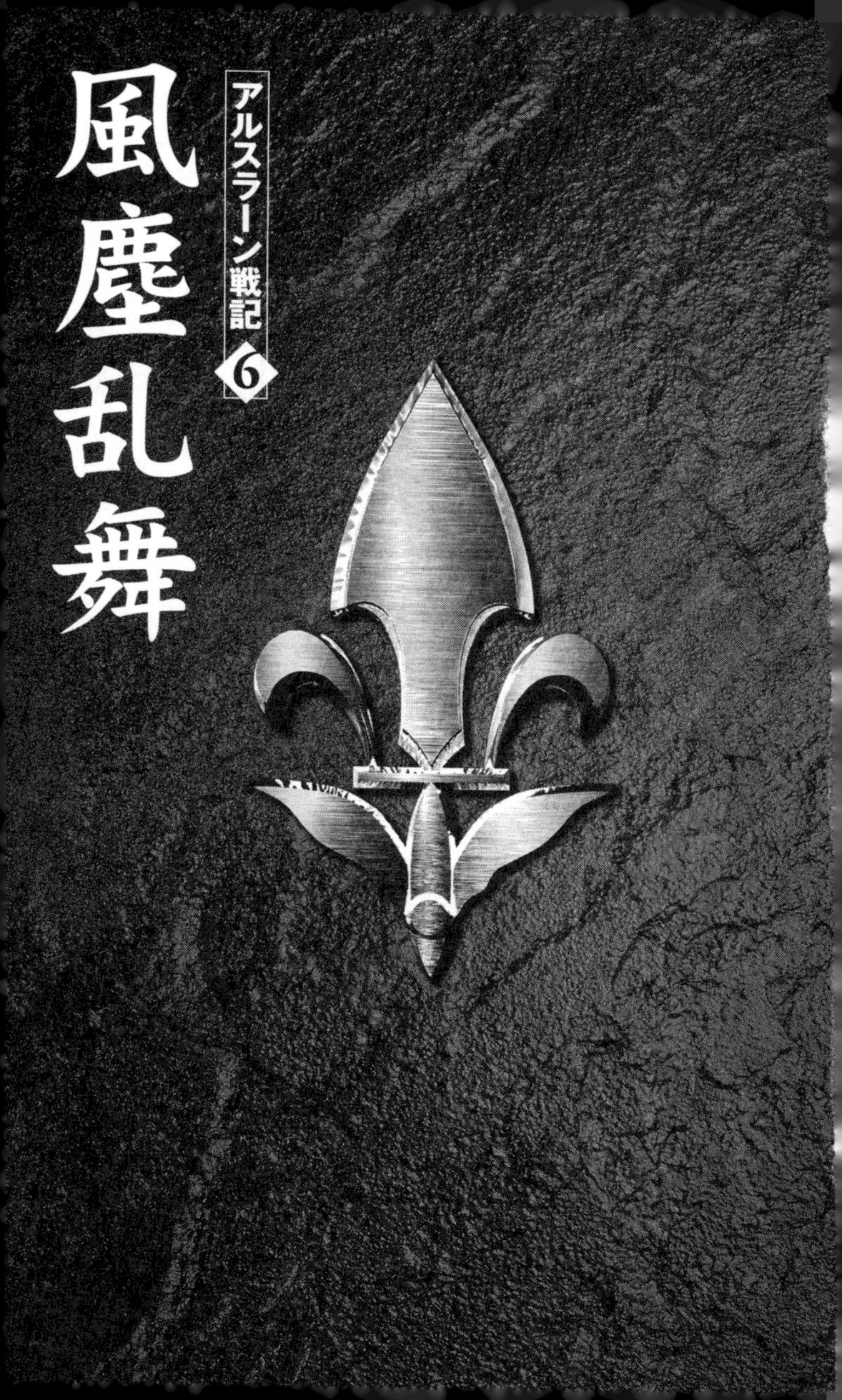
風塵乱舞
アルスラーン戦記
6

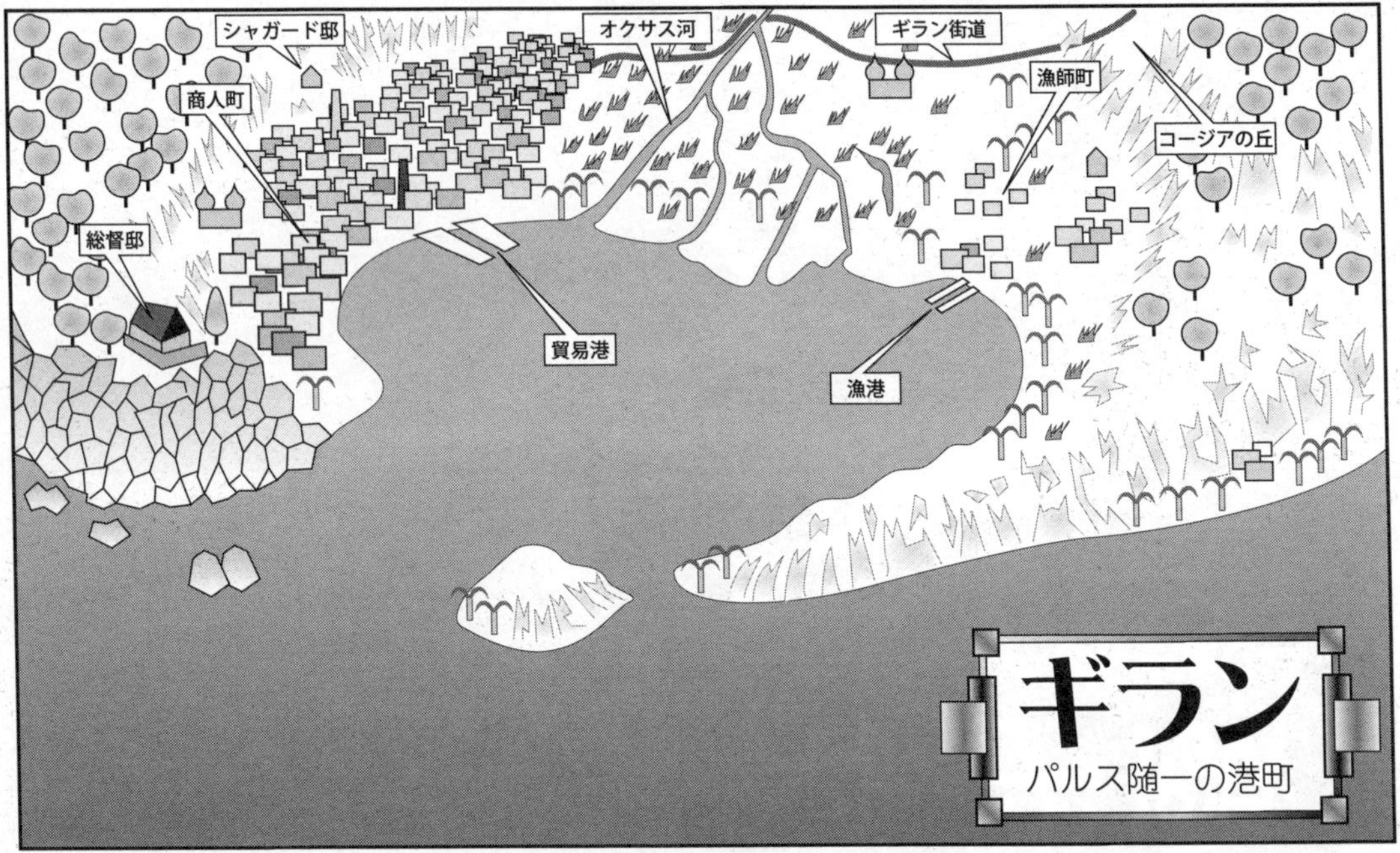
ギラン
パルス随一の港町
シャガード邸
オクサス河
ギラン街道
商人町
漁師町
コージアの丘
総督邸
貿易港
漁港

風塵乱舞

第一章

陸の都と水の都と

6

I

強烈な夏の光が地に陽炎《かげろう》をゆらめかせている。見あげると空は青く、その全体が光りかがやく円盤となって地におおいかぶさってくるようであった。月も星々も姿を隠し、太陽が疲れて西方の寝所《しんじょ》へおもむくまで、ひたすら待っているかとも思われる。

パルス暦三二一年六月二十日。

パルス国の王都、「うるわしのエクバターナ」は六月下旬の陽の下にまどろんでいるかに見える。だが、街はまどろんでも、街に寄生する人間どもは、快い眠りに身をゆだねることができなかった。エクバターナを占領するルシタニア人たちは、ことに、心の平安から遠かった。

ルシタニアの王弟殿下であり、事実上の最高権力者であるギスカール公爵は、三十六歳の精力的な顔に、にがにがしげな表情を満たして、執務室のなかを歩きまわっている。つい先ほど、宮廷書記官が彼のもとを訪れたのだ。不吉な顔つきで、書記官は、不吉な報告をもたらしたのである。

「いよいよ水が不足してきております。水がなくては、戦うことはおろか生きることさえできませぬ。いったいどうしたらよろしゅうございましょうか」

水が不足することは、冬のころからわかっていた。大司教ボダンがギスカールと決定的に対立し、マルヤム国へ逃げ出す際に、用水路を破壊していったからである。水の重要性を承知するギスカールは、かなりの人数を動員して用水路の修復をはかったが、なかなか思いどおりにいかなかった。パルスの優秀な水利技術者たちがルシタニア軍に殺されてしまったこと。水利技術の書物がボダンによって焚書《ふんしょ》されてしまったこと。兵士たちが安楽な生活になれて、苦しい工事をいやがるようになったこと。パルス軍の全面攻勢がはじまって、貴重な兵力を工事にまわすだけの余裕がなくなったこと。さまざまな理由がかさなって、修復工事はまだ予定の半分もすんではいなかった。

いちおうパルス人三万人ほどを駆りたて、鞭《むち》と鎖《くさり》を使って工事をさせているが、パルス人たちが喜んで働くはずがない。ことに、ルシタニア軍が再三にわたってパルス軍に敗れたとの報が伝わってからは、逃亡する者や反抗する者があいついだ。

逃亡や反抗に対して、見せしめのために罰を強化する。片手を斬り落としたり、片目をつぶしたり、さらには、首まで土に埋めておいて頭に肉汁をかけ、飢えた犬をけしかける、などということまでした。このような見せしめが残虐になればなるほど、パルス人のほうではルシタニア人に対して反感と憎悪を強める。まことに、出口のない迷路を歩むような状況であった。

「どこかで断ちきらぬことには、どうしようもないな。いつになったら落ちついて……」

落ちついて王位簒奪《さんだつ》にとりかかれるやら。そう思ったが、さすがに口には出せなかった。先日、役たたずの兄王イノケンティス七世をパルス王宮の一室に幽閉したが、まだ殺すだけの決断はつかない。いや、もはや殺すしかないが、問題はその時機であり、誰に国王殺害の罪をかぶせるかであった。その点をきちんとしないかぎり、ギスカールとしては、最後の決断を下すことができないのである。

善処を約束してひとまず書記官を帰すと、すぐにつぎの客があらわれた。ギスカールの一日は、客との接見で午前中が終わってしまう。ひとりの客に長時間つきあってはいられない。あらたな客は、パルスの甲冑《かっちゅう》をよろった長身の男であった。

「随分とお困りのようでございますな、王弟殿下」

ていねいだが毒のこもった声は、銀色の仮面から洩れてきた。この男がパルス第十七代国王《シャーオ》オスロエス五世の遺児であり、ヒルメスという名であることを、ルシタニア人としては、ギスカールだけが知っていた。ヒルメスとギスカールは、ともに王族であり、それぞれの国王を憎み、王位を自分のものにしようと図っていたのである。似た者どうし、といわれれば、ヒルメスもギスカールも、さぞ腹をたてたことであろう。内心ひそかにそう思っているだけになおさら。

地下牢《ディーマース》に幽閉されていたアンドラゴラス王が王妃タハミーネとともに脱出した。ギスカールを人質としてのことだ。その事実を知らされたとき、ヒルメスは一瞬、呆然《ぼうぜん》とし、ついで怒り狂った。当然のことである。彼が策謀のかぎりをつくし、武勇をふるってようやくとらえた仇敵《きゆうてき》に、まんまと逃げ出されてしまったのだから。

「失礼ながら、王弟殿下にしては不手際なことでござるな。アンドラゴラスごとき無力な囚人にしてやられるとは。それとも、ルシタニア軍がよほどに弱いのでござろうか」

ヒルメスは必死に怒りと失望を抑えている。だが、不本意であるのはギスカールも同様であった。アンドラゴラスのために人質とされ、鎖で縛りあげられて床に転がされるという屈辱をなめさせられたのである。あげくに、いかにも無能者らしくののしられては、おもしろいはずがなかった。吐きすてるように、ギスカールは答えた。

「いかにも不手際は認めざるをえぬ。だが、最大の失敗はアンドラゴラスを生かしておいたことだ。さっさと奴を殺しておけば、逃げられることもなかったものを、よけいな差出口をはさんで奴を生かしておくよう主張した者がいたばかりにな」

「……私のせいだとおっしゃるのですか」

ヒルメスの眼光が、銀仮面ごしにギスカールの顔をえぐった。ギスカールはたじろいだが、そのたじろぎを表面にはあらわさずに答えた。

「そうはいわぬ。どのみち、正しかったのはあのボダンだけというわけだ。皮肉きわまることだがな」

たくみにあしらわれて、ヒルメスは怒気をそがれる形になった。いずれにしても、両者とも、この場で決裂することは避けたかった。

「ボダンめが不在なのは、こうなると幸いでしたな」

ヒルメスは、いささか不器用に話題をそらせた。わざとらしくギスカールもうなずく。ふと重要なことに気づき、ヒルメスは今度は本心から、べつの話題を持ち出した。

「すると、アンドラゴラスの小せがれはどうしたのでござる。父親と行動をともにしておるのでござるか」

「そこまではわからぬ。確実なことは、アンドラゴラスが全軍の兵権を回復したということだ」

あの恐るべき男が精強なパルス兵を、それも大軍をひきいてエクバターナへ殺到してくる。その光景を想像すると、ギスカールの全身を悪寒《おかん》の槍《やり》がつらぬいた。ギスカールはけっして臆病《おくびょう》な男ではない。だが、アンドラゴラスに対する恐怖は、憎悪と同じていどに強かった。

とんでもない計算ちがいを、ギスカールはしてしまったのだ。アンドラゴラスとアルスラーンとが兵権をめぐって対決し、パルス軍は分裂する。そう見ていたのに、アンドラゴラスはあっさりパルス全軍を掌握してしまい、アルスラーンは追放されてしまった。ギスカールが離間策《りかんさく》を弄《ろう》する暇もありはしない。アルスラーンとやらいう王子も、何と柔弱《にゅうじゃく》な少年ではないか。

そのようなわけで、いまやギスカールは、アルスラーンに対して利己的な怒りをいだいているのであった。

ヒルメスとしても思案のしどころであった。このようなとき誰でも考えるのは、アンドラゴラスのパルス軍とギスカールのルシタニア軍とを噛みあわせ、共倒れにさせるという策略である。だが、ギスカールにしてみれば、アンドラゴラスとヒルメスの共倒れこそが理想であるにちがいない。彼らはたがいに相手の本心を察知している。そして、相手をまったく信頼していない。しかも皮肉なことに、彼らはこと策略に関しては相談する味方がおらず、自分ひとりの力に頼らねばならぬ。さらにさらに、彼らは目下のところたがいを完全に敵にまわすわけにいかず、表面的には同盟関係を守らねばならない。

何とも奇怪な、両者の関係であった。ギスカールは表情を消し、ヒルメスは仮面の下に表情を隠して、ひとまず対面を終えたのである。

II

思うに自分は欲をかきすぎていたかもしれぬ。いささか苦々しく、ギスカールは認めざるをえなかった。パルスを掠奪《りゃくだつ》するだけ掠奪しておいて、さっさと故国ルシタニアへ凱旋《がいせん》してしまったほうが、あるいはよかったのかもしれぬ。だが、それでは、ルシタニアの未来も小さなものだ。掠奪した財貨を喰いつぶせば、またぞろ貧乏国に逆もどりするだけではないか。何とかパルスの富を永続的にルシタニアのものにしなくてはならないのだ。

「それにしても、ルシタニアにも人材がおらぬわ。もっとも、それだからこそ、おれが権勢を独占することができるのだが」

ギスカールは苦笑した。

ボードワンやモンフェラートは、騎士としても将軍としてもりっぱな人物であるが、政治や外交や策略や財政といった方面にはうとい。彼らを戦場へ送り出した後は、国政のすべてをギスカールひとりの手で処理しなくてはならなかった。もしボードワンやモンフェラートがパルス軍に敗北したら、いよいよギスカール自身がパルス軍の矢面《やおもて》に立たねばならぬ。どうやらその日も遠くはなさそうであった。

ギスカールの頭痛の種はつきなかったが、それがまたひとつ増えたのはその日の午後のことである。昼食後、ギスカールは異例の接見をした。貴族や騎士や役人ではなく、無名の兵士たちと会ったのである。ルシタニア国内でもとくに貧しい北東部出身の兵士たちの代表が四人、王弟に面会を求めたのであった。

「王弟殿下、私らは故国《くに》へ帰りたいのです」

ギスカールの前で床にはいつくばった。そしてそれが、発言を許された兵士たちの第一声であった。

ギスカールは無言で眉《まゆ》を動かした。これまで間接的に耳にしていた噂を、はっきり聞かされることになったわけだ。いかにも貧しい無学な地方の農民、という印象の男たちを見まわして、ギスカールはうなずいてみせた。

「故国へ帰りたいとな。もっともなことだ。この身とて故郷への思いがある。いずれは帰りたいと考えておるが……」

それだけを口にして、ギスカールは相手の反応を待った。兵士たちは、顔を見あわせたあと、口々にいいたてた。

「異教徒や異端の者どもを百万人以上も殺しましたし、何と申しますか、その、神さまに対する義務もちっとは果たしましたで、そろそろ帰りたいと思いましてな」

「わしなんぞ、異教徒の女を三人と、子供を十人ばかり殺しましただよ。この前も、酒の代金を払えなどとぬかす異教徒の赤ん坊を、地面の石にたたきつけて頭をぶちわってやっただ。これだけのことをしたら、もうとっくに天国へ行ける資格があると思いますだよ」

けろりとした言種《いいぐさ》に、ギスカールは思わず声をあげてしまった。

「赤ん坊を殺しただと？　なぜそのように無益なまねをした！」

すると兵士たちは不思議そうにまばたいた。顔を見あわせ、さらに不思議そうに問いかける。

「何で怒りなさるだね。異教徒を根だやしにして地上に楽園を築くことが、神さまのご意思でなかっただか？」

「そうだそうだ、いい異教徒は死んだ異教徒だけだ、と、司教さまもおっしゃっただ」

「異教徒に情けをかけるなんて、悪魔に魂を売ることだ。王弟殿下とも思われねえことをおっしゃるだな」

ギスカールは布告を出して、異教徒といえどもむやみに殺さぬよう命じた。だが、この兵士たちは字が読めず、布告の内容を知らなかったのだ。ギスカールとしては、とんだ手ぬかりであった。とっさにどう返答すべきか、ギスカールが迷っていると、

「だから王弟殿下、エクバターナにいる異教徒どもを、ひとりのこらず皆殺しにするですだよ」

恐るべき台詞《せりふ》を、淡々と、兵士たちは口にした。

「エクバターナにいる百万人の異教徒どもを、女も子供も、みんな殺してしまうだ。そうすれば神さまも、おらたちの信心を認めて、もう充分だ、と、そうおっしゃるにちがいないだ。さっさと奴らを皆殺しにして、一日も早く故郷に帰るだよ」

「この狂人どもめ……」

心のなかでギスカールはうめいた。

だが、彼らの狂気と妄信《もうしん》を利用して、ルシタニアから遠くパルスまで征服の道を歩ませたのは、ギスカール自身である。そうでもしなければ、ルシタニア人を故郷から切り離して遠征させることはできなかったのだ。何年も前に飲ませた毒薬が、まだ効いている、というわけだった。

「何と、自分でつくった縄で、自分が首をしめられることになったらしいわ」

ギスカールは憮然《ぶぜん》とした。頭痛がしてきたので、彼は、どうにか兵士たちを口先でなだめて、ひとまず退出させた。問題をつぎつぎと先送りすることは、ギスカールの本意ではなかったが、この場合なだめておく以外の方法がなかった。

無人になった部屋で、豪華な絹ばりの椅子に身を沈めると、ギスカールはむっつりと考えこんだ。酒を飲む気にもなれず、彼は陰気にひとりごとをつぶやいた。

「やれやれ、こんなざまでは、あるいは生きて故国へは帰れぬかもしれぬ」

ここまで悲観的な思いに駆られたのは、ギスカールとしても初めてのことであった。

「いや、とんでもない。全軍の半ばを失っても、おれひとりはルシタニアへ生きて帰ってやる」

あわててそう自分に言いきかせる。そしてまた、ぎくりとした。生きて帰る、という考えが、すでにして敗北主義というやつではないか。ギスカールは大きく呼吸した。まず戦って勝つことを考えるとしよう。たとえ野戦で敗れても、エクバターナの城壁は難攻不落だ。何とか水だけは確保して籠城《ろうじょう》も可能な態勢をととのえるのだ。そして、アンドラゴラスを自滅させる手段を講じる。必ず奴めに思い知らせてやるぞ。

勢いをつけて、ギスカールは椅子から立ちあがった。さしあたって、先ほど彼のもとへ押しかけた危険な狂信者どもをエクバターナの城外に出してしまうべきだ。その思いつきを実行するために、彼はボードワン将軍を呼びよせることにしたのだった。


エクバターナの地下深くには太陽もなく、四季の変化もない。黒々とした闇がわだかまり、空気は冷気と湿気に満たされている。土と石が幾重《いくえ》にもかさなって、地上からの光をさえぎり、地上からの支配を遮断《しゃだん》しているのであった。

とはいえ、完全な闇もまた忌避《きひ》されるものであるらしく、その部屋には小さな光源があって、弱々しい病的な光を周囲に投げかけていた。その光が、魔道士のまとう暗灰色《あんかいしょく》の衣を、ひときわ不吉なものに見せるのであった。

魔道士をかこむ弟子たちも、同色の不吉な衣に身をつつみ、周囲の暗黒から流れこむ無色の瘴気《しょうき》を吸いこんでいるかのようであった。兇々《まがまが》しい沈黙が破れ、ひとりの弟子がわずかに口を開いて「尊師」と呼びかけた。

「何じゃ、グルガーン」

「ヒルメス王子もなかなか悪に徹しきれぬ御仁のようでございますな」

「当然じゃ。彼奴《きゃつ》はもともと世に正義を布こうとして、事をおこなっておるのじゃからな」

「正義でございますか」

「そうとも、彼奴は正義の王子じゃからな」

悪意をこめて魔道士は笑った。もともと蛇王《へびおう》ザッハークを信仰する教義においては、悪こそが世界の根源である。正義とは、「悪を否定する」存在でしかない。自分以外の者を悪として否定し、武力をもって撃ち滅ぼすというのが正義である。そして正義が大量に血を流せば、それは蛇王ザッハークの再臨を招きよせる悪の最終的勝利にむすびつくのだ。

「六月も残りすくない。月が明ければ、エクバターナは流血の沼地となろう。パルス人とルシタニア人、パルス人どうし、ルシタニア人どうし、ふふふ、いくつもの正義が、対立する者の血を多量に欲することになろうよ」

魔道士はあざけった。自分の正義を証明するために血を流さねばならない地上の人間どもをあざけったのであった。いくつもの誤算はあったが、地上の大勢は、魔道士の望む方向へと流れつつあった。

蛇王ザッハークさまも照覧《しょうらん》あれ。うやうやしく魔道士は心に祈る。やがて愚かしい人間どもの血が滝となってデマヴァント山の地下へ流れこむでありましょう、そのときこそ御身が地上に再臨なさるときでございます、と……。

III

夏の陽は、光の滴《しずく》となって一行の頭上に降りそそいでくる。パルス国の中央部を東西につらぬくニームルーズ山脈をこえ、南部海岸への道を進む騎馬の小さな一隊は、王太子アルスラーンと彼の部下たちであった。

総数は八名。アルスラーンの他に、万騎長《マルズバーン》ダリューン、ダイラムの旧領主ナルサス、流浪の楽士と自称するギーヴ、女神官《カーヒーナ》ファランギース、ナルサスの侍童《レータク》エラム、ゾット族の族長の娘アルフリード、そしてシンドゥラ人ジャスワントという顔ぶれである。忘れてならぬのは、彼らの頭上に翼をひろげる俊敏そうな鷹《シャヒーン》で、名を告死天使《アズライール》という。

パルス東方国境に位置するペシャワールの城塞《じょうさい》を出立《しゅったつ》するとき、彼らは甲冑に身をかためていた。だが、炎熱の季節、しかも南方へ向かうとあって、いま彼らは甲冑をぬぎ、麻や紗《しゃ》で織られた白っぽい夏衣をまとっている。彼らの乗る馬が八頭、それに、先日買いこんだ駱駝《らくだ》が四頭いた。

四頭の駱駝には八人分の食糧、甲冑、武器などが積まれている。駱駝の綱《つな》は、エラムとジャスワントが二頭ずつ引いていた。

「十万の軍が八人になってしまったが、補給の苦労がないのだけは助かる」

ナルサスが夏風を頬に受けつついうと、ダリューンが応じた。

「たかが八人の食扶持《くいぶち》に苦労するようでは、ちと悲惨すぎるというものだな」

「身体《からだ》が大きな分、大ぐらいもおるがな」

「誰のことだ？」

「駱駝のことさ。他に誰かいるのか」

「いや、べつに……」

パルス随一の知将と雄将は、何となく、たがいにあらぬかたを眺《なが》めやった。ふたりとも、毒舌が未発に終わってしまったので、つぎには何といってやろうか、と考えているのかもしれぬ。ひとつには、アンドラゴラス王の追手がかかる心配もようやく消えて、気分がなごんでいたのであった。

父王に軍を追われてより七日間、アルスラーンの旅はここまでまず平穏であった。山中で野生の獅子《シール》に出会ったことはあるが、猛獣はつい先ほど獲物の山羊《やぎ》を腹いっぱいたいらげたばかりで、あくびをしながら人間どもを見すごしてくれた。襲われたときと、公式の狩猟のときとを除いては、人間のほうでもやたらと獅子を殺したりしない慣例である。

「庭先を通過させていただく。御身の上に平安あれ」

そう挨拶《あいさつ》して、地上に寝そべる獅子の前を通りすぎたのであった。

それ以外、とくに事件らしいものもなく、一行は、ギランの港町まであと二日、という里標に達したのである。

「すべて世は事もなし」

いささか残念そうにギーヴがつぶやいたが、その感想は早すぎたようだ。一行の姿に影を落とす岩場の奥から、彼らを見おろす男たちがいたのである。

それはいかにも剽悍《ひょうかん》そうな騎馬の一団であった。けわしい岩場で、それほど危なげなく馬をあやつっている。頭部に布を巻き、短衣の下に鎖を編んだ軽い甲《よろい》を着こんでいた。皮膚は陽に灼《や》け、両眼は鋭くきらめいて、戦いと財宝の双方を欲している。人数は四十人ほどであった。砂漠の剽盗《ひょうとう》として知られるゾット族の男たちである。このところ、財布が重くて困っている旅人を助けてやる機会に、彼らはめぐまれなかった。ひさびさの獲物なのだ。

「たった八人ではないか。恐るべき何物もない。やるか？」

その八人が、パルスでもっとも恐るべき八人であることを知っていれば、剽盗たちは、いますこし慎重になったにちがいない。また、ダリューンが黒衣黒甲に身をかためていれば、「黒衣をまとう戦士のなかの戦士《マルダーンフ・マルダーン》」の噂を想いおこして用心したかもしれぬ。だが、八人ともありふれた旅人にしか見えなかった。馬をはげます声があがり、四十数頭の馬が岩場を駆け下りはじめる。土煙もすくなく、蹄《ひづめ》の音も小さく、たくみな騎乗ぶりであった。

告死天使《アズライール》が、小さいが鋭い叫びをあげて、同行者たちの注意をうながした。十六の目が岩場に向けられる。躍り寄る黒い騎影《きえい》を認めたギーヴが、ファランギースに声をかけた。

「盗賊かな？」

「そうらしいな。やれやれ、好んで火に焼かれたがる虫もいると見える」

「ファランギースどの、じつはおれも胸中に燃える恋の炎で焼け死んでもかまわぬと思っている」

「そうか、わたしはできるなら凍《こご》え死にたいと思っておる。熱いのが嫌いでな」

「なるほど、ファランギースどのは熱い風呂より泉での水浴がお好きか。よくおぼえておくとしよう、ふふふ」

「妙な想像をするでない！」

緊張感のない会話が一段落したとき、八人の人間と八頭の馬と四頭の駱駝とは、剽盗の群に半ば包囲されてしまっていた。こういう状態になる前に、ふつうは剽盗たちに向かって矢が放たれるのだが、今回、弓の名人ふたりが漫才《バハーネ》をやっていたので、他の者もつい弓を手にする時機を逸してしまったのである。いまや彼らの周囲では、四十本をこす白刃《はくじん》が、夏の陽を受けて光の池をつくっていた。

　男たちの視線がファランギースに集中し、感歎《かんたん》のざわめきがもれた。

「何と、こんな佳《い》い女は見たことがねえぜ。銀色の月のように、というやつだ。さぞ味もよかろうぜ」

「正直な者どもじゃな。それに免じて赦《ゆる》してやるゆえ、おとなしく立ち去るがよいぞ。生きのびて、そなたらに似あった女性《にょしょう》を探すことじゃ」

　ファランギースの台詞は、たいそうまじめなものだったが、男たちは本気にせず、どっと笑いはやした。ファランギースがわずかに目を細める。と、そのときである。

「あたしたちに手を出せるものなら出してごらん。誰ひとり生きてゾット族の村に帰れないからね。酒に濁《にご》った目を見ひらいて、よくあたしの顔を見てごらんよ！」

　アルフリードが馬を進め、黒い宝石のようにかがやく瞳で剽盗をにらみつけた。他の七人は、ある者は驚いたように、ある者はおもしろそうにゾット族の少女をながめやった。ファランギースばかりに剽盗たちの人気が集まったので気にさわったかな、と、エラムなどは思ったが、そうではなかった。盗賊たちはアルフリードの顔を確認すると、ファランギースのときとは異なるざわめきを発したのだ。

「アルフリードさまでないか？」

「そうだ、ヘイルターシュ族長の娘さんだ。何と、こんな場所で出会うとは」

　男たちのざわめきに満足して、アルフリードは馬上で胸をそらした。

「さいわい、みんなまだ目が見えるようだね。物忘れも激しくなくて、けっこうなことさ。そのとおり、あたしはヘイルターシュの娘だよ。族長の娘に、お前たち、剣を向けるのかい⁉」

　とくに大声をあげたわけではないが、効果は充分だった。法律も軍隊も恐れぬゾット族の男たちは、はじかれたように馬からとびおりた。剣をおさめ、馬上のアルフリードにむけて、うやうやしく頭をさげる。

あわただしく事情が話しあわれた。

　アルフリードの兄であるメルレインは、妹の行方を探しに出かけたまま帰ってこない。ゾット族は現在、おもだった六人の年長者が合議制でとりしきっている。一日も早く兄妹のどちらかに帰ってきてほしいのだ、と。

「じゃあ兄貴は、いったいどこへ行ってしまったんだろう」

　アルフリードは首をかしげざるをえない。まさか兄がマルヤムの王女と行動を共にしているとは知りようもなかった。パルスは大国であり、国土は広く、街道の数は多い。たがいに連絡がないまま動きまわっていれば、そうそう出会う機会もないということが、アルフリードにはあらためてよくわかった。ゾット族の少女は肩をすぼめた。

「べつに、めぐりあわなくても痛痒《つうよう》を感じるわけじゃないけどね」

　薄情に聞こえる台詞を、アルフリードは苦笑まじりに口にした。彼女は兄を嫌っているわけではないが、苦手なことは確かであった。

「そんなことより、みんなに紹介するよ。こちらはアルスラーン殿下。パルスの王太子さまで、あたしはいまこの方の御供《おとも》をしてるんだ」

「王太子……!?」

　ゾット族の男たちは仰天して馬上の少年をながめやった。国王だの王太子だのが存在することは知っていても、実物を見たのは初めてであった。アルスラーンを見る目つきは、尊敬に満ちているというより、珍妙な動物を見るような好奇心に満ちている。

「アルスラーンだ、よろしく」

　王太子が率直に名乗ると、ゾット族はもう一度ざわめいた。

「おい、聞いたか、ちゃんとパルス語をしゃべるぜ」

「どうやらふつうの人間と変わらないなあ」

　アルフリードは赤面し、一喝した。

「お前たち、礼儀をお守りよ。この御方は、いずれこの国の王さまにおなりなんだからね」

　ゾット族の男たちは、あわてて地に片ひざをついた。アルスラーンは笑い、彼らに立ちあがらせるようアルフリードにいった。恐縮しつつ立ちあがった男たちのなかで、鼻下と顎《あご》に茶色のひげをたくわえ、左耳に赤黒い傷跡のある男が、アルフリードにささやいた。いささか不満そうであった。

「盗賊だからといって恥じいる必要などありませんぜ。王室は租税と称して国民から穀物をとりあげる。役人どもは賄賂《わいろ》をふんだくる。盗賊と、やることがどう異なるのですかい」

「いままではそうだったとしても、これからはちがうよ。アルスラーン殿下は、よい国をつくろうとなさってるんだからね」

「よい国？」

　ゾット族の男は不信の声をあげた。その点は後で説明することにして、アルフリードは他の同行者たちをつぎつぎと紹介していった。万騎長《マルズバーン》ダリューンの名は、ゾット族の男たちをどよめきさせた。そのどよめきが静まらぬうちに、つぎの人物が紹介された。

「こちらはナルサス卿。もとダイラムってところのご領主なんだけど、あたしのいい人さ」

　ナルサスが抗議の声をあげる間もなく、アルフリードが結論を口にしてしまった。男たちの視線が、今度はダイラムの旧領主に集まる。品さだめする目つきである。

「なるほど、するとこちらの御仁がいずれは嬢《じょう》やと結婚して、ゾットの族長になってくださるというわけですかな」

「いや、それは……」

　ナルサスが何というべきか困っていると、アルフリードがさっさと話を進行させた。

「族長の地位は兄者のものさ。ナルサスは王太子殿下をお助けして宮廷をとりしきることになるんだからね。当然、あたしも、えへん、宮廷におつとめすることになるんだろうし」

「あるときはパルス国の軍師、あるときは宮廷画家、あるときはダイラムの領主、そしてあるときはゾット族長……」

ここぞとばかり、ダリューンが親友に憎まれ口をたたいてみせた。

「じつに多彩な人生で、羨望《せんぼう》に値するじゃないか、ナルサス」

「そう思うか」

「思うとも」

「では代わってやる。おぬしがゾット族の族長になったらどうだ」

「とんでもない。おれは友の幸福を横どりするような男ではないぞ」

ダリューンが一笑すると、反対方向からナルサスをとがめた者がいる。女神官《カーヒーナ》のファランギースであった。

「失礼じゃが、ナルサス卿、そもそもおぬしがよくない。アルフリードの心ははっきりしておるのじゃ。男のほうが態度をさだめねば、女のほうは何を頼ってよいかわかるまい」

ひと呼吸おいて、さらにつづける。

「心さだまった女性がおるとか、生涯独身をつらぬくとかいうのでなければ、そろそろ真剣におなりになったがよかろうと思う。よけいなこととは承知しておるが」

「そうはいうがな、ファランギースどの……」

反論しかけて、ナルサスは口を閉ざした。美しい女神官の緑色の瞳に、冗談ではすまない表情がたたえられていることを悟ったからである。思えば、ファランギースがミスラ神の神殿に仕えるようになった事情について、仲間たちは何も知らないのであった。何かにつけてファランギースにまつわりつくギーヴも、あえて彼女の過去を問おうとはしなかったのだ。ギーヴ自身のおいたちも沈黙の彼方《かなた》にある。本人が進んで語らぬ以上、それを問いつめるような野暮は誰もがつつしむべきであった。

短い話しあいの時間が持たれた。その結果、アルフリードは王太子に従ってギランにおもむく。連絡があれば、いつでもゾット族は駆けつけるし、アルフリードも所在を明らかにしておく、ということで

話がまとまったのであった。

IV

ギランの港町はオクサス河の河口に位置し、南は無限の大海に面する。パルス最大の港であり、都市としての規模は王都エクバターナにつぐ。王都に較《くら》べると、南方の町としての印象が強い。冬にも雪は降らず霜《しも》はおりぬ。亜熱帯の花と樹木が家々を飾り、四季にわたって赤と緑の色彩が絶えることはない。とくに夏の午後には驟《しゅう》雨《う》が町を濡らし、涼気と生気をもたらす。ギラン湾は入口が狭く、奥に進むとほぼ円形に水面がひろがって、波濤《はとう》や海賊の攻撃を防ぎやすく、まことに理想的な港湾を形づくる。オクサス河が上流の土砂を運んでくるので、四年に一度、河底を浚渫《しゅんせつ》する必要があるが、それ以外は注文のつけようがない。町の人口は四十万に達し、そのうち三分の一が異国人で、町では六十種の言語が用いられているといわれていた。

ギランの市街と港を見はるかすコージアの丘にアルスラーンが馬を立てたのは、六月二十六日正午のことであった。丘の斜面を駆けあがってくる海風が、オレンジとオリーブの葉の香りを運んでくる。紺碧《こんぺき》の海面には、二十をこえる大小の白帆《しらほ》が散らばっていた。青い牧場にうごめく白羊を、それは思わせる。一行のうち、海を見た経験のある者は半分ほどであった。エラムはダルバンド内海のほとりで育ったが、アルスラーンはその内海すら見たことはない。

「あれが海か……」

平凡な一言を発しただけで、アルスラーンはそれ以上、何もいわぬ。何もいえぬ。生まれてはじめて見る広大な水のつらなり、無限にかさなりあう波濤の丘陵に、ひたすら見入っていた。あのかすんだ水平線の彼方に、何十もの国々があって、そこには白い肌や黒い肌の人々がおり、王がいて、王妃がいて、やはり玉座をめぐって争ったり仲なおりしたりしているのだろうか。

アルスラーンにしてみれば、自分の境遇について、多少の感懐がないでもない。つい二年前には、自分がこのような土地にこのような形で存在するなど、想像もしなかった。

アルスラーンの幼少年時代は、まずまず平穏な日々であった。パルスの下町で近所の子供たちと遊びまわり、白いひげの私塾《リカート》の先生からパルス文字《アレフバー》を学び、ときには身を守るための棒術を教えてもらう。アルスラーンを育ててくれた乳母は、美女ではなかったが、温かく、やさしく、陽気で、料理の名人だった。その夫は、才ばしったところはなかったが、実直で頼もしかった。ときおり、夜半にめざめると、夫婦が低声《こごえ》で何やら深刻そうに話しあっているることがあった。会話のなかに、アルスラーンの名がまじって、不審に思ったことはある。だが、ささいなことだった。あの日までは。乳母とその夫が葡萄酒《ナビード》の中毒のために急死し、あわただしく葬儀がおこなわれた日までは。

「……アルスラーンさま、王宮から使者としてまいりました。アルスラーンさまをお迎えにまいったのです」

言葉の意味が、少年にはよくわからなかった。養父母の遺体の傍《かたわら》から、戸口にあらわれた男たちの黒々とした影を眺めやるだけであった。親しくしてくれた下町の人々は、遠くへ追いやられてしまい、甲冑をまとった兵士や馬や馬車の壁が、アルスラーンを包囲しようとしていた。

「王太子殿下、初めて御意をえます」

うやうやしい挨拶。それがアルスラーンにとっては、驚きと危険に満ちた人生の始まりであった……。

ひときわ強い海風が吹きつけて、アルスラーンの前髪を見えない手ではねあげた。強いが心地よい風。これが吹きわたってくれることで、ギランの町は炎熱にあえがずにすむのだ。歴史にも風は必要なのだろうか。停滞し、よどんだ歴史を風が吹きぬける。それによって、国は、あるいは人の世は、あたらしい日々を迎えることができるのだろうか。たとえそうだとしても、その風にアルスラーンがなることができるだろうか。彼はパルス王家の血を引いていないかもしれないというのに！

ふと、傍に馬を立てる女神官《カーヒーナ》と目があった。

ファランギースは、かすかな憂《うれ》いを瞳にこめたようであった。王太子の胸中を知っているのである。

わずかに馬を寄せると、美しい女神官はささやきかけた。

「同時にふたつの門をくぐることは、人の業《わざ》にてはかなわぬこと。王太子殿下、まず王都エクバターナの城門をおくぐりになること、それをお考えなさいまし」

王都を侵掠者《しんりやくしや》の手から奪回するのは公事である。多くの国民《くにたみ》が殺され、虐待され、苦しめられているのだから。アルスラーンが出生の謎に悩まされているといっても、生きながら焼き殺されたエクバターナ市民の苦痛に比べれば、もののかずではないはずであった。

そうだ、ものごとには順序がある。アルスラーンがやるべきことは、王太子として、つまり公人として、王都エクバターナを侵掠者の手から奪回することだった。ルシタニア軍をエクバターナから追い出し、国境の外へ駆逐し、パルスの国土と国民《くにたみ》を解放せねばならない。国民を守れぬ王者など王者たる資格はないのだった。

ナルサスもいった。「王の王たる資格は、善《よ》き王たること。ただそれひとつ」と。それに比べれば、王者の血統など問題にならぬ。アルスラーンがどこの何者であるのか、ほんとうは誰の子であるのか。そのようなことを気に病むのは後にしよう。アルスラーンは国法上、正式な王太子であり、王太子としての義務をまず果たさなくてはならなかった。

いまは自分で自分をかわいそうだなどと思っている暇はない！　アルスラーンは、ファランギースに笑いかけると、あらためて部下一同を顧《かえり》みた。

「さあ、ギランの町へ行こう。そこからすべてが始まる」

アルスラーンが先頭にたって馬を走らせはじめると、他の七騎がそれにつづいた。最後尾を四頭の駱駝が、おもしろくもなさそうな顔つきで、のそのそと歩いていく。

　丘を下る道は、百歩ほどで石畳に変わった。馬の脚をゆるめ、おりていくにつれて人家がたてこんでくる。人影が湧くように増え、異国の言葉が耳に飛びこみはじめる。

「エクバターナより賑《にぎ》やかかもしれない」

　そう思い、新鮮な喜びを感じた。

　エクバターナが陸の都であるとすれば、ギランは水の都であった。その富も華やかさも、すべて海から生じるのだ。異国の人、異国の船、異国の物産は、すべて南方にひろがる水平線の彼方からやってくる。ギランは海にむかって、異国にむかって開かれたパルスの飾り窓であった。パルスの華やかさと異国の華やかさが、この町でぶつかりあっている。

　ギランの町の明るさ、自由闊達《かったつ》な雰囲気は、この町が国王の居城ではなく商人たちの町であるという点にもよるであろう。国王の任命した総督がギランを統治してはいるが、よほどに重大な事件がないかぎり、町も港も、大商人たちを中心とした自治的な会合によって運営されていた。もし商人として顧客をだましたり、同業者に損害を与えたり、契約を破ったりした者は、商人の団体から追放されてしまう。各種の裁判にしても、殺人とか放火とかいった兇悪な犯罪を除けば、市民たちの間で示談や調停がおこなわれ、かたづけられてしまうのだ。どうしても納得できない者だけが、総督府に訴えることになる。

　総督の俸給《ほうきゅう》はきわめて高く、一年間に金貨《デーナール》三千枚である。それに加えて、商人たちから租税を集めると、その五十分の一が手数料として総督の懐《ふところ》にはいる。これが、不景気な年でも金貨三千枚は下らない。多い年には一万枚にもなる。

　このように、ギランの総督は、ことさら悪辣《あくらつ》な所業《まね》をせずとも、ごく自然に、ひと財産きずくことができるのである。裁判や調停で手数料がはいることもあるし、異国の商船が、宝石や真珠、象牙《ぞうげ》や白檀《びゃくだん》、竜涎香《りゅうぜんこう》、極上の茶や酒、陶器、絹、各種の香料などを献上する例も多い。また、目に見えぬ形での献上物もある。情報である。

「総督さま、今年の早春にジャンヴィ王国で大きな霜の害がございました。今年から来年にかけて、胡《こ》椒《しょう》と肉桂《にっけい》が値あがりしますぞ」

そう教えられ、総督は金貨千枚を投じて胡椒と肉桂を買い占める。一年後に、金貨は一万枚になって返ってくるというわけだ。

このようにうまい話はいくらでもころがっているが、度がすぎれば商人たちから憎まれる。ほどほどにしておかねばならない。ほどほどにしておいても充分にもうかるのだから。

もうけさせてもらった総督は、当然ながら、ギランの町や海上商人たちに好意を持つようになる。総督は国王《シャーオ》の代理人ではあるが、しだいにギランの町と海上商人たちの利益を代弁するようになる。商人たちから見れば、総督を飼ってやっているようなものだ。

現在のギラン総督はペラギウスといい、在任三年になる。かつて宮廷書記官としてナルサスと机を並べていた時期もあるが、親しくはなかった。「そんな奴もいたな」というていどである。

総督は本来、文官職だが、配下に軍隊も持っている。総督府の兵力は騎兵が六百、歩兵が三千、水兵が五千四百、合計で一万に満たない。これに大小の軍船が百二十隻である。兵力としては、とるにたりない。ギランが平和な町であることを証明するものだが、それだけではない。有力な海上商人たちは、多くの私兵をかかえ、武装商船を所有しているのだ。

軍師であるナルサスは、それにも注目している。いずれパルスにも強大な海軍が必要になるかもしれないのだから。

V

港町であるギランの名物料理は、魚介類を主としたものだ。アルスラーン一行《パラムート》の卓に並べられたのは、香辛料で味つけされた白身魚のからあげ、蟹《かに》の蒸し焼、大海老《えび》の塩焼、帆立貝の揚物、魚のすり身をダンゴにして串に刺して焼いたキョフテ、ムール貝の実を多量にいれたサフランライス、海亀の卵をいれたスープ、白チーズ、ムール貝の串焼などであった。飲物は、葡萄酒《ナビード》の他に、サトウキビ酒、リンゴ茶《エルマーチャイ》、蜂蜜いりのオレンジのしぼり汁。それに色とりどりの果物であった。

総督邸を訪れる前に港の料理屋で腹ごしらえとさだまったのは、ナルサスが旧知の者に会おうと思ったからである。港を見おろす料理屋「美女亭《サーキアス》」は、その知人が情婦に経営させている店であるが、ナルサスは彼にも彼女にも会うことができなかった。ふたりで、十ファルサング（約五十キロ）ほど離れた高原の別荘に出かけており、帰ってくるのは二日後になるという。

「では総督府に出かける前に、腹ごしらえをしてきましょうか」

総督の邸宅で食事を出されたとき、あまりがつがつしては、食うにも困っているのか、と軽く視《み》られるかもしれぬ。ばかばかしいことだが、ときには体裁をつくろう必要もあるのだった。

それにしても、万事、先だつものは金銭《かね》だ。

軍資金があれば、軍隊を組織することができる。兵と馬、武器と食糧を集めることができるのだ。ナルサスの見るところ、王太子の陣営に知と勇はすでにそろっているので、富が加わればこわいものなしになるであろうと思われた。じつのところ、ナルサスの所持金も、残りすくないのである。八人だけなら、一年ほどは食いつなぐことができるが、そんなものは意味がない。アンドラゴラス王がアルスラーンに集めるよう命じた兵は五万。五万人を三年ほどは食わせるだけの資金が必要なのであった。金持ちからふんだくる、というのが効率的にもよいのである。

「貧乏人が全財産をなげうっても、自分ひとりすら救うことはできませぬ。なれど、富豪がわずかなこづかいを出せば、何百人もが救われます」

そうナルサスはアルスラーンに話した。ごく初歩のたとえ話だが、事実として完全に正しい。ナルサスとして工夫のしどころは、どうやって富豪どもに進んで軍資金を出させるか、という点にあった。

「王太子の軍に出資すれば、自分たちの利益になる」と思わせねばならない。すでに王太子の名で「奴隷制度廃止令《ゴラーム》」が布告されており、奴隷を所有する者たちからは好意的な協力をえることはむずかしい。

いまのところ、ゾット族千人あまりが協力を約してくれたが、彼らに盗賊をやめさせようとすれば、生活を保障してやらねばならぬ。ナルサスがほしいのは、金銭《かね》を費《つか》う味方ではなく、金銭を出してくれる味方なのであった。

大陸公路を経由しておこなわれる陸上の東西交易。これが現在、中断されているのは、ルシタニアとトゥラーンのためである。この両国が、大陸諸国の平和を害し、国際秩序を乱しているため、隊商は旅ができず、交易は停止しているのだ。これは困ったことなのだが、「他人の不幸は自分の幸福」というわけで、この異常事態を喜んでいる者どももも存在するのである。いわずと知れたギランの海上商人たちである。

「陸上交易が中断されている？　けっこうなことじゃないか。われわれがその間に、せいぜい稼がせてもらうさ」

「絹の国《セリカ》」を中心とする東方交易の利益は巨大なもので、陸路と海路とに分かれて、それぞれの商人が充分にもうけることができた。陸路がとぎれてしまえば、陸上商人はあわれだが、海上商人にしてみれば利益を独占する好機である。したがって、「パルスを救え、王都を解放しろ」という叫びに、海上商人が喜んで賛同するとも思えぬ。だが、彼らを味方につけぬことには、かがやかしい未来を手に入れる前に、腹がへって死んでしまう。なさけない話だが、それが現実というものだ。

ナルサスはもう一度たとえ話をしてみせた。

「人の世を池にたとえると、いまこの池には濁《にご》った水が満ちております。池に棲《す》む魚たちを殺すことなく、水を清いものに変えるには、時間をかけて古い水を汲み出し、あたらしい水を汲み入れねばならないでしょう」

池をたたきこわして濁った水を流し出せば、作業は一瞬ですむ。だが、それでは魚たちも死んでしまう。あせっては元も子もない。一代がかりの事業と腹をすえてかかるべきだ。

「一代どころか十代をかけても、まだ終わらぬかもしれませぬが」

「だけど、歩き出さぬことには、目的地には着けないだろう。遠すぎるからといって歩き出さないのでは、永遠に到着できない」

「黄金の価値がありますな、その言には」

ナルサスは微笑した。

たしかに、アルスラーンのいうとおりである。一歩を踏み出さないかぎり、目的地には着かない。すわりこんでわめいても、何ひとつ状況は変わりはしないのだ。

パルス王国が成立する以前の往古《むかし》、蛇王ザッハークの邪悪な力は強大をきわめ、その支配を覆《くつが》えすことはとうてい不可能であると思われた。一日にふたりの人間が殺された。ザッハークの両肩にはえた二匹の蛇は、人間の脳を食って生きており、その餌として毎日毎日、ふたりの人間が殺された。その恐怖は千年の長きにわたったという。

ここで蛇王打倒の戦いに起《た》ちあがった若者が、カイ・ホスローであった。

「われらが人として世に生を享《う》けたのは何のためだ。ザッハークの肩にはえた蛇どもに脳を喰われるためか。そのようなことはないはずだ。何年、何十年かかろうとも、起って蛇王の支配を覆えそう！」

そう叫んだが、最初は誰もそれに呼応しようとしなかった。「自分ひとりでやったらどうだ」と冷笑する者もいた。カイ・ホスローはあきらめなかった。彼は蛇王ザッハークの料理人を味方にした。蛇に脳を食わせるため、一日にふたりの人間が殺される。若い健康な男たちだ。ふたりとも助けることは不可能だが、せめてひとりでも助けよう。

カイ・ホスローは一日に一頭の羊を殺し、その脳をとり出して、ザッハークの料理人に秘かにとどけた。料理人はその脳を、もうひとりの殺された人間の脳とまぜて二人分の量をつくり、蛇王に献上した。蛇どもは、まんまとだまされてそれを貪《むさぼ》り食った。こうして一日にひとり、屈強な若者が救われた。一年後、三百六十五人の勇敢な兵士がそろい、カイ・ホスローはザッハーク打倒の軍をあげるのである。

苦難に満ちた戦いが終わり、蛇王ザッハークはデマヴァント山の地下深くに封じこめられた。聖賢王ジャムシード伝来の玉座についたカイ・ホスローは、蛇王に殺された数百万の人々の霊を慰めた。同時に、自分が殺した三百六十五頭の羊にわびて、羊の脳は人間の脳にひとしく、これを食することをひかえるよう布告した。かつてシンドゥラ国で、羊の脳を煮こんだカレーをパルス人たちが食べる気になれなかった理由がここにある。

いずれにしても、アルスラーンは旅立った。その旅がカイ・ホスローと同じ終着点を持つかどうか、まだ判明していない。


ギランの総督ともなれば、宮廷書記官に並ぶほどの顕職《けんしょく》であるから、邸宅が豪華なのは当然である。それにしても、白い壁と亜熱帯樹にかこまれた邸宅は、一辺二アマージ（約五百メートル）にも達する正方形の広大な敷地を持っていた。壁のなかにはいると、人魚《ラルーフ》を形どった大理石の噴水があり、さまざまな彫刻があり、蔦《つた》や蔓《つる》をからめた涼しげな四阿《あずまや》があり、蓮《はす》の葉を浮かべた池がある。

邸宅の主人である総督ペラギウスは、恰幅《かっぷく》のよい四十歳の男で、髪にいくらか白いものがまじっていることを除けば、若々しく、また頼もしく見える。だが、アルスラーン一行を迎えて、彼はすっかり動転していた。

「王太子が……王太子が……」

総督ペラギウスは、鸚鵡《おうむ》のようにくりかえすだけであった。動転したあまりに、「殿下」という敬称をつけることすら忘れはてている。まさか王太子アルスラーンがわずかな部下とともにギランを訪れるなど、総督は想像もしていなかった。

この一年間、ペラギウスは、ギランの町から取りたてた租税を王都エクバターナに送っていない。エクバターナがルシタニア軍に占領されていたからではあるが、四十万枚もの金貨《デーナール》を邸宅の地下室に隠しているのは、自分のものにしてしまおう、という魂胆があればこそだった。これだけの財産があれば、パルス全土が戦火におおわれても、異国に逃げて悠々と生活することができる。そう計算していたのだが、何と王太子がやってきてしまったのだ。

いくら思案しても、しすぎるということはない。先年十月、アトロパテネの野において国王軍が潰滅《かいめつ》して以来、ギラン総督である彼は国王のためにも王太子のためにも指一本、動かさなかったのである。勝敗のほどもわからぬ戦《いそ》いに加担するより、安全な場所でせっせと蓄財に勤しむほうが、彼にはたいせつなことであった。だが、事態がこうなってくると、彼の判断と行動は、はなはだまずいものに見えてくる。パルスの廷臣にしては、きわめて利己的なものであって、国王からも王太子からも、にらまれるのが当然だった。

「国庫に納めるべき租税を着服した。しかも金貨《デーナール》四十万枚分も。死刑に値する」

そう決めつけられれば、財産も生命も失ってしまう。何とかごまかさなくてはならなかった。利己的ではあっても、ペラギウスとしては生命がけである。

「王太子殿下、よくご無事で。このペラギウス、喜びに胸も張りさけんばかりです」

いささかおかしな表現を使ってしまったが、そんなことにかまってはいられない。アルスラーンの手をとらんばかりにして、噴水をのぞむ広い快適な談話室にみちびいた。ひときわ清涼さを感じるのは、大理石づくりの天井の上を、地下深くから汲みあげた冷たい水が流れているからだという。

「じつはギランの町を破壊するという海賊集団からの脅迫状が来ておりましてな、軍を動かすわけにいかなかったのです。王都のことを思うと夜も眠れぬ心持でございましたが」

　これも嘘である。ペラギウスは、国王や王太子のために軍をととのえて外敵と戦うなど考えもしなかった。パルスは広い。ニームルーズ山脈より北方のできごとなど、異国のことより遠く感じられる。

　それでも総督ともなれば、ふたたび王都へ帰って、さらに出世することを考える。エクバターナの情勢に無関心ではいられない。だが、ペラギウスは、エクバターナで危険な目にあうより、ギランで富を築くほうを選んだのである。

　大理石の床に、絹《セリカ》の国製の竹の円座が敷かれている。一同を、ペラギウスはそこにみちびいた。ジャスワントなどは、「自分は従者だから外で待つ」といったが、そんなことはアルスラーンが認めなかった。

　ペラギウスがまだ座に着かず、召使たちにあれこれと指図している。それを見てアルスラーンはナルサスにささやいた。海賊がギランを破壊しようとしているというのはほんとうだろうか、と。

　若い軍師の返答は明快だった。

「嘘ですな」

　断定しておいてから、ナルサスは説明する。海上商人にとっても海賊にとっても、ギランは富の源泉である。これをただ破壊しても、何ら利益を生じない。掠奪するというなら話はわかるが、ペラギウスのいったことは、その場しのぎの弁解でしかないであろう。

「もっとも、ギランの町が破壊され、東西の交易が完全に停止すれば、それによって利益をえる者もおりましょう。あるいは、ギランに取ってかわろうとする勢力があれば……」

　しかしまだ判断の材料が充分ではない。二、三日おちついてようすを見ましょう。ナルサスはそう勧めた。北方で、いずれアンドラゴラス王とルシタニア軍が激突する。それに対して高処《たかみ》の見物を決めこんでもよい。アンドラゴラスによってアルスラーンは追放された、その境遇を、ナルサスは最大限に利用するつもりだった。何もないが、知恵をめぐらせる時間だけは充分にあるはずだ。

「まあしばらくは総督閣下を困らせておいてやりましょう。いかな美酒でも、飲みすぎた後に宿酔《ふつかよい》にかかるのは当然のこと。にがい薬を服用するのもやむをえますまい」

人が悪そうにナルサスは笑った。だが、若い軍師の予測は、この日ははずれた。座にもどってきたペラギウス総督が、「さて」と口を開きかけたとき、あわただしい足音が談話室に駆けこんできたのだ。総督府の書記官らしい男が、うわずった声で一大事を告げた。

「絹《セリカ》の国からの交易船が、港外で炎上しております。しかもその背後に、武装した船が数隻《せき》、追いすがって、さらに攻撃をしかけようとする気配と見えます」

「な、何と⁉」

総督は息をのみ、八人の客は思わず立ちあがった。王太子一行の来訪につづく、この兇報《きょうほう》が、ギランの町にこれまで保たれてきた平和を撃ちくだくきっかけになったのである。

風塵乱舞

第二章

南海の秘宝

I

海風が黒煙を吹きはらったのも一時のことだった。絹《セリカ》の国風の商船「勝利《ピールズィー》」の広い甲板《かんぱん》は、ふたたび濃い煙におおわれた。この船の船首には、塗料のはげかけた竜の頭部がついていたので、竜が煙のなかで悶《もだ》え苦しんでいるようにも見えた。

甲板では船長のグラーゼがどなっている。

「ギランの港は目の前だ。このありさまを見れば、あちこちの船が助けに来てくれるぞ。根性いれてがんばるんだ!」

同じ内容のことを、二か国語でくりかえす。「勝利《ピールズィー》」には九か国の人間が乗り組んでいたが、パルス語と絹《セリカ》の国語を使えば、全員に意味が通じるのだった。船長の叱咤《しった》に、乗組員たちは「おう」と答えたが、あまり元気はなかった。なかなかもって、元気の出るような状況ではなかったのである。

グラーゼはまだ三十歳になっていない。頭部に白い布を巻き、帯に短剣《アキナケス》をぶちこんでいる。骨格はたくましく、筋肉は厚いが、均整のとれた長身は、すらりとしてさえ見える。潮風と陽に灼《や》けて赤銅《しゃくどう》色《いろ》をした顔に、両眼が鋭い。頬と顎に短いが剛《こわ》いひげをたくわえている。生まれたのは海の上であった。死ぬときもおそらくそうであろう。

「グラーゼ船長! 海賊船がもうすぐ追いつきそうです。こちらの船に乗りこんでくるつもりですぜ!」

悲鳴まじりの声に振りかえると、まさしく海賊船の一隻が、「勝利《ピールズィー》」の船尾に衝突せんばかりの勢いで肉迫してくる。舌打ちしたグラーゼ船長は、手にした槍《やり》をかまえなおすと、海賊船の船首に立つ獰《どう》猛《もう》そうな大男めがけてびゅっと投げつけた。投げつけると同時に、ふたたび前方に向きなおる。その遠景で、槍に腹をつらぬかれた海賊が甲板に倒れこむのが、船長の部下には見えた。そんなことにはおかまいなく、グラーゼは、船首にいる部下にむけて大声を発した。

「どうだ、港のほうでは、船が動きはじめたろう」

「いえ、一隻も」

「何をしてやがるんだ。このありさまが見えないはずはないだろうに。ギランの奴らは、そろって昼寝でもしてやがるのか」

グラーゼがののしるうちに、ふたたび海賊船は接近してきた。矢を射こみ、槍を投げつけてくる。すでにグラーゼの周囲には、海賊に殺害された乗組員たちの死体が三つ、甲板上に横たわっている。

グラーゼは身体《からだ》ひとつ、智略と武勇でいくつもの国を渡り歩いてきた。腕におぼえはあるが、何十人もの海賊に乱入されてきては、ささえきれない。眉をしかめたグラーゼは、船首にいる部下にふたたびどなった。助けは来そうにないのか、と。

「だめです、どこの私兵隊も動いてはくれません。この船がやられれば、荷物がへって値段が上がるとでも思ってるんでしょう」

部下のひとりが、あえぎながら報告してきた。つまるところ、グラーゼの船は見殺しにされそうだった。

「どいつもこいつも他人事《ひとごと》だと思っていやがるな。おれを見殺しにすれば、つぎは自分たちの番だということがわからんのか！」

船長は歯ぎしりした。と、大気の裂ける音がして、彼の頬から紙三枚分だけへだてた空間を火矢が飛び去っていった。甲板に火矢が突き立ち、あわてて乗組員が上衣をぬいで火を消しとめようとしている。

「船をとめろ、船をとめろ！」

半《なか》ば合唱するように、海賊どもが声をそろえる。歯茎《はぐき》までむき出して、目前の獲物を嘲笑《ちょうしょう》していた。海水をまじえた潮風が、彼らの声を乗せて吹きつけてくる。

「財産をすべて差し出せば、生命だけは助けてやるぞ」

「海に飛びこむんだな。鮫《さめ》と競泳する機会を与えてくれるわ」

「それとも船を棄《す》てずに焼け死ぬか」

グラーゼは唾を吐いた。

「やかましい。おれが死ぬとしても、それはきさまらの葬式を出してからのことだ」

いまや帆は炎の塊となって、甲板上に火の粉を降らせている。黄金色の雨が灼熱《しゃくねつ》した滴《しずく》をグラーゼにあびせたが、若い船長は動じなかった。腰の短剣に手をかけながら、燃える目を海賊船に向けている。

「焼け死ぬか溺《おぼ》れ死ぬか、どちらかを選ばなきゃならんのかな。だが、畜生、きさまらの手にだけはかからんぞ」

そのつぶやきを、部下の叫び声がかき消した。港の一角からあらわれた一隻の漁船が、もつれあう三隻の船めがけて、波を切りつつ近づいてくるのだ。見すかしたグラーゼが、ふたたび舌打ちした。

「ちっ、ようやく助けがあらわれたと思えば、貧乏くさい漁船が一隻きりか。おまけに女が乗ってやがる。何のつもりだ」

……漁船に乗った四人の男女は、むろん、海賊たちの手から商船を救うつもりだった。ダリューン、ギーヴ、ファランギース、ジャスワントの面々である。

他人の災難を喜ぶのは人の道に反する。だが、このさいこの事件は、アルスラーンたちにとって奇貨《きか》というものであった。ギーヴにいわせれば、

「名前と恩を売る好機！」

なのである。

アルスラーンたちが兇悪な海賊をやっつけ、ギランの市民たちを救えば、当然、市民たちに喜ばれる。「王太子とやらはおれたちを助けてくれた。だったらおれたちも王太子を助けてやろう」ということになるのだ。何もせずに、「王太子に忠誠をつくせ」と要求したところで、効果はない。実益をしめすのが先であった。

総督官邸から港へ直行したダリューンたちは、金貨《デナール》を放って一隻の漁船を強引に借り受け、海賊船に向かって漕ぎ出させたのである。金貨のほかに、ファランギースの美貌が漁船の持主を圧倒したということも、たしかにあるにちがいない。いずれにし

ろ、彼らは目的を達することができそうだった。

漁船を海賊船に接舷《せつげん》させると、漁師のひとりが鉤《かぎ》のついた綱を放りあげた。鉤が船縁《ふなべり》に引っかかるのを見て、海賊のひとりが大刀をふるい、綱を断ち切ろうとした。弓の弦音《つるおと》がひびきわたり、ファランギースの射放した矢が海賊の左目をつらぬいた。大刀を宙になげうって、海賊は甲板からもんどりうった。その身体《からだ》と絶鳴が波間へ消えたとき、かわってダリューンの姿が海賊船の上にあった。

馬上においても地上においても、ダリューンほど勇猛にして強剛《きょうごう》な戦士は他に存在しないであろう。だが船上においてはどうであろうか。

誰かがそう思ったとしても、それは無用の心配だった。ダリューンはかつて絹《セリカ》の国におもむいたとき、大河を渡る船の上で生死を賭けた戦いを演じたことがある。相手は絹《セリカ》の国でも勇名を誇る四人組の剣士で、「江南の四虎《チャンナン・タ・スーフー》」と呼ばれていた。そのときの戦いにくらべれば、船は大きく、敵の技倆《ぎりょう》は劣る。ダリューンにとって、恐れることなどなかった。


「さあ、誰から死にたい？」

ダリューンの静かな豪語が、海賊たちをいきりたたせた。もうすこしで、まるまる肥《ふと》った獲物が手にはいるはずだったのに、貧乏くさい漁船一隻にじゃまされたのだ。甲板にたたずんだたくましい長身の男は、単なる漁夫には見えなかったが、おかまいなしに乱刃《らんじん》をきらめかせて殺到してきた。

ダリューンの長剣が宙に唸《うな》る。海賊どもの頭が割れ、胴が截《き》れ、鮮血が虹色の雨となって甲板を打った。パルスの大地が何度も見た光景を、パルスの海ははじめて見たのである。

斬撃《ざんげき》の一閃《いっせん》ごとに海賊どもは撃ちたおされ、斬り伏せられ、血煙《ちけむり》の下にのけぞった。ダリューンの足さばき、身ごなしは絶妙をきわめ、揺れ動く甲板に立ちながら、よろめくことさえなかった。悲鳴と怒号が入り乱れ、強い陽光と渦まく煙がそれにかさなる。

ダリューンは人間の形をした災厄《さいやく》であった。力強く、しなやかな腕が宙で舞踊《ぶとう》すると、陽光を弾いた長剣が海賊たちの頸部《けいぶ》を両断し、潮風に濃い人血の匂いをまじえるのだ。海賊たちは腕力にすぐれ、身も軽かったが、ダリューンの剣に対抗できる者はひとりもいなかった。右に左に斬り倒され、血の匂いを濃くするばかりである。

ダリューンの後方につづくふたり、ギーヴとジャスワントの剣技も、海賊たちを圧倒した。流れるように優美なギーヴの剣さばきは、流血の四行詩《ルバイヤート》を歌いあげ、ジャスワントの剣勢はシンドゥラの太陽のように激烈だった。

海賊たちの屍《しかばね》は、甲板につぎつぎと横たわり、彼らは天国の寸前で地獄へと追い落とされた。ギーヴが甲板上を走り出す。せまい階段の上に舵輪《だりん》があり、それを動かしている海賊を斬ろうとしたのだ。階段下に着くまでに二度、刃鳴りがひびき、階段を駆けあがろうとしたギーヴはさらに上方から刃を突き出された。

落下する剣を受けとめ、飛散する火花をあびながら、そのまま自らの剣を突きあげる。強烈な手ごたえが、ギーヴに勝利を知らせた。頸《くび》すじから血を噴きあげて、海賊は階段を転落していく。

この間、ファランギースの弓弦《ゆづる》が潮風に共鳴し、死の曲をかなでている。銀色の線が夏の大気を引き裂くつど、海賊たちはのけぞって甲板に倒れ、あるいは船縁から波間へと落ちていくのだった。海賊たちは船内の白刃に斬りたてられ、船外の弓に射たてられた。

「女ごときの矢に射すくめられて、それでもきさまらは海の男か。恥を知れ！」

そうわめいた海賊が、彎曲《わんきょく》した大刀をふるってファランギースに近よろうとしたが、一歩も進めなくなってしまった。ファランギースの放った矢が、彼の片足を甲板に縫《ぬ》いつけてしまったからである。咆《ほ》えるような悲鳴を発して、海賊は大刀を投げ出し、戦うことも逃げることもままならぬ。

だが、彼の不幸も、仲間たちにくらべれば小さなものであった。できそこないの彫像のように突ったつ彼の左右で、仲間の海賊たちは頭を割られ、胴を斬り裂かれ、咽喉《のど》をつらぬかれて、血の噴霧のなかに倒れていくのである。

グラーゼは圧倒され、呆然《ぼうぜん》とその光景を見守っていた。

II

波の動きにつれて船は揺動《ようどう》し、甲板は右へ左へと傾斜する。甲板に転がった死体は丸太のように左右に転がり、傷口は潮に洗われて奇妙に白く光っている。

海賊たちは四十人を算《かぞ》えたが、わずか四人の剣士たちのために完全に制圧されてしまった。半数以上が斬り殺されるか射落とされるかしてしまい、十人ほどは海に飛びこんで恐るべき敵刃《てきじん》から逃がれた。さらにその半数は波にのまれたり船体にぶつかって頭を割られたりして、永久に陸へもどることができなかった。海へ飛びこむことすらできなかった十人ほどの男たちは、武器をすてて投降した。こうして「勝利《ピールズイー》」は、ついに海賊どもの手から救われたのである。

どうにか消火をすませ、帆をすてて、「勝利《ピールズイー》」は港の桟橋《さんばし》にたどりついた。死体をかたづけ、負傷者を治療するよう命じてから、グラーゼは、恩人たちに礼を述べた。彼の前にはダリューンが立っていた。

これほど長大な剣を、軽々と、しかも身体《からだ》の一部であるかのように自在にあやつる男を、グラーゼは見たことがない。このような男が自分を助けてくれたのには何やら理由があるのだろう、と思った。

「いささか順序がちがうが、名を聞いておこうか。誰に助けてもらったか、知っておきたいからな」

「ダリューン」

短い名乗りが、海上商人をおどろかせた。グラーゼはまじまじと相手を見つめた。

「ほう、おれの知っているパルス人と同じ名ではないか。その男は戦士《マルダーンフ》のなかの戦士《マルダーン》とやらいう、たいそうな異名を持つと聞くが」

「たしかに、たいそうな名だ。だが、おれが自分でそう名乗ったわけでもないのでな」

ダリューンが苦笑すると、グラーゼはもういちど疑問を提出した。

「だが、ダリューンとやらいう男は、つねに黒衣をまとい、黒い甲冑《かっちゅう》をよろっていると聞いたぞ」

「ギランは暑い。それに、おれとて、赤ん坊のころ黒い襁褓《むつき》を身につけていたわけでもない」

「そうかそうか、おれは絹の国《セリカ》の絹の襁褓を身につけていたが、おぬしはちがうか」

一笑したグラーゼは、ひとつ手を拍《う》つと、深々と一礼した。両腕を胸で交叉させて、絹の国《セリカ》風のおじぎをする。

「いや、ダリューン卿、おかげで生命も船も助かった。おれの名はグラーゼ。心から御礼を申しあげる」

「絹の国《セリカ》人か、おぬしは？」

「母親はな」

船長にとって、人生に国境などなかった。彼の人生はみごとに三分されており、三分の一をパルスで、三分の一を絹の国《セリカ》で、三分の一を海上で過ごしてきたのである。

「挨拶ぐらいなら二十か国語でできるぜ」

グラーゼは胸をそらした。

「ついでにいえば、悪口雑言《あっこうぞうごん》は三十か国語でいえる。だが、礼を述べるのにもっとも美しいのはパルス語だな」

言葉を切り、港に集まった人々を見まわすと、グラーゼは強く舌打ちした。

「しかし、ギランも人気《じんき》が悪くなったぜ。二、三年前は、他の船が困っていれば助けてやろうとしたものだが、いまや他人の不幸は自分たちの幸福といわんばかりだからな」

じろりと睨《にら》まれて、きまり悪そうに立ち去る者もいる。グラーゼに何といわれても答えようがないというところであろう。

ギランの富豪たちが雇っている私兵集団は、けっして弱くはなかった。だが、たがいに連係したり協調したりすることがなく、自分たちのつごうだけで行動する。海賊にしてみれば、各個撃破すればよいのだ。

実際に戦うばかりではない。ある商船を襲うとき、他の商船の持主に対して、「お前たちに対して手は出さない。だからお前のほうもよけいなことをするな」と言い送る。すると、他の商船は手を出さず、海賊たちはほとんど戦わずして利益をえるというわけだ。

グラーゼは一軒の酒場に恩人たちを案内し、ダリューン以外の三人にもあらためて礼を述べた。とくにファランギースにはていねいに。

「いずれにしろ、あんたたちはおれと船にとって恩人だ。ないはずの生命《いのち》をひろったのだから礼はさせてもらう。何かおれにできることがあるか」

「大いにある」

ダリューンは手ばやく事情を説明した。グラーゼにしてみれば、新鮮な情報であった。彼がパルスを離れて出港したのは、アトロパテネの戦いがおこる半年も前のことで、当時パルスはまだ安定して揺るぎない国に思えていたのである。

「そんなことがあったのか。パルスがまた他国の軍と戦った、と、異国で風の便りに聞いてはいたが……」

まさかパルス軍が大敗するなどと、グラーゼは想像していなかった。彼だけではなく、パルス人のほとんどすべてがそうだったのだ。

「それにしても、王太子殿下がギランに来ておられるなど、市民たちは知らぬようだ。総督めは何やら奸計《かんけい》あって、それを隠しておったのだな」

これは誤解であったが、あえて解く必要もないので、ダリューンは黙っていた。グラーゼは腕を組み、すぐにほどいた。

「とにかく王太子殿下には力を貸そう。あんまり王族だの貴族だのにはかかわりあいたくないが、借りはきちんと返さないと気分がよくねえからな」

こうしてその夜のうちに、グラーゼは三十人ほどの海上商人たちを集めた。グラーゼが一年以上も留守にしていた海岸ぞいの家に彼らの顔がそろうと、グラーゼは、知っている三十か国語のうちパルス語を使って、彼らに対する説得を開始した。アルスラーンを悲劇の王子さまにしたてて、「人として涙を知る者なら王子さまを助けてやれ」と熱弁をふるったものだ。同席したナルサスとダリューンは苦笑したが、商人たちの反応も最初は冷たかった。口々にいいたてる。

「おれたちはパルスの国法を守り、租税を納めている。これ以上、何ごとを要求される理由があろうか」

「そうだ、国王なんぞいなくても、おれたちはやっていける。これまでだってそうだった。これからも同じことだ」

「王太子がやってきたのは、先方の勝手だ。こちらが歓迎しなきゃならん義理はない」

彼らの話を沈黙のうちに聞いていたナルサスは、グラーゼに勧められて口を開いた。皮肉たっぷりに一同を見わたす。

「なかなかに、おぬしらは大言壮語が得意なようだ。だが、舌を動かす前に自らをかえりみてもよかろう。今日グラーゼ船長の危機を救ったのは、おぬしらか、王太子か」

海上商人たちは沈黙した。グラーゼの危難を見ながら何ひとつ手助けしなかったことが、さすがに後ろめたかったのだ。言分はいろいろあるにせよ、弁解すればするほど見ぐるしいことになる。うっかりしたことを口走れば、グラーゼがいきりたち、仲間の不実に対して腕力でお返しをするかもしれぬ。

海上商人たちは、別室で相談する時間を求めた。グラーゼは不平そうな表情だったが、ナルサスがうなずいてみせたので、しぶしぶ承諾して別室を提供した。ナルサスが最初から予測していた結論が出るまでに、グラーゼは五杯の酒を飲みほした。やがて別室から出てきた一同は、つぎのように申したてた。

「もし王太子殿下が兇猛《きょうもう》な海賊どもの手からギランを救ってくださるのであれば、われわれも殿下に忠誠を誓おう。今日のところは、まだグラーゼひとりが助けられただけだからな」

「よろしい、話は決まったな」

　ナルサスは手を拍った。海上商人たちの内心は見えすいていたが、それを責めたてるのは愚かしいというものである。アルスラーンがいかに頼りになる味方であるか、くりかえし証明してやればよいのだ。

　グラーゼが眉をしかめた。

「だが、ナルサス卿、海賊どもは海の上にいるのだ。あんたらには軍船が一隻もないだろう」

「軍船など一隻も必要ない。三日のうちに、ギランをねらう海賊ことごとく、一掃してごらんにいれよう」

　ナルサスの平然とした表情に、グラーゼは目をみはった。ダリューンが笑いをこらえる表情をした。こういうときは、なるべくでかいことを言っておくべきなのであった。

III

　アルスラーンに対面したグラーゼは、なれなれしいほど親しげに挨拶すると、すぐ何だかんだと話しかけた。アルスラーンのほうも、はじめて見る海の男に興味をしめして、いろいろ質問をした。

「グラーゼ船長は、海では危険な目にあったことがあるか」

「鯨《くじら》に呑みこまれたことが一度、嵐で船が難破したことは十四度、海賊と刃をまじえたことは百回以上、およそ海の上で危険なことには、すべて出あっております。まず、この世でおれほど危険な目にあった男はおりませんぜ」

　ぬけぬけとグラーゼが胸をそらせたものである。

　アルスラーンは、いたって謹直《きんちょく》な性格の少年で、自分でほらを吹くことはない。だが、他人のほら話は、けっこう喜んで聞いた。グラーゼは陽気な男で、見聞も広く、話術にも長じている。ダリューンは絹《セ》の国《リカ》を訪れたとき、往復ともに陸路であったから、海路を知らぬ。アルスラーンにとって、グラーゼは生きた驚異であった。すっかり気に入って、かなり長い間、話しこんだ。

「何だ、あやつ、よく口のまわること、まるで海のラジェンドラではないか」

シンドゥラ国王の名をダリューンが口にすると、シンドゥラ人であるジャスワントがそれに応じた。

「あのような御仁《ごじん》はシンドゥラにしかいないと思っておりましたが、パルスにもちゃんといるものですなあ」

その間に、ナルサスはエラムをともない、旧友シャガードのもとを訪れていた。ようやく旧友が別荘から帰ってきたので、対面が果たせたのである。

「ナルサス、いや、よく来た、よく来た。いろいろあったらしいが無事で何より」

シャガードはナルサスの遠い親戚にあたる。エラムが聞いたところでは、ナルサスの父親の姉の夫の従兄《いとこ》の息子だそうだ。王立学院でともに学んだこともあるし、シャガードが他の貴族の妾《めかけ》と恋愛さわぎをおこしたときにはナルサスが窮地を救ってやったものである。また、奴隷《ゴラーム》制度をなくすために将来、協力しあおうと話しあってもいた。

ナルサスは一時的にせよ王宮づとめをしたが、シャガードはまったく仕官ということをしなかった。受けついだ資産をすべて宝石と金貨《デーナール》に換え、ギランに邸宅を買って、遊蕩《ゆうとう》ざんまいの生活を送っている、ということであった。

シャガードはナルサスを迎えると、広間にすべての召使を集めた。陽に灼け、潮風にさらされてはいるが、ナルサス以上に貴公子的な容姿の若者で、頭髪が巻毛なのは、母方にマルヤム人の血を引いているからであろうか。

「みんな、おれの友人を紹介しよう。この男はナルサスといってな、さる良家の坊ちゃんだが、パルスで一番頭がよく、パルスで一番、性格の悪い男だ」

「いや、そう賞《ほ》めないでくれ。おれはつつしみ深い男でな」

すましていうと、ナルサスは、シャガードとともに広間を出、海を見はるかす露台《バルコニー》で酒を酌《く》みかわすことになった。エラムは大きな絹の国《セリカ》風のうちわを借りて、ふたりの若い貴族をあおぐ。しばらく昔話がつづいた後、ナルサスは、自分たちの境遇を説明し、アルスラーン王子を助けてくれるよう頼んだ。

だが、ナルサスが変わったとすれば、シャガードの才能は王子のために役立つはずだった。シャガードも変わっていた。シャガードの邸宅には、二十人以上の召使の他に百人をこす奴隷《ゴラーム》がいて、広大な果樹園で働いていたのだ。しかも奴隷監督の鞭《むち》と、たけだけしい犬におびえながら。かつてともに、奴隷制度をなくそうと語りあったこともあるのに。いま、シャガードは薄笑いをたたえて、アルスラーンやナルサスの理想をしりぞけようとするのである。

「奴隷制度廃止など、たわごともいいところさ。奴隷とはこの世になくてはならぬものだ。当然のことだろうが」

「虐《しいた》げられている奴隷は、おぬしとちがう意見を持つだろうな」

「奴隷のすべてが虐げられているわけではないぞ」

「おぬしにしてはお粗末な詭弁《きべん》だな。人と生まれて身体を金銭で売り買いされること、それ自体が人の道に反すると、以前おぬしはいっていたではないか」

「あのころは、おれも世のなかというものを知らなかった。だが、いまではわかる。ナルサスよ、おぬしの考えはただのおとぎ話だ」

シャガードは、とくに高価な葡萄酒《ナビード》を、絹の国《セリカ》の玉杯《ぎょくはい》であおった。ナルサスを見る瞳が、白っぽい奇妙な光を放った。ダイラムの旧領主は、居心地の悪さを禁じえなかった。エラムを預けようと思ったほど信頼していた友が、なぜこうも俗塵《ぞくじん》にまみれ、不当な特権を守るような考えにとりつかれたのであろう。

「もう一度いってやるが、奴隷制度の廃止なんぞできん、ナルサス。そもそも奴隷たちのほうでも自覚がないのだからな。彼らはいうだろうよ、自由などいらない、慈悲深いご主人さまがほしい、となる」

「身に沁《し》みてわかっているさ」

父のあとをついでダイラムの領主となったとき、ナルサスは自家の奴隷たちを解放した。だが、アルスラーンに語ったように、失敗してしまったのだ。

「だが、時間をかけて変えていく。どれほど遅い歩みでも、一歩踏み出せば、とにかく一歩分だけは目的地に近づく。立ったまま一歩も動かず、『失敗するに決まってる』などとえらそうに論評していても世の中は変わらんさ」

お説教する口調だが、じつはナルサスは自分自身にそう言いきかせているのだ。

「それとも、おぬし、自分の身体を金銭で売買されて嬉しいか。最低限の想像力をはたらかせてみろ。それすらもなくしたのか、シャガード」

「そんなことは女子供の感傷だ。感傷で国政が動かせるか」

「感傷と理想の区別もつかなくなったらしいな、おぬし。ギランの太陽に目がくらんで、世の矛盾を見る視力を失ったとみえる」

ナルサスの声に怒りがこもった。シャガードの果樹園で見た奴隷《ゴラーム》たちの姿を想いおこす。背中には鞭うたれた傷。足首には鎖。表情には絶望と脅《おび》えがあった。それらを与えたのはシャガードだった。

「自分では何ひとつやろうとしないくせに、他人の理想を嘲笑《ちょうしょう》して満足しているような奴を卑劣漢というのだぞ」

「おれが卑劣だと?」

シャガードは怒気を両眼にひらめかせた。

「おれを卑劣漢よばわりするとは、おぬしでも赦《ゆる》さんぞ、ナルサス」

「おれとて、そんな呼びかたはしたくない。おぬしが以前とまるで変わったことに心を傷《いた》めるばかりだ」

ナルサスは突き放し、ふたりは正面からにらみあった。

エラムは、はらはらしながら両者を見くらべている。彼は完全にナルサスの味方ではあるが、主人が旧友と大げんかすることになっては、気の毒であった。そのエラムの視線を感じながら、ナルサスはどうにか自制している。シャガードがしたり顔で口にすることなど、ナルサスはとうに承知しているのだ。だが、アルスラーン王子を推戴《すいたい》して世を変革することに意義があると思えばこそ、隠者としての平穏な生活をすて、ともに戦っているのだ。

　アルスラーンの志は高い。ただ、あまりに高く飛びすぎると、地上の人間たちはその後を追えなくなる。国王《シャーオ》は地上を統《す》べる存在であり、地上の人間たちをまず納得させねばならなかった。

　奴隷《ゴラーム》制度を廃止するのは、人道としてまったく正しい。だが、そのためには、奴隷なしで社会や経済がやっていけるような態勢をととのえねばならない。奴隷たち自身に対しても、自立できるよう教育し、土地や農具や種子や資金を与えてやらねばならない。土地は荒地を開拓するとしても、資金はどこから持ってくるか。天から金貨《デーナール》が降ってくるわけではないのである。理想は高く、だが現実をきちんとおさえておかねばならない。

　そのあたりを、ナルサスは考える必要があった。苦心のしどころでもある。そのためにも旧友を王太子の味方に引きこもうと思っていたのに、まっこうから拒否されたのだった。

　気まずい雰囲気のうちに、夏の陽は沈んで夜となった。エラムをともなったナルサスが、旧友の説得を断念して辞去すると、シャガードはそれを見送ったが、すぐ門扉《もんぴ》を閉ざして姿を消してしまった。かたく、拒絶の意思をしめして閉ざされた扉をかえりみると、ナルサスは足早に夜道を歩きはじめた。エラムが一歩おくれてしたがいながら声をかけた。

「ナルサスさま……」

「友は昔の友ならず、というやつだな。愛《いと》しみあった男女でさえ別離することは珍しくない。まして単なる友ではな」

　ナルサスは、夏の夜風に肩をすくめた。

「エラム、お前をあの男に預けるつもりだったが、そうしなくてよかった。あいつめ、お前を奴隷《ゴラーム》あつかいして、情婦たちの身のまわりの世話でもさせたかもしれん。お前が鞭でなぐられるなど、考えただけでぞっとする」

憮然《ぶぜん》とするナルサスだった。

だが憮然としている間に、彼の打った策《て》はべつの場所で功を奏しはじめていた。夜道に軽い足音がして、アルフリードがあらわれたのだ。

「うまくいったよ、ナルサス！」

同じ夜、ギラン総督のペラギウスは、絹の国《セリカ》の商人から「生きたみやげ」をもらうのを楽しみに待っていた。絹の国《セリカ》の交易商人ともなれば、当地の要人に甘い汁を吸わせるのも商売のうち、と心得ている。総督のご機嫌をそこねて、商売をじゃまされてはたまらない。故国から、パルス風にいえば千ファルサング（約五千キロ）の海路をへて目的地に到着したのだ。「生きたみやげ」、つまり美女を総督に差し出すくらいお安い御用だった。

というわけで、ペラギウス総督は、その夜、たいそう楽しみに待っていた。アルスラーン王太子とその得体の知れない部下たちは、何とか口実をつけて追いはらってやるつもりだった。ギランは彼にとって秘密の豊かな花園であり、王太子と名乗る盗賊などに荒らされるのはまっぴらであった。パルス国や王都エクバターナやパルス王室などがどうなろうと知ったことではない。仮にアンドラゴラス王が完全勝利をおさめて、ペラギウスの罪を問うてきたら、不正に貯《たくわ》えた財産をかかえて、海路、異国へ逃げ出すつもりである。その逆に、ルシタニア軍とやらが全土を制圧することになってもそうするつもりだった。後がどうなろうと彼に関係ない。

待ちかねていた美女がやってきたのは、人目を避けた深夜のことで、厚いヴェールをかぶり、異国人らしい従者をともなっていた。武器など持っていないことを確認されて、女は総督の前に姿をあらわした。ヴェールをずらすと、深い緑色の瞳が総督をじっと見つめた。

「おう、これはこれは、地上の月と呼ぶべきか、生ける宝石というべきか。そなたの美しさには、麗《うる》わしの女神アシも影がかすもう。まるで太陽のような瞳……」

　酔ったあげくのたわごとをつぶやきながら、総督閣下は美女にたわむれかかった。美女のほうは、「あら」とかつぶやいたようである。その声に刺激され、総督は鼻息を荒らげて抱きついた。

　いきなりのことである。天と地が逆転した。総督は女に手首をつかまれ、もののみごとに床にたたきつけられてしまったのだ。どすんと鈍い音がひびき、総督は背中に重い痛みを感じた。呼吸がとまって、声を出すこともできぬ。

　無礼にも総督閣下を床にたたきつけた美女は、わずらわしそうにヴェールをむしりとった。同行していた従者が豹《ひょう》のように飛びかかり、総督の身体《からだ》を、じつに手ぎわよく縛りあげる。

「ご苦労じゃな、ジャスワント」

　美女がはじめて台詞《せりふ》をいった。

「聖賢王ジャムシードの法《のり》と理《ことわり》によりて、人界の悪を裁く。せこい悪でも、目の前にあれば放っておけぬのでな」

「お、お前はあの女神官《カーヒーナ》……！」

　総督がかろうじて声をしぼり出すと、ファランギースはあでやかに冷笑した。

「ようやく気づくとは、間のぬけた話じゃな。わたしのような絶世の美女がふたりとおるとでも思ったか」

「な、なぜこのように無体なまねを。私がいったい何をしたとおっしゃるのか」

「何かをしでかしてからでは遅いのでな。われらが軍師どのは先手を打つのがお好きじゃ」

　そこへ「さすらいの吟遊詩人《ぎんゆうしじん》」が姿をあらわした。ギーヴがにやにや笑いながら、右の掌《て》の上で踊らせている小さな金属製の物体を見て、総督はあやうく卒倒するところであった。それは彼の金庫の鍵であったのだ。

　やがてアルスラーンとダリューンが姿を見せ、ナルサスらも合流して一同が顔をそろえた。

「王太子殿下、ギラン総督ペラギウス卿よりの殊勝な申し出にございます。この三年間に彼が蓄《たくわ》えし財産のすべてを、殿下の軍用金に差し出すとのことでございます」

ファランギースがうやうやしく言上する。その傍で、ペラギウスは目を白黒、顔を赤青というていたらくであった。異国へ逃げ出すどころか、そのはるか手前の地点で、彼は王太子がわの先制攻撃を受けてしまったのである。ファランギースが総督に対している間に、ギーヴは官邸の女奴隷《ゴラーム》をたらしこみ、まんまと総督の秘密金庫の所在をつきとめ、その鍵を盗み出したのであった。

「まことに役に立つ男でござる」

と、ギーヴは自画自賛したが、まったくそのとおりで、このような芸当はダリューンなどにはとうていできない。それを知っているので、パルス最高の雄将も苦笑しただけである。総督はといえば、苦笑どころか、不正の証拠をおさえられ、はいつくばって赦《ゆる》しを請《こ》うばかりであった。

「法の枠のなかで総督が貯えたものは残してやってよいのではないか」

アルスラーンの指示で、ペラギウス総督の手元には金貨《デーナール》一万枚の財産が残された。死ぬまで生活に困ることは、まったくないはずだ。

「王太子殿下のご厚情をありがたく思え。本来なら全財産没収のうえ終身刑というところなのだからな。これでもし逆うらみするようなら、永遠に金銭《かね》がいらぬようにしてやるぞ」

ダリューンににらまれて、総督は平身低頭した。総督が縛られたままダリューンに見張られている間に、ナルサスは、王太子名による布告文をさっさと書きあげた。こうして、夜が明けると同時に、総督ペラギウスの解任と追放が公表されたのである。

総督官邸は、そのまま王太子府に変わった。ナルサスは総督の不正な資産のうちから金貨一万枚を取り出し、銀貨二十万枚に換えてギランの庶民に分かち与えた。これは単なる人気とりだが、こういうことが必要な場合もあるのである。とにかく、いままでの総督とはちがう、ということを印象づける必要があるのだった。

　午前のうちに、グラーゼをはじめとする三十人の海上商人が、王太子殿下のご機嫌うかがいに訪れた。グラーゼはなかなか実力のある男で、海上商人たちの一団をすばやく組織し、王太子を支持する勢力をギランの町につくりはじめていたのだ。ただのほら吹きではなかった。

　グラーゼにつれてこられた海上商人のひとりが、このとき奇妙な話を持ちこんできた。ギランの近くに、海賊の莫大《ばくだい》な財宝が隠されているというのだ。

「海賊の財宝ねえ、ふうむ……」

　話を聞いて、ナルサスは小首をかしげた。だいたい「男の子」というものは宝さがしとか秘密の洞窟とかいう代物《しろもの》が大好きである。ナルサスも例外ではなかったが、あまりに荒唐無稽《こうとうむけい》な話では信じる気になれない。宝さがしなどしているような場合でもない。

　それでも話は聞いた。その隠された財宝というのは、八十年前に「海賊王」と呼ばれたアハーバックという人物のものであるという。彼は貯えた富でどこかの島に独立国をつくろうとしていたというが、あるいは単に強欲なだけだったかもしれない。いずれにしろ、アハーバックはその当時、百隻をこす武装商船と軍船を持ち、南方の海を支配したのだ。しかも、戦死も刑死もせず、自分の船の豪華な船室で安らかな老衰死をとげた。

　そもそも「海賊」と決めつけてはいるが、本来は武装した海上商人なのである。海上では、自分で自分の身を守らなくてはならない。嵐にそなえて船を頑丈にし、掠奪を防ぐために乗組員に武器を持たせる。商談が決裂すれば、力ずくで自分の利益を守る場合もある。もともとは、必要にせまられて、しかたなく武装したのだ。

　だが、交易が拡大するにつれて、掠奪だけでも充分に商売になるようになってきた。こうして、専業の海賊が出現するのだが、アハーバックの場合、海上商人としてあげた利益と、海賊として稼いだ富との境界線がはっきりしない。いずれにしても、莫大な富を築きあげたことは確かである。そして、彼の死後、その財宝がどこかへ消えてしまったことも事実であった。その富は、金貨《デーナール》一億枚にもおよんだという。さらに、各種の宝石、真珠、銀塊、象牙など、計算できないほどの財宝が隠されているというのだった。

その巨億の財宝が、ギラン港の東南、海上十ファルサング（約五十キロ）の距離にあるサフディー島に隠されているというのであった。事実とすれば、それを発見したとき、アルスラーンは、膨大な軍用金を手に入れることになる。ペラギウス総督の隠し財産など、はした金としか思えないほどの。

ナルサスは他人の意見も聞いてみることにした。ダリューンは肩をすくめただけで無言。ファランギースも苦笑をたたえた。

「金貨《デーナール》一億枚か。ちょっと信じられぬような話じゃな」

「一億枚なんて誰が算えたんだろうね」

素朴な疑問を、アルフリードが口にした。まじめくさってギーヴがうなずく。

「まったくだ、おれでもその百分の一ぐらいしか貯めこんでいないのに」

アルスラーンやエラムは、やはり少年だけあって興味しんしんの表情だったが、あまり本気にはならなかった。ダリューンが話題をかえた。

「で、ナルサス、海賊たいじのほうは策《て》を打ってあるのか」

「ああ、そちらは心配いらぬ、まかせておけ」

ナルサスはかるく言いすてた。

五日後、痛い目にあった海賊たちがふたたび押し寄せてきた。本気になったのであろう。二十隻もの軍船をそろえ、刀や槍の武装もととのえてギラン湾に侵入してきたのだ。たけだけしく波を蹴たてて彼らが侵入してきたとき、港には一隻の船もなく、無人の町のようにギランは静まりかえっていた。

しばしば、過去の勝利や成功は人間を驕《おご》らせる。港の静けさを、海賊たちは見あやまった。先日の襲撃にこりて、ギランの市民が慄《ふる》えあがり、すくんでしまったのだと思いこんだのである。痛い目にあったのは自分たちのはずであったのだが、あれはたまたまのことで、本気になれば容易に勝てる、と考えた。

「船に乗りこまれたのが、先日の失敗のもとだ。今度はそうはいかんぞ。どこの痴《し》れ者か知らんが、さがしだして帆柱《ほばしら》に吊るしてやる」

海賊たちは復讐《ふくしゅう》の快感に酔っていた。生きたまま帆柱に吊るし、下から矢を射かけ、針ねずみのようにして惨殺するのが、彼らの復讐のやりくちであった。

二十隻の海賊船は、湾内をわがもの顔に走りまわった。地上の町並みにむかって火矢を射かけ、桟橋にむけて投石器の石弾《いしだま》を撃ちこむ。しばらくは好き勝手に暴れまわった。だが、いざ上陸しようとオクサス河の河口近くに向かったとき、事情は一変した。帆柱の上で、見張りが絶叫したのだ。

「洪水だあっ」

悲鳴におおいかぶさってきたのは、オクサス河の水の壁であった。

ナルサスはオクサス河の流れを土嚢《どのう》でせきとめ、水があふれる寸前の状態にしておいて、海賊船が湾内にはいってきたとき、土嚢をくずさせ、洪水をおこしたのである。

作戦としてはそう複雑なものではない。ただ土嚢を積むにはオクサス河の水流の状態をよく知っていなければならないし、どのていどの水を何日かけて貯えるか、どの方角へ洪水をみちびくか、港そのものに損害を与えぬためにはどうするか、それらについて精《くわ》しい知識と緻密な計算力が必要であった。ナルサスは、それらをすべて具《そな》えていた。

「火を放て！」

ギーヴにむけて、ナルサスからの指示が飛ぶ。すでに用意はととのっていた。三十あまりの小さな筏《いかだ》が、オクサス河の水面に押し出される。筏の上には綿袋が積まれ、それに樟脳《しょうのう》と瀝青《タール》とがたっぷり注ぎかけられていた。火矢が放たれ、筏は一瞬にして炎のかたまりと化した。

炎のかたまりが急流に乗って海賊船へとむらがりよる。洪水の大波をかぶった海賊船は、あるいは横だおしになり、あるいは砂嘴《さし》に乗りあげ、あるいは崖に押しつけられて、航行の自由を失ってしまっている。筏に衝突されると、たちまち火が燃えうつり、炎は天を摩《ま》するように高々と燃えあがった。

煙と悲鳴が海賊船の甲板に満ちあふれた。火につつまれた海賊たちの身体が、つぎつぎと海面に落下し、火の滝が流れるようだ。

かろうじて海上への脱出を果たした三隻の海賊船も、帆柱は倒れ、甲板は水びたしになり、梶《かじ》はこわれ、十人以上の乗組員が波にさらわれてしまった。戦力としてはまったく役に立たなくなっている。しかも、呆然自失しているところへ、第二波の攻撃が襲いかかってきたのだ。今度は剣の攻撃であった。

「容赦するな。ひとりといえども生かして帰さぬつもりで戦え」

ナルサスが指示する。ここで海賊どもをとりにがしたら、かならずまた報復をはかるにちがいない。非情に徹し、完膚《かんぷ》なきまでにたたきのめしておく必要があった。永遠に、というわけにはいかぬが、なるべく長きにわたってギランを安全にしておきたい。今回の作戦は、ナルサスにとっては単なる小細工でしかなかったが、小細工で充分なのである。

ナルサスの頭のなかには、正確で精密なパルス全土と周辺諸国の地図が描きこまれている。山や平野、河や砂漠、そして都市や街道のかずかずが、さまざまな数字とともに、きちんと記されているのだ。若い軍師は、パルスでもっとも博識の地理学者でもあったのだった。

旧ダイラム領主のおかしなところは、脳裏に絵図を描くことは天才であるのに、いったん手に筆を持つと、まるで表現力がなくなってしまうことだった。本人は認めていないが、ダリューンやエラムはそのことを知っていた。エラムは面と向かって口には出さないが、ダリューンは遠慮なく口にする。それでもナルサスとの友誼《ゆうぎ》がこわれないのは、ふたりが信頼しあっているからだろう、とエラムは思う。残念ながら、シャガードという人はダリューンさまより器量が劣っているにちがいない……。

ナルサスの指示を受けて攻勢にうつったのは、グラーゼと彼の知人たちだった。五十あまりの小舟が海賊船にむらがり、短槍《たんそう》をふるうグラーゼを先頭に男たちが躍りこんでいく。

この日、二十隻の海賊船は一隻も逃げのびることができず、二千五百人はいたと思われる海賊たちも、脱出できた者は五十人に満たなかった。とらえられた者が三百人ほど。他の者はことごとく、水か火か刃によって殺されてしまった。海に面した崖の上で、悠々と見物していたナルサスは、アルスラーンにむかって提案した。

「殿下、万事おちついた後は、かのグラーゼをギランの総督代理となさるがよろしいでしょう」

ナルサスは、論功行賞の結果として、この人事をアルスラーンに勧めたのではない。グラーゼをギラン総督に任じれば、彼は当然のことアルスラーンに対して好意を持つ。仮に国王《シャーオ》アンドラゴラス三世がこの人事を知って不快に思い、グラーゼの総督就任をとりけすようなことがあれば、グラーゼはアンドラゴラスに対して怒りをいだき、アルスラーンに味方するにちがいなかった。

つまりナルサスは、功労者に対して厚く報いるとともに、将来にそなえて、アルスラーンのために有力で有能な味方を確保したのであった。

ナルサスにしてみれば当然の布石である。いずれアルスラーンとアンドラゴラスとの決裂は避けられぬ。とすれば、アルスラーンの味方を増やし、豊かなギランをその勢力範囲の中心として確保しておくのは当然のことであった。もともとアンドラゴラスは剛強《ごうきょう》の武将であり、戦場の雄である。力をもって外敵を撃ちはらい、国内を統制することに熱心であった。交易や、そこから生みだされる富に無関心ではなかったが、それも陸路にかたよりがちであった。彼にとって、パルスを支配する要《かなめ》は、王都エクバターナと大陸公路のふたつであり、ギランや南部沿海地方の比重は小さかったのである。

「だからこそ、アンドラゴラス陛下は王太子殿下を南方へ放逐《ほうちく》なさったのだが、これは天与の好機というものだ。さしあたり、パルスの南半分をいただいておこうか」

エラムをかえりみて、ナルサスは不敵に笑った。

その南半分をもアンドラゴラス王が召しあげようとすれば、そのときこそ事態は決定的なものとなろう。

このとき、ナルサスは、陸のパルスと海のパルス、という二重構造の国家を構想していたのだった。強大な国王《シャーオ》の権力と武力によって支配されるだけの単一国家は、強いようでいて、じつはもろい。国をささえる柱は、一本ではたりないのだ。

「王権など、どうせ滅びるものさ。だが、パルスそれ自体は生き残ってほしいものだ」

蛇王ザッハークによって、聖賢王ジャムシードの王統は断ち切られたが、あらたに英雄王カイ・ホスローの王朝が生まれた。この王朝とて、永遠につづくはずはないのだ。いずれ清新なべつの王朝にとってかわられる。

それやこれやで、ナルサスの計略はことごとく的中したのだが、ひとつ大きな誤算は、あらたなギラン総督の人選だった。旧友のシャガードをすえるつもりだったが、彼が信頼できぬとわかったので、予定を変更せざるをえなかったのだ。さいわいグラーゼという人材を手にいれたので、ナルサスの計画はそう狂わずにすんだ。それにしても、シャガードのことがナルサスには気になる。彼がナルサスに対して今や反発すらいだいていることは明らかであった。それは反発にとどまるものだろうか。あるいはもっと積極的な悪意に結びつくものであろうか……。

だが、旧友のことばかり気にしてはいられなかった。頭《かしら》だった海賊のひとりがとらわれており、それを尋問しなくてはならなかった。

アルスラーンの前に引きすえられた海賊は、潮風に灼かれてシンドゥラ人のように黒くなっていたが、パルス人にまちがいはなかった。顔に刀痕《とうこん》があり、髭《ひげ》も剛く、目つきも悪い。見るからに、まともな農民でも職人でもないと思われる。この男が、何やら重大なことを知っていそうだというのであった。

「王太子殿下、ここはお口をはさまず、私におまかせ下さい」

めずらしくそういって、ダリューンが尋問役を買って出た。いろいろと問い質《ただ》してみたが、海賊の口は閉ざされたままだ。

「そうか、話す気になれぬか。それならしかたあるまい」

重々しくダリューンはいい、その声に不吉な響きを感じとって、海賊はびくりと身をすくませた。

「な、何だ、何をするつもりだ」

「拷問にかける」

ダリューンの台詞に驚いたのは、海賊よりもむしろアルスラーンのほうであった。ダリューンは戦場においては豪勇無双だが、抵抗できない者を拷問にかけるような人物ではなかったはずなのに。だがアルスラーンは沈黙していた。そういう約束であったし、ダリューンが拷問などするはずはない、何か考えがあってのことだ、と思ったからであった。

海賊は虚勢を張った。

「ご、拷問などにかけられても、仲間を裏切るようなおれではないぞ。見そこなうな。たとえ爪をはがれても、焼けた鉄棒を押しつけられても一言もしゃべらんぞ」

「そんな野蛮な方法はとらん。パルスは何といっても文明国だからな」

にやりと笑ったダリューンは、片手を伸ばしてナルサスを引き寄せると、海賊にむかって脅迫をはじめたものだ。

「さあ、さっさとしゃべれ。でないと、こいつにお前の肖像画を描かせるぞ。そうすると恐ろしいことになるぞ」

「……おい、どういう意味だ、ダリューン⁉」

「まあまあ、ここはおれにまかしておけ」

すましてささやくと、ダリューンは海賊に向きなおった。いかめしい顔つきをつくり、重々しくつづける。

「この男は虫も殺さぬ雅《みや》びな男に見えるが、じつは東のかた絹《セリカ》の国で魔道を学んだのだ。ことに得意なのが絵を使う魔道の技でな。こいつが誰かの肖像画を描くと、描かれた者は生命力を吸いとられ、百歳をすぎた老人同様になってしまうのだ。嘘と思うなら、この場で試してみてもよいのだぞ」

聞くうちに、海賊は青ざめ、身体《からだ》を慄《ふる》わせはじめた。他の者がいったらこのような話を信じたはずはないが、先日、ダリューンの豪勇を見たばかりで、最初から威圧されてしまっている。また、まじめくさったダリューンの顔を見ると、とうていほらを吹いているようには思えぬ。加えて、もともとこの海賊は迷信ぶかい男だった。

さんざん脅かされたあげく、ついに海賊は告白した。彼が知るかぎりのことを、である。そのなかには、皆が驚かずにいられない事実もいくつかあった。大海賊アハーバックの財宝がサフディー島に隠されていることが最近わかった、ということも、彼の口から語られた。尋問は最大限の効果をあげ、海賊は牢に放りこまれた。ダリューンは、尋問の技術を、ひやかし半分に賞賛された。

ひとり機嫌がよくなかったのは、魔道の画家にしたてあげられたナルサスである。

「どうも釈然とせん。成功したからよいようなものだが、失敗していたら、おれひとり恥をかくところだったではないか」

「でもナルサスがいたからこそ、あの海賊はいろいろ白状したんだよ。ナルサスが一番の功労者だよ」

アルフリードがいっしょうけんめいになぐさめたが、どう見てもこれはひいきのひきたおしというべきだった。

いずれにしても、こうして、アルスラーン王太子の一行は、海賊の隠した莫大な財宝を探すべく、サフディー島へと出かけることになったのである。ただ、このときナルサスには、いくつかの秘かな思案があった。

風塵乱舞

第三章

列王の災難

6

I

追放されたはずの王太子アルスラーンとその一党が、ギランの港を制してしまったころ。アルスラーンを追放したパルスの国王《シャーオ》アンドラゴラス三世は、ペシャワールの城にあった。パルス東方国境にあるこの城から、大陸公路を西進して王都エクバターナを奪還する征旅《せいりょ》につこうというのである。

それは追放以前のアルスラーンが実行しつつあった計画であったが、アンドラゴラス王はべつに息子のまねをしているわけではない。これ以外に兵の動かしようがないのである。大陸公路を進む途中で、いざ実戦ということになれば、いくらでも小細工のしようはある。だが、軍略の根幹は動かせぬ。陸路を東から西へ。それしかない。水路をとってダルバンド内海をいくとしても、十万の兵士を乗せるだけの船がない。南方へ大きく迂回《うかい》してエクバターナの西へ出るとしても、それだけの食糧の余裕がない。まっすぐ西へ向かうしかないのだ。

公路上に位置していたルシタニア軍の要害も、ふたつまではアルスラーンによって陥落せしめられた。アルスラーンにしてみれば、父王のために公路の大掃除をやったようなものだ。かくしてアンドラゴラスは大陸公路に乗り出す、はずであった。それができないでいるのは、イルテリシュひきいるトゥラーン軍の存在があるからであった。

いまや若きイルテリシュは親王《ジノン》ではなく国王《カガーン》である。先代の国王トクトミシュを殺害して王位を簒《うば》った彼だが、むろん正式に即位式をおこなったわけでもない。実力と実績によって、彼の王位を万人に認めさせなくてはならなかった。イルテリシュはペシャワール城の北方に兵を集め、攻略の機会をうかがっている。糧食も残りすくなく、イルテリシュとしては疾風のごとく軍を動かして、勝利と、そして糧食を手に入れたいところであった。

パルス国内において国王《シャーオ》アンドラゴラス三世が急速な復活を果たそうとは、イルテリシュが想像もできないことであった。つい先日まで、十万の大軍を領していた王太子アルスラーンは、いったいどこへ消えうせたのか。また、アルスラーンの左右の翼ともいうべき雄将ダリューンと智将ナルサスはどうしたのか。諜者《ちょうじゃ》を放ってたていどでは、くわしく知りようもなかった。まったく、パルスでは何事が生じたのであろうか。

だが、とつおいつ考えこんでいる余裕は、イルテリシュにはなかった。戦って勝たねば、先王を殺して自立したイルテリシュの正義を主張することはできぬ。また、もともとイルテリシュは、考えこむより決断と行動を重んじる男だった。

「ペシャワールを陥《おと》し、アンドラゴラスめを生首にしてくれるぞ。そして城内の財貨と糧食は、ことごとくおぬしらに分かち与えよう。生命を惜しまず戦え」

なお健在な将兵を激励し、イルテリシュは軍をひきいてペシャワール城に迫った。熱砂を巻きおこすようなその行軍は、パルス軍の諜者が知るところとなって、報告が万騎長《マルズバーン》キシュワードにもたらされた。彼はさらに、国王アンドラゴラスにその旨《むね》を言上《ごんじょう》した。

「トゥラーンの狂戦士が」

イルテリシュのことを、双刀将軍《ターヒール》キシュワードはそう表現した。

「大軍をもって、ふたたびこの城に迫っておる由《よし》にございます。その動きに、すさまじいほどの覚悟が見えますとか」

「覚悟だけで勝てるものなら、人の世に敗戦《まけいくさ》というものは存在せぬわ」

アンドラゴラスは低く笑った。イルテリシュが生まれる前からアンドラゴラスは戦場に出て、戦いのおそろしさを知悉《ちしつ》していたのである。今年四十五歳になるアンドラゴラスは、笑いをおさめて考えこんだ。御前にかしこまるキシュワードにいう。

「とにかく、トゥラーンの狂戦士どもは、城攻めは苦手なのだ。ペシャワールの城壁によって奴らに軽挙の報いをくれてやろう」

そう口にしたものの、アンドラゴラスとしては、長くトゥラーン軍などにかかわりあってはいられない。一日も早くペシャワールを発して王都への征旅に出ねばならぬ。そのためには、背後の敵であるトゥラーン軍を完全にたたきつぶしておきたい。だがトゥラーン軍は強い。認めたくはないがそれは事実である。むろん負けるとは思わぬが、勝つために犠牲を強いられることは確かだ。人命と時間と。どちらも現在のパルス軍にとっては貴重なものであった。

御前を退出したキシュワードは、国王のために必勝の策を練らねばならなかった。城内にいるいまひとりの万騎長クバードは、国王の半径十ガズ（約十メートル）以内に近づこうとせず酒ばかり飲んでいる。国王のほうもクバードを近づけようとせぬ。気苦労の多い役はキシュワードが引き受けざるをえなかった。それを不満に思っているわけではけっしてないが、

「このようなとき、ナルサス卿がいてくれたらな」

キシュワードは溜息をついた。短時日《たんじじつ》のうちにトゥラーン軍を撃破するには、よほどの詭計《きけい》が必要であった。たとえば、先だってナルサスがしかけて同志討をトゥラーン軍に演じさせたような。

現在ペシャワール城にいるアンドラゴラスもキシュワードもクバードも、戦場の雄であるが、そのような詭計は得意ではない。どうすべきかを考えこんだキシュワードが、ふと眉を開いた。思いあたることがあったのだ。

かつて軍師ナルサスが王太子アルスラーンとともにペシャワール城内にあったとき、キシュワードに一通の書状を託したことがあった。

「もしキシュワード卿がこの城にあり、ごく短い期間に攻城軍を撃退する必要が生じたときには、この策を用いられよ。何ほどかのお役には立とう」

と。その直後、アンドラゴラス王の生還、王太子の追放と事件がつづき、キシュワードはそれを失念していた。思い出したキシュワードは、ナルサスの計画書を読み、くりかえしうなずくところがあった。彼はクバードの部屋を訪れ、さらにイスファーンを

呼んで、打ちあわせをおこなった。

　六月二十二日夕刻、トゥラーン国王を自称するイルテリシュは、全軍をひきいて北方からペシャワール城に肉迫してきた。

　トゥラーン軍はすでに猛将タルハーンらを失い、兵数も三万ていどに減っている。それでも闘志と迫力は充分だった。地をとどろかせ、中天《ちゅうてん》にまで土煙を巻きあげつつ殺到してくる。それに対し、パルス軍の迎撃は意表をついた。自ら城門を開き、燦然《さんぜん》たる甲冑《かっちゅう》の河となって城外へ流れ出てきたのである。

「ほう、城から出てきたか。望むところだ」

　イルテリシュは両眼をぎらつかせた。パルス軍がペシャワールの城壁に拠《よ》って防戦すれば、トゥラーン軍とて攻めあぐむ。だが、城外で野戦するとなれば……。

「負けるものか。二倍の敵とて、正面から撃砕してくれるわ」

　そうイルテリシュは思っている。パルス軍を相手に、これほどの自信を持つ者は、イルテリシュ以外にいないだろう。一度はたしかに敗れたが、それは詭計にかかったためであって、実力で劣ったためではない。そのことをイルテリシュは証明してやるつもりだった。

　イルテリシュは頭上で大剣を舞わし、全軍の先頭に立って、憎むべきパルス軍めがけて突進していった。

II

　なまぐさい人血の霧が地上に流れた。剣と剣が激突し、甲冑がたたき割られ、斬り裂かれた肉体から血がほとばしった。

　城外に突出したパルス軍を指揮していたのは片目のクバードであったが、このときの戦闘ではトゥラーン軍に押されぎみであった。

「ここで負ければ、トゥラーンは地上から消えるぞ！　者ども、死ね」

イルテリシュの命令はすさまじく、トゥラーンの兵もまた強い。槍先《やりさき》をそろえて猛然と進み、パルス兵の列を突きくずした。両軍の刀身《とうしん》と槍身《そうしん》がからみあい、暮れなずむ空に不気味な金属音をひびかせる。

「死兵というやつだ。まともに戦うのは愚かというものだな」

クバードはつぶやいた。彼自身の大剣と甲冑はトゥラーン兵の血で紅く塗装されていたが、個人の武勇だけで全体の勢いをくつがえせるものではなかった。

「退《ひ》け！」

大声でそう命じると、クバードは、さっさと馬を返して退却しはじめた。彼の部下たちも、つぎつぎと剣をひき、馬首をめぐらして退いていく。最初は整然たる退却であったが、その機をのがさず、飢えた獅子《シール》のようにイルテリシュは喰《くら》いついた。

進むトゥラーン軍と退くパルス軍との軍列がまじりあい、激しい揉みあいがおこった。振りまわす剣は、斬るというより殴りあいの武器となって、甲冑の表面にはねかえる。やたらと組みあうと、そのままの姿勢で身動きがとれず、揺れ動く人馬の波に押されて馬上から転落し、そのまま踏みつぶされてしまうありさまだ。

だが、揉みあいはそのままトゥラーン軍の攻勢に押される形で前進し、人馬の波はペシャワールの城壁に触れんばかりになった。

「突入しろ！　ペシャワール城はおれのものだ」

馬上に伸びあがってイルテリシュはどなった。そのとき、あらたに喊声《かんせい》があがって、右前方からパルス軍の一部隊が殺到してきた。これを指揮していた騎士は、万騎長《マルズバーン》シャプールの弟イスファーンであった。ひきいるのは騎兵ばかり二千ほどである。

「しゃらくさい、もみつぶせ！」

イルテリシュの命令を受けて、トゥラーン軍は突進し、パルス軍を蹴散らした。この部隊はもろかった。たちまち陣形をくずし、イスファーン自身もイルテリシュと剣をまじえたが、たちまち馬首を返して逃げ出してしまう。

トゥラーン軍はついにペシャワール城内に乱入した。それは血に染まった、たけだけしい騎馬と甲冑の濁流であった。トゥラーン語の雄叫びを放ち、血に酔った目をぎらつかせながら、侵入者たちは石畳に馬蹄《ばてい》を鳴らし、逃げまどうパルス軍を追いまわした。怒号と悲鳴が交叉し、城内は血なまぐさい混乱に満ちた。

そのありさまを城壁上からながめおろして、キシュワードはひとつうなずいた。

「まことに智者とは貴重な存在だ。ナルサス卿の機謀は、このときこの場に在らずして、この勝利をえるか」

キシュワードの眼下で、トゥラーン軍が勝ち誇り、パルス軍をたたきのめそうとしている。キシュワードは手にした松明《たいまつ》に火をつけると、高々とそれを夜空へ投げあげた。

それが合図であった。城壁上に甲冑のひびきが鳴りわたって、数千のパルス兵が身をおこした。「やっ」と驚く暇もない。突進するトゥラーン軍の先頭で、悲鳴があがった。巧みに隠されていた陥し穴に突っこんでしまったのだ。馬がもがき、人があせる。それほど深くも広くもない穴だったが、城壁上から木材や土砂が降ってきて、たちまちトゥラーン軍の前方をさえぎってしまった。猛進してきた侵入者たちは、進むこともできず、退くこともできず、立ちつくしてしまった。

「射よ！」

キシュワードの命令が下ると、城壁上のパルス兵たちはいっせいに弓を並べ、地上のトゥラーン軍にむけて矢をあびせはじめた。

ごうっと夜風が鳴りひびき、降りそそぐ矢は死の雨となってトゥラーン軍をつつみこんだ。前進できぬ。後退できぬ。よけることもかなわぬ。トゥラーンの兵士と馬は、悲鳴をあげて倒れ、おりかさなって死体と化していった。息たえた人馬の身体にも、さらに矢が突き立ち、まるで針を植えた肉の丘が地上に盛りあがるかと見えた。

「はかられたか！」

イルテリシュはうめき、両眼に血光をたたえた。城内にひきずりこまれ、罠にはめられたのだ。野戦で勝敗を決する気など、パルス軍にはなかったのである。

「引き返せ！　脱出せよ！」

城門の内外で、その命令はすでに実行されて、トゥラーン軍は必死の脱出をはかっていた。カルルック将軍が声をはげまして味方の陣列をととのえ、パルス軍の反撃を押し返そうとする。そこへ立ちはだかったのは、クバードひきいる一隊であった。槍をかまえるカルルック将軍に、クバードが笑いかけた。

「おれもときには武勲《ぶくん》をたてておかぬと、大きな面《つら》ができぬのでな。おれがでかい面をするために、気の毒だが犠牲になってくれ」

「世迷言《よまいごと》もほどほどにしろ！」

憤然として、カルルックは槍を突きかけた。クバードの大剣がそれをはじき返す。五、六合、火花を散らしたが、クバードの大剣がカルルックの槍身を両断し、返す一閃《いっせん》でカルルックの首を刎《は》ねとばしてしまった。首を失ったカルルックの身体は、槍をつかんだまま十歩ほど走って、馬上から転落した。

このとき、ディザブロス将軍も、「狼に育てられた者《ファルハーディン》」の異称を持つイスファーンと戦って、馬上から一刀のもとに斬り落とされていた。

その他、トゥラーン軍の名だたる騎士も、つぎつぎとパルス軍によって討ちとられ、野に屍《しかばね》をさらした。ペシャワール北方の山野はトゥラーン人の血の匂いに満たされた。

この夜、トゥラーン将兵の遺棄された死体は二万五千を算《かぞ》えたという。このようなとき、首と胴とをべつべつの死体として算えてしまうこともあるので、実数はそれよりすくなかったにちがいない。だが、三万のトゥラーン軍がその大半を失ったことは事実であった。生命が助かった者たちも、もはや抗戦する気力はなかった。隊列を組むことすらできず、ばらばらの方向へ逃げ散っていった。勝ちに乗じたパルス兵がそれを追いかけ、追いつめていく。

大陸公路の北方草原に勇猛を誇ったトゥラーン軍

は、ここに潰滅《かいめつ》した。むろん、本国にはなお数万の民が残っているが、女性と老人と子供がその大部分である。指導者を失い、強大な軍の大半を失い、トゥラーンが再建されるには、十年はかかるであろう。

ペシャワール城は大勝利の歓呼に満たされた。パルス軍の死者は千にとどかなかったのだ。大広間に悠然と姿をあらわしたアンドラゴラス王は、おもだったトゥラーン人武将の首級を検分すると、キシュワードに問うた。

「イルテリシュはどうした？」

「申しわけございません、討ちもらしました」

イルテリシュの勇猛は、さすがに尋常なものではなかった。あれほど巧妙な罠をかいくぐり、厚い包囲を突破して、ついに逃げおおせたのである。彼のために、二十人以上のパルス兵が殺された。最初に彼と剣をまじえて、逃げるふりをしなくてはならなかったイスファーンが、かなりしつこく追いかけていったが、とうとう逃げられてしまったのである。

「まあよい。イルテリシュめは軍勢を失った。奴ひとりがいかに勇猛を誇ろうとも、二本の腕だけで何ができよう」

アンドラゴラスは笑いすてた。

「ご苦労であった、キシュワード、王都をみごと奪回したあかつきには、おぬしの功に厚く酬《むく》いるであろう」

城内にトゥラーン軍をおびきよせ、罠にはめた、その作戦はキシュワードが考案したものとアンドラゴラスは思っている。キシュワードは心ぐるしかった。その作戦は、ナルサスが考えたものなのである。だが、そのことを口に出すわけにはいかない。「かならず他言無用のこと」とナルサスは記していた。たしかに、この作戦がナルサスの頭脳から出ていると知れば、国王は不快がるであろう。後日、すべてを明らかにする以外にあるまい。いまは一時、功を借りておくとしよう。

そう心さだめたキシュワードの耳に、全軍に宣告するアンドラゴラス王の声が聴こえた。

「後方の憂いは除かれた。今月の末に、全軍ペシャワールを発して王都への征路につくであろう。いよいよ国を再興する秋《とき》である。諸将、こぞって勝利のために励めよ」

III

勝ち誇る王者もいれば、失意の王者もいる。かろうじて戦場を離脱したイルテリシュは、夜の野を駆けつづけていた。

「ちっ、このようにぶざまな姿となって、サマンガーンへ帰ることもできぬわ。生命こそ拾ったが、おれの人生もこれで終わりか」

馬上でイルテリシュは自嘲《じちょう》した。かえりみれば、ひとりの部下もいない。ことごとく、パルス軍の重囲のなかで落命したのである。いまやイルテリシュは地上でもっとも孤独な王者であった。

パルス軍は彼を追って来るであろう。故国トゥラーンでも、前王トクトミシュを殺したイルテリシュを温かく迎えてくれることはあるまい。否《いな》、数万の戦士をむなしく死なせたイルテリシュを赦《ゆる》すはずがなかった。サマンガーンにもどったりすれば、イルテリシュは寄ってたかって縛りあげられ、自殺させられるであろう。失敗をかさねた簒奪者《さんだつしゃ》を生かしておくほど、トゥラーンの習俗は甘くないのである。

あてもないままに、イルテリシュは、夜の野を西南方へと疾駆《しっく》していった。やがて乗馬の足どりが重くなってきた。騎手におとらず、乗馬もじつによく働いたのである。

イルテリシュは馬をおり、すこし休息することにした。道をはずし、小山ほどもある岩蔭にひそんだ。冷えきった砂地に腰をおろし、呼吸をととのえる。だが、休息は長いことではなかった。ある気配が彼を刺し、失意のトゥラーン騎士ははねおきて身がまえた。半ば夜にとけこむように、ひとりの男が立っていた。

「……トゥラーンのイルテリシュ陛下であられますな」

「何者だ、きさまは」

「あなたさまの味方でございますよ。あなたさまをお救い申しあげようと存じましてな」

暗灰色《あんかいしょく》の衣の男がささやくと、イルテリシュは鼻先で笑いとばした。

「何をおためごかしな。おれに取りいって何やら利益をえようという魂胆だろうが」

「や、これは手きびしい……」

「あいにくであったな。おれなどに取りいっても、パルス銅貨一枚の得にもならんぞ。取りいるなら他の奴にしろ」

「ですが、あなたさまは偉大なるトゥラーンの国王《カガーン》でいらっしゃいましょう」

「ひとつかみの土も持たぬ国王よ」

若く猛々《たけだけ》しいトゥラーンの騎士は、頬をゆがめてふたたび自嘲した。暗灰色の衣をまとった男はその表情をながめて、奇妙な光を両眼にたたえた。

「ひとつかみの土どころか、イルテリシュ陛下、地の涯《はて》までも陛下のご両手に載せてさしあげましょう」

「何だと」

「トゥラーン本国はもとより、パルスをも制し、さらにシンドゥラも制し、大陸の中央部をことごとく陛下が支配なさいませ。不肖《ふしょう》ながら、この身が、陛下にお力ぞえをいたします」

男は熱っぽく舌を回転させた。イルテリシュは自嘲の表情を消し、うさんくさそうに相手を見やった。彼は粗野なトゥラーン人であり、迷信深いところもあった。だが、勇猛な戦士であり、いかがわしい邪教や魔道の輩《やから》を好まぬ男だった。好意のかけらもない声で、イルテリシュは正面から詰問《きつもん》した。

「何をたくらんでおるのだ、きさま」

「たくらむなどと、めっそうもござらぬ。蓋世《がいせい》の英雄が悲運におちいり、あたら流亡の身となっておられるのを座視できぬ、そう思えばこそでござる」

「おためごかしはやめろといったはずだっ」

怒号の半ばで大剣が鞘《さや》ばしり、強烈きわまる斬撃《ざんげき》が、暗灰色の衣の男にむかって飛んだ。夜気が裂けた。常人なら一撃で斃《たお》されていたにちがいない。だが、男は常人ではなかった。イルテリシュの必殺の一閃は空を斬っただけであった。人より鳥に近い身ごなしで一回転して立ちあがった男は、口もとをゆがめた。

「ふん、しょせんトゥラーン人は粗雑な野蛮人よ。馬を駆り、羊肉を喰《くら》い、掠奪《りゃくだつ》と殺人を好む半獣人でしかないわ。いかに理を説いても、かたむける耳を持たぬとは、あさましいかぎり」

「ほざくな、魔道の輩！　そのけがらわしい舌を斬りとって胡狼《ジャッカル》の餌にしてくれるぞ」

イルテリシュの両眼が光り、大剣もまた光って、魔道士に襲いかかった。

すさまじい斬撃を、またしても魔道士はかわした。だが、かわすのが精いっぱいであった。反撃する余裕もなく、魔道士は体勢をくずして地に倒れた。そこへ第三撃が落下した。

魔道士の首は胴から離れ、月をめがけてはね飛んだ。しとめた、と、イルテリシュは思った。だが、それも一瞬のことであった。彼の剣尖にかかったのが暗灰色の頭巾にすぎぬとわかったとき、その頭巾は宙でほどけていた。暗い色の、細長い布が、蛇のように躍りながら襲いかかってくるのをイルテリシュは見た。

トゥラーン人の顔に、布は生あるもののように巻きついた。暫時《ざんじ》の後、どうとイルテリシュは地に倒れた。手に剣を持ったまま横たわり、わずかに全身を痙攣《けいれん》させる。魔道士は息を吐きだした。と、それを合図のようにもうひとりがあらわれた。

「やれやれ、てこずらせおって。まこと、トゥラーンの狂戦士とは、この男にふさわしい異名じゃて」

すると悦に入った笑いが答えた。

「この猛々しさがなくては、とうてい蛇王ザッハークさまの憑依《よりしろ》にはなりえぬて。よきかな、よきかな。エクバターナの尊師も、われらの功をお喜びあろう」

奇怪な術を用いて、トゥラーンの若い狂戦士を気絶させたふたりの男。彼らは、エクバターナの地下深くに潜む暗灰色の衣の魔道士にとって弟子にあたる者たちであった。そして彼らは、蛇王ザッハークが再臨することを熱望し、この世が闇に帰ることを願っていた。そのために過去も現在も努力をかさねていたのである。

「しかし、グルガーンよ。尊師がザッハークさまの憑依《よりしろ》にと考えておられたのは、かのヒルメス。てっきり、おれはそう思っていたのだが、ちがったのだな」

「尊師のご深慮、われらの測り知るところではない。ただ、おのれの分を果たすのみだ」

　おごそかに、魔道士たちは彼らの指導者に対する礼をほどこした。彼らの作業は、まだ終わったわけではなかった。屈強な男の身体を目的地へ運ばねばならず、そのためには、彼らの努力がなお必要であった。

　トゥラーンの悍馬《かんば》は、最初、激しい鼻息で魔道士どもの手をこばんだが、夜風に乗って何やら呪文が耳にとどくと、おとなしくなった。むしろおびえたように不動の姿勢をたもつ。

　さらに魔道士どもは、意識を失ったトゥラーンの偕主《せんしゅ》の身体から甲冑をぬがせた。イルテリシュは中背ながら筋骨たくましく、彼の身体を馬の背に押しあげるのに、魔道士たちは予想以上の苦労を強いられた。すべては蛇王ザッハークの再臨にそなえてのことであった。やがて、主人の身体を背に乗せたトゥラーン馬は、ふたりの魔道士に見えざる糸であやつられながら、夜の野を音もなく西へと歩み去っていった。

IV

　騎士見習エトワール、本名をエステルというルシタニア人の少女は、おとなでも背負いきれぬほどの荷物をかかえこんでいた。目に見えぬ重荷は、ふたつあった。ひとつは、聖《サン》マヌエル城からずっとつれてきた傷病者たちの世話をすること。もうひとつは、王弟ギスカールの手によって幽閉されたと思われる国王陛下、つまりイノケンティス七世を救出することであった。

あと一か月たたねば十五歳にもならぬ少女が、この難事業をふたつともやりとげようというのだ。普通なら、考えただけで気が遠くなるようなことである。だが、エステルの精神は、たいそう弾力に富んでいるようであった。自分の立場が困難であることに意気消沈するより、自分のやろうとしていることの意義を思って、元気いっぱいだった。

傷病者たちの世話については、アルスラーンがひそかに持たせてくれた金貨が役だった。一軒の家を借り、彼らをそこに住まわせることができた。ほとんど傷がなおった老人がいたので、彼に金貨を渡して、仲間の世話をしてもらうことにした。三か月ほどは、生活に困ることはないはずだ。

こうして六月二十三日になると、エステルは、もうひとつの課題に集中することができるようになった。つまり、国王さまを救出することである。

その夜、エステルはパルス王宮の裏庭に忍びこんだ。何日もの間、くりかえし観察して、警備兵の巡回のようすや塀《へい》のありさまを確認している。かつてパルス軍とルシタニア軍との間で市街戦がおこなわれたとき、石弾が撃ちこまれて塀の一部がくずれた。その塀に革紐をかけてよじ登り、さらに糸杉の幹に移動して、荒れはてた裏庭におりたったのである。

国王を救出することはルシタニア人として当然の義務だ。エステルはそう考えていた。なにしろ彼女は王さまと直接、会話をかわしたのである。王さまを救出して忠誠をつくし、一方、王さまのお声がかりで傷病者たちをきちんと保護していただこう。それがエステルの考えだった。

この夜、エステルは何とかして王さまと再会し、かならずお救い申しあげます、と知らせるつもりだった。いくら勇敢な少女でも、単身でたちどころに国王を救出できるとは思っていなかったのである。

さて、この当時、パルスにおいてもっとも不幸な人間は誰だったろう。

「二千万の人間がいれば、二千万種の不幸があるものだ」

と、ナルサスはいったものだが。

王都エクバターナを占領したルシタニア軍も、かつての幸福な時期をすぎて、不幸の後姿を見るようになっていた。掠奪した財宝をかかえてさっさと故国へ帰りたいのに帰れないのが兵士たちの不幸であった。かつての強大さをとりもどしつつあるパルス軍と戦わねばならず、それなのに必勝の策をたてようもないのが将軍たちの不幸であった。この重大なときに、国王がまったく頼りにならぬのが、将軍たちと兵士たちとの共通の不幸であった。そして当の国王はといえば、王座についている尊貴の身がないがしろにされ、弟の手によって幽閉され、愛しいパルス王妃タハミーネには逃げられて、たいそう不幸であった。そして兄を幽閉した王弟ギスカールも、いくつもの難題をかかえこんで不幸であった。要するに、パルスとマルヤム、ふたつの国を踏みにじり、多くの犠牲者の屍をつみあげながら、誰ひとり幸福になれないというのが、ルシタニア全体の不幸であったのだ。

ギスカールは、落ちつかない日々をすごしている。ルシタニア軍の総師として、彼は政治に軍事に、できるだけの策を講じてきたが、状況はいっこうに好転しなかった。いよいよ名実ともにルシタニアの国王となるのだ、という決意がなかったら、難局を投げ出して雲がくれしてしまいたいところだった。誰にも話さなかったが、パルス征服完了の時点で幸福を費いはたしてしまったような気もしている。

エクバターナ市民の皆殺しを提案した狂信的な兵士の一団がいた。彼らは王弟ギスカールによって、王都の城外へ出された。その数、約五千人。ギスカールは、彼らを、パルス軍が大攻勢をかけてくるときの、生きた防壁にするつもりだった。冷酷と承知の上で、ギスカールは、めんどうの種を早めに処理してしまうつもりだったのである。

「とにかく、後日のためにと思って殺さずにおいたばかりに、いろいろと不本意な目にあう。もう、目ざわりだと思った奴は、その場で処断してしまおう」

ギスカールとしては、もう、こりごりなのであった。アンドラゴラス王を生かしておいたばかりに、どんな目にあったことか。兄王を「あほうでも兄は兄だ」と思って王座にすわらせていたばかりに、どれほど困難を呼びよせてしまったことか。どれもこれも、良識的であろうとつとめたばかりに、よけいな苦労をするはめになった。いまマルヤム国にいるボダン大司教をふくめ、どいつもこいつもきれいにかたづけてくれよう。そう考えつつ、ギスカールは六月二十三日を迎えたのだ。

奇妙な囚人がエクバターナにあらわれたのは、その日、街に薄暮《はくぼ》が舞いおりる時刻であった。

「マルヤム王国の内親王が囚《とら》われたそうな」

その噂がルシタニア軍の内外に流れ、やがて正式な報告となって王弟ギスカール公爵のもとにもたらされた。事情はつぎのようなものであった。

例の狂信的な兵士たちの一団は、エクバターナの城外に追い出され、大陸公路で往来する旅人たちを監視していた。それが公路からそれようとした徒歩の一団を見て、普通なら気にもとめぬところを狂信者らしい猜疑《さいぎ》ぶかさで追及したのである。マルヤム語を耳にした彼らは、「この異端の徒《やから》め」というわけで彼らの半数を虐殺し、半数をとらえたのであった。そのときマルヤム人に同行していたパルス人の若者が剣と弓矢で六人のルシタニア兵を斃《たお》し、包囲を破って逃走したということであった。

逃走した若いパルス人のことを、ギスカールはすぐに念頭から追いはらった。王弟の頭脳に、このとき悪魔が棲みついたのだ。いや、彼はいくつも胸中に策略をたくわえており、そのひとつがこのとき目をさましたのであった。

そのマルヤムの王女とやらに兄王を害させてやろう。

そうギスカールは考えたのである。もはや兄王を生かしておいても何ら益はない。これまで充分すぎるほどつくしてきた。そう思いつつ、さていざ殺すとなると、兄殺しの非難を受けるのがこわい。ギスカールの思案は堂々めぐりするばかりだった。

だが、ルシタニアに怨《うら》みを持つマルヤム人に兄王を殺させ、その犯人をただちに処刑してしまえばよいではないか。一石二鳥、しかも巨大な鳥を二羽、墜《お》とすことができる。

さっそくギスカールは手はずをととのえたが、にわかに王宮の一角が騒がしくなった。

「いったい何ごとか、騒々しい」

王弟殿下に叱りつけられ、夜衛の隊長は恐縮した。

「おさわがせして申しわけございませぬ。何者かが王宮の庭に侵入いたしましして、兵士どもが追いまわしております」

「刺客か？」

「それがどうも子供のようでございまして」

「子供が何のために王宮に忍びこむのだ」

王弟の問いに、隊長は答えられなかったが、ギスカール公は長きにわたって疑問をかかえこむ必要はなかった。彼が三、四枚の書類に署名し、花押《かおう》を書きいれたころ、ふたたび夜衛の隊長があらわれて、侵入者をとらえたことを報告したのだ。

「その者、ルシタニア人にて騎士見習のエトワールと名乗りおります。聖《サン》マヌエル城にて殉死《じゅんし》せしバルカシオン伯の知人と申しておりますが、いかが処置いたしましょうか」

興味をおぼえたギスカールは、会ってみることにした。こうして、騎士見習のエトワールことエステルは、王弟殿下との対面を果たすことになったのである。まったく意外な形で、ではあったが。

両腕を警固の騎士につかまれて、エステルはギスカール公の御前に引き出された。男装ながら少女であることは、すぐに判明した。ギスカールは自ら尋問することにした。

「おぬし、何のゆえあって王宮に忍びこんだ？　ルシタニア人としてあってはならぬ非礼のわざである。ただちに処刑すべきところであるが、事情によっては罪を減免してやってもよい。正直に申したてればよし、さもなくば容赦せぬぞ」

エステルはひるまない。自分のおこないは幽閉された国王陛下を救うための行動だと明言し、逆にギスカールを弾劾《だんがい》すらしてのけた。

「あなたさまは、兄君であられる国王陛下を幽閉し、専権をふるっておられます。人の弟としても臣下としても道にそむくものではございませんか」

「だまれ、小娘！」

ギスカールは一喝した。エステルの主張は理としては正しいが、ギスカールにしてみれば「事情も知らぬくせに、えらそうな口をきくな」といいたいところである。イノケンティス七世が国王らしいふるまいをしたことが一度でもあるか。

事実上のルシタニア国王は、このおれだ。

ギスカールは、その声をかろうじてのみこんだ。表むきはどこまでも、自分が国王に忠実であると思わせねばならない。彼は呼吸をととのえ、声をやわらげた。

「おぬしが何を誤解しておるのか知らんが、私は弟として兄をないがしろにしたことは一度もないぞ。兄に一室にこもっていてもらうのは、兄の生命を守るためなのだ」

「国王さまを守るため……？」

「そうだ。じつはマルヤムの遺臣《いしん》が、わが兄の生命をねらっておる。それゆえ、兄の身を宮殿の奥深くに置き、警固を厳重にするのは当然のことだ。おぬしにもわかる道理だと思うがな」

エステルはとまどった。ギスカールのいうことは理にかなっている。また、初対面の王弟殿下は、力強く堂々とした壮年の人物で、知性と胆力《たんりょく》をそなえ、人の心に信頼と尊敬の念をおこさせるに充分な印象であった。

だが、それにもかかわらず、ギスカールが虚言《きょげん》を弄《ろう》していることをエステルは悟った。あるいは単なる思いこみでしかないかもしれぬ。しかし、王弟の言動の、根本的なところで、エステルは不信感をいだいた。

「王弟殿下に申しあげます。いかにおっしゃろうとも、それは殿下のおことば。私としては、国王陛下ご自身から、事の真実をうかがいとうございます。それにて納得がいきましたら、どのような罪にも服しますゆえ、国王陛下に会わせていただきとう存じます」

少女がそう主張し、いくらなだめてもすかしても退こうとしないので、ついに王弟は激怒した。

「ものの わからぬ小娘め。これ以上、相手にしておる暇はないわ。しばらく地下牢に閉じこめて頭を冷やしてやれ」

ギスカールが合図すると、両側の騎士が腕を高くあげてエステルの身体を吊りあげた。踵《きびす》を返して王弟の御前から退出する。扉が閉ざされ、少女の姿が消えると、ギスカール公は大きく舌打ちの音をたてたのであった。

V

この夜、ルシタニア人に占拠されたパルスの王宮は、招かれざる客に満ちているようであった。

広い庭園を巡回していた兵士のひとりが、尿意をおぼえて巡回路からはずれた。高い石塀と樹木の間にはいりこみ、槍を塀に立てかけて放尿していると、何やら黒い影が塀の上から身を躍らせて地に立ったのだ。

仰天した兵士は、あわてて槍に手を伸ばしたが、「がっ」と異様な声を発してのけぞった。黒い影が石を投じ、それが兵士の鼻柱を砕いたのだ。兵士は気絶し、自分が放った尿の上に倒れこんだ。

黒い影はつぶやいた。

「王宮で立ち小便するとはな。ルシタニア人は噂のとおりの野卑な蛮人と見える」

月の光に照らされた顔は、若々しく、妙に不機嫌そうであった。ゾット族の族長ヘイルターシュの遺児で、名をメルレインという。マルヤム人一行とともにいた若いパルス人とは、すなわち彼のことであった。

メルレインがもぐりこんだ庭園には、素馨《ジャスミン》や桃金嬢《マートル》の手入れされぬ繁みの間を人工の小川が流れており、月光を受けた川面は水晶のようにきらめいていた。かつてはよほど美しい庭であったにちがいない。と、にわかに激しい人声と物音がした。ルシタニア語の叫びがとびかい、誰かが誰かを追いまわしているらしい。と、にわかに人の気配がして、桃金嬢の茂みがゆれ、子供らしい人影がメルレインのすぐそばに飛びこんできた。メルレインが身がまえるより早く、相手のほうが最初ルシタニア語を発し、ついでパルス語で同じことをいった。

「何だ、お前は」

「お前こそ何者だ」

その人影は、騎士たちの手をすりぬけて逃げだしてきたエステルであったのだ。パルス人の若者とルシタニア人の少女は、非友好的な視線をかわしあった。たがいを怪しく思うのは当然であったが、ともに王宮警備のルシタニア兵から追われる身であることが、ようすでわかった。どちらからともなく話しかけようとしたとき、絶叫がひびいてきた。

「一大事じゃあ！　国王陛下がマルヤムの王女にお刺されあそばした。出あえ、出あえ！」

その叫びはルシタニア語であったから、エステルには理解できたが、メルレインには意味がわからなかった。だが、彼の反応の速さは、エステルに劣らなかった。エステルが声の方角へ駆け出すと、一歩だけ遅れてメルレインが後を追った。

「一大事じゃ」の叫びは王宮の天井や壁に反射し、あわただしい足音や甲冑のひびきが入り乱れた。混乱をぬって、エステルとメルレインは走った。メルレインにしてみれば、生まれてはじめて踏みこんだ王宮のようすをよく見物することもできなかった。

……それより千を算《かぞ》えるほどの時間をさかのぼる。マルヤムの内親王イリーナ王女は、盲目の身をただひとり、王宮の一室に置いていた。亡ぼされた故国からしたがってきた臣下たちと引き離されている。信頼する女官長ジョヴァンナも、どうなったやらわからぬ。人声が遠く、わずかな夜気の動きに乗ってただようだけだ。

おそらく殺されるであろう。イリーナは覚悟を決めざるをえなかった。ルシタニア人の暴虐と無慈悲は、身にしみてわかっていた。しかも、ただ殺されるだけではすまないだろう。残忍な拷問にかけられるか、凌辱《りょうじょく》されるかもしれなかった。そのようなことになったときには……そう思ったとき、室内の空気が動き、固いものが触れあう音がした。扉が開いて閉じ、何者かが彼女のいる部屋にはいってきたのだ。絨毯《じゅうたん》を踏む足音が近づくと、流亡の王女は身をかたくした。彼女の耳は、不審そうな、力強さに欠ける中年の男の声をとらえた。

「予はルシタニアの国王じゃ。イノケンティス七世じゃ。そなたは何者で、ここで何をしておるのかな」

驚愕《きょうがく》の冷たい手が、イリーナを凍結させた。いま自分は何者の声を聴いたのだろう。彼女に近づいてきた中年の男の声は、ルシタニア国王だと自称している。まさか、そんなことがあってよいものだろうか。マルヤムの国を侵掠《しんりゃく》し、イリーナの一族を虐殺した仇敵《きゅうてき》が、彼女のそばに来ているとは。

イリーナの右手が慄《ふる》えた。慄えながら、彼女の右手は衣裳の下にすべりこんでいた。わずかに彎曲《わんきょく》した細刃のマルヤム短剣が、内親王の衣裳の下に隠されている。自殺用の短剣であった。敵にとらわれ、拷問や凌辱を受けるようなことがあれば、これで自らの生命を絶とう。そうイリーナは決意していた。ルシタニア軍にとらわれたとき、短剣が発見されなかったのでイリーナはほっとしたのだが、じつは発見されていたのだ。それがとりあげられなかったのは、王弟ギスカールのひそかな指示によるものであった。

イリーナの右手が、ひるがえった。白く細くひらめいたのは短剣の刃《やいば》である。閃光がルシタニア国王のしまりのない頬をかすめ、薄い血の線が皮膚にはじけた。

「わわわ、何をする……！」

イノケンティス七世は喚《わめ》いた。頬に掌《てのひら》をあて、そこに血を感じて、彼は動転した。しそんじた、と知ったイリーナが、ふたたび短剣を振りかざす。

単に膂力《りょりょく》だけのことなら、イノケンティス七世はイリーナ内親王を大きく凌駕《りょうが》している。だがルシタニア国王の皮膚の下に詰まっているのは、勇気でも胆力でもなく、脂肪と贅肉《ぜいにく》でしかなかった。

第二撃をかろうじてかわすと、イノケンティス七世は足をもつれさせて転倒し、必死にはい起きて守護者の名を呼んだ。

「イアルダボートの神よ、助けたまえ」

ルシタニア国王の悲鳴に、マルヤムの内親王の叫びがかさなった。

「イアルダボートの神よ、われに御力をお貸し下さい。マルヤム王国を滅ぼし、神の御名を辱《はず》かしめるルシタニアの蛮人を、どうか討ちとらせて下さいませ」

刺そうとする者、刺されかかった者、ともに唯一絶対の神を信じる身であった。どちらの声にも、神は応えようとしなかった。と、室内の気配を察したかのように、扉の外から警護の騎士たちが声をかけてきた。

「国王陛下、ご無事でございますか!?」

その声が国王の顔に生色をよみがえらせた。

「おお、予はここにおる。忠実な騎士たちよ、そなたらの国王を助けるのじゃ」

「かしこまりました、ただちに」

騎士たちの返答に、イノケンティス七世は安堵《あんど》した。ところが、いっこうに騎士たちは国王を救いに来ない。扉を鳴らしながら、何やら騒ぎたてるばかりだ。

「何をしておる！　早く予を助けよ！」

イノケンティス七世が悲鳴を放つと、騎士たちは声をそろえて答えた。

「国王陛下、扉に身をお寄せくださいませ。すぐにお助け申しますほどに」

その声に、どたどたと床を踏み鳴らしながらイノケンティス七世はしたがった。扉に身を寄せ、「ここにおるぞ」と喚く。それは盲目の王女に、自分の位置をはっきりと知らせることであった。しかも、扉に身を貼りつけてしまうと、にわかに身動きすることもできぬ。

「国王陛下、そこをお離れなきよう」

「わかった、早く助けよ」

扉の向こうにむけてどなったとき、イノケンティス七世の身体に何かがぶつかってきた。やわらかな女性の身体。それを感じたつぎの瞬間、胴の一部に熱痛が走った。熱痛が胴の奥へとくいこみ、国王は高く高く絶叫を放った。


ギスカールにしてみれば、感情を整理するのにこまるくらいであった。もてあましていた兄が刺された、しかもマルヤムの内親王の手によって。これほどうまく陰謀が成功するとは思わなかったのだが、じつは完全に成功したとは、まだ言えなかったのである。ギスカールの息のかかった医師が、重傷の国王を診断して、王弟の耳にささやいた。

「国王陛下の傷、深うはございますが、かならずしも致命傷とは申せませぬ。傷は腹部でございまして……」

イリーナ姫が刺したのは、ルシタニア国王の左腹だった。もっとも皮下脂肪が厚い場所だったので、傷が鋭く深く、出血が多いわりに、内臓に損傷はないというのであった。

ギスカールは内心でうなり声をあげた。彼がせっかく仕組んだ陰謀は、何と兄王の皮下脂肪によってじゃまされようとしているのだ。これほどばかばかしいことがあってよいものであろうか。苦虫をかみつぶして考えこんだあげく、ギスカールは、まずできることから順に計画を実行していくことにした。

何といっても、国王殺害の犯人であるマルヤムの王女を殺す。彼女を国王のもとにみちびいた者も罪を問うて殺す。これは先刻のエトワールとかいう男装の少女に罪を着せればよい。ギスカールはつぎつぎと指示を出し、マルヤムの王女を連行させ、ついでに殺害現場の近くにいた騎士見習エトワールをとらえさせた。裁判の必要なしとして、まずマルヤムの王女に火刑を宣告し、ついでエトワールにもそれを宣告しようとしたとき、閲見室《えっけんしつ》の高い窓から声がひびいた。パルス語であった。

「動くなよ、ルシタニアの王弟。すこしでも動いたら、顎《あご》の下にもう一つ口が開くことになるぞ」

ぎょっとして声のする方角を見やったルシタニア人たちは、人の身長の三倍ほども高さのある窓枠に片ひざをつき、弓をかまえている若いパルス人の姿を見出した。彼らが知るはずもないが、「パルスで二番めの弓の名人」と自称するメルレインであった。

「何をぬかす、くせ者めが」

わめいたのは、ギスカールの左側に侍立《じりつ》していた騎士であった。長剣の柄に手をかけ、半ば抜き放ったところで、彼の人生は永遠に中断した。弦音《つるおと》とともに飛んだ矢が、彼の咽喉《のど》をつらぬいたのである。声をたてることもできず、騎士は、王弟の足もとに倒れて絶息した。

「どうだ、王弟よ。勇敢だが、愚かな部下のまねをしてみるか」

メルレインは挑発した。

むろんギスカールは動かなかった。体内では頭悩と心臓がいそがしく動いていたが、手足はまったく動かさなかった。この憎むべきパルス人をどうかたづけてやろうか、と思ったとき、またしても人声が大きく湧きおこり、足音や刃鳴りが入り乱れた。ギスカールのもとへ血相かえて駆けつけた騎士が、同僚の死体にも気づかずに叫んだ。

「銀仮面の男が兵をひきいて乱入してまいりました！」

つづいて生じた混乱は、今夜何度めのことか、もはやいちいちおぼえている者はいなかった。

VI

もっとも危険な存在であるパルス人のことを、ギスカールは忘れていたわけではない。だが今回の件で、ヒルメスを計算にいれる必要はないはずだった。ヒルメスとイリーナとが旧知であることなど、神ならぬ身のギスカールが知る由もなかった。ゆえに、ギスカールがつぎのようにどなったのも当然のことであった。

「銀仮面だと!?　あやつがなぜ、こんなときに出しゃばるのだ。奴には関係ないことではないか」

ヒルメスのほうでは、ギスカールの当惑など知ったことではなかった。彼の目的は、イリーナ姫を救出することであったが、それを彼に決意させたのは、単なる情誼《じょうぎ》ではなかったのだ。彼にとっては、まことによい機会だった。

「ルシタニア人どもと、いずれは手を切らねばならぬところ、きっかけがなく、ずるずると訣別《けつべつ》を先に延ばしすぎた。いまこそ、奴らと訣別してくれよう。これ以上のなれあいは、もはや無意味というものだ」

それがヒルメスの考えであったのだ。水位はすでに堤防すれすれの高さに達しており、そこへイリーナのルシタニア国王暗殺未遂という大きな石が投げこまれたのだ。たちまち水は堤防をこし、洪水となったのである。

ひとたび決心すれば、ヒルメスの行動は迅速《じんそく》をきわめた。ザンデに命じて二千五百騎の兵をそろえさせ、そのうち千騎には王都の西の城門に急行させた。そして自らはザンデとともに千五百騎をひきい、石畳に馬蹄をとどろかせて王宮へ殺到したのである。

「王弟ギスカール公より、火急のお召しを受けて参上した、開門されたし」

正面きってそう宣言されれば、警備の兵も門を開かざるをえなかった。たちまち千五百の騎兵は王宮に乱入し、何ごとかと駆けつけるルシタニア兵の頭上に白刃を加えた。こうして尊貴の地は流血の場と化したのである。

ザンデは巨大な鎚矛《メイス》を軽々と打ちふり、小麦の穂を刈りとるようにルシタニア兵をなぎ倒した。重い鉄の棍棒《こんぼう》は、ルシタニア兵の頭蓋をたたきわり、顔面をたたきつぶし、甲《よろい》の上から胸骨を撃ち砕いた。すさまじい膂力《りょりょく》であり、この若い巨漢にとって、鎚矛《メイス》は剣よりはるかに似あいの武器であった。

ザンデらがルシタニア兵をなぎ倒す間に、ヒルメスは奥の部屋へと突入し、長剣をきらめかせて殺戮《さつりく》をかさねつつ、イリーナを探し求めた。この間、ギスカールやイノケンティス王と出会っていれば、たけだけしい白刃の餌食としたにちがいないが、広大な王宮の何枚かの壁が彼らを会わせなかった。イリーナ姫を救出する目的だけを果たし、ヒルメスは退散した。あとには三百を算えるルシタニア兵の死体が残された。

「よくもよくも銀仮面めが……」

ギスカールはうめいたが、気をとりなおしたように声をととのえ、ボードワン将軍に語りかけた。

「よいわ、これで事態がはっきりした。銀仮面めとの仲は、これで終わりだ。奴はルシタニアの敵とはっきり決まったぞ」

「は、さようで……」

ボードワンの声には、いささか元気がない。事態がはっきりするのはよいが、どうやらルシタニア軍にとっては敵が増えるばかりではないか。むろんボードワンは、いまいましい銀仮面の男を好いてなどいないが、敵にまわせば、あの剛勇と狡猾《こうかつ》さはおそろしい。それにしても、かのアンドラゴラス王といい、銀仮面の男といい、容易ならぬ者どもであることよ。

いまひとりの将軍モンフェラートが口を開いた。

「王弟殿下、かの銀仮面めは西のかたザーブル城方面へ逃走したとか。もし彼奴《きやつ》めが、かの城にたてこもり、大陸公路を扼《やく》したるときには、わが軍はマルヤム方向との連絡を絶たれてしまいますぞ。放置しておいて、よろしいのでござるか」

そういわれて、ギスカールは愕然となった。彼ほど有能で油断のない男が、部下にそういわれるまで気づかなかったのだ。やはり平常心を失っていたらしい。

「そ、そうであった。すぐにも奴を追って、道の途中で討ちはたせ。奴の部下は千五百ほどであったな」

「城門を奪って奴を逃がした者どもが、千騎ほどおります」

「よろしい、一万騎を出動させて奴らを鏖殺《おうさつ》せよ。指揮は、そうだな、ゼリコ子爵がよかろう」

銀仮面とマルヤムの王女と、ふたつの首にギスカールはパルス金貨一万枚の賞金をかけた。さらに、爵位を上げることもほのめかした。ゼリコ子爵は大いに張りきり、王弟の前から退出すると、さっそくに甲冑をまとって出戦の準備にとりかかった。ほどなく一万のルシタニア兵がラッパの音も高らかに西の城門をくぐっていった。

最近おれは女どもの護衛ばかりしているな。どうしてこんなことになったのだろう。ゾット族のメルレインは、自問せざるをえなかった。ようやく王宮の塀を乗りこえ、ルシタニア軍に追われて夜の街路を走り、ついには王都の城門をくぐりぬけてのことである。すぐ後ろをエステルが駆けている。

銀仮面の男が部下をひきいて王宮に乱入した。その混乱にまぎれて脱出に成功したまではよい。ルシタニアの王弟を矢の射程におさめたものの、自分自身もどこからねらわれているか知れたものではなく、うかつに動けない状態だった。そこから逃げ出せたのはけっこうだが、何だって、どこの何者とも知れぬ男装の少女といっしょでなければならないのだろう。

男装の少女、つまりエステルのほうでも、かなり不本意であった。国王さまを救出するどころか、自分のほうがつかまってしまい、混乱のなかで走りまわっただけであった。逃げ出すにも、えたいの知れぬ若いパルス人といっしょである。その若いパルス人が、立ちどまってかるく呼吸をととのえると、にがにがしげにエステルを見やった。

「このごろの女は、すこしもおしとやかじゃないな。アルフリードだけがはねあがりというわけじゃなさそうだ」

若者の口から出た名が、一瞬の間をおいて、エステルをおどろかせた。

「アルフリードとは誰のことだ」

「おれの妹さ」

そう答えてから、メルレインは少女の表情をさぐった。

「何をおどろいている」

「ほんとうに妹の名はアルフリードか」

「嘘をいったところで銅貨一枚の得にもならぬ。おれは妹を捜していて、その名は、アルフリードというのだ」

するとエステルは、慎重を期するあまり、いささか迂遠な質問を発した。

「アルフリードという名の女性は、パルスには幾人ほどいるのだ?」

「そんなこと、おれが知るものか。だが、十六歳か十七歳で、頭に水色の布を巻いている者は、そう多くないだろうな」

「弓と馬が巧みか」

「なみの男よりよく使う」

そう答えてから、メルレインは、うさんくささうな表情をつくった。このときは、生まれついての表情ばかりではない。

「もしや、おぬし、おれの妹に会ったのではないか」

こうして両者の間に情報の交換がおこなわれ、メルレインは、自分の妹が王太子アルスラーンと行動をともにしていることを知ったのだった。ゾット族の若者としては、おどろかざるをえない。砂漠の剽盗《ひょうとう》の娘と、一国の王太子とが、いったいどのような経緯《いきさつ》をへて、同行するようになったのであろう。

「色じかけで王子さまをたらしこんだとも思えんしなあ。いったい妹はどういうつもりだ」

けしからん、と思った。ゾット族たる者、族長の他に命令を受けず、王だの国だのを笑いとばし、自分の力だけで天地の間に立つべきではないか。それがゾット族の誇り高い生きかたである。メルレイン自身、異国のお姫さまにかかわりあったが、これは臣従したのではなく、こちらが守ってやったのだ。

いよいよ妹に再会せねばならぬ。そう決意したメルレインは足を速めた。と、それにしたがってエステルの足も速くなる。振りむいたメルレインが声を荒らげた。

「何でついてくる。おぬしにはもう用はないぞ」

「わたしとて、おぬしに用などない。わたしはアルスラーン王子に会いにいくのだ」

「まねをするな」

「誰がまねなどするものか。おぬしのほうこそ、わたしのまねをしているのではないか」

しだいに高まっていった声が急に低くなったのは、背後に迫るルシタニア兵の足音を耳にしたからであった。ふたりは当面の敵意を夜空のむこうに放り投げ、舌打ちをおさえる表情でふたたび走りはじめた。


夜の道を、ヒルメスは疾駆する。夜風にはためくマントが雷火《らいか》をはらんだ乱雲のようだ。

一万個の馬蹄が彼にしたがい、パルスの大地を揺るがしている。黒々とした騎影のなかには、ザンデもおり、イリーナ姫もいた。盲目の王女は馬の長頸《ながくび》にしがみつき、その手綱《たづな》はザンデの力強い左手に握られている。


二千五百の騎影は、エクバターナの西方四ファルサング（約二十キロ）の地点で、大陸公路からはずれた。馬蹄の跡が残らない岩場をめぐって、迂回しつつまたしてもエクバターナの方角へ向かったのだ。こんどは疾駆ではなく、歩みはゆるやかであった。

イリーナ姫を部下の手に託して、ザンデがヒルメスのそばに乗馬を寄せてきた。若々しいたくましい顔に不審の表情がある。

「ヒルメス殿下、このまま夜を徹して西へ走り、ザーブル城へ駆けこむものと思うておりましたが、ちがうのでござるか」

明快な返答がかえってきた。

「ザーブル城ごとき辺境の城にこもって何ができるというのだ。おれの本心は、王都を手中におさめることよ」

「……何と！」

ザンデは目をむいた。

ヒルメスの計画は、凡人の考えおよぶことではない。彼はザーブル城へ逃げこむと見せかけてエクバターナの近在に潜み、ルシタニア軍の主力がアンドラゴラス王との戦いに出戦した隙をねらって、エクバターナを占領してしまおうというのであった。

すでにザーブル城のサームには、すべての兵をひきいて王都の近くまで来るよう申しわたしてある。遅くとも三日間のうちに、ヒルメスは麾下《きか》の全兵力を手もとに集めることになるであろう。そう説明されて、ザンデは首をかしげた。

「ですが、ザーブル城を棄《す》てては、後日、殿下のおんためにならぬのではございませぬか」

「後日など！」

ヒルメスは笑いとばした。銀仮面を半分ゆさぶるほどに笑った。半分は演技である。自分が英雄王カイ・ホスローの正嫡《せいちゃく》の子孫であり、大きな度量と勇気の持主であるということを示すための演技であるのだ。

「おれの後日は、ザーブル城ていどの小城におさめられるほど小さいものではないぞ。王都をとりもどし、パルスの国土を回復すれば、ザーブル城などどうにでもなる。そうではないか、ザンデ」

「まことに、さようでございますするな。殿下にとってザーブル城など犬小屋ていどのもの。私めが小そうございました」

心からザンデは感動し、深々と一礼した。この大度量は、さすがにカイ・ホスローのご子孫である。そう思い、あらためて忠誠を誓った。

ヒルメスとしては、ザンデに感動されたところで、べつに嬉しくもない。決断は、つねに両刃の剣《つるぎ》である。エクバターナに突入する機会を誤れば、ヒルメスのほうがルシタニア軍に討たれてしまう。ルシタニア軍は最少でも二十五万、ヒルメスの軍は最大でも三万。正面から戦っては勝負にならぬ。

「アンドラゴラスよ、早く大軍をひきいてやってこい。エクバターナの城壁に拠ってきさまを斃《たお》し、ギスカールともども生首を城頭に飾ってくれるわ。そして、つぎはきさまの息子だ」

胸中にそうつぶやいたとき、ひとりの騎士が近づいてきて一礼し、マルヤムの内親王が彼との対面を望んでいると伝えた。ヒルメスは、銀仮面に月光をはじかせつつ、すぐには反応しなかった。彼が何かいおうとしたとき、遠方から馬蹄のとどろきが湧きおこった。それはヒルメスを追ってきたゼリコ子爵のひきいるルシタニアの騎兵隊であった。

風塵乱舞

第四章

虹の港

6

I

晴れわたった空と透明度の高い海とが、それぞれの碧《あお》さを競《きそ》っている。

パルス南方の空と海は、まことに美しかった。ギーヴの表現によれば、「碧玉《へきぎょく》と水晶を処女の涙に溶かしたような」清澄《せいちょう》さと深みをおびて、どこまでも広がっている。空と海を分けるはるかな線は、淡い紫の色調をおびて優雅にゆらめいていた。水面下には魚群の影が透視され、飛沫は真珠の細粒に似てきらめき、それらのすべてを夏の陽光がつつんで、青い紗《しゃ》をひろげたような世界をつくりだしている。

アルスラーン、ダリューン、ナルサス、ギーヴ、ファランギース、ジャスワント、それに告死天使《アズライール》の六人と一羽は、グラーゼ船長が提供した帆船に乗りこんで、ギランの町を離れた。偉大なる海賊王の財宝を探し出して軍資金とする、というふれこみであった。十隻の帆船に兵士たちも分乗してしたがい、王太子府は空になった。

「宝でも埋まってないかぎり、何の取柄《とりえ》もない島らしいな」

そう評したギーヴは、島に珠玉のごとき美女が隠れ住んでいることを期待したかもしれない。仮にそうだとすれば、たいくつな海路と船酔いとに耐える価値があるというものであった。

帆船の姿がギランの港から見えなくなったころ、港を見おろす坂道を、馬蹄《ばてい》のひびきも高く駆けぬけていく騎影があった。馬上の男は、薄い冷笑を口もとにたたえ、たくみに馬をあやつっている。

「王太子一行はギランの港を出て、サフディー島へとおもむいた。王太子府は空になった。いまこそギランを占拠する好機だ」

その報告をたずさえて、その男がギランの町から馬を飛ばしているのだ。町の東北方、一ファルサング（約五キロ）の地点では、完全武装した海賊の一団が、彼の報告を待って、林のなかに息をひそめているのだった。

その男はシャガードであった。ナルサスの旧友である。いまや彼の正体は明らかであった。彼はかつての志《こころざし》をかえ、民衆を助けるがわから民衆に害を与えるがわにまわったのである。

時をへて、シャガードは、陸上を歩む海賊たちの先頭に立ち、ギランの町へととってかえした。

「ナルサスめ、知恵があったとしても、とうに朽ちはててしまったと見えるな。いまどきなお奴隷解放などを口にするとは」

考えてみればわかりきったことだった、と、シャガードは悪意をむきだしに思った。いまだに奴隷を解放するとか、人は平等であるべきだ、とか、ナルサスは主張している。たわごとだ、白昼夢だ、と、シャガードは思う。パルスは旧《ふる》い制度でやっていけたのだから、改革など必要ない。いかに不公正であろうと、シャガードをふくめた一部の者が利益をえることができればそれでよいのだ。

「ナルサスは、りこうに見えてあほうだ。奴は、人間には生まれつきの格差があることを認めようとしない。そのていどのこともわからんで、何が智者か」

声に出してそういったのは、自分がナルサスより上だ、ということを海賊どもに教えてやるためであった。海賊どもは、めんどうくさそうに、あいづちすらうたぬ。シャガードがナルサスより上か下かなど、彼らの知ったことではなかった。ギランの町を襲って掠奪《りゃくだつ》のかぎりをつくし、王太子とその一行に思い知らせてくれる。その思いだけがあった。

シャガードと同盟している海賊どもは、正真正銘の「賊」であった。「自由な海の男たち」などという、りっぱな代物《しろもの》ではない。掠奪、奴隷売買、そして誘拐による身代金要求。それが彼らの収入源であった。

表むきは富裕な名士のふりをして、裏で海賊どもを組織し、あやつっていたのが、ギランに来てからのシャガードであった。この二重生活に、彼は毒々しい満足感をおぼえていた。富も、裏面の権勢も手に入れた。美女も名酒も珍味も思いのままだ。そしてこれから、ギランの町全体をゆっくり手に入れてやろうと思っていたところへ、ナルサスがあらわれてじゃましようとするのである。

「いま王太子府には誰もおらぬ。ありもしない宝を探すため、のこのこ無人島に出かけていきおったのだ。後日になって、自分らの欲ぼけを恥じればよいわ」

正確にいえば、王太子府はまったく無人ではなかった。王太子の代理人がいたのだ。年齢は今年三十一歳。ただし、ふたりあわせてのことである。

エラムとアルフリードは、じろりと非友好的な視線をかわしあった。彼らは、王太子アルスラーンを盟主とあおぐ仲間どうしである。それは確かな事実であったが、ときどき、仲間うちで角つきあわせる場合もあるのだった。

王太子府の本館は、南面して大きな露台《バルコニー》がある。大理石の椅子や、葉の大きな亜熱帯樹の鉢が配置され、海から吹きつける涼風が、まことにこころよい。

エラムとアルフリードは、あるできごとを待って露台《バルコニー》の椅子に腰をおろしていた。最初は冷えた薔薇水《ルリシーサ》など飲んでおとなしくしていたのだが、どちらからともなく口を開くと、たちまちけんかになってしまう。「おそいな」とエラムがつぶやくと、ゾット族の少女が挑戦するように返答した。

「ナルサスの計算に狂いがあった例《ため》しはないわよ。あんただって知ってるでしょ」

「たった一度だけある」

「いつ？　どんなことよ」

「お前と知りあったことさ。ナルサスさまにとって生涯ただ一度の計算ちがいだよ」

「へへえ、いってくれるじゃないの。ナルサスのおまけの分際でさ」

「おまけとは何だ、ことばに気をつけろ」

「おまけが不満なら、お荷物といってあげようか」

にわかに舌戦が中断したのは、力強いくせに軽妙な足どりで、三人めの人物が露台《バルコニー》にあらわれたからである。「揺れる甲板の上でも、揺れぬ大地の上でも、まったく同じように歩ける」と自称するグラーゼであった。

「来たぞ」

口にしたのは、ただそれだけ。だが、エラムとアルフリードを緊張させるには充分だった。ふたりは文字どおり飛びあがり、爪先《つまさき》だって外のようすをながめた。王太子府の石塀の外側で、武装した男たちがひしめきはじめている。刀剣が麦の穂のようにきらめき、近くの建物の窓からは、おどろきおびえた人々の顔が見える。海賊どもは傍若無人にも王太子府を包囲し、市街戦をはじめるつもりでいるようであった。

「来たぞ、二千人はいる」

エラムがいうと、たちどころにアルフリードが異議をとなえた。

「そんなにいやしない。千五百人ってところだよ。臆病な人間は、敵の数を多く見つもりたがるものだっていうってねえ」

「ふん、愚かな人間は、敵の数をすくなく見つもって自滅するものだってさ」

「何ですってえ⁉　もう一度いってごらん」

「やめんかい、ふたりとも！」

未来のギラン総督は苦りきった。彼はギランの町を海賊どもから守るだけでなく、ふたりの留守番役のおもりまでしなくてはならないようであった。となんだ役目だ、と、舌打ちしたい気分である。

だが、グラーゼは、エラムとアルフリードを過小評価していた。ふたりとも、勇敢で機敏で、おとなをしのぐほどの弓の名手であり、何よりも自分たちのやるべきことを、きちんとわきまえていた。グラーゼは、彼らと知りあって日数がすくないので、彼らの真価をまだ知ることができなかったのだ。

そしてグラーゼ以上に彼らふたりを過小評価していたのはシャガードである。シャガードにとって、エラムとアルフリードは「ナルサスにくっついている生意気なガキ」でしかなかった。ナルサス自身をすら、シャガードは低く見ようとしていたのだ。エラムとアルフリードなど、彼の眼中になかった。

完全武装した二千人近くの海賊をしたがえて、シャガードは王太子府の門前に立った。門の扉はかたく閉ざされている。だが露台《バルコニー》に少女の姿が見えたので、彼は大声をはりあげた。

「小娘、おれを知っているか。ナルサスに一目《いちもく》おかれていたシャガードだ。ただちに門を開いて、おれたちを入れろ。そうすれば生命だけは助けてやる。なるべく慈悲深い奴隷商人に買ってもらってやるぞ」

だが、シャガードの脅迫は、砂一粒ほどの感銘もアルフリードにもたらさなかった。ゾット族の少女は元気よく言い返したのだ。

「一目おかれてただって？　あんたなんかがナルサスと張りあえたはずがないよ。いつだって下風《かふう》に立たされて、ねたましく思ってたんだろ。あげくに人としての道をまちがえて何をいばってるのさ」

「な、何だと」

「汚れた尻尾《しっぽ》を巻いて、さっさとお帰り。そうしたら、また、ナルサスに負けたと無念がらずにすむだろうからね。さあ、とっととお帰りってば！」

「……うぬ、そのこざかしい舌を引きぬいてくれるぞ、小娘！」

シャガードは逆上した。アルフリードの毒舌は、シャガードのもっとも痛い部分を突いたのだ。彼が海賊たちをかえりみて、強行突破を命じようとしたとき、夏の空気を引き裂いて角笛の音がひびきわたった。

シャガードが愕然《がくぜん》とする間に、後方にいた海賊たちが、どっとくずれたった。矢が飛び、刀槍《とうそう》の音がひびくなかに、「ゾット族が来た！」という叫びがまじった。

II

ゾット族の名が呼号されたとき、海賊たちが仰天したのは当然であった。

「ゾット族だと？　ゾット族がどうしてこんなところにやって来るのだ。奴らの行動範囲は内陸部ではないか！」

賊どうしの仁義にもとる、なわばり荒らし、ゾット族の出現を、海賊たちはそう解釈した。彼らはおどろきからさめて怒りを発したが、彼らの怒りなどにゾット族はかまっていなかった。

「イヤアアア……！」

あまり意味のない、だがたけだけしい叫びをあげて、荒野の剽盗《ひょうとう》どもは馬を駆り、矢を放ちながら突入してきた。

狼狽《ろうばい》しつつも、海賊どもは応戦する。槍《やり》をくり出し、矢を射かけて、剽盗どもの突進をはばもうとしたが、そこへ王太子府から矢の雨が降りそそいできた。屋根の上に、百人をこす射手が身をひそめていたのだ。エラムの合図で、彼らはいっせいに起《た》ちあがり、あらんかぎりの矢を海賊どもの頭上にあびせかけたのである。

海賊どもは挟撃される形になってしまった。一方は王太子府の高い塀で、塀の上から彼らの頭上に矢が降りそそぐ。もう一方からはゾット族の人馬が殺到し、海賊どもは追いつめられる形になってしまった。

ゾット族にしても海賊にしても、市街戦はかならずしも得意ではない。だが、ゾット族は自分たちに有利な戦闘の態勢を、まずつくりあげてしまった。海賊どもは狭い地域に押しこめられ、密集してひとかたまりになっている。ゾット族はそこへ矢を射こみ、密集体の外周部を剣でなぎはらった。

一方的な戦いになった。海賊たちは枯木が倒れるように撃ちたおされ、密集隊形は削りとられて痩せ細っていった。人血が飛び散り、死体が折りかさなり、死の匂いが街区に充ちて生者を窒息《ちっそく》させんばかりである。

「おのれ、なぜこんなことに……」

混乱して、シャガードは視線をさまよわせた。その視線が固定したのは、いるはずのない顔を街区の裡《うち》に見出したからだった。ナルサスが、ほど近い石段の上から彼を眺めやっている。王太子も、その部下たちもいた。シャガードの視線がナルサスのそれと正面から衝突した。

「どうやら正体をあらわしたようだな、わが旧友よ」

ナルサスの声には、それほど感傷はない。皮肉もない。事実をただ指摘する冷静さだけがあった。いっぽうシャガードのほうは冷静ではいられなかった。朱泥《しゅでい》をぬりたくったような顔色になって、彼はわめいた。

「ナルサス、きさま、はかったな！」

「このていどの策に、はかられるなよ。なさけない」

ナルサスのひややかな返答が、さらにシャガードを逆上させた。彼は海賊たちにむかってわめいた。

「矢を放て！　ナルサスめを射殺《いころ》してしまえ」

その命令を実行しようとした海賊のひとりは、弓弦《ゆづる》を引きしぼろうとした瞬間に、獣めいた声をあげて地上に横転した。そのあごの下で、黒い矢羽が慄《ふる》え、頸《くび》の後ろから血まみれの鏃《やじり》が突き出ている。

このすさまじい弓勢《ゆんぜい》は、ダリューンのものであった。

何という剛弓《ごうきゅう》か。おどろきさわぐ海賊どもを見て不敵に微笑したダリューンは、弓を放り出すと、長剣を抜き放った。白兵こそが彼の本領であった。

海賊たちにとっては、最悪の厄日となった。ダリューンの長剣は、死の旋風となって彼らに襲いかかった。噴血とともに首が飛び、鈍い音をたてて腕が宙に舞い、突きぬかれた胴から生命がほとばしり出た。これほどの驍勇《ぎょうゆう》が地上に存在することを、こわいもの知らずの海賊どもは、身をもって知ることになったのである。

ダリューンの背後を守る形でつづくジャスワントのはたらきも、なかなかめざましかった。

振りおろされる白刃《はくじん》を受けて流し、飛散する火花を裂くように斬撃《ざんげき》を返す。ジャスワントの一閃《いっせん》を咽《の》喉《ど》もとにたたきこまれた海賊が、宙にぱっと血の花を咲かせて地にのめった。

斬りたてられる味方を見て、シャガードが歯ぎしりし、またしても指示を発した。

「王太子をとらえろ！　奴を人質にすれば、活路が開けるぞ」

彼はようやくそのことに気づいたのだ。何も強い敵とまともに戦うことはない。シャガードの声を受けて、数人の海賊が、王太子に白刃をむけて迫った。

アルスラーンはまだ未熟な剣士だが、身は軽く、動きは理にかなっている。そしてこの八か月の間に実戦の経験をかさねてもいた。その剣の力量が目だたないのは、なにしろ周囲に卓絶した剣士たちがそろっているから、むりもない。いずれにせよ、王太子の剣技をなめてかかった海賊どもは、手いたい教訓をたたきこまれることになった。

猛然と突きこまれてきた一剣を、アルスラーンは手もとで払いのけ、すかさず反撃に転じた。右、左、右とたてつづけに斬りこみ、相手を防戦一方に追いこんでおいて、急激に斬撃の角度を変え、したたかに右腕に斬りこんだ。敵は絶叫をあげ、半ば切断された腕をかかえこむような姿勢で地に倒れこんだ。

そのときすでに、アルスラーンはふたりめの敵と斬りむすんでいた。二合、三合と刃鳴りがくりかえされ、四合めの直後にアルスラーンが電光のように剣尖を突き出して引いた。白刃に人血がまといつき、うめき声を残して海賊は地に伏した。

三人めの海賊がひるむのを見て、シャガードが怒りの形相をつくった。

「どけ！　おれがやる」

どなって剣を振りかざし、アルスラーンめがけて駆けよった。アルスラーンは、晴れわたった夜空の色の瞳に緊張をみなぎらせて迎えようとする。だが、

「まちがえるな。きさまの相手はこのおれだ」

害意に満ちた剣尖をさえぎるように、シャガードの前に立ちはだかったのは、ダリューンであった。いまさら方向転換することもできず、そのままの勢いでシャガードは突進し、肉迫し、剣を撃ちこんだ。

シャガードは剣士としての力量もすぐれていたが、ダリューンにはおよばぬ。十合ほど烈《はげ》しく撃ちあうと、誰よりも早くシャガード自身がその事実に気づいた。

飛散する火花の下で、シャガードはすばやく打算

をめぐらした。名誉をそこなうことなく逃げ出す方法はないものか。だが、彼と刃《やいば》をまじえている相手は、剛速の斬撃と完璧の防御をしめし、シャガードに隙を見せぬ。うかつに刃を引いて逃げようとしたら、一撃で胴を両断されるだろう。

やむをえず、さらに十合ほど闘ったが、シャガードの戦闘力は限界に近づいていた。もはやこれまでと思われたとき、周囲の混戦の波をかきわけて、ふたりの海賊があらわれ、ダリューンに斬ってかかった。感心にも、だいじな仲間を救おうとしたのである。三対一なら、あるいはこの強剛を斃《たお》せると思ったのかもしれない。

ところが、戦いは二対一にしかならなかった。当のシャガードがすばやく剣を引き、助けてくれた仲間を見すてて自分ひとり逃げ出したからである。

見すてられた不幸なふたりの海賊は、あいついで、ダリューンの容赦ない斬撃をあびて斃れた。彼らが犠牲になっている間に、シャガードは、混戦を突っきって逃げた。敵と味方を突きとばし、斬り散らし、ついに混戦の外側に出ることに成功した。石段を駆けあがって、ほっと安堵《あんど》の息をつき、脱出の成功を確信したときである。

シャガードは絶叫を放った。黒い影が彼の眼前で揺れたと思うと、右頬に激痛が走った。頬の肉をむしりとられ、血を噴きあげて、シャガードは石段を転げ落ちた。腰と背中を打ち、息がつまる。倒れたまま動けずにいるところへ、ジャスワントが駆けより、腰帯の上に巻きつけてあった革紐をほどいて手ぎわよく縛りあげてしまった。

主謀者の逃走を阻止した鷹《シャヒーン》の告死天使《アズライール》は、ひと声鳴いて友人の肩にとまった。なかなかに抜け目ないこの鷹は、一番よい場面をさらったのである。

海賊どもにとって、まことに不本意な戦闘はやがて終わった。かろうじて五十人ほどが逃亡に成功しただけで、残りはすべて殺されるか囚《とら》えられた。

この戦いは、おそまきながらシャガードが気づいたように、すべてナルサスの計画どおりに運んだのである。もともとありもしない財宝の情報を流して王太子たちを無人島に誘いだそうとしたのがシャガードの策略だが、ナルサスはそれを見ぬいて逆用したのだった。アルスラーンたちの乗った船団は、港を出るとすぐ針路を転じて無人の海岸近くに投錨《とうびょう》し、そこからアルスラーンたちは上陸してギランにもどったのである。

ナルサスは情に薄い男ではない。だが情に目がくらむこともけっしてなかった。旧友シャガードの悪しき変化を知って以後、彼はシャガードに注意の目を向けていたのだ。シャガードとの旧交を貴重に思うあまり、現在の同志たちに害をおよぼすようなことがあってはならないのである。そしてナルサスの打った策《て》はすべて的中した。その成功は、むろんナルサスにとって甘い味のものではなかった。

「じゃあ金貨一億枚というのは？」

すべてがかたづいたあと、海賊王の財宝などなかったのだ、と聞かされて、アルフリードが尋ねると、ナルサスは一笑した。

「聡《さと》いアルフリード、おぬしが先《せん》だっていったとおりだ。一億枚の金貨など、誰が算《かぞ》えようもない。最初から、そんなものありはしなかったのさ」

「何だ、つまらない」

ゾット族の少女は、ゾット族らしい感想をもらした。

「話百分の一としても、すこしぐらいの金貨はあると思ったのにね。あんまりけちるから、せっかくの陰謀が失敗するんだよ、海賊さん」

一同は笑いだした。

III

一同の笑いに共鳴できなかったのはシャガードである。半面を血に染め、革紐でがんじがらめに縛りあげられた彼は、かろうじて頸を伸ばすことだけができた。

「いい気になるなよ、ナルサス」

シャガードの両眼が底光りし、憎悪にたぎった声が歯の間から這い出した。

「このままおれが引きさがると思うな。かならず復《ふく》讐《しゅう》してやるぞ。きさまにも、きさまが君主とあおぐその雛鳥《ひなどり》にも、たっぷり後悔の涙を流させてやるからな」

「口のききかたを知らん奴だ、王者に対して」

腹をたてたジャスワントが、浅黒い顔を赤くしてアルスラーンをかえりみた。

「殿下、こやつの口に辛子《からし》でも塗ってやりましょう。私の祖国では、流言蜚語《りゅうげんひご》をなす者に、そのような罰をくれてやることになっております」

「するとラジェンドラどのもか」

とはアルスラーンはいわず、無言で小首をかしげた。ナルサスがため息をついた。

「シャガードよ、おぬしが考えるべきは、復讐以外にもあるだろう。いつから人身売買などやっておぬし自身を汚すようになったか知らぬが……」

「人の身を売買して何が悪いというのだ」

ついにシャガードは、いなおった。表情にも姿勢にも、虚勢の陽炎《かげろう》が揺れている。才覚自慢の彼としては、みじめな現在の姿を忘れるためにも、そうするしかなかったのだ。鷹の鋭い爪でえぐられた頬の傷がうずくが、その痛みをこらえていいつのった。

「何ならおぬしの身も買ってやるぞ。銅貨一枚でな。駱駝《らくだ》の墓穴を掘るぐらいのことはできるだろう」

ナルサスは、もはやまともに返答しようとしない。

「ふたつの手で、みっつ以上の杯《さかずき》を持つことはできない」というパルスのことわざがある。

何もかも手に入れることはできない、というわけだった。何かをえれば、他方で何かを失う。シャガードとの旧交を失うことは、ナルサスにとって、やむをえないことであった。だが、さすがに彼からシャガードの処刑を要求することはできなかった。

はじめてアルスラーンが口を開いた。表情も口調も、きびしいものになっていた。

「では、こうしよう。シャガードとやら、おぬしを奴隷商人の手に引き渡す。一年間だけだ。一年間、鎖につながれ、奴隷としてみじめな生活を送ってみるがいい。人として生まれながら家畜のように売買

され、酷使される経験を味わってみるといい。それがおぬしの罰だ」

アルスラーンがことばを切ると、沈黙が座に満ちた。それをふたたびアルスラーンの声が破った。

「グラーゼにまかせる。よろしくとりはからってくれ」

「あ、は、はい……」

圧倒されたように、グラーゼは大きな身ぶりで一礼した。

「聖賢王ジャムシードの叡知《えいち》に誉《ほまれ》あれ！　王者の審判は下された」

そう宣告したのはファランギースであった。他の者はひとしくうなずいた。アルスラーンは誰かに知恵をさずけられたわけではなく、自分自身で考え出したのだった。シャガードという男の罪にふさわしい罰を。

シャガードは処刑されても異議をとなえることなどできないはずだった。海賊どもの黒幕であり、兵をもって王太子府を襲ったのだ。だが、彼はナルサスの旧友であった。できれば殺したくない。むろん放免するわけにはいかぬ。それらのことを考えあわせて、アルスラーンは処断を下したのである。

みごとな審《さば》きだ。ダリューンやナルサスは感歎《かんたん》したが、審かれた当人はそうは思わなかった。

「甘いお人だ」

奴隷商人の黒幕は嘲笑《ちょうしょう》した。彼の生命を救ってくれたはずの王太子にむかって、シャガードは毒気を吐きかけた。

「一年たって自由の身になったら、おれはあんたに復讐するぞ。自分の甘さを後悔させてやる。だいたい何の能もないくせに、ナルサスなどにまつりあげられていい気になって……」

ダリューンが鋭く両眼を光らせた。

「そのていどにしておけ。でないと、毒苔《どくごけ》のはえたその舌を斬りとり、野犬に喰わせてやりたくなる」

ごく静かな口調ながら、ダリューンの表情は完全に本気であった。一歩踏み出すと、片手でシャガードの襟をつかむ。シャガードの、無傷な頬が音高く鳴った。吹っとんで床にたたきつけられたシャガードは、苦痛のうめきをあげてようやく身をおこした。

彼を見おろしてダリューンはつづけた。

「おれは記憶力のよい男でな。一年どころか百年たっても、おぬしの無礼を忘れてやれそうにない。もしおぬしが自由の身となった後に、王太子殿下に害をなすことがあれば、そのときはおぬしを地獄へ売りとばしてやるぞ」

それに対し、シャガードはさらに嘲弄《ちょうろう》をもって酬《むく》いようとしたが、舌がなめらかに回転しようとしなかった。ダリューンの静かな迫力に圧倒されてしまったのだ。それを認めるのは、シャガードにとって、もっとも無念なことであった。何とか言い返してやろうと口をもぐもぐさせている間に、進み出たグラーゼが、彼の襟首をつかんだ。広間から引きずり出されるとき、シャガードの、いまいましげな声が天井と壁に反響した。

「おぼえてろーお……！」

才覚自慢のシャガードにしては平凡すぎる捨て台詞《ぜりふ》であった。当然、誰も感動せず、むろん彼に同情する者もいなかったのである。

じつはこれは歴史的な事件であった。パルス史上に冠絶する雄将とされるダリューンの生涯で、縛られた相手をなぐったのは、このときが最初であったのだ。彼の怒りがいかに大きなものであったかわかる。しかもなお、最後の瞬間に、ダリューンは自制した。彼が渾身《こんしん》の力をこめてなぐりつけたら、シャガードは床に倒れたていどではすまなかったにちがいない。

シャガードの姿が消えてから、いれかわりに、十人ほどの客人が広間にあらわれた。先刻から、王太子との会見を待ち望んでいた人々である。これまでは積極的にアルスラーンに近づこうとしなかったのだが、今回の事件で、態度を決することにしたらしい。

「ギランの町は、あげて王太子殿下に忠誠を誓います。何なりとご用命いただきますよう」

ギランを代表する富商たち、ベナスカー、バラワー、コージャ、ホーラムといった人々が王太子の御前に進んで申し出た。彼らの財力と影響力は、ギランだけでなく、南方海岸地帯の全域におよぶ。アルスラーンは、この瞬間、父王アンドラゴラスをしのぐほどの勢力を手に入れたのだった。

ベナスカーらの富商たちが王太子に味方した。その評判は、たちまちギランとその周辺にひろがった。利にさとい、けっして損をせぬよう計算する富商たちが、王太子に味方するというのだ。これはたいへんな政治的効果をもたらすであろう。

「殿下、これがすなわちギランの財宝でございます。その気になれば泉のように湧いてまいります。ただ、ときとして毒水もまじりますので注意が必要でござるが」

ナルサスは、財力というものの価値をアルスラーンに知らせておきたかったのだ。その欠点や限界もふくめて。権力や財力を正しく用いれば、人の世の不幸をかなり減らすことができるのだということを。

……後世、解放王アルスラーンの治績と冒険を歌いあげる吟遊詩人たちは、「王太子、ギランの町を海賊より救い、怪物の島にて財宝を手に入れること」という一章をもうけたものだ。そのなかでは、アルスラーンがエラムとともに無人島におもむき、さまざまな怪物を退治して金銀財宝を手に入れることになっている。

さて、王太子府が機能しはじめると、それにともなって軍資金と人員が集まりはじめた。ベナスカーもコージャも、競いあうように財貨を投じた。むろん、後日に実りがあることを期待してのことである。

ただ軍資金が集まるのを待っているばかりではない。グラーゼが急編成の船団を指揮し、ダリューン、ギーヴ、ファランギースが同行して、王太子軍は海賊どもの根拠地を攻撃した。ナルサスにいわせれば、

「何のご心配もいりません。海上の散歩みたいなものです」

ということになる。ひとつには、グラーゼの船団指揮能力を確認するためでもあった。

「それなら私も同行したいな」

アルスラーンがそういってみると、ナルサスはし

かつめらしい返答をした。

「殿下にはご勉強がおありです。区々たる小戦闘など、部下にまかせておけばよろしい。それより、今後の政事《まつりごと》について、どうぞお考えください」

というわけで、アルスラーンはナルサスから国政や兵事について授業を受け、エラムもそれに同席した。ダリューンやグラーゼたちは、四日後にギランにもどってきて、おもだった海賊どもの首級《しゅきゅう》五十あまりを王太子の検分に供し、彼らの根拠地を焼きはらったことを報告した。その地には女や子供もおり、彼らは王太子軍によって保護されることになった。彼らを収容する施設には、かつてのシャガードの豪奢《ごうしゃ》な邸宅があてられた。

さて、ゾット族は都市に永く住むことを好まず、また王太子府の組織に組みこまれることも好まなかった。アルスラーンは彼らに金貨五千枚と銀貨十万枚の謝礼を与え、さらに葡萄酒《ナビード》百樽を持たせて、ひとまず彼らの村へ帰らせた。王太子の気前のよさに、ゾット族は満足したが、とくに彼らを喜ばせたのは、りっぱな旗をつくってもらったことである。

後の世に、「ゾットの黒旗」と呼ばれるようになったその旗は、グラーゼが提供した絹の国《セリカ》の黒絹でつくられ、黄金色《こがねいろ》の糸で縁どられていた。何の模様も描かれていない単純なものだが、それがこの場合は、かえって、ゾット族の剽悍《ひょうかん》さにふさわしく思われた。

「これはよい旗だ。これより将来、ゾット族の陣頭には、かならずこの旗をかかげよう。そしてこの旗に恥じぬよう、けっして非道をはたらかぬようにしようぞ」

族長の娘らしく、おごそかにアルフリードが宣言すると、部下たちも熱心に応じた。

「われらは王宮の番犬になるのはごめんこうむるが、アルスラーン殿下のおんためであれば、いつでも忠実な友として馳せ参じます。われらはけっして盟約に背《そむ》きませぬぞ」

ゾット族は去り、アルフリードは残った。もうしばらくの間、ゾット族は、族長不在のまま変則的な合議制をつづけることになるだろうが、アルフリードの所在が明らかになっていたから、たがいに心配する必要はなかった。

IV

六月末から七月はじめ、ギランでは平穏な日がつづいた。どうせ嵐の前の晴天であるにすぎぬが、海賊は一掃されてちりぢりになり、危険きわまりない男シャガードは鎖につながれて地平の彼方へつれ去られた。職を追われた前総督ペラギウスも、財産をかかえて船に乗り、姿を消した。

ギランは王太子一党の牙城となった。かつてのペシャワールのように。ペシャワールと異なるのは、ギランには豊かな経済力があるということであった。

「つくづく平和なことだな」

とある日、ダリューンが酒杯を片手につぶやいた。王太子府の一画にある露台《バルコニー》である。

「ダリューン卿はぶっそうだ。十日も人の血を見ぬと、平安に飽きるらしい」

ナルサスが笑った。彼の手もとにも酒杯がある。仕事は仕事として、人生を楽しむ余裕も失わないというところである。

そこでダリューンは表情を変え、やや声をひそめて友に尋ねた。

「ナルサス、この町でのんびり日を送っているのは、何やら遠大な計画があってのことだろう。よければ教えてくれぬか」

「べつに何の魂胆《こんたん》もありはせぬよ。アンドラゴラス陛下の勅命《ちょくめい》を守っているだけさ」

アルスラーンを事実上の追放に処するとき、アンドラゴラス王は命じたのである。五万の兵を集めよ、集まらなければ帰参するな、と。そのことをナルサスはいっているのである。実際、いまアルスラーンの手もとに、五万もの兵は集まっていない。以前からの総督府の兵もふくめて、せいぜい一万五千というところだった。ゆえに、ナルサスが動こうとせぬのは、理としては正しい。

だが、べつのものが続々と集まっている。軍資金である。ひとたび態度を決めると、ギランの富商たちは、たいそう気前がよかった。ある者は金貨の樽を王太子府に運びこみ、ある者は鞍《くら》をつけた軍馬を五百頭つれてきた。小麦粉や乾肉《ほしにく》を積んだ駱駝の群をつれてくる者。オクサス河をさかのぼるための船を提供すると申し出る者。五万本の矢を献上する者。それに対抗して、十人の弓矢職人をつれてくる者……。

「国を興《おこ》すというのは、いい商売だな。おれも国をつくってみたくなった」

不謹慎な感想を、ギーヴが口にしたものである。彼は旅をつづけながら、舌先三寸で、各地の富豪や、美男子に弱いご婦人がたから金品を巻きあげてきた。それが、いまや黙っていても王太子府には財貨や物資が積みあげられ、勝手に殖《ふ》えていくのである。

「権力というものはこわいものじゃ。このようなありさまが当然のことと思いこむようになるとあぶないな」

ファランギースもしみじみと述懐した。権力とは一面、魔術に似ている。使う者に多くのものをもたらすが、それになれ、乱用すると、大きな害をおよぼすのだ。

この膨大《ぼうだい》な軍資金で傭兵《ようへい》を集めるつもりだ、と、ナルサスは王太子とダリューンに告げた。

「金銭で傭《やと》った兵士など、あまりあてにならぬと思うがな。少数でも、よく鍛《きた》えられた忠実な兵士のほうが信頼できると思うが」

武人らしい感想をダリューンが述べた。ナルサスの意見は、やや異なる。

「いや、かまわないさ。軍資金がなくなってもついてこられては、食わせるのにこまる。勝っている間だけ、必要な間だけ、兵はいればよいのだ」

「それはナルサスのよいようにしてくれ。私にはすでに充分、忠実な友がいる。ところでギーヴはどうした。このところ姿が見えぬが」

アルスラーンに問われて、ダリューンとナルサスは苦笑の表情を見あわせた。いささか曲線的な返答を、若い軍師がした。

「ギランには六十か国の美女がそろっております」

「……ああ、なるほど」

アルスラーンはうなずき、笑った後、この少年には珍しく諧謔《かいぎゃく》を飛ばした。

「一夜に一か国をまわるとしても、世界をめぐるのに二か月かかるわけだ。たいへんだな」

その冗談に、ダリューンとナルサスは笑ったが、後刻になって、「はて、笑ってよかったのであろうか」と妙な心配をしたものであった。

この年九月で、アルスラーンは十五歳になる。パルス歴代の国王《シャーオ》のなかには幾人も情豪《じょうごう》がおり、十四歳にして女官との間に庶子をもうけたという早熟すぎる人物もいた。アルスラーンもそろそろ女性に興味をいだいてもおかしくない。

だが、アルスラーンは、まだまだなまぐさい男女間のことには無縁のようで、エラムをともなって馬を走らせたり、グラーゼに紹介された海上商人たちから異国の話を聞いたり、鷹《シャヒーン》の告死天使《アズライール》をつれて郊外に狩猟に出かけたりするていどである。第一、裁判とか、用兵学の勉強とか、やるべきことが多かった。

ギーヴのことを笑話の種にしたが、ダリューンもナルサスも木石ではないから、ときとして妓館《ぎかん》で刻《とき》をすごすこともあった。ジャスワントも一度、妓館につれていかれ、そこで故国シンドゥラから流れてきた女に出会い、身の上話を聞かされた。すっかり同情して、ジャスワントは有り金すべてを女に与えたが、翌日妓館に行ってみると、その女の姿はなかった。身の上話はまったくのつくりごとで、賭博《とばく》の借金を清算し、情夫と手をとりあって逃亡したという。ジャスワントは怒りもせず、同国人の役に立てたと喜んでいた。

「かの高名なギーヴ卿がひいきしておられた妓館」と称する店は十六軒もあり、かなり長いこと本家あらそいをやっていた。ある店の壁には、ギーヴが書きつけたという四行詩《ルバイヤート》が残されており、べつの店には、ギーヴが奏でたという琵琶《ウード》が棚に飾られている。

　店ごと、女ごとにギーヴは四行詩《ルバイヤート》を書いてやったのだが、そのうちめんどうくさくなったのだろう。手をぬきはじめた。

「おお、(女の名) よ、そなたの瞳は宝玉のごとく、肌は万年雪の白さなり……」

　女の名を変えただけで、同じ詩をいくつもつくっている。本人が胸を張っていうには、

「詩をつくるのには手をぬいても、女を愛《いと》しむのに手はぬかなかったぞ」

　ということである。妓館の他の客からみれば、とんでもない男であった。

　とんでもない男のまじめな主君は、王太子府で政事や勉強に励んでいた。後の世に、ギランの人々は語り伝えたものだ。

「ほら、あの館《やかた》が旧《もと》の王太子府だ。解放王アルスラーンさまが、即位前にいらしたところだよ。王さまはあそこで、はじめて裁判もなさって、お審《さば》きの公正なことに、みんな感歎したものさ」

　アルスラーンが公正な裁判官であったことは事実だが、伝説とは膨《ふく》れあがるものである。じつのところ、裁判の大半はナルサスが処理し、アルスラーンが審《さば》いた裁判は、それほど多くもむずかしくもなかった。十五歳未満の少年に、ナルサスは、必要以上の負担を押しつけはしなかった。

　むろんアルスラーンの資質は、シャガードを審《さば》いた一件で、はっきりと証明されている。この少年が、たいせつなときにしめす判断力の優秀さは、しばしばナルサスの予測をさえ超えるものだった。

「まことに不思議な方だ。あの才華がたいせつなときに発揮されるのであれば、ふだんはぼんやりしていても、いっこうにさしつかえない。殿下はもうすこし横着になられてもよいくらいだ」

　ナルサスがいうと、ダリューンが応じて、

「すこしも横着さのないところが殿下の美点だ。ラジェンドラ二世を見ろ、かの御仁から横着さをとり去ったら、あとに骨しか残らぬ」

「あれで気が合うのが不思議だな」

横着といえば、アルスラーンがいますこし横着であったら、むざむざ父王から兵権を奪われることもなかったはずである。

「王太子殿下は、ひとたびは父王にお譲りになった。だが、二度お譲りになる必要はない。それは善行も度がすぎるというもので、運命がそんなことは許さぬさ」

「うむ、おれも同感だ、ナルサス」

力をこめてダリューンがうなずく。

ペシャワール城を退去するにあたって、ナルサスはキシュワードに手紙を残し、精密な作戦案を与えておいた。あくまでもキシュワードに対してのもので、アンドラゴラス王に協力する気はさらさらない。

「おれの策が採用されたところで、アンドラゴラス陛下が勝利なさるとはかぎらぬ。おれの策を使って軍が敗れた場合、責任はおれにある。だが、おれの策をしりぞけて敗れたとき、責任は陛下に帰することになるな」

淡々とした口調だが、内容は辛辣《しんらつ》そのものである。ダリューンは、友の真意をさぐるような視線を送った。

「おぬし、それを望んでいるのではないか。アンドラゴラス陛下がおぬしの策をとらず、敗亡なさることを」

もしそのような結果になれば、アンドラゴラス王は自分の責任によって敗れ、兵を失い、さらには人望も権威も失ってしまうことになる。今度こそ、アルスラーンの立場は、父王を圧倒することになるだろう。

ダリューンの問いに、ナルサスは率直には答えなかった。

「すべては神々の御心によるさ」

責任を天上の神々に押しつけて、地上の軍師は悠然とあくびをしたのだった。

V

ひさびさに精霊《ジン》の声をファランギースが聴いたの

は、七月の上旬の夜半であった。空が光の白布を地上に投げかけはじめたころ、ファランギースは武装をととのえ、愛馬に乗ってギランの町を出ていこうとした。ほんのしばらく馬を歩ませたところで、美しい女神官《カーヒーナ》は陽気な声をかけられた。

「うるわしのファランギースどの、どちらへ行かれる？」

　そう問いかけてきた声の持主は、いまやギランに並ぶ者もない伊達《だて》男《おとこ》として知られる若者だった。妓館から出てきて王太子府に朝帰りしようというところである。

　女神官《カーヒーナ》が答えぬので、楽士はことばをつづけた。

「いや、どちらへ行かれるにしても、ファランギースどのの影が差す場所であれば、おれはかまわぬ。いかな魔境であれ、おともさせていただくものを、声もかけてくださらぬとは、つれないではないか」

「気を遣《つこ》うてのことじゃ。おぬしは夜ごとの恋にいそがしかろうと思うてな」

「いやいや、夜ごとの恋など所詮は幻夢《げんむ》にすぎぬ。おれにとってまことの慕情は、ただファランギースどのにささげるのみ」

　ギーヴのたわごとを冷然と聞き流したファランギースだが、再三の質問を受けて、めんどうくさそうに答えた。

「精霊《ジン》どもがいうには、北へ行くと珍しい客に会えるとか。たいくつしのぎに、ちと馬を駆ってみようと思うてな」

「珍しい客とは、旧知の者かな」

「さて、そこまではわからぬ。旧知の者であっても、わたしはまったく困ることはない。おぬしとちごうて、誰にも怨《うら》まれるおぼえはないのでな」

　ほんとうだろうか、と、ギーヴは内心でやや疑惑をいだいたが、口には出さぬ。いそいそとファランギースに並んで自分の馬を進めた。

　妓館の帰りゆえ、ギーヴは腰に剣をさげただけの軽装である。城外に出ると、ギーヴは一軒の店を見つけて馬を寄せた。旅人用の道具や品物を売っている店で、食糧、馬具、毛布などといっしょに、護身用の武器もひととおりそろえてある。ギーヴはそこで弓と矢と矢筒を買いこんだ。弓は丈夫なだけが取柄だが、このさいギーヴとしては実用性だけが問題なのである。

ファランギースとギーヴは北への騎行をつづけた。暑いが空気が乾いているので、それほど不快ではない。パルスが文明国である証拠は、主要な街道の左右にはかならずりっぱな並木が植えつけられていることだった。緑蔭《りょくいん》をわたる風は、旅人の身と心を安らわせてくれる。

「ファランギースどの、あれを」

そうギーヴが声をあげたのは、夏の陽が西の地平に下端を溶けこませはじめたころあいであった。

ギーヴにいわれるまでもなく、ファランギースは気づいていた。街道からはずれた野の涯《はて》近くに、いくつかの騎影が動き、土煙が舞いあがっている。近づくにつれ、二騎の旅人がその二十倍以上の集団に追われていることがはっきりとわかった。ひさびさに、女神官《カーヒーナ》のほうが楽士に声をかけた。

「さて、おぬしはどちらに加勢する、ギーヴ」

「気に入ったほう、あ、いや、むろんファランギースどのが気に入ったほうにだ」

ギーヴのひよりみを無視して、ファランギースは馬の脚を速めた。たちまち夏風を切る軽快な疾走にうつる。一瞬おくれて、ギーヴもそれにならった。

王都エクバターナを脱出したエステルとメルレインは、南への旅をつづけてきた。なぜ南へ、といえば、極端なところ他の方角へ旅する理由がなかったからである。東も西も戦乱がせまっていた。そして、南方ギランの町に王太子がおり、兵を集めているということが、旅人たちの口から伝わってきたのだ。

メルレインとエステルは、それぞれの理由で王太子アルスラーンに会わなくてはならなかった。正確には、メルレインの場合、王太子と同行しているはずの妹にである。ふたりは王都からギランへと伸びる街道に馬を乗り入れ、ひたすら南下したのであった。

　さて、現在、パルス全土を統一支配する正当な勢力は存在しない。王都をルシタニア軍が占拠し、東部国境地帯にはアンドラゴラス王の軍隊がおり、南部海岸地帯にはアルスラーン王子がいる。で、さてそれらのささやかな勢力圏からはみ出た広大な地方は無政府状態にある。暴力によって利益をえようとする者どもはいくらでもいるし、彼らから身を守るには実力によるしかないのだ。

　というわけで、メルレインとエステルは、旅をつづけるうちに、一度ならず盗賊の群に出会ったのである。

　そのたびにふたりは馬を飛ばし、それでも追ってくるしつこい者どもには、メルレインが矢をごちそうしてやった。

　そのようにして、半月にわたる旅を、この奇妙な男女の一対はつづけてきたのである。そして、ギランまで半日行程というところまで来て、これまでで最大の、そして最悪の盗賊たちと遭遇したのだった。


　かつ逃げ、かつ矢を放ちながら、メルレインは腹をたてていた。ゾット族の勢威が健在であれば、ひとりやふたりの旅人を襲うようなせこい盗賊どもをのさばらせてはおかないのに。

　三騎めを射落としたとき、メルレインは、自分が手を下さないのに四騎めが絶叫を放って落馬するのを見た。忽然《こつぜん》とあらわれた二騎の男女が、加勢することを実行で知らせたのである。

　その男女はすばらしい騎手であり、おそるべき射手であった。弓弦が竪琴《バルバド》か琵琶《ウード》のように鳴りひびくと、銀色の線が大気を裂き、馬上の男たちが転落していく。一本のはずれ矢もなかった。

　うろたえた盗賊どもは、散開して矢を避けつつ、あらたな敵を包囲しようとしたが、その動きをあざわらうような男女の馬術と弓術に翻弄《ほんろう》され、犠牲をふやすばかりだった。盗賊どもと彼らとでは、射手としても騎手としても格がちがった。

「何てこった。おれはどうやらパルスで三番め以下の射手らしい」

メルレインは、自分の売り文句を訂正する必要を認めた。彼自身も幾本かの矢を放って、それと同じ数の敵を射落としたが、途中からやめてしまい、ふたりの男女が眼前で展開する神技のかずかずを、感心しきってながめていた。愛想のまったくない若者だが、他人のすぐれた技倆《ぎりよう》には、すなおに感心するのである。

盗賊たちこそ、いい面《つら》の皮であった。パルスきっての弓の名人たちに標的にされ、剣をまじえることもできずに馬上から射落とされていく。もっとも、剣をまじえたところで、射殺が斬殺にかわるだけのことであったろう。

ついに盗賊どもは逃げ出した。半数以上の仲間を失い、恐怖と敗北感に打ちのめされながら逃げ散っていった。男女ふたりの弓の名人たちが悠々と馬を返して、メルレインたちに近づいてきた。

「おかげで助かった。それにしてもあんたたちは何者だ⁉」

メルレインがギーヴに呼びかけたが、会話が成立したのは女どうしのほうだった。長い黒髪と緑の瞳を持つ美しい女が、エステルに笑いかけたのだ。

「ほう、おぬしはルシタニアで一番、元気のよい騎士見習ではないか。あいかわらず元気でおったか」

「ファランギース！」

「なるほど、珍客じゃ。精霊は嘘をつかぬものじゃな」

ファランギースがもういちど笑ったが、エステルは笑いもせず、いささか性急にことばをつづけた。

「助けてもらって、かたじけない。それにしても、おぬしがここにいるということは、王太子も近くにいるのか」

「ギランの町におられる。ここから半日行程というところじゃ」

「アルフリードも？」

「むろん。あの娘に会いたいのか、おぬし」

からかうようなファランギースの表情に応じて、エステルはメルレインの姿を指《さ》ししめし、彼がアルフリードの兄であって、妹を探して旅をしていることを告げた。この事実には、さすがに、美しい女神官《カーヒーナ》も旅の楽士もおどろき、とっさにへらず口もたたかず、むっつりとした若者の顔をしばらくは見やっていた。

人数が倍になって、一行がギランの町にもどってきたのは、翌七月十日の午前《ひるまえ》である。王太子府に彼らが姿をあらわすと、仲間たちが出迎えたが、

「あっ、兄者！」

アルフリードの叫びが、一同をおどろかせた。幾本もの視線が、糸をひいてアルフリードに集中する。

「アルフリード、お前どこでどうしていたんだ」

メルレインはいい、急に声を高めた。

「こら、逃げるな！　お前とは、ゆっくりと話をする必要があるんだ」

「あたしには話なんかないよ」

反抗的というより弁解がましくアルフリードはいったが、逃走は断念せざるをえなかった。

一同は広間に会して座につき、冷えた薔薇水《ルリシーサ》が供され、あわただしく事情が語りあわれた。兄の話を聞き終えたアルフリードは、言下に、族長就任を拒絶した。

「あたしは族長になんかなる気はないよ。兄貴がなればいいじゃないか。年も上だし男だし」

「親父の遺言では、お前が次期の族長に指名されていたんだ。遺言をないがしろにするわけにはいかん」

「遺言なんて、生きてる者のつごうも考えずに、死ぬ奴が勝手に決めるんじゃないか。第一、兄貴は親父と仲が悪かったんだろ。遺言なんて無視すればいいのにさ」

兄妹が主張しあうのを眺めていたダリューンが、ナルサスに人の悪そうな笑いをむけた。

「おい、何か一言あって然るべきではないか。おぬしにとっても他人《ひと》ごとではあるまいに」

「他人《ひと》ごとだ」

ナルサスはそう答えたが、あっさりというより逃

げ腰に近い。なるべく、かかわりあいになりたくないのである。アルフリードがゾット族の女族長にならなければ、このままナルサスのそばにくっついているだろうし、女族長になればなったで、何となく困ったことになるような気もする。無責任なようだが、これはもう成りゆきにまかせて、成りゆきを受け入れるしかない、と、ナルサスは思っている。彼がそんなことを考えている間に、兄妹の会話は進行して、メルレインの口からヒルメスという名が出てきた。

「ヒルメスだって⁉」

アルフリードは目をみはった。

「兄者、そのヒルメスって奴、仮面をかぶっていなかったかい」

「そう、その男は銀色の、気味の悪い仮面をかぶっていた。しかしよく知ってるな」

「そいつは、親父の仇《かたき》だよ！」

アルフリードは叫び、メルレインはおどろいて妹を見やった。いそいでアルフリードが事情を説明すると、しばらく沈黙した後で、メルレインはうなり声をあげた。

「そうと知っていたら、ちくしょう、奴を生かしときはしなかったのに……」

その声が小さくなって消えた。銀仮面をかぶった男が、マルヤムの内親王イリーナ姫の想い人であることを思い出したのである。メルレインの胸中は、いささか複雑であった。ただ、むろん、銀仮面の男自身には何ら遠慮する必要を認めない。つぎに会ったときには、生死を賭けて勝負をいどむことになるであろう。

「ところでさ、兄貴、あの娘《こ》と何日も旅をしたんだろ。その間に何もなかったのかい」

アルフリードが話題を変えたのは、族長の地位を継承するという話に近づきたくなかったからである。彼女は兄の性格を知っていたから、返答は予想していた。

むっつりと、メルレインは答えた。

「何もやましいことはしておらん」

じつは彼は、ひ弱いほどしとやかな女性が好みだったのだ。元気のいい、口と身体のよく動く女性には色香を感じないのである。

「そうだろう、そうだろう、男女がいっしょに旅をしても何かあるとはかぎらぬ。おれはメルレインどのを信じるぞ」

いやに理解を示したのはナルサスである。彼がうなずくのを見て、ダリューンが何やらいいたげな表情をしたが、口に出しては何もいわなかった。

その件に関してはエステルもはっきりと否定した。

「わたしはイアルダボート神を信仰する身だ。異教徒たる者に身を汚《けが》されたりしたら生きてはおらぬ」

それですませては同行者に悪いと思ったか、エステルはつけくわえた。

「いうておくが、メルレインどのは、異教徒であるという一点を除けば、りっぱな騎士としてふるまった。ふたりともに後ろぐらいところは何もない」

話が一段落したところで、ナルサスは、アルスラーンにむかい、表情と声をあらためて発言した。

「かの騎士見習どのの申しようによれば、王都はいささかならぬ混乱の裡《うち》にある由。ルシタニア軍二十数万といえど、その実勢は衰えていると見てよろしゅうございます。そろそろ準備をすませてよろしいかと存じます」

ふたたび挙兵する日が近づいた、というのである。アルスラーンだけでなく、居並ぶ者すべてが大きくうなずいた。

ひとまず座が散じて、ナルサスはのびをしながら露台《バルコニー》に出た。兄妹再会の間に屋外では驟雨《しゅうう》があって、空気や露台の石が湿っている。

「ナルサスさま、空を」

エラムが碧空《へきくう》の一角を指さした。驟雨が終わったばかりの空に、半円形の光の橋がかかっている。淡い七色の半輪は、自分たち王太子一党の未来を神々が祝福しているように、エラムには思われたが、ナルサスはまぶしそうに虹を見あげているだけであった。

VI

このころ、ギランの西北方、約百五十ファルサング（約七百五十キロ）の地点には、メルレインとアルフリードの兄妹にとって父親の仇にあたる人物がいる。

ヒルメスは手勢をひきい、大陸公路と森ひとつへだてた脇道を、ひそかに西進していた。王都エクバターナからヒルメスを追撃してきたゼリコ子爵は、一万騎をひきいて疾風のごとく大陸公路を走りぬけていった。いつのまにやらヒルメスを追いこしてしまったのだ。

逆にヒルメスはゼリコ子爵の軍をこっそり追尾する形になっている。さして静かにする必要もないくらいだった。何しろ一万騎が地を揺るがして疾走しているのだから、ルシタニア軍が他者の存在に気づくのはむずかしい。おまけに、すでに夜である。

それでもさすがに不審を感じはじめたころ、前方の夜のなかから、ひたひたと近づいてくる軍勢の存在を知った。ついに銀仮面の軍を捕捉したのだ。

「銀仮面の手勢は二、三千人しかおらぬ。こちらがはるかに多いのだ。正面から一気にたたきつぶしてしまえ」

ゼリコ子爵は自信満々でそう命じた。ゼリコ子爵の命令は正しかった。ただし、命令の前提となる事実の把握が、まったくまちがっていた。彼らの前方に立ちはだかったパルス軍の数は、ルシタニア軍の三倍という大兵力であったのだ。

そのことにルシタニア軍は気づかぬ。いや、パルス軍が気づかせなかった。パルス軍の指揮者は、じつに巧妙な用兵家であった。最初の衝突の後、じわじわと後退をはじめ、さらに幾度かもみあうと、急速に後退した。かなわじと見て逃げ出したものとゼリコは信じた。突進を命じ、押しまくった。無我夢中の時間がすぎて、はっと気づいたとき、ルシタニア軍は前、左、右の三方を完全に敵に包みこまれていた。うろたえるゼリコの前に、黒々とした騎影が躍り立った。

「おぬしがルシタニア軍の指揮者だな」

その声が、パルス軍の指揮者のものであることを、ゼリコは悟った。落ちつきはらった声が、さらにつづく。

「おぬしらに勝算はない。さっさとエクバターナにもどって生命をまっとうすることだ」

「だまれ、異教徒め！　悪魔の手下め」

ゼリコはわめいた。

「われらには神のご加護がある。なんじょう、きさまらごときに負けるものか。きさまの首を神の祭壇に飾り、神の使徒としての使命をまっとうしてくれるわ」

激しい勢いで、ゼリコは敵将に斬ってかかった。

ゼリコは臆病ではなかった。だが、無謀であることは反論のしようがなかった。彼が斬りかかった相手は、かつてパルス王国が誇った十二人の万騎長《マルズバーン》のひとり、勇将サームであったのだ。
二、三合撃ちあったのは、武人としての礼儀のようなものであった。サームの剣がゼリコの冑《かぶと》の下に撃ちこまれた。白刃は左の耳から右肩の付根にかけて、ゼリコの急所を存分に斬り裂いた。勇敢だが愚かなルシタニア貴族は、血の噴水を高々とあげて馬上から吹き飛んだ。
ゼリコの亡骸《なきがら》が大地にたたきつけられたとき、彼の部下たちはすでに潰乱《かいらん》状態におちいっていた。三方からパルス軍に斬りたてられ、突きくずされ、ついに残る一方向にむかって逃げ出した。ことさらにサームは追わなかったが、ルシタニア軍の遺棄死体は三千を算えたのである。

サームはふたたび軍容をととのえ、主君たるヒルメス王子との合流を果たした。ヒルメスは、逃げくずれてくるルシタニア軍を手ひどくたたいて、さらに二千人あまりを討ちとっていた。

「いよいよ王都を奪還する秋《とき》がきたぞ、サーム卿」

「殿下のご偉業に、微力ながら貢献させていただけることを光栄に存じます」

サームの声は、あいかわらず静かだった。ゼリコ子爵を斃《たお》した功を誇るでもない。このていどの功績は、サームにとって児戯《じぎ》にひとしいのである。

「ギスカールめ、今宵のことを知ってどう動くか、あるいは動かぬか。楽しみなことだ」

血ぬれた長剣を、ヒルメスは鞘《さや》におさめ、サームにむかって問いかけた。サームがザーブル城を守護している間、西方のようすはどうであったか、と。

西方よりの情報をサームがまとめたところでは、イリーナ姫の故国のようすは香《かんば》しいものではない。マルヤムを完全な神権国家に変えるべく、大司教ボダンが奮闘しているという。ことごとに神の名を盾にして自分の勢力を伸ばし、陰謀をめぐらして同僚をおとしいれ、反対する者を処刑し、急速に地位をかためている、と。

「ボダンなる男、マルヤムの兵馬をもってギスカール公に対抗する心算やもしれませぬ。ギスカール公にとってかわることがかなえば、イアルダボート教世界全体の支配権を独占することができるであろうと」

「奴にそのような器量があるか。あれはギスカールのいうとおり、狂い猿にすぎぬ」

ヒルメスがあざわらうと、慎重にサームは指摘した。

「器量はともかく、野心はございましょう。現にマルヤム一国は、彼の汚《けが》れた手に落ちつつあります。どうか殿下には、ご油断なさいませんよう」

「うむ、わかった。だが、さしあたり、おれとしてはギスカールめとアンドラゴラスめで手いっぱいだ。こやつらの息の根をとめてから、ボダンのことは考えるとしよう」

ヒルメスがいうと、黙然たる一礼で、サームはそれに応じた。彼が王子の御前から退出すると、ヒルメスは銀仮面ごしに低いつぶやきを発した。

「ボダンの狂い猿め。奴はいずれ必ずかたづけてやる。そうすれば、イリーナどのに国を返してやれるかもしれぬな」

イリーナ姫を保護して以来、ヒルメスは彼女と会うことを避けていた。復讐と野心にたぎりたつ自分の心情が弱まることを恐れたからであった。だが、パルスだけでなくマルヤムの国土をも回復し、両国を統一支配することができれば、ヒルメスの名は歴史に不滅のかがやきを残すことになるであろう……。

第五章

風塵乱舞

6

I

七月にはいると、パルス東方国境を鎮護《ちんご》するペシャワールの城塞《じょうさい》は、一段と緊迫した空気につつまれた。ルシタニア軍に対してついに全面攻勢をかける、その時期が迫ったのである。アンドラゴラス王は自ら軍をひきいて、戦陣の先頭に立とうとしていた。

「さっさと隠居して王太子に実権をわたせば気楽でいられるものを。自分の力でエクバターナを奪回せねばならんのだぜ。わかっているのかね、苦労せにゃならんことが」

そうギーヴなら皮肉るところだが、アンドラゴラスはこの年四十五歳で、君主としてはむしろまだ若いといってよいほどである。ひとたび失ったかに見える地位を自力で回復した以上、引退する気など、あるはずもない。むっつりと不機嫌そうなようすながら、その堂々たる威風は全軍を圧し、たとえ反感を持つ者でも、その前に出ればすくんで口もきけなくなるかと思われた。

中書令《サトライプ》のルーシャンは、このところめっきり老けこんだように見える。思慮ぶかく質実で、王太子アルスラーンの後見役をよくつとめてきた彼だが、王太子が追放されて以来、元気がなかった。アンドラゴラス王は、ルーシャンを解任こそしなかったが、ほとんど無視していた。さまざまな雑務を処理させるだけで、重要な相談を持ちかけることはなかった。

「アルスラーン殿下が国王《シャーオ》として即位なされば、ルーシャン卿は宰相《さいしょう》になれたところだったのにな。それが国王の復活で、かえってうとんじられることになってしまった。何が災いするやらわからんぜ」

城内に、そういうささやきがある。アルスラーンに信頼され、最年長の重臣として遇されていたときにくらべ、ルーシャンが精彩を欠くようになったのはたしかだった。

ところで、この時期、ペシャワール城と河ひとつをへだてたシンドゥラ王国では、パルス王太子アルスラーンの心の友と称する人物が、しばらくぶりに知ったパルスの政情の激変におどろきあきれていた。

「何と、アルスラーンは父王に追放されたというのか。これまでの功業を無視されて？　アンドラゴラス王とやらも、息子にえらく酷《むご》い仕打ちをするものだな。アルスラーンも気の毒に」

不運な王子に、ラジェンドラは同情した。彼は勝手に、アルスラーンを自分の弟分とみなしていた。また、アンドラゴラス王がアルスラーンほどラジェンドラに対して好意的であるとも思えぬ。どう考えても、アルスラーンがパルスの王権をにぎってくれたほうが、ラジェンドラとしてはありがたい。

といって、積極的にアンドラゴラス王を打倒しようという気は、ラジェンドラにはない。アルスラーンが父王と対決するときには、「がんばれ、がんばれ」と遠くから応援してやるつもりである。それ以上、よけいな力を貸したりすれば、アルスラーンに対して失礼ではないか！

もうひとつ、シンドゥラ国王が気にしている異国人がいた。

「イルテリシュめは、どこに身をひそめたのであろう。あの狂戦士めがどこやらうろついていると思えば、北方に対して枕を高くすることもできぬて」

ラジェンドラはかなり真剣にトゥラーンの若い僭《せん》主《しゅ》の行方を探し求めたが、ついに発見することができなかった。

「故国に帰ることもできず、おそらくどこかでのたれ死んだのでございましょう。二度とかの者の噂を聞くこともないと存じますが」

ラジェンドラのもとに帰ってきた諜者《ちょうじゃ》たちは、いずれもそう報告した。シンドゥラ国王にとっては吉報といってよい。トゥラーンが事実上ほろび、もっとも恐るべき敵手が地上から消えたというのだから、これほどうまい話はない。ラジェンドラは、うまい話が大好きだったが、なぜか今回は、なかなか信じる気になれなかった。

だが、結局のところ、死んでしまったらしい人間よりは、まだたしかに生きている人間のほうがだいじだった。ラジェンドラは、イルテリシュの行方に対する調査を打ち切り、今後パルス軍がどう動くか、その点を注意ぶかく観察することにした。

　さて、ペシャワールの城内で、いまもっとも苦労の多い人物はキシュワードであろう。

　キシュワードの家は、パルス建国以来、王室に仕えてきた武門である。彼自身をふくめて六人の万騎長《マルズバーン》をうみ、第八代国王《シャーオ》オスロエス三世の御世《みよ》には大将軍《エーラーン》も出した。格式からいえば、「戦士の《マルダーンフ》なかの戦士《・マルダーン》」ダリューンでさえキシュワードにはおよばない。ダリューンの伯父ヴァフリーズが、大将軍《エーラーン》に先だって万騎長《マルズバーン》になるまで、千騎長どまりの家系であった。

　クバードはといえば、父親は平民であった。すぐれた猟師であり、剛力でもあったので、百騎長の地位にあった騎士が、自分の娘と結婚させ、家を継がせたのである。身分制度にも、このような抜け道があるのだった。

　したがって、クバードは、キシュワードほどに、国王や王妃に対して、おそれいる気分がすくない。アトロパテネ会戦のおり、「逃げ出した主君に忠誠をつくせるものか」と公言したのも彼であった。彼はダリューンが残していった一万騎の指揮権をあずかっていたが、剛愎《ごうふく》なアンドラゴラス王も、どういうものかクバードを使いづらいらしかった。万事キシュワードが軍隊についてはとりしきることになり、クバードはそれをよいことに酒を飲んでばかりいた。クバードにいわせると、誰かひとりが悩んでいれば、べつのひとりは楽しむ。でなくては世の調和がとれぬというのである。

「キシュワードよ、おれより若いくせに、おぬしも苦労性だな。世の中、人の思いどおりにはなかなかならぬものさ。深刻にならぬがいいぞ」

　そういうクバード自身の、人生における信条はといえば……。

「成功すればおれの功績。失敗すれば運命の罪」

　からからとクバードは笑ったものである。

「そのていどに開きなおっておるほうが、頭や胃を痛めずにすむぞ。ま、おぬしが悩んでくれるから、おれとしては助かるわけだが、ほどほどにしておくことさ」

たしかにクバードのいうとおりだ。だが、クバードの論法を借りれば、キシュワードの立場も、彼自身の意思ではどうにもならぬことであった。

トゥースとイスファーンは、王太子アルスラーンが父王によって追放されたとき、ペシャワール城に残留した。このふたりが、キシュワードと面談したことがある。

イスファーンは、いささか残念そうであった。いいづらそうに、だが真剣に、キシュワードにうったえた。

「事、志《こころざし》とちがうとまでは申しませんが、何やら不本意な気がいたします。王太子殿下があのような形でペシャワールから退去なさるとは。私などが口をさしはさむ筋ではござらぬが、アンドラゴラス陛下にも、他になさりようがあったのではござるまいか」

トゥースは沈黙している。もともと無口な男である。表情すらあまり動かさぬ。おそらくパルス随一の鉄鎖術《てっさじゅつ》の達人であるが、それを自慢するわけでもない。家族がいるかどうかすらわからぬ。だが、イスファーンと同じ考えであることは、キシュワードにはよくわかった。口に出さぬ分、国王《シャーオ》アンドラゴラスのやりかたに対する批判は、イスファーンより鋭いかもしれぬ。

イスファーンとて、もともと多弁なほうではないのだ。トゥースが彼以上に無口なので、イスファーンがしゃべらざるをえない。そして、しゃべるほどに感情が高まって、国王《シャーオ》に対する不満がつのる。

もともとイスファーンは栄達を望んで戦陣に加わったわけではない。亡き兄シャプールにかわって、王家に忠誠をつくしたいと思ったのだ。むろん、万騎長《マルズバーン》にでもなって武名をかがやかすことができれば、家門の誉《ほま》れというものだが、それは結果であるにすぎない。いやけがさしたら故郷へもどっても、誰もこまりはしないのだ。

聞くだけ聞いて、キシュワードはたしなめた。

「短気をおこすな。そもそも、われわれがルシタニア軍と戦うのは、パルスの国土と民衆を悪虐な侵《しん》掠《りやくしや》者の手から解放するためだ。王家や宮廷などのことは、いまは忘れろ。王都を回復してから考えればよい」

これはキシュワードが自分自身に言い聞かせているることばであるのだった。

トゥースやイスファーンと別れると、キシュワードは足を城内の塔のひとつにむけた。その一画に、トゥラーンの若い将軍ジムサがとらわれているのである。

「国王陛下のおおせである。トゥラーン人たるおぬしを、征途に上る前の血祭りにあげよとのことだ」

部屋にはいってきたキシュワードからそう告げられたとき、トゥラーンの若い将軍のジムサは、ややあって口もとをゆがめた。

「ありがたいことだ、涙も出ないほどにな」

彼は囚人であり負傷者であって、その身分にふさわしく、牢獄であり病室である一室に閉じこめられていたのだ。彼はナルサスの策にかかり、パルス軍に通じた者として、味方であるトゥラーン軍に追われ、矢傷を負った。彼を救って治療をほどこしたのは、アルスラーン王子の軍である。そのアルスラーンは父王によってペシャワール城を追放され、ジムサのほうは動くに動けず、そのまま城内にとどめおかれていた。

「国王《シャーオ》のおおせではあるが、敵ながらトゥラーンの武将として勇戦したおぬしを、むざむざ死なせる気になれぬ」

キシュワードはわずかに声を低めた。

「機会をやろう。出陣の儀式は明後日だ。それまで城内にいれば、おぬしの運命は、国王《シャーオ》の命令をこえることはできぬ」

ことばには出さぬ。だが、キシュワードが言外に勧めているのは逃走にほかならなかった。ジムサの表情が動くのを見やると、キシュワードは踵《きびす》を返し、厚い扉は閉ざされた。

II

しばらくの間、ジムサは考えこんでいた。過去と現在と未来について、思いをはせざるをえなかったのである。

そもそも、ジムサは現在ペシャワール城で生きているということ自体がおかしい。彼が属していたトゥラーン軍は敗滅し、国王《カガーン》トクトミシュもこの世になく、親王《ジノン》イルテリシュも行方が知れぬという。皮肉なものだ。ジムサはこのふたりによって裏切者とみなされ、味方の矢で負傷するはめになったのである。

そのふたりが消えてしまった以上、ジムサは故国トゥラーンに帰ることができるかもしれない。だが、「どの面《つら》さげて帰れるか」というのは、まさにこのことである。彼には兄弟もその家族もいたが、おりあいが悪く、帰ったところで歓迎されるとも思われなかった。

じつのところ結論が出るのに長い時間はかからなかった。逃げ出さなければ殺されて出陣の血祭りとされるだけのことである。王太子アルスラーンによって助けられた生命を、その父王であるアンドラゴラスによって奪われるというのは、どう考えてもばかばかしい。

「よし、生きてやる。無事に逃げおおせてみせるぞ」

ジムサは決意した。トゥラーンは事実上、滅亡し、国王は死んだ。だからこそ、ジムサは生きるべきなのだ。

いったん決意すると、ジムサの行動はすばやかった。夜にはいり、兵士たちの就寝時刻がすぎると、彼は床から起きあがった。窓に鉄格子がはまっていたが、それは十日以上の間、スープをかけ、甲《よろい》の破片で削って、ひそかに弱めてある。鉄格子の一本をはずし、他の一本に寝台の敷布をむすびつけ、二千を算《かぞ》える時間をかけて、ジムサは窓の外におりたつことができた。屋外は厚い闇に閉ざされていた。

「ちっ、どこに何があるか見当もつかぬ。まるでおれの将来のようだ」

心につぶやきながら、ジムサは足音を忍ばせて歩き出した。はずした鉄棒以外、武器を持ちあわせぬのが何とも心細い。兵士の話し声や馬の鳴声を避けつつ、暗がりのなかを進んでいくうち、彼は鳥のようにとびのいた。彼よりひとまわり大きい武装した人影が、すぐ近くにあらわれたのだ。

「誰だ、そこにいるのは」

「おれだ」

「おれだではわからぬ。あやしい奴め、きちんと名乗ったらどうだ」

えらそうにジムサは決めつけたが、現在ペシャワール城でもっともあやしい人物はジムサなのである。相手はいささか気分を害したような口ぶりで答えた。

「王太子におつかえするザラーヴァントだ」

ジムサの闇に慣れた目に、相手の顔が映った。ザラーヴァントの名は知らぬが、その顔は記憶にある。ジムサ自身が、毒の吹矢によって彼を負傷させたのだ。かつての敵と味方が、壁一枚をへだてて、床で負傷の身を癒やしていたのである。アルスラーンが父王から追放されたときも床についていて、何かしようにもできる状態ではなかった。

今回の出陣でも、彼は負傷をいいたてて、役につこうとしなかった。本来なら、トゥースやイスファーンと肩を並べるべき男であるが、病室を出ず、国王の御前に伺候《しこう》しようとさえしなかった。ザラーヴァントにいわせれば、これが王太子なら自ら足を運んで病人をいたわってくださるだろう、と。

「おれはパルス騎士として国王《シャーオ》アンドラゴラス陛下におつかえせねばならぬ身だ。だが、王太子殿下に対する国王のなされようを見ておると、どうも得心《とくしん》がいかぬ。考えてみれば、おれはもともと王太子の御前にこそ馳せ参じた身であった」

だからによって、この城を退転する。ザラーヴァントはそういうのである。アンドラゴラス王が出陣した後なら、いくらでも簡単にそうできるのだが、それではいささぎよくない。国王《シャーオ》のやりかたに抗議する意味でも、今夜、城を出る。

「いずこの国に生まれようと、心をひとつにして、おなじ主君をあおげばよいのだ。シンドゥラ人の件で、そのことが身にしみてわかった。わかったからには、かのシンドゥラ人にも詫びをいれ、アルスラーン殿下のおんために、ともに戦いたいと思うてな」

ザラーヴァントはそれほど雄弁ではなく、自分の心理を説明するのにかなり苦労した。だが、ジムサは彼の心を諒解《りょうかい》した。思えば、あのアルスラーンという王太子は、無能に見えて、なぜか勇者たちの人望を集める力を持っているようである。

「おれはアルスラーン王子に助命してもらった。生きてあるからには、生きる道を選ばなくてはならぬ。その道は、どうやらおぬしと同じ方向のようだ」

ジムサはそう語り、提案した。

「この際だ。どうせのこと、力をあわせてペシャワール城から脱出しようではないか」

こうして、かつては殺しあう仲だったふたりの騎士は、いまや共通の目的を持って、パルスの城塞を脱出することになった。

ザラーヴァントは、単純だが効果的な方法を考えていた。彼が国王よりじきじきの命令を受け、おともの騎士ひとりをつれて城外へ出る、というものである。多少の準備の後に、ふたりは馬と武装をととのえ、夜半、城門から出ることに成功した。どうせ長いこと、この成功はつづかないと思っていたが、そのとおり、城門を出た直後に、事情は露見してしまった。

「トゥラーン人が逃げたぞ！」

叫び声が、冷たい石の壁に反射した。

ザラーヴァントとジムサは激しく乗馬をあおった。馬蹄《ばてい》の先に小石がはねて、火を散らすかと思われるほどだ。

虜囚の逃亡を知ったペシャワール城塞では、ただちに追跡を開始した。トゥラーン人を逃がすのに、有力な将軍のひとりであるザラーヴァントが力を貸したことは、すぐにわかって、騒ぎはさらに大きくなる。ザラーヴァントまで逃げ出すとは、キシュワードも予想していなかった。

「こうなると、アンドラゴラス陛下に忠誠をつくそうという者が、はたして幾人おることか。思いやられるな」

そう思いつつ、キシュワードは脱走者をとらえるために兵を出さねばならなかった。夜間の追跡劇は、月が中天に達する時刻までつづいた。後方に馬蹄のひびきが迫ると、ザラーヴァントが、できたばかりの仲間にどなった。

「先に行け、トゥラーン人、ここはおれが防ぐゆえ」

ザラーヴァントは鐙《あぶみ》から足をはずし、ジムサの乗馬の尻を蹴った。馬はいななき、高々と前脚をあげた。それを地におろすと同時に、暴風のような勢いで走りだし、走り去った。鞍上《あんじょう》のジムサが口をはさむ間もなかった。

ザラーヴァントが大きな岩の背後に乗馬を隠し、剣をひざの上において岩の上にすわりこんでいると、たちまち追跡者たちが夜の奥から騎影をあらわした。ザラーヴァントの剛勇を知るだけに、あえて近づこうとせぬ。万騎長《マルズバーン》キシュワードが馬を進め、逃亡者にむけて声を投げかけた。

「ザラーヴァントよ、おぬしはトゥラーン人に刃《やいば》をもって脅かされ、このような仕儀《しぎ》となったのだな。そうであろう」

キシュワードの真意は、ザラーヴァントに罪をまぬがれさせることにある。いずこの国であっても、脅迫されてやむをえずおこなった場合には、罪は軽くなるものだ。

だが、ザラーヴァントの返答は、おそれいるような態度にほど遠かった。

「このザラーヴァント、脅迫されて命令にしたがうような腰ぬけではござらぬ。ひとたび助命した者を出陣の血祭りにするなど、騎士の道に反すると思うがゆえに、あえてこのような道を採り申した」

「ぬかすわ、青二才が」

腹にこたえるような声とともに進み出た人物がい

る。

　キシュワードがいそいで礼をほどこした。パルス国王アンドラゴラス三世が、自ら馬を出してきたのである。

「青二才よ、それほどの口をたたくなら、武勇をもって騎士の道とやらをつらぬいてみるか。予と刃をまじえるつもりでおるのか」

「国王陛下に向ける刃などございませぬ」

「では、そこをどけ。トゥラーン人めを、生首にして、汝の罪は赦《ゆる》してくれよう」

「さて、臣めはかのトゥラーン人に対して約定《やくじょう》いたしました。かの者が無事、逃げおおせるまで追跡を防ぎとめてみせると。いまさら約定をたがえることはできませせぬ」

「世迷言《よまいごと》をほざきおる。ナルサスあたりの毒気にでもあてられたと見えるな」

　アンドラゴラスは太い右腕を横に伸ばした。従者が差し出した槍《やり》をつかみとると、音高くしごく。夜気のなかに殺気が充満した。

「死なねば面目がたつまい。国王が手ずからパルス騎士の面目をたててやる」

「陛下！」

　キシュワードが声を高めた。

「お怒りはごもっともなれど、パルス国王たる御方がパルス騎士をお手討《てうち》なされては、御手が汚《けが》れましょう。陛下のご武勇は、ルシタニア人に対してこそ」

　言外にいう。国王が自らの手で味方を殺したとあっては、将兵の士気がそがれる。国王の容赦なさに反感をおぼえる者も出て来るであろう、と。忠言である。だが、それだけに耳に痛い。アンドラゴラスは、不快げに眉をしかめた。

「謀叛人《むほんにん》を討つ権利が国王《シャーオ》にはないと申すか、キシュワードよ」

「まげてご寛恕《かんじょ》を。ザラーヴァントはこれまで国のためにいくつも武勲《ぶくん》をたてております」

「ふん、旧《ふる》い功をもってあたらしい罪をつぐなわせるというわけか」

薄く笑ったアンドラゴラスは、その表情のまま、腕をふりあげて槍を投じた。

槍はうなりを生じて飛び、ザラーヴァントの胸《きょう》甲《こう》に突き立った。すさまじい勢いであった。明らかに甲に亀裂の走る音がして、ザラーヴァントの身体は大きく揺れ、岩の上から後方へ転落していった。

しばらくは身動きする者もいない。

「キシュワードめがよけいなことを申すゆえ、つい加減してしまったわ。彼奴《きゃつ》に運があれば、生き永らえることもあろう」

吐きすてると、アンドラゴラスは乗馬の手綱《たづな》を引いた。キシュワードもそれにつづいて馬首をめぐらしつつ片手をあげ、帰城の指示を下す。千余の馬蹄が地表に鳴って、追跡行の将兵はペシャワールへの帰途につきはじめた。乗馬を駆りながら、キシュワードは、微笑をひげの下に押し隠した。ザラーヴァントめ、存外にぬけめない男だ。さりげなく、強風の風上に立っていたのだから……。

一方、夜道を疾駆しながら、ジムサは胸中につぶやいていた。

「まったく人の運命とはわからぬもの。トゥラーン人たるおれが、かさねてパルス人に生命を救われるとはな」

しかも、そのパルス人は、どうやら自分の生命を落としたようである。とすれば、二重にも三重にも、ジムサはパルス人に借りがあることになる。

「飢えているときに一頭の羊をわけてもらった恩は、一生かかっても返さなくてはならぬ」

とは、遊牧国家トゥラーンに伝わる箴言《しんげん》であって、ジムサはそれを身にしみて思いおこした。こうなればパルス王太子アルスラーンに再会し、ザラーヴァントの死を告げてやらねばなるまい。奇妙なことになったが、それも生きていればこそだ。よしとしよう。

ジムサの騎行は、何しろ夜でもあり異国でもあったので、その実力ほど速くはなかった。夜が明け放たれる直前、ジムサの耳は、後方から近づく馬蹄の音をとらえた。剣の柄に手をかけつつ振りむくと、彼の視界に映った騎馬武者は、何とザラーヴァントである。

「おぬし、生きておったのか」

「あいにくと生きておるわい。あと半歩で死神に襟首をつかまれるところであったがな」

ザラーヴァントは大きな手で甲冑《かっちゅう》の汚れを払った。胸甲に大きく亀裂がはいっている。アンドラゴラスの槍で受けた亀裂である。国王《シャーオ》の槍は、甲冑を割り、その下の衣を裂き、ザラーヴァントの皮膚を刺したのだ。彼が風上にいたのでなければ、すくなくとも胸骨をくだかれていたであろう。

「さて、長居は無用というやつだ。一刻も早くこの地を離れるとしようぞ」

こうして、パルス人とトゥラーン人の奇妙な一対は、大陸公路を西へと駆けていった。適当な地点で彼らは公路から南へそれ、ニームルーズの大山脈を踏破し、王太子一党との合流をはかることになるであろう。

III

出陣の血祭りにすべき人物は、ペシャワール城から逃げ去った。だからといって、出陣が延期されるわけではない。

「血祭りは後日のこととしよう。いずれルシタニア人どもの血が湖をつくるだろう」

アンドラゴラス王はそういい、ジムサらの逃亡に関してキシュワードを疑うようなことは口にしなかった。あるいはアンドラゴラス王はすべてを承知で、キシュワードに心理的な圧力をかけているのかもしれぬ。

アンドラゴラス王にどう思われようと、こうなってはキシュワードは自分の責任を果たすだけのことである。着々と出陣の準備をすすめ、もはや国王の命令と同時にペシャワールの城門を出ることができる態勢がととのった。さすがにクバードも酒瓶を放り出して、千騎長たちを呼集し、何やら指示をはじめたものである。

千騎長のひとりバルハイは、最初、老バフマンの部下であり、彼の死後、ダリューンの下で働いた。そしてダリューンの脱走後はクバードの下に属することになった。その彼が、同僚の千騎長にささやいたものだ。

「おれも三人の万騎長《マルズバーン》を身近に見たが、三人めの御仁がどうやら一番いいかげんだな。いよいよ、おれもあの世で英雄王カイ・ホスローさまの軍隊の端に加えていただく日が近づいたかもしれんて」

そのことを、わざわざクバードに知らせた者がいるが、片目の偉丈夫《いじようふ》は、「おれも同感だ」と笑ったきり、バルハイをとがめようとしなかった。

ペシャワール城の留守は、ルーシャンに命じられた。これはアルスラーン出陣のときと同様であったが、アンドラゴラスの態度から見て、その役目が以前より軽視されていることは、まちがいなかった。

そして出陣前夜である。

キシュワードは早々に自室に引きとり、従者にもさがらせた。床に敷かれた、葦《あし》織りの円座に、あぐらをかいてすわりこみ、自慢の双刀を絹布《けんぷ》でみがきはじめる。これまで、ルシタニア、シンドゥラ、トゥラーン、ミスル、諸国の名だたる武将や騎士を、算えきれぬほど冥界《めいかい》へ送りこんだ、おそるべき武器であった。これを手入れするのに、他人の手をわずらわせることは、けっしてない。

黙々として刃をみがきつづけるキシュワードの手がとまった。奇妙な物音がしたのだ。やわらかな、そのくせけっしてなめらかではない音で、とっさに何の音か判断がつかなかった。粗っぽい紙が何かに触れる音ではないか、と気づいたのは、立ちあがってからである。

キシュワードは床を見まわし、ついで腰を落として視線を低くした。幾度か姿勢を変えた末に、キシュワードがそれを見出したのは、窓にかかった厚地の長い帳《とばり》の下であった。

ある種の松の樹皮から採られる接着剤で、帳の裏に貼りつけてあったのだ。日がたち、接着剤の効果が消え、床に落ちたのであろう。

キシュワードはひろいあげた。太い糸でしばられた、厚い変色した紙の束である。キシュワードの脳裏に、雷光がひらめいた。それが何であるか、彼は思いあたったのだ。

「……これはヴァフリーズ老の密書か」

キシュワードの両眼に動揺の色が走った。

昨年の初冬、王太子アルスラーンがペシャワール城に入城して以来、一党の胸底にわだかまっていた一件がある。大将軍ヴァフリーズが万騎長《マルズバーン》バフマンに送った一通の密書。それには王太子アルスラーンの出生の秘密が記されていると推定されていた。パルス王家にとって重大な秘事である。何やら魔道の影を負った者が、それをねらって城内を暗躍したこともあった。それがいまキシュワードの手中にあるのだろうか。老人は、若い同僚の部屋にこれを隠していたのだろうか。

指先が封蠟《ふうろう》の上をなぞったところで、キシュワードは自制した。開封したいという衝動を彼はおさえ、左手にかたく握りしめた。自分ひとりで読むべきではない。この密書を読んだことで、老バフマンがどれほど懊悩《おうのう》したか、キシュワードはよく憶えている。

手紙をにぎり、踵を返そうとしたとき、扉口から彼にむかって声が流れた。

「キシュワード卿」

それは男の声ではなかった。ひややかな、というより感情を欠く乾いた声。表面的な音律がともなっているだけに、かえって人の心に寒風を吹きこむ効果があった。王妃タハミーネの姿がそこにあった。

「こ、これは王妃さま。このような場所に、おみ足をお運びいただこうとは」

双刀将軍の儀礼を、王妃は無視して、白い繊手《せんしゅ》を伸ばした。どうやってここに、このときに姿をあらわしたのか、キシュワードに考える暇《いとま》も与えぬ。

「手に持っているものをお渡しなさい。臣下たる身には不要なものです」

「………」

「王妃の命令です。それとも拒《こば》みますか。パルスの臣下たる者として、あえて主君の意にそむきますか?」

「……いえ、王妃さま」

キシュワードの額に、汗が冷たい粒をつらねた。ギーヴであれば、キシュワードほどに王妃に気圧《けお》されることはなかったであろう。むろんそれは、キシュワードがギーヴより臆病だということを意味しない。キシュワードが骨の芯までパルス王室の廷臣だからであった。勇気や理屈の問題ではなく、代々つちかわれた臣下の精神の問題であった。

伸ばした繊手を、王妃は軽く動かした。無言のうちに、かさねて要求したのである。キシュワードが密書を引き渡すことを。おなじく無言のうちに、双刀将軍はその要求に応じた。王妃の掌《てのひら》の上に、大将軍ヴァフリーズの密書をのせたのである。

王妃の手が遠ざかるのを見ながら、キシュワードが感じたのは、敗北感よりもむしろ奇妙な安堵《あんど》感であった。そう、じつは彼は知りたくなどなかったのだ。王太子の出生の秘密などを知って何になるというのであろう。

王妃がヴァフリーズの密書を手に入れた。もともと秘密は王妃と、そして国王《シャーオ》のものだ。秘密が持主のもとにもどった。ただそれだけのことではないか。

「キシュワード卿は、ただに勇猛な武将というだけではありませぬな。よく臣下としての分をわきまえておいでで、妾《わたくし》としても喜ばしく思います」

王妃の声を頭上に聞きながら、キシュワードは、さらに深く一礼し、退出の許可をえようとした。と、その直前に、三人めの足音がたった。ずしりと重く力強い、それでいて柔軟さをあわせもった足音。虎や獅子の、最盛期にあるものを思わせる。傑出した戦士の存在をキシュワードはさとった。あげた瞳に映ったのは、予想にたがわぬ顔であった。王妃タハミーネの夫、国王《シャーオ》アンドラゴラス三世である。

「君臣の間に溝ができなんだことは重畳《ちょうじょう》というべきだな、キシュワードよ」

「おそれいります」

キシュワードの返答が形式的になるのは、しかたないことだった。それに気づいたかどうか、アンドラゴラス王は、王妃の手からヴァフリーズの密書を受けとった。

「この一年、パルスにどれほど奇妙なことがつづいたかわからぬ。この手紙ごとき、とるにたりぬ」

国王《シャーオ》の手が壁の松明《たいまつ》に伸び、炎の舌が密書にからみつくのをキシュワードは見た。国王の手から黄金色の炎が舞いおち、石畳の上で密書は燃えあがり、燃えつきついに灰となった。

「雨が降る前には雲が出るものだ」

謎めいた一言であったが、キシュワードは国王のことばの意味を理解した。さまざまな兇事《きょうじ》の原因は過去にある。おそらく先々代のゴタルゼス大王の御世に、何かがあったのだ。できれば近づきたくないと思わせる何かが。

アンドラゴラスの声がつづいた。

「清廉潔白《せいれんけっぱく》な王家など、この世に存在せぬ。表は黄金と宝石に飾られても、裏にまわれば流血と陰謀に毒されておるのだ。ルシタニアの王家にしても同様だろう」

それはかつて地下牢《ディーマース》につながれていたとき、万騎長《マルズバーン》サームに告げたことと同様な内容であった。むろんキシュワードとしては、はじめて聞くことである。どう反応してよいのかわからず、双刀将軍《ターヒール》は沈黙を守っていた。

ふと思ったのは、アルスラーン王子の出生についてであった。出生の秘密に、何の意味があろう。アルスラーンはアルスラーンであり、もし王子にパルス王家の血が流れていないとすれば、王子は王家の呪縛と無縁であるということだ。

あるいは、それはすばらしいことではないのだろうか。

IV

エクバターナの城内では、水不足がいよいよ深刻化しつつあった。用水路が整備されていたころは、百万人の市民が水に不自由することなどなかったのだ。水を飲み、水をあび、汚物を下水に流す。道に水をまく。人間だけでなく、馬も羊も駱駝《らくだ》も、その恩恵にあずかった。だが、いまや、城内は半ば砂漠と化したようだ。

「王宮の大噴水をとめろ。もったいない」

ギスカールはそう命じたが、大噴水をつくった職人たちはルシタニア軍に殺されてしまっている。誰も噴水をとめることができない。

しかたなく大噴水をこわすことにしたが、工事の途中で水の管がはずれ、大量の水がむなしく地面に流れ出てしまった。地上にあふれた泥水を、兵士や市民が必死に壺や深皿でくみとっているのが王宮からも見えた。

「ボダンの亡霊めが。どこまでもたたりおるわ。奴が用水路をこわしていったばかりに。奴が水利の技術者たちを殺させたばかりに！」

歯ぎしりするギスカールのもとへ、今度は西から凶報がもたらされた。それは汚れ傷ついた敗残兵の列がもたらしたものであった。ゼリコ子爵が銀仮面の軍隊に殺されたというのだ。

「銀仮面の軍隊は、われわれの三倍はおりました。いったいどこから湧いて出たものやら」

「……ふむ、なるほど、そうであったか」

明敏なギスカールは、頭のなかにパルスの地図を描き、事態を理解した。ザーブル城から、銀仮面は軍隊を呼び寄せたのだ。何のために？　王都エクバターナをねらっているからに決まっているではないか。

「こいつは、うっかりエクバターナをあけてアンドラゴラスめと野外決戦するわけにはいかんぞ。狡猾《こうかつ》な銀仮面めに城を乗っとられでもしたら、よいもの笑いだ。とはいえ、こう水不足では、籠城《ろうじょう》してからが思いやられるな……」

相談する相手がいないものだから、このごろギスカールは、ひとりごとをいう癖がついてしまった。何とも景気の悪いことだが、しかたない。

一日、ひとりの騎士が王弟の激務の間を縫って、面会に成功した。

「王弟殿下、ようやくお目にかかることができて、うれしく存じます」

「おお、オラベリア卿か」

むろん顔と名はおぼえていたが、かつて彼に何を命じたか、とっさにギスカールは思い出せなかった。思い出しても、あまり心はずまない。

「御苦労であったな。だが、もはや銀仮面めの本心を探る必要もなくなった。奴とは完全に決裂したのだ。奴はどうせよからぬことをたくらんでいるのでな」

「そのことでござる。王弟殿下、銀仮面めがたくらんでおりましたのはじつは……」

「もうよいといっておる」

ギスカールは、めんどうくさそうに手を振って、騎士をさえぎった。

「オラベリアよ。おぬしにむだ骨を折らせたようで悪いが、もはやそれどころではないのだ。銀仮面の小さな行動など、どうでもよい。奴を殺す。奴がかかえている秘密など知ったことではないのだ。わかるな?」

王弟の両眼がオラベリアを見すえ、その口調はきびしいものになった。

「……は、わかりました」

それ以上はオラベリアも口にできなかった。まったく、ルシタニア全軍にせまる危機の巨大さを思えば、「パルス人どもが山中で何者かの陵墓《りょうぼ》をあばき、剣を掘り出した」ことなど、何の意義もないように思えた。それに、ドン・リカルドらの同行者を見すてて自分が助かったというひけ目もある。

オラベリアはギスカールの御前から退出した。そして、ギスカールのほうは、オラベリアのことなど、すぐ忘れてしまった。彼は信頼するふたりの将軍、モンフェラートとボードワンを呼びよせ、あらためて作戦について協議した。

エクバターナの厚く堅固な城壁がある以上、籠城するほうが有利であるように思える。だが、城内の水不足がこうも深刻になってくると、籠城もかならずしも上策とはいえない。いくら糧食が豊富でも、水がなければ無意味だ。暑熱の季節に、城をめぐる攻防戦がおこなわれ、そのとき水が不足すれば、戦死者の死体から屍毒《しどく》が発生し、疫病《えきびょう》が流行する。そうやって城が陥《お》ちた例は、歴史上にいくつもあるのだ。

もうひとつ軍事上の問題がある。いくら籠城しても、よそから援軍が来る可能性がないということだ。マルヤム王国にいるルシタニア軍が援軍として来てくれるなら、それと呼応して、パルス軍をはさみうちすることもできる。だが、いまマルヤムに援軍を求めたりすれば、いまいましいボダンが「それ見たことか」とせせら笑うことであろう。

よろしい、もともとおれひとりの力でここまで成しとげたのだ。これから将来《さき》のこともおれの手で処理してやる。おれの力がおよばぬとすれば、それは同時にルシタニアの歴史が終わるときだ。

病床でうめいている兄王イノケンティスのことを、ギスカールは考えなかった。もはや兄のことなど考えたくもなかったのだ。

「……ルシタニア軍が王都を占拠してより二百数十日。彼らは不当な楽しみをすでに充分に味わった。そろそろ彼らを宴《うたげ》の座より引きずりだし、彼らの家へ帰ってもらうべき時期だ。皆にも用意してほしい」

南方の港町ギランの王太子府で、アルスラーンがそう口を開いたのは、七月二十五日のことである。

事ここに至るには、多少かわった事情もあった。ギランにいるただひとりのルシタニア人、騎士見習エトワールことエステル。彼女は、王都に残してきてしまった傷病者たちのことを心配していたが、こうもいったのだ。

「おぬしにこんなことを頼める立場ではないが、どうかエクバターナへ進軍して、われわれの国王さまを助け出してもらえぬだろうか」

少女の依頼に対し、パルス人たちの反応は好意的ではなかった。

「たしかにこちらも頼まれる立場じゃないな。おれたちが王都へ進軍するのはルシタニアのためじゃなくてパルスのためだぜ」

　ギーヴがいったが、彼が口にすると「パルスのため」ということばが妙に歯を浮かせるのだった。

「仮にそういうことになれば、おぬしらの国王は何をもって報いてくれるかな」

　これはダリューンの問いである。エステルは返答した。

「われわれルシタニア人はパルスから出ていく。おとなしく出ていく。掠奪した財宝も、もちろん返す。そして二度とパルスの国境は侵さぬ。パルスの死者に対して謝罪もしよう」

　するとナルサスが口をはさんだ。

「その約束は、内容はよいとして、約束する者が問題だ。残念だが、おぬしはルシタニアの国王でもなければ摂政《せっしょう》でもない。おぬしが約束してくれたところで、じつのところ銅貨一枚の価値もありはせん」

「国王さまはよい方なのだ。きっとわかってくださる。私が説得する」

「よい方のために、死ななくともよいはずのパルス人が百万人は死んだ。人柄の善悪など関係ない。行為の善悪が問題なのだ」

　やや手きびしい調子で、ナルサスが事態の本質を指摘した。エステルは唇をかんでうつむいた。それを見て、アルスラーンは放っておけなくなった。権力を持つ者が自分の責任を自覚せず、責任を自覚する者には何の力もない。その矛盾をひとりでかかえこんでいるエステルが気の毒だった。だが、そうと口にしても、エステルを傷つけることになるだろう。

　エステルを別室で待たせて、アルスラーンは、信頼する部下たちと話しあうことにしたのであった。

「狂信と偏見は、何よりも、その国の人間を害《そこな》う。そのことがルシタニア人にわかってもらえればいい」

　アルスラーンの声は、一句一句を考え、吟味《ぎんみ》するひびきがある。

「ルシタニア人のすべてを殺しつくそうとは思わない。彼らがパルスから出ていってくれれば、それでいい。われわれパルス人は、ルシタニアまで攻めこんで、ルシタニア人の神を滅ぼそうとは思わない」

アルスラーンは片手をあごにあてたが、これは無意識の動作である。

「それに、エトワールの話を聞くと、ルシタニアの支配者たちも分裂しているようだ。われわれが乗ずる機会もあるかもしれぬ。いずれにしても、われわれは王都に攻めのぼるのだ」

そこで視線をナルサスに固定させる。

「ナルサス卿、王都をめぐる戦いに関して、おぬしには、私の父上とは異なる戦いの方法があるのだろう」

「おおせのとおりです、殿下」

「だとしたら、戦い終わって後の処理のしかたでも、父上とは異なるやりようがあるはずだ。それが結果として、エステルの提案と似たものになってもよいのではないだろうか」

アルスラーンがことばを切ると、一座を沈黙が支配した。暗い沈黙ではなかった。たがいの目を見かわし、口もとをほころばせる類の沈黙であった。やがてナルサスが心地よげに笑って一礼することで沈黙を破った。

「殿下の言、至上なりと存じます。かの騎士見習の申しようをもって、われわれの基本的な方針といたしましょう」

V

パルス暦三二一年七月末。国王《シャーオ》アンドラゴラス三世ひきいるパルス軍十万と、王弟ギスカール公爵ひきいるルシタニア軍二十五万は、王都エクバターナの東方で正面から衝突することになる。

アトロパテネの会戦以来、それは九か月ぶりのことであった。このとき、誰がどう見てもパルス軍が勝利するものと思われたのだが、結果は逆であった。今度は、はたして正しい結果が出るのだろうか。

ルシタニア軍の前衛八万は、かなりの速度で東進して、七月二十六日現在、エクバターナの東方二十ファルサング（約百キロ）の位置にある。西進してきたパルス軍の陣営と、二ファルサング（約十キロ）の距離をおいて夜営し、双方の盛大なかがり火は合計三万に達して、天上の星々が地上に移動したかと思われた。

「今宵《こよい》は風が強いな。明日はさぞ風塵《ふうじん》が舞うことであろう」

アンドラゴラス王がつぶやいた。「ジュイマンドの野」と呼ばれる地に宿営したパルス軍では、キシュワードが、国王《シャーオ》アンドラゴラス三世の御前に出て、最終的な作戦案を提出していた。

「ナルサスめが考えそうな策だな」

王の声に皮肉な調子があり、キシュワードをぎくりとさせた。だが、それは文字どおり単なる皮肉であったようだ。アンドラゴラスはそれ以上、何もいわず、キシュワードの作戦案を了承した。公平に見て、もっともすぐれた作戦案であったからである。

「キシュワード、おぬしはじつによく役だつ男だ。ほらを吹いては鯨飲馬食《げいいんばしょく》するだけのクバードと雲泥の差といえるな」

「クバード卿は、胆力《たんりょく》といい、兵を統率する力量といい、えがたい武人と存じますが」

「そう思えばこそ、予もあやつを万騎長《マルズバーン》に任じたのだ。だが、はたして正しい人事であったかな」

国王《シャーオ》の懐疑はともかく、パルス軍は、両万騎長《マルズバーン》の主なる指揮のもとに戦いに臨んだ。

パルス軍としては、ルシタニア全軍が到着する前に、その前衛部隊を撃破しておきたかった。その勝利によってルシタニア軍を逆上させ、判断力を狂わせ、兵力を逐次《ちくじ》投入させることができれば、もっけのさいわいであった。

ルシタニア軍の前衛部隊を指揮するボードワン将軍は、偉大というほどではないにしろ有能な武将で、王弟ギスカール公にとってはたいせつな切札の一枚だった。もう一枚の切札はモンフェラートである。もしこの両者がいなくなれば、勇敢な騎士はたくさんいるにしても、大軍を指揮統率する力量のある将軍は、ルシタニア軍には存在しなくなる。そうなれば、いよいよギスカール自身で軍を指揮するしかないのだ。

ボードワンがひきいる軍は、騎兵一万五千、歩兵六万五千。パルス軍の全兵力にはやや劣るが、ほぼ互角の勝負をすることができるはずだった。

エクバターナの城壁から出てきた以上、ルシタニア軍にも計算がある。彼らは追いつめられてはいたが、その戦力は、アンドラゴラス王とアルスラーン王子と銀仮面ことヒルメス王子を合計したより多いのだ。この大兵力を生かし、みっつに分裂したパルス軍を、つぎつぎと各個撃破していけばよい。それこそが軍略の正道というべきである。

パルス軍のほうで、重要な役割をおおせつかったのはトゥースであった。

トゥースはまったく役に立つ男だった。トゥラーン軍を相手とした作戦でも、彼はナルサスに信頼され、パルス軍の勝利に貢献したのである。

今回もそうだった。トゥースは軽装の騎兵三千をひきいて先発したのである。目的はルシタニア軍の陣列を変形させてしまうことであった。

この数日、大気は乾き、風が強い。大陸公路は風塵の乱舞するなかにあった。太陽は風塵の膜をとおして、古い黄玉《おうぎょく》のように見えた。

パルス軍の一部が突出し、ルシタニア軍に矢をあびせてきた。それが始まりだった。敵の動きが連係を欠いているように見えたので、ルシタニア軍はたくみに動いて、それを包囲しようとした。するとパルス軍は退く。二十回をこえる進退のくりかえしの末、ルシタニア軍は、まるで舌を出すような形で突出し、パルス軍を蹴散らした。蹴散らしてさらに前進し、ボードワンのもとには勝利を告げる使者がやってきた。

「勝ち誇るな、ばかめ。すぐ撤退して、もとどおり陣形を建てなおすのだ」

使者に対して、ボードワンはどなりつけた。賞賛されるものと思いこんでいた使者は、おどろきと不満の表情を浮かべた。

使者には、大軍略というものがわからぬ。戦闘をまじえて相手が逃げれば勝ちだと思っている。ボードワンとしては長々と説明する気にもなれず、どなりつけ、陣形を建てなおさせるしかなかった。

各個撃破の大軍略は、兵力を集中させてこそ意味がある。残り十七万の本隊が到着するまで、陣を固めておかねばならなかった。

だが、ボードワンのすばやい指示でさえ、状況の激変についていけなかった。ルシタニアの軍列は幅を失って前後に伸び、変形してしまっていたのだ。

突然、右方の兵列がくずれたった。ボードワンが陣形の再編を命じる間もない。

「パルス軍だあ！」

絶叫があがり、にわかにやんだ。短い、おそろしい沈黙の後に、それよりおそろしい音が湧きおこった。パルス語の喊声《かんせい》。馬蹄のとどろき、むらがりたつ敵勢の先頭に、ボードワンの視界は、燦然《さんぜん》たる甲冑の偉丈夫を見た。

「ア、アンドラゴラス王……！」

ボードワンは臆病者ではない。だが、風塵をとおして薄刃のようにひらめく陽光のなかに、パルス国王《シャーオ》アンドラゴラス三世の姿を見出したとき、甲冑の下に鳥肌がたつのを自覚した。国王みずからが、危険きわまりない先陣に立って、敵と勝敗を決しようとは。自国の王と比較する気にも、ボードワンはなれなかった。

「これは勝てぬ」

戦いにのぞむ武将にあるまじき思いが、ボードワンをとらえた。だが、名誉と義務を重んじる心が、かろうじて敗北感をねじ伏せた。他のルシタニア騎士と同じく、ボードワンは異教徒に対しては無慈悲であったが、ルシタニア軍の指揮者としては、りっぱな男であった。

「アンドラゴラスを殺せ！　奴を討ちとればパルス軍は潰《つい》えるぞ。呪われた異教徒の王を地獄にたたきこめ！」

そうどなり、突撃を命じた。いろめきたつ味方を見て、さらにどなった。

「アンドラゴラスの首をとった者には恩賞を与える。パルス金貨五万枚だ。王弟殿下に申しあげて伯爵の位ももらってやるぞ。それに領地だ。パルスの美女もだ。おぬしらの勇気で、おぬしらの栄光と幸福を勝ちとれ！」

激励は成功したようだった。欲望が勇気を力づけ、ルシタニアの騎士と兵士たちは肉食獣のような咆哮《ほうこう》をあげた。剣を振りかざし、槍をしごき、馬の腹を蹴って突進する。

両軍は激突した。

すでに風塵《ふうじん》によって変色した太陽は、舞いあがる人血によって毒々しい暗赤色と化した。

それほどの激闘であった。パルス人もルシタニア人も、勇気と敵愾心《てきがいしん》のかぎりをつくして殺しあった。とびかう矢が頭上の空間を埋めつくし、槍と槍がからみあい、剣と剣が音高く撃ちあわされる。振りおろされる戦斧《せんぷ》が頭蓋をたたきわり、彎刀《わんとう》が頸《くび》を両断し、悲痛な声を発して横転する馬の背から血まみれの騎手が投げ出される。人間の狂気が馬に伝染し、たけりたつ馬どうしが歯をむきだして相手の長首にかみつく。

「邪悪な異教徒どもを皆殺しにしろ！」

「ひるむな、戦え、侵掠者を斃《たお》せ！」

ルシタニア語とパルス語の叫びが入り乱れ、その声は大量の血によってむくわれた。

黄色い太陽が西にかたむくまでの間、どちらが勝ちつつあるか、まるで判断がつかなかった。両軍の戦士がことごとく死に絶えないかぎり、殺しあいは永劫《えいごう》につづくかと思われた。だが、事実は、冷徹な計算にもとづいてパルス軍はルシタニア軍の陣列を変形させ、指揮系統を乱し、追いつめつつあったのである。

ルシタニア軍の破局は、左翼からおとずれた。

この方面のルシタニア軍は、不意に出現したクバードの指揮する騎兵部隊に、左からの横撃《おうげき》をくらい、たちまち潰乱《かいらん》状態におちいった。

クバードは、条件に応じた戦闘のやりかたをよく心得ていた。この場合、力と勢いと速度をもって敵を突き、そのまま引き裂いてしまえばよい。小細工を弄《ろう》する必要はないのである。命令するというより、クバードは、部下をけしかけた。

「たたきつぶせ！」

そうどなると、片目の偉丈夫は乗馬をあおってルシタニア軍のただなかに躍りこんだ。たちまち乱刃が彼の周囲にむらがる。

クバードは剛槍《ごうそう》をひらめかせて、ルシタニア軍でも高名な騎士であるオルガノを突き殺した。オルガノの弟であるジャコモが兄の死を見て復讐《ふくしゅう》心に駆られ、大剣をふるって撃ちかかった。クバードはオルガノの死体から槍を引き抜くと、突進してくるジャコモにむかって水平に突き出した。ジャコモは自分からおそるべき槍の穂先に衝突した。すでに兄の生命を奪った槍は、弟の胸甲を突き割り、胴をつらぬいて背中へぬけた。

「めんどうだ、戦斧《せんぷ》を貸せ」

死体と化して地上へ転落するジャコモには目もくれず、従兵の手から戦斧をもぎとる。今度は戦斧がひらめきとうなりを発し、クバードの周囲に血の暴風を巻きおこした。

ルシタニア兵から見れば、クバードの豪勇は、異教の魔神がとりついているとしか思えなかった。勇気がくじけると、迷信的な恐怖がとってかわった。ルシタニア兵は、神の加護が自分の身におよばぬことを歎《なげ》きながら、剣をひいて逃げ出した。クバードは悠然と兵をさしまねき、大きく前進して、ルシタニア軍の中央部に血の色をした巨大な楔《くさび》をうちこんだ。

混乱と非勢のなかで、ボードワンは必死に味方を指揮していたが、いつか彼の本営にまでパルス軍は肉迫していたのだ。彼にむかって、すぐ近くからパルス人の声が投げつけられた。

「ルシタニア軍の主将か」

その声は質問というより断定であった。息をのんで、ボードワンは相手を見やった。

馬上ゆたかな甲冑姿は、パルス軍の頭《かしら》だつ将軍であることは明らかだった。漆黒のみごとなひげをたくわえた男だ。何よりも印象的であったのは、両手に剣をかまえていたことである。背筋に戦慄をおぼえつつ、ボードワンは自らをはげますように大声を発した。

「ルシタニア軍にその人ありと聞こえるボードワン将軍とは、おれのことだ。異教徒よ、おぬしの名は何というか」

「キシュワードという。双刀将軍《ターヒール》でもよい。いずれにしても、おれがここにいるのは、おぬしらルシタニア人から返してもらうためだ」

「返せとは何を？」

「アトロパテネでおぬしらが盗んだ勝利をだ。おぬしらは戦士にあらず、盗賊にすぎぬ。ちがうというなら勇気によってそれを立証せよ」

ここまでいわれては、ボードワンは逃げ出すわけにはいかなかった。ルシタニア騎士としての名誉が彼を縛った。ボードワンは刃こぼれした剣をすて、従者の手から戦斧をひったくった。馬腹を蹴ってキシュワードに斬ってかかる。二本の剣と一本の戦斧が宙で撃ちあい、流星雨のごとく火花を降らせた。馬が円を描いて駆けまわり、その一周ごとに数度の刃鳴りを生んだ。正確に十周めで勝負はついた。キシュワードの左の剣が、ボードワンの戦斧を持つ手を斬り飛ばし、右の剣が頸《くび》すじをつらぬいたのだ。鮮血が弧を描いて地上へ飛び、そのあとを追ってボードワンの死体が鞍上から転落していった。

「ボードワン将軍が討たれた！　戦さは負けだ」

「逃げろ、もうだめだ」

ルシタニア語の叫びが戦場を飛びかった。ルシタニア軍の半数が主将の死を知ったとき、彼らは音をたてて波うち、どっとくずれたった。戦意を失い、秩序をすて、恐怖と敗北感に背中を突きとばされながら、ルシタニア将兵は逃げくずれていったのだ。

「引き返せ！　戦え！　それでもルシタニアの騎士か」

「神の誉《ほま》れのために生命《いのち》を捨てろ。恐れるでない」

そのような声もあがったが、逃げくずれるルシタニア軍に対して、さしたる効果はなかった。指揮の統一と、戦意を失った軍隊は、もはや軍隊ではなかった。味方をすて、甲冑をぬぎすて、剣や槍を放り出し、戦友の馬を奪って、ルシタニア人たちは逃げた。西へ、落日の方角へ。

「追撃せよ。一兵も余すな」

キシュワードは、きびしく命じた。「逃げる敵は逃がしてやれ」というような余裕は、現在のパルス軍にはない。ここでひとりのこらずルシタニア兵を討ちとったとしても、まだルシタニアの残存兵力はパルス軍の二倍に近いのである。ひとりでも敵の数をへらし、生き残った敵に恐怖と敗北感を植えつけなくてはならなかった。

逃げまどう敵の背に、パルス軍は追いすがり、無慈悲な殺戮《さつりく》の刃を振りおろした。絶鳴と血煙が湧きおこり、乾ききった草は人血と涙によってうるおされた。

この日、ルシタニア軍の名だたる貴族や騎士が、数おおく戦死した。

ロレンソ侯爵という人物は、馬にまで黄金の鎖甲《さこう》を着せるという、はでな軍装が人目をひき、パルス軍の若い勇将イスファーンに追いつかれて、ご自慢の宝石飾りの甲ごと、槍につらぬかれてしまった。イスファーンは侯爵の首をとり、彼の部下は飛びちった宝石をひろい集めて思いもよらぬ報酬をえた。ボードワンの副将格であったバラカード将軍は、トゥースの鉄鎖で顔面を撃ち砕かれて討死《うちじに》した。

こうして最初の大規模な戦闘は、パルス軍の勝利に終わり、ルシタニア軍は二万五千の兵を失った。兵士の損失はともかく、ギスカール公が信任するふたりの有力な将軍のうち、ボードワンが戦死したことは、大きな衝撃であった。

逃走の旅をつづけてきた兵士たちから、王弟ギスカール公は無惨な敗報に接した。七月三十日のことである。モンフェラート将軍と目を見かわしたギスカールは、一言の感想ももらさなかった。ぎらりと両眼を光らせ、歯をかみしめただけである。モンフェラートは敗残兵を収容し、部隊を再編して、来《きた》るべき決戦にそなえた。

……このとき、南方海岸から急速度で北上した王太子アルスラーンの軍二万五千は、王都エクバターナまで五十ファルサング（約二百五十キロ）の距離にあった。また、王都の西方に潜んだヒルメス王子の軍三万は、十六ファルサング（約八十キロ）の距離をへて、城内に突入する機会をうかがっている。そしてふたりの王子は、たがいの軍勢が同じ目的地へ向かっていることを、まだ察知できずにいた。

ルシタニア国王イノケンティス七世が重傷の床にある現在、パルスの支配権をめぐるすべての勢力が、王都エクバターナという地図上の一点に向けて突き進みつつある。

歴史はふたたび変容しようとしていた。

丹野 忍、アルスラーンを語る

歴史が先かドラマが先か

——**『アルスラーン戦記』を初めて読まれたのはいつでした？**

丹野　中学生の時ですね。

——**歴史を感じさせる発言ですね（笑）。**

丹野　そうですね（笑）。そのときは二巻目の『王子二人』まで出てたと思います。ぼくが初めて田中先生の作品を拝読したのがそれでした。

——**手に取ってみたのはなぜ？　そのころ田中芳樹という作家はご存じでしたか？**

丹野　どうだったかなぁ。たぶんなんとなくは知ってたと思います。歴史小説とかファンタジー小説っぽいものが好きでしたし。もちろん天野《あまの》先生の絵っていうこともありましたしね。

　タイトルにもインパクトがありました。四文字で『王子二人』。「なんか違うぞ、どういうことだろう」っていう感じがしましたね。

——**実際読んでみて、「やっぱり違うぞ」って思われました？**

丹野　全然違いましたね。なんていうのかな、ほんとに歴史を見ているような。もともと歴史が好きだったからというよりは、田中先生の本とかを読んでいるうちに、「ああ歴史っておもしろいな」というので好きになっていったというほうがいいかもしれません。

――歴史好きがこうじて大学では歴史を専攻されたそうですね。

丹野　史学科の東洋史なんですけど。『アルスラーン戦記』みたいなドラマチックな話が勉強できるものと思ってたんですけど、実際はずーっと漢文を読むような授業ばっかりで、あれ？　思ってたのと違うなー、っていうのはありましたね（笑）。

――『アルスラーン戦記』と出会った中学生のころはまだ絵は描かれていませんでしたよね。

丹野　まったく描いてないです。見るのは好きという程度で。ぼくは漫画もあまり読まないし、イラストが好きで画集を買うとか、そういういろんなことに興味がなかったというか……ちょっとつまんない人に思われるけど（笑）。本気で絵をやろうと思ったのは、高校卒業間際ぐらいですからね。「仕事としてできることが何かないかな」と。

――自分探しをして？

丹野　そう、急遽自分探しをして（笑）。消去法で考えていったら「絵を描くことならできそうだ」と。で、大学入ったらやろうと決めたんです。

――以前お話ししたとき、「『アルスラーン戦記』に出てくるキャラクターは全部、頭の中に絵ができてますよ」っておっしゃったの、覚えてます？

丹野　覚えてますよ。田中先生の他の作品もそうですけど、自分が読んでるものは全部描きたいなぁっていうのが本心で。『アルスラーン戦記』はとくにそれがありましたね。

――今回、カッパ・ノベルス版で『アルスラーン戦記』の絵を描くことが決まったときはどう思われました？

丹野　少し前から「やりたい？」「やれる？」というようなお話をいただいていたので、もしそうなったら……とは思ってましたけど。実際に打ち合わせに入ると、もう頭まっしろ（笑）。「あれ？　どうやって描けばいいの？……どういうのがやりたかったんだっけ？」って。なんかこう、力が入りすぎちゃって、あれも描きたいこれも描きたい、になっちゃやって。

――いざ描け、と言われると（笑）。

丹野　もう一回はじめから読み直して、イメージを作り上げていかなきゃいけないじゃないですか。キャラクターにしても、文化にしても。それがもちろん楽しくもあり……まあ苦しくもありますが。

――以前の版では天野さんがイラストを描いておられたわけですが、その後を継ぐということについてはいかがでした？

丹野　ぼくにも当然、『アルスラーン戦記』には天野先生の絵のイメージがありましたから。田中先生はぼくの中で巨大な存在ですけど、天野先生もそうだったんですよね。両方重なって、もうめちゃくちゃ巨大ですよね、のしかかってくるものは。

――その重さに潰されたりはまったくしていないですね（笑）。

丹野「全然違うものを」とか、そういうのとも違うんですよね。自分が見たいものとか、みんなが見たいだろうって思うもの、喜んでくれるものを描きたい、っていうのがありますから。自分の色も出しつつ、本当に素直に描きたいものを、っていうところで描いているので。もともと天野先生の絵のイメージはありましたけど、今またそこを切り離して、もう一度新たな気持ちで読んで、描いています。そういう意味では、初めて読んでから時間が経ってることもありまして（笑）、新鮮な気持ちでできているかな。でもほんとに、中学生の時のぼくがこうなることを知ったら、信じられないですよ。本当はいまだに信じられない気持ちですから。

物語の裏に描く絵図

――楽しみと苦しみ、とおっしゃってましたが、楽しいのはどういうところでしょう？

丹野　キャラクターがどんどん出てくるので、そのビジュアルをどんどん生み出していく、物語のイメージをビジュアルの面から補強していく、っていうのは楽しいですよね。今はとりあえず、出てきたら描いてみる、というふうにしてます。話が動いていっても「ああこの前のあの絵がしゃべってる」って思っていただければ嬉しいんですが。

ぼくはもともと文章でも、全部ビジュアルでイメージしながら読むんです。いちいち変換しなくちゃならないから、すごく時間かかるんですけど。自然にそうやっているので、描くときにはもうイメージはしっかりできてるんです。だからどういう顔にしようかな、服にしようかな、って悩むことはないんです。ただ、実際に描くのには技術がまだまだ足りませんから、そこで時間がかかっちゃうんですけど。形にしていくことはすごく楽しいですよね。

――たとえば服装でいうと、一巻の表紙でアルスラーンがライオンの兜をかぶってる、こういう着想はどこから?

丹野　なにせこれだけの作品ですから、ぼくも歴史や史実を無視できないので、それなりに調べるんです。そうすると、ペルシアあたりでは金属の細工が非常に盛んだということで、獅子をかたどった杯とか、グリフォンのリュトンなどもありますし。それなら兜にもなるだろう、と。まずはそういうところから着想を得てます。作品中の表現には忠実にしたかったので、房がついてるとか、細かいところも合わせるようにしてます。服にしても自分なりに作り上げるというか、でっち上げるというか(笑)。その時代の衣装や造形を意識しながら、でもそれなりにかっこいい、というのが一番ですから。

たとえばアルスラーンは名前の通り「獅子」の鎧なんですけど、もしもっと古代の英雄だったら、ムキムキの体に、倒したライオンの皮の口のところをぱこっと開けて被ってるようなイメージになりますよね。そういうところからだんだん文明が進んで鎧になっていった、っていう流れを自分なりに想像してみるんです。

兵士全員がここまで凝ったものをつけてはいませんが、十六翼将などは一応それぞれ聖獣とか神獣をイメージして着せています。キシュワードあたりは双刀だから、雄牛の二本の角をイメージしたんですけど。そういう自分なりの裏の設定というか、世界を作っていくようにしてます。読者でそこまで見て下さる方はあんまりいないと思いますけど、細かいところまで考えながらやっていくのはすごく楽しいですよね。

―― **読むところからそうしたイメージを考えながらだとすると、たしかに時間がかかりそうですね。**

丹野　かかりますねー。かっこよさを考えながら、世界観やつじつまも合うようにしないといけないし。ルシタニアは十字軍のイメージと、我々がわかりやすい西洋のイメージとをもってますよね。銀仮面あたりはその中間かな。軍装はパルスのものって書いてあったんですが、普通に銀の仮面をつけるのでは、どう見ても西洋の甲冑になっちゃうので、そう見えないように……仮面だけを見ても普通の騎士じゃない、まがまがしさや存在感があるように。

―― **パルスにルシタニア、マルヤムにシンドゥラにミスルに……**

丹野　いろいろ出てくるから、そりゃあわくわくしますよ。

―― **楽しみですか？**

丹野　楽しみですねぇ（笑）。

―― **では苦しみは？　どういうところにありますか。**

丹野　頭の中にビジュアルを作るのは簡単だし楽しいんですけど、そこからの技術が……（笑）。

それと今は時間の関係で、描ける絵の枚数が非常に限られてるんですよね。しかも二巻が一冊になってるので、一巻あたりの絵の枚数が少なくて。それは読者の方にも申し訳ないと思ってます。でも、ぼく自身も、決して少ないから楽だというわけではないんですね。本当ならもう漫画みたいに、全部を絵に描きたいぐらい。頭の中にいっぱいある絵から、あぁこれは絶対はずせない場面だなぁ、っていうのを選んで描くわけですが、人物をわかりやすく描くだけじゃ、キャラクターの設定表みたいになっちゃいますから。絵として見られるものでありながら、この人だ、ってわかるものを、これだけの人物や浮かんだ構図の中から選んで、現実に形にしていくのは大変ですよね。そういえば三・四巻にアルスラーンの絵って出てこないですよね。それってどうなのかな？　ってすごく思ったりするんですけど（笑）、ほんとにはずせないシーンばっかりで、主人公だけを描いててもおもしろくないですし。むしろ脇役とか敵役、たとえばボダン大司教とかを描くことで、対比ができるかなと。そこでは主人公とか、描かれてない人物も意識してます。アンドラゴラスを描いて、「これはみんな逆らえないな」とか、「アルスラーンとは全然違うな」と。後ろに拷問吏を描いたりして……普通ね、描かなくてもよさそうですけど（笑）。そういうところで場の雰囲気とかを感じてもらえるといいなと。そうしたことも含めて、楽しくもあり……。

――**苦しくもあり？**

丹野　一枚一枚、すべてを込めるつもりで描いています。

魂の叫びを……

――**とくに丹野さんの描かれるボダン、いかにもというかいかがわしさがいいですね（笑）。**

丹野　ああ、嬉しいですねぇ。もう、ありったけの力をこめて描きましたから（笑）。脇役があああいうふうに出ると、楽しくってしょうがないですよね。もうバハードゥルとかね、これでもかっていうぐらい。

――**口絵になっちゃったくらいですからね（笑）。**

丹野　しちゃいましたね。開いたらコレですから。たとえばこのバハードゥルを描いてると、傷だらけでけっこう痛々しいんですよね。痛みを感じないから、傷もちゃんと縫われてなくて、ホチキスみたいな金具でばっちんばっちん留められたりしてて。でも、こういうのを描いていると、だんだん感情移入してきて「すごくかわいそうなやつだなぁ、こいつも」って、もう泣きそうな感じになってきて（笑）。「魂の叫びを聞いてやってくれー！」……みたいなものを込めつつ描いてます。なにも殺さなくてもいいでしょ、おとなしくつないでいればとか、山に返そうよとか思いながら。

――**「もう人間に捕まるんじゃないよ」と（笑）。**

丹野　描いてるとそれぞれ思い入れは強くなってきますよね。

――**これまで描かれた『アルスラーン戦記』の絵の中で、一番苦労されたのはどれですか？**

丹野　苦労っていうのとはまたちょっと違うんですけど、いっぱい試行錯誤したのは、この（『王子二人』の口絵）銀仮面かな。いわゆる「鉄仮面」「仮面の男」みたいにとらわれていたイメージとは違うし、普通に決まりすぎてもつまらない。異様な感じ、夜見たらぞっとするような雰囲気を出したくて。彼はほんとは火がすごく苦手なので、あえて炎の中から、地獄から来た王子というイメージで、とにかくいっぱい描きました。

――**『王都炎上』の口絵もすごく大変だったと思うんですが。**

丹野　これだけ凄惨な場面を描く機会もあまりないので……だから楽しい、ですよね。（少し考え）……なんだろ？　楽しいというか、終わったら楽しかったなと思えるんですけど、どの絵に関しても。描いてるときは大変だったと思うんです。

――**今後の巻で描いていきたいものもたくさんあるでしょうね。**

丹野　表紙については、五巻までだいたいは決まってるんですけど。中の絵は迷いますね、最後まで。だからってコラージュみたいにしても、場面の雰囲気が伝わらないので。やっぱり場面を描いていきたいとは思ってます。

――**ダリューンは絵の点数では確実に主役を食ってますね。**

丹野　ダリューンは絵になりますからね。文章の中でもいろんな表現があるけど、その黒い姿、もうほんとに怖いだろうなぁと。でもお友達になりたい（笑）。ナルサスだとちょっとね、嫌われそうな感じ。

――**ナルサスは友達選びそうですよね。**

丹野　たぶんぼくなんか、すぐ落とし穴に落とされて（笑）。しかも同じ絵を描く者同士で、やっぱり嫌われる……「こんなの芸術じゃない」とか言われそう。

メルレインなんかも、あんなに態度が悪いけど、本業の盗賊をしてるときとかは、すごくかっこよくなる予定なんですよ。黒い布でこう、口まで覆って……だからね、もっともっとたくさん描きたいんですけど（笑）。

還らなくても初心

――油彩をメインに描かれておられますが、若い方としては稀少ですよね。はじめて拝見したときは衝撃でした。

丹野　初めからほとんど油彩ですね。アクリルで描いたこともあるんですが。油彩をメインに、最近はコンピューターも使い始めました。口絵やキャラクターデザインにはそちらを使ったりしてます。で、中絵は墨です。

――墨ですか。筆で？

丹野　墨と筆。墨汁です。

――油彩については独学独習とうかがってますが。

丹野　実はどれもあまり……っていうか全然習ってはいないんですけど。見よう見まねです。

――絵を描いていくと決めたところから勉強して？

丹野　ええ。もっというと、仕事にありついてからですね。「載るのが決まったよ」っていうところから「じゃあ、どうしようか」って。だから毎回、真っ白いキャンバスを前に「あれ？　どうやって描けばいいんだっけ？」みたいな感じで、全然ルーティンワークにならないんです。新鮮というと響きはいいですが、試行錯誤はすごいですよね。道具も「じゃあ今度こういうの使ってみようかな」とか「こんな方法試してみようかな」とか。画材屋さんに聞いて。

――画材屋さんに？

丹野　画材屋さんや絵の具のメーカーの、「お客様相談室」みたいなところに電話して聞くんです。

――画材の使い方をですか？

丹野　「パンフレットに載ってるこの液はなんですか？　どう使うんですか？」とか。むこうのほうがたいてい詳しいので（笑）。今でもやってます。

だから描き方については、いまだにすごく初心者だと思われていて。丁寧に教えてもらってます。いやがられてるかもしれないけど。

――「道具をそろえたはいいけど、描き方のわからない初心者」だと思われているわけですね。まさかプロのイラストレーターだとは。

丹野　それでゴハンを食べているとは（笑）。でもほんとにゴハンかかってるから、こっちは必死ですよ。「わかるまで切らないで」って。

――そうやって新しい描き方を発見されたりするわけですね。

丹野　だいたいそうですね。あとは普通に本屋さんで手に入る「油絵の描き方」を、毎回それこそ一ページ目から。でもなかなかわからないですね。全部飛ばして来ちゃった自分が悪いんですが。

——**この場を借りて、絵の具会社の人にお礼を（笑）。**

丹野　いつもありがとうございます（礼）。今はこうやって仕事をしながらがんばります、としか言えないんですけど。どうかぼくの成長を、暖かい目で見守っていただければ。ぼくの予定では、まだまだこんなもんではない……はずなので（笑）。

恐怖の予言？

——**新しい版になって、より若い読者にも手にとっていただけるといいですね。**

丹野　幅広く読んでいただきたいです。でもカッパ・ノベルス版も、こんなに順調なペースで出ていたら、みんなこのあともずっと同じペースで出ると思っちゃいますよね。

——**中学生の丹野さんが読んで、こうして大人になって絵を描くようになって、なぜか続刊の絵を描くことになるのもびっくりかもしれませんが（笑）。順調にいけばあと十年くらいで終わる、はずですから。五年くらいならもっといいですが。**

丹野　もはやそれはないでしょう（笑）。でも、この仕事始めて何が嬉しいって、自分の絵が載るというのはもちろんですけど、続刊ですよね。『『魔軍襲来』と『蛇王再臨』がスタンバイ状態」って言われて、ほんとにもう、すごく期待してて。

――どのへんまでがスタンバイというのか……。

丹野　「ああもう書き終えたんだな」……それはないけど（笑）。でも、ずっと待ってた一ファンとしては、やっぱりとても嬉しいですよ。とくに『魔軍襲来』っていうのは今まであとがきにも出てこなかったタイトルですしね。はじめからこちらも魔術で戦ってるようなファンタジーなら展開は見えちゃうけど、『アルスラーン戦記』は違うから、次でほんとの怖さが来るというか、今までがひとつの大きな伏線になって話が動いていくんだろうなと。頭の中で、どんどんイメージがふくらんで、早くもどんな絵にしよう、ザッハークとか、魔道士たちとか……。

でもそのイメージもたぶん、いい意味で裏切られるんでしょうね。いったいどんな話になるのか、自分の仕事はおいといて、ほんとわくわくしてます。

――過去に悪の限りを尽くしたザッハークを、カイ・ホスローが苦労してやっつけた、という歴史が物語の下敷きになってるわけですからね。

丹野　そう、そこから急にファンタジーっていうのじゃなくて、全部が歴史であり現実なんですよね。そこがうまいんですよね。あ、なんか偉そうですが。

――ではザッハークのイメージはできてるんでしょうか？

丹野　そうですね。でもまだはっきりとは書かれてないから。もっと皆さんを驚かせるようなものを考えねばと……いやそんなことはないです（笑）。楽しくやってます。

――泣く子も黙るような絵を……買えなくなりそうですね（笑）。

丹野　ここまできたらもうやるしかないですよね。でも田中先生は『アルスラーン戦記』についてもいろいろ先のことをお話しされてて。ほんとに楽しみなので……だからそれは御自分でなんとかしていただかないと……**【今に恐ろしいことが起こりますよ】**と（笑）。

駆けめぐる夢を託して

――現在はハードなスケジュールをこなしてらっしゃいますが、今後挑戦してみたいことはありますか？

丹野　なかなか時間がとれなくて、いつになるかわからないけど、立体のものにも挑戦してみたいですね。今の生活だと絵を描くことのほかにしていることがないし。もともとあんまり趣味とかない、めんどくさがりやの……さみしい人間なので（笑）。映画とかも観ないし。

――旅行はどうですか。行きたいところとか……めんどくさい？（笑）

丹野　そのほうが先に立っちゃう。今はその思いを、絵に込めて……というとかっこいいですかね。

――かっこいいですね。

丹野　ああいいかも。「今は絵の中の世界で遊んでいたい」。

――……。

丹野「だからぼくをそっとしておいて」……ってこれは入れないほうがいいですね（笑）。

でもほんとに、もっと絵をうまく描けるようになりたくて、そのために今はがんばらなきゃいけないなと思ってます。まだまだ未完成ですから。

――これからもいろんな人や国や地方の文化が出てきて、それがどう絵になるのか楽しみですね。

丹野　描いてるほうも楽しいですよ。いろんなところに行った気になれて。絹の国《セリカ》とかそれらしいのを描くのもおもしろそうですよね。

――期待しています。今日はどうもありがとうございました。

丹野　……え、もう終わり？　なにかもっときれいめのことを言ったほうが……ええと、とにかく大好きな作品なので。夢をありがとう……違うかな（笑）。

――まだ終わってませんから（笑）。

丹野（手元のチラシを見て）「昔から大好きだったこの作品に……」

――……何を読んでいるんですか？

丹野　だからぼくが言いたいのは……

――早く終わらせろ、と。

丹野　違います。ずっとわくわくしてます、と。ぼくにとっては『アルスラーン戦記』は終わらなくてもいいんですよ。ずっと続刊が読めれば。

とにかく、まだまだ力不足ですが、全力でがんばります！　末永くよろしくお願いします。末永くなりそうですし。みなさんも小説同様……ってぼくが言っちゃいけないですね。ぼくの絵も長い目でよろしくお願いします。

——**ありがとうございました。**

インタビュー構成　らいとすたっふ

アルスラーン戦記⑤⑥征馬孤影✥風塵乱舞は、1989年に
それぞれ角川文庫より刊行されました。

田中芳樹公式サイトURL http://www.wrightstaff.co.jp/

◎お願い◎

この本をお読みになって、どんな感想をもたれたでしょうか。「読後の感想」を左記あてにお送りいただけましたら、ありがたく存じます。

なお、「カッパ・ノベルス」にかぎらず、最近、どんな小説を読まれたでしょうか。また、今後、どんな小説をお読みになりたいでしょうか。読みたい作家の名前もお書きくわえいただけませんか。

どの本にも一字でも誤植がないようにつとめておりますが、もしお気づきの点がありましたら、お教えください。ご職業、ご年齢などもお書き添えくだされば幸せに存じます。当社の規定により本来の目的以外に使用せず、大切に扱わせていただきます。

東京都文京区音羽一―一六―六
郵便番号　一一二―八〇一一
光文社　文芸図書編集部

架空歴史ロマン

アルスラーン戦記⑤⑥　征馬孤影《せいばこえい》　風塵乱舞《ふうじんらんぶ》

2003年8月25日　初版1刷発行
2015年4月30日　12刷発行

著者　田中芳樹《たなかよしき》
発行者　鈴木広和
印刷所　豊国印刷
製本所　関川製本
発行所　株式会社光文社
東京都文京区音羽1-16-6
電話　編集部　03-5395-8169
書籍販売部　03-5395-8116
業務部　03-5395-8125
URL　光文社 http://www.kobunsha.com/

落丁本・乱丁本は業務部へご連絡くだされば、お取り替えいたします。

ISBN978-4-334-07531-6

Printed in Japan

「カッパ・ノベルス」誕生のことば

カッパ・ブックス Kappa Booksの姉妹シリーズが生まれた。カッパ・ブックスは書下ろしのノン・フィクション（非小説）を主体としたが、カッパ・ノベルス Kappa Novelsは、その名のごとく長編小説を主体として出版される。

もともとノベルとは、ニューとか、ニューズと語源を同じくしている。新しいもの、新奇なもの、はやりもの、つまりは、新しい事実の物語というところから出ている。今日われわれが生活している時代の「詩と真実」を描き出す——そういう長編小説を編集していきたい。これがカッパ・ノベルスの念願である。

したがって、小説のジャンルは、一方に片寄らず、日本的風土の上に生まれた、いろいろの傾向、さまざまな種類を包蔵したものでありたい。かくて、カッパ・ノベルスは、文学を一部の愛好家だけのものから開放して、より広く、より多くの同時代人に愛され、親しまれるものとなるように努力したい。読み終えて、人それぞれに「ああ、おもしろかった」と感じられれば、私どもの喜び、これにすぎるものはない。

昭和三十四年十二月二十五日

KAPPA NOVELS

鮫島の貌 新宿鮫短編集

大沢在昌

この刑事、いつ死んでもおかしくない。

●本体920円＋税

伊良湖《いらご》岬殺人水道

梓 林太郎

二つの殺人事件を結ぶ、謎めいた女——。

●本体880円＋税

絆回廊 新宿鮫X

大沢在昌

孤高の刑事・鮫島を襲う試練！

●本体952円＋税

吸血鬼と精神分析

笠井 潔

悪魔に魅入られた孤独な怪物《ヴァンピール》。「矢吹駆」シリーズ第6作。

●本体1、400円＋税

わたしはここにいます

篠田真由美

雪の密室と化した〝さいはての館〟。

●本体1、100円＋税

サランヘヨ《愛する》 北の祖国よ

森村誠一

戦争が生んだ悲劇と、苦難に負けない人間の強さを描く！

●本体895円＋税

田中芳樹

田中芳樹

田中芳樹

田中芳樹

田中芳樹